Le sourire d'une enfant

———

L'amant impossible

SARA ORWIG

Le sourire d'une enfant

éditions **HARLEQUIN**

Collection : PASSIONS

Titre original : RELENTLESS PURSUIT

Traduction française de ANDREE JARDAT

HARLEQUIN®
est une marque déposée par le Groupe Harlequin
·PASSIONS®
est une marque déposée par Harlequin S.A.

Photo de couverture
Enfant : © MARIA PAVLOVA / GETTY IMAGES / ROYALTY FREE
Réalisation graphique couverture : ATELIER DIDIER THIMONIER

© 2012, Sara Orwig. © 2013, Harlequin S.A.
83-85, boulevard Vincent-Auriol, 75646 PARIS CEDEX 13.
Service Lectrices — Tél. : 01 45 82 47 47
www.harlequin.fr
ISBN 978-2-2802-8300-7 — ISSN 1950-2761

1

William Delaney plongea le regard dans les grands yeux bruns de sa nièce, Caroline, âgée de cinq ans. Pour la première fois de sa vie il avait un problème avec une personne du sexe opposé.

Il s'agenouilla devant elle pour se mettre à son niveau. S'habituerait-il jamais à devoir s'occuper d'elle et à affronter son petit visage triste et fermé ?

Cette énorme responsabilité lui pesait sur les épaules et il devait bien admettre qu'il se sentait perdu.

— Tiens, je t'ai acheté un petit cadeau, dit-il d'une voix douce. Parce que tu es très sage.

Il regarda les petits doigts de l'enfant défaire le ruban avant d'arracher le papier.

— Merci, murmura-t-elle en serrant le livre contre elle.

Son cœur se mit à battre un peu plus fort tant ce simple petit mot était encourageant.

— Si tu veux, je te le lirai ce soir. En attendant, Rosalyn pourra commencer la lecture une fois que tu auras pris ton petit déjeuner. Je dois y aller à présent, ajouta-t-il en serrant légèrement contre lui le petit corps frêle de la fillette. Je viendrai te voir dès que je serai rentré.

Témoin silencieux de la scène, la nounou adressa un sourire bienveillant à Caroline et prit sa menotte dans la sienne.

— Je t'ai préparé des flocons d'avoine et devine quoi ? Des fraises ! Je sais que tu en raffoles.

Il quitta la pièce, inquiet comme toujours. Depuis un an qu'il avait été nommé tuteur de Caroline, il l'avait vue de trop nombreuses fois délaisser son assiette après n'en avoir picoré que quelques bouchées.

Perdu dans ses pensées, il franchit la grille de sa propriété de Dallas, au volant de sa voiture de sport noire.

Il était 11 h 30 lorsque, après un court vol à bord de son jet privé, il poussa la porte d'un restaurant d'Austin. Il y avait rendez-vous avec Ava Barton, une éducatrice censée lui trouver la préceptrice idéale.

Il était prêt à tout pour le bien-être et le bonheur de sa nièce. Et surtout, pour voir son petit visage s'éclairer de nouveau d'un sourire.

Depuis la disparition de son frère dans un crash aérien, il avait passé le plus clair de son temps entre conseillers, pédopsychiatres et directrices d'école pour tenter de trouver un moyen de sortir sa nièce de l'enfermement dans lequel elle avait trouvé refuge pour occulter sa souffrance. L'absence de sa mère, qui avait quitté mari et enfant alors que Caroline n'était qu'un bébé, n'avait pas arrangé les choses.

Il n'avait jamais rencontré Ava Barton. Tout ce qu'il savait d'elle, hormis ses compétences exceptionnelles, c'était qu'elle était veuve.

Sans trop s'expliquer pourquoi, il s'attendait à se retrouver face à une femme grisonnante, au visage un brin sévère. Aussi fut-il agréablement surpris lorsque son regard croisa celui d'une jolie blonde qui semblait l'attendre.

Avec ses cheveux longs et soyeux qui lui tombaient jusqu'à la taille, ses yeux verts, son visage aux traits délicats et sa jupe courte qui laissait voir des jambes fuselées, elle était bien loin de l'image qu'il s'était faite d'elle.

Instantanément il se sentit attiré par cette jeune femme.

— Ava Barton ? demanda-t-il en tentant de lui cacher son trouble.

— Oui, répondit-elle en lui tendant une main chaude, délicate et douce.

— Je suis William Delaney, l'oncle et tuteur de Caroline, expliqua-t-il, regrettant de ne pas s'être montré plus curieux lorsque son assistante lui avait arrangé ce rendez-vous.

Quelques minutes plus tard, ils s'étaient installés à une table à l'écart, près d'une fontaine.

— J'avoue que je ne m'attendais pas à rencontrer quelqu'un comme vous, admit-il dès qu'ils furent seuls.

En l'observant de plus près, il découvrit les délicates taches de rousseur qui piquetaient l'arête de son nez ainsi que ses pommettes au teint diaphane. Ses lèvres sensuelles étaient finement ourlées et il se demanda quel effet cela faisait de les embrasser.

Conscient du fait qu'il sortait largement du cadre professionnel de cette entrevue, il se rappela à l'ordre.

— Les pédagogues peuvent prendre toutes les formes possibles, vous savez, répliqua-t-elle d'un ton ironique. Vous, en revanche, vous êtes bien tel que je vous imaginais. Mais il faut dire que je vous ai souvent vu faire la couverture des magazines.

— J'aurais peut-être été meilleur élève si j'avais eu une institutrice comme vous.

— J'en doute, rétorqua-t-elle dans un sourire éblouissant.

— Permettez-moi d'insister.

— Vous semblez du genre sportif plutôt que studieux.

— Bravo ! Vous êtes très perspicace.

L'arrivée du serveur venu leur apporter les menus empêcha Ava de riposter.

— J'apprécie beaucoup de vous rencontrer, reprit-il. Outre le fait que votre CV est impressionnant, vous m'avez été vivement recommandée par le directeur de l'école ainsi que par l'institutrice à qui Caroline aura affaire à la rentrée prochaine.

— Merci, répondit Ava en le regardant droit dans les yeux. Si nous nous étions parlé au téléphone, j'aurais pu vous éviter cet aller-retour inutile, ajouta-t-elle. J'ai déjà communiqué une liste de précepteurs très qualifiés à votre assistante. Mais j'imagine que vous voulez discuter avec moi du choix de ces candidats.

Il opina de la tête.

— Je n'aurais raté ce déjeuner pour rien au monde, dit-il d'une voix qu'il voulut envoûtante.

— Votre assistante m'a parlé de votre nièce Caroline. Il paraît qu'elle a subi un important traumatisme.

— Elle a perdu son père qui était son seul parent et, depuis, elle s'est coupée du monde.

— Et sa mère ?

— Elle est partie alors que Caroline n'avait que quatre mois.

— Quatre mois ! s'indigna-t-elle. Mais quel genre de mariage était-ce donc ?

— Le genre que mes frères et moi avons connu. Nos parents aussi ont divorcé, et nous l'avons mal vécu, même si nous étions plus âgés. Il faut croire que le mariage ne réussit pas aux hommes de cette famille.

Elle fronça légèrement les sourcils et le regarda droit dans les yeux.

— Ce n'est pas parce que deux mariages ont mal fini qu'il faut en faire une généralité.

— Alors, disons que nous réussissons mieux notre vie professionnelle que notre vie privée, insista-t-il.

— La mère de Caroline a-t-elle revu son enfant ?

— Non. Elle a abandonné tous ses droits en partant.

— Comment peut-on faire une chose pareille ? demanda-t-elle si bas qu'on aurait pu croire qu'elle se parlait à elle-même.

— Ma belle-sœur était une très belle femme qui ne s'intéressait qu'à elle, expliqua-t-il. Elle aimait l'argent et le pouvoir qu'il confère. Lorsqu'elle a rencontré mon frère, celui-ci était un frimeur qui passait sa vie dans les soirées mondaines, et elle aussi. Ils se sont mariés, mais alors que mon frère a commencé à s'assagir, elle n'a pas voulu renoncer à sa vie frivole. Elle refusait toute responsabilité, si bien que quand Caroline est arrivée, par hasard il faut le dire, elle a suivi la ligne de conduite qui avait toujours été la sienne.

— Caroline est bien jeune pour avoir déjà vécu tant de drames, déplora Ava d'une voix pleine de sollicitude. Je suis vraiment désolée.

En guise de réponse, il fixa son annulaire orné d'une alliance.

— Moi aussi, je suis désolé pour vous.

Alors qu'elle baissait les yeux vers sa bague, il fixa sa chevelure soyeuse, brûlant d'y plonger les mains.

— Je continue à porter mon alliance pour dissuader les hommes de m'inviter à sortir avec eux. J'aimais tellement mon mari ! A sa mort, j'ai vécu un véritable cauchemar et je ne me risquerai plus jamais à revivre la même chose.

Il l'observa un instant en silence.

— Vous avez renoncé aux hommes, au mariage… Bref, à la vie, si je comprends bien.

— Pas du tout. J'adore les enfants et travailler avec eux me relie à la vie bien plus que n'importe quoi d'autre. En revanche, en ce qui vous concerne, vous ne semblez pas très attiré par le mariage.

— Effectivement. Je ne tiens pas du tout à me faire piéger comme l'ont été mon père et mon frère. Très peu pour moi ! Depuis quand êtes-vous veuve ? ajouta-t-il sans préambule.

— Six ans. Nous étions encore étudiants lorsque nous nous sommes mariés. Mon mari s'est tué à moto au cours de notre première année de mariage.

— Je suis sincèrement désolé, répéta-t-il.

— Merci, mais je ne suis pas là pour vous raconter ma vie. Parlez-moi plutôt de Caroline.

— Comme je vous l'ai dit, elle vit dans son monde intérieur et communique très peu avec les autres. Et forcément, cette introversion n'est pas sans conséquences sur ses progrès en lecture. Son comportement s'est aggravé à la disparition toute récente de mon père. En revanche, elle s'est rapprochée un peu de moi, comme si elle sentait que nous avions tous les deux subi la même perte.

— Je suis certaine que vous avez fait tout votre possible pour l'aider.

— J'ai tout essayé. J'ai fait appel à toutes sortes de spécialistes, mais cela n'a servi à rien.

Il sentit dans son regard une certaine désapprobation.

— Il est indéniable que le sort de Caroline vous préoccupe, finit-elle par dire. Cependant, avez-vous essayé de lui consacrer un peu de temps ?

— Je ne connais pas grand-chose à l'éducation des petites filles, vous savez, éluda-t-il.

— Passez-vous beaucoup de temps avec elle ? insista-t-elle.

Le sentiment de culpabilité qui l'envahit le mit mal à l'aise.

— J'essaie. Evidemment, je ne lui consacre pas le temps que son père lui consacrait. Pour la première fois de ma vie, je me sens complètement dépassé. En fait, je ne sais pas vraiment comment gérer une telle situation.

— Ce qui est important, c'est que vous essayez.

— Le médecin qui la suit affirme que si elle

parvient à communiquer au moins avec une personne, nous aurons fait un grand pas en avant. Le problème, c'est qu'elle ne réagit à personne pour le moment. Quand je pense à l'enfant solaire et pleine de vie qu'elle était ! Elle n'avait rien à voir avec la petite fille renfermée et introvertie qu'elle est devenue ! Sa nounou et tout le personnel ont beau la dorloter autant qu'ils peuvent, elle semble n'y prêter aucune attention.

Il s'interrompit pour parcourir la carte du regard.

— Nous ferions mieux de nous décider avant que le serveur ne revienne prendre notre commande. Quelque chose vous fait envie ?

Elle émit un petit rire de gorge qui acheva de le ravir.

— Tout me fait envie, ici. C'est l'un de mes restaurants préférés.

— Quelle surprise ! J'adore cet endroit, moi aussi. Je ne manque jamais de m'y arrêter lorsque je suis à Austin pour affaires. Mais je ne vous y ai jamais vue, je m'en souviendrais.

— Cela n'a rien d'étonnant. Je n'y viens pas aussi souvent que vous.

Elle commanda une salade César et un thé aux fruits rouges, tandis qu'il optait pour un hamburger-frites.

— Durant le vol, j'ai étudié le parcours des candidats que vous avez sélectionnés.

— Je n'ai choisi que des professionnels hautement qualifiés, qui sauront parfaitement aider votre nièce à rattraper son niveau de lecture.

— Je sais, et je vous en suis reconnaissant. Mais

il m'est beaucoup plus difficile de choisir que je ne le pensais. Je suis très inquiet à l'idée qu'une fois à l'école, Caroline va devoir participer et montrer ce qu'elle sait faire. J'espère qu'à la longue, son institutrice ne va pas se décourager et la laisser à l'écart.

— C'est précisément votre choix qui fera la différence.

— Caroline est la personne la plus importante de ma vie. C'est pourquoi, avant que nous n'allions plus loin, je souhaiterais que vous m'accompagniez à Dallas. Je pense que vous pourriez mieux me conseiller si vous la connaissiez un peu. Evidemment, le temps de chacun étant précieux, je compte bien vous rétribuer. Deux mille dollars par jour, plus les frais. Et bien entendu, je prends à ma charge votre vol aller-retour.

— C'est une somme exorbitante, objecta-t-elle sans chercher à cacher son étonnement.

— Je peux me le permettre, et le bien-être de ma nièce est pour moi une priorité, rétorqua-t-il, déterminé à obtenir ce qu'il voulait.

— Vous savez, il existe d'excellents pensionnats où les enfants comme elle sont pris en charge jour et nuit.

Il comprit qu'elle le testait, mais Dieu merci, il ne se ferait pas piéger aussi facilement.

— Je ne veux pas me séparer d'elle.

Il vit alors comme un éclair d'intérêt passer dans ses yeux clairs.

— Votre argument est très louable.

— Viendrez-vous à Dallas ? insista-t-il.

Tandis qu'il attendait sa réponse, il sentit redoubler

les battements de son cœur. S'il tenait tellement à ce qu'elle accepte, ce n'était pas uniquement pour le bien de Caroline.

Ce matin-là, lorsqu'il avait embarqué à bord de son jet, il pensait débarquer à Austin, y déjeuner avec une certaine Ava Barton pour passer en revue les candidats sélectionnés par ses soins, puis rentrer chez lui avec le sentiment du devoir accompli.

Or au lieu de cela, à la seconde où il avait rencontré Ava, il avait eu en tête de l'attirer chez lui, dans l'intérêt de Caroline, bien sûr, mais aussi dans son propre intérêt, pour chercher à mieux la connaître.

— Quand ? finit-elle par demander.

— Quand vous voulez. Vous pouvez venir avec moi maintenant, ou prendre un vol demain, ou encore la semaine prochaine. Selon votre agenda, mais le plus tôt sera le mieux.

Tandis qu'elle prenait le temps de la réflexion, il se surprit à l'observer une nouvelle fois. Il détailla sa longue chevelure faite pour les mains d'un homme, ses grands yeux ourlés de longs cils, sa bouche sensuelle.

Le cœur battant, il tenta de se persuader qu'il ne cherchait rien d'autre qu'à jouer avec elle le jeu de la séduction. Il l'emmènerait dîner, et pourquoi pas, irait jusqu'à l'embrasser.

Mais une chose était sûre, il ne souhaitait pas plus qu'elle les complications liées à l'amour.

— A quelle heure repartez-vous pour Dallas ? s'enquit-elle.

— J'ai rendez-vous à 15 heures, ici, à Austin, chez l'un de mes clients et je pensais repartir aussitôt après. Mais je peux facilement changer mon emploi du temps si cela vous arrange.

— Je serai prête dans deux heures.

— Parfait. Vous pouvez rester à Dallas le temps que vous voudrez.

Elle lui adressa un sourire teinté d'indulgence.

— Il ne me faudra pas bien longtemps pour me faire une opinion. Deux jours devraient me suffire. Je rentrerai samedi, décréta-t-elle. Je viens juste de décrocher mon doctorat, et j'ai prévu de consacrer l'été ainsi que le reste de l'année à monter ma propre école primaire.

— C'est admirable, commenta-t-il, ravi de passer les deux prochains jours en sa compagnie.

— Je suppose que vous lisez des histoires à Caroline, poursuivit-elle, feignant d'ignorer l'intérêt manifeste qu'il lui portait. Si vous pouviez me dresser une liste de ses livres préférés, je pourrais en rajouter un ou deux qu'elle ne connaît pas.

— J'ai une meilleure idée. Lorsque nous aurons fini de déjeuner, nous pourrions aller en acheter. Je connais une librairie, pas très loin d'ici.

— Tout ce que vous voudrez, pourvu que vous me laissiez deux heures pour faire mes bagages.

— Prenez tout votre temps.

— Vous êtes très déterminé, à ce que je vois.

— Comme je vous l'ai dit, je veux tout faire pour aider Caroline. Je sais quelle fillette elle peut être, comment elle était avant la disparition brutale de son père.

— Je vous dois des excuses, monsieur Delaney. J'avoue avoir eu des a priori à votre sujet, mais c'est parce que je me suis laissé influencer par les ragots que véhiculent les tabloïds.

— Je suis heureux d'apprendre que vous avez changé d'avis à mon égard. Et puis, vous verrez, ajouta-t-il d'un ton taquin, vous m'apprécierez encore mieux en vivant sous mon toit.

— Je vous rappelle que c'est pour Caroline que j'ai accepté de vous accompagner.

— Et moi qui pensais que vous étiez subjuguée par ma personne, dit-il en plaisantant à demi.

Elle s'interrompit de manger pour le fixer par-dessus son assiette.

— En vérité, peu importe que nous devenions amis ou pas, répliqua-t-elle.

— Pourtant, ce serait plus amusant. Et puis, vous pourriez être surprise par ce que vous découvrirez. En tout cas, en ce qui me concerne, je suis ravi d'avoir l'occasion de mieux vous connaître, conclut-il en baissant la voix.

— Je vous conseille de ne pas jouer à ce petit jeu-là avec moi, monsieur Delaney, dit-elle en secouant la tête. Mais j'imagine que chercher à séduire vous est aussi indispensable que l'air que vous respirez.

— En effet. Surtout lorsque je croise la route d'une jolie femme comme vous. Vous serez repartie dans deux jours ; flirter avec vous ne serait pas bien lourd de conséquences.

— Finalement, vous méritez peut-être l'image que la presse people donne de vous.

— Oublions les médias et revenons au sujet qui nous occupe, trancha-t-il, soucieux de ne pas s'aventurer sur un terrain glissant. Parlez-moi de votre métier.

— Eh bien, j'ai écrit plusieurs ouvrages consacrés à l'apprentissage de la lecture ainsi que quelques livres pour enfants. Comme je vous l'ai dit, je compte ouvrir ma propre école pour pouvoir y appliquer les méthodes pédagogiques que je préconise. En ce moment, je me bats avec différents organismes pour obtenir des subventions.

— Ouvrir une école est un projet ambitieux, remarqua-t-il avec une pointe d'admiration.

En plus d'être belle, Ava se révélait une femme passionnée, déterminée et intelligente. C'était une combinaison qui n'était pas pour lui déplaire, voire qui l'excitait.

— Mais tous les compliments qui me sont parvenus louaient vos compétences et votre professionnalisme, poursuivit-il. Vous devriez réussir.

— J'aime tant les enfants ! Je me sens à l'aise avec eux et je fais en sorte de leur apprendre à lire tout en les intéressant.

— Vous avez des frères et sœurs ?

— Deux sœurs plus jeunes que moi, Trinity et Summer. Trinity est rédactrice technique dans une chaîne de magasins de vêtements. Quant à Summer, elle passe l'été chez moi, avant d'intégrer une université. Elle veut devenir professeur de lettres.

— Et vos parents ? demanda-t-il encore.

— Mon père tient un magasin d'alimentation à Lubbock et ma mère est assistante dentaire. Et vous ? demanda-t-elle à son tour.

— Hormis Adam, qui est décédé, j'ai deux autres

frères. Zack, que je ne vois pas souvent car il se déplace beaucoup, et Ryan qui travaille à Houston. Mes parents ont divorcé, il y a plusieurs années. Ma mère s'est remariée et vit à Atlanta, mon père est mort récemment.

— Zack s'occupe-t-il aussi de Caroline ?

— Non, il ne peut pas. Il travaille dans le bâtiment et voyage un peu partout dans le monde. Autant dire qu'il n'est jamais là. Quant à Ryan, il dirige l'un de nos forages pétroliers et, à vingt-neuf ans, ne se sent pas l'âme d'un père. De toute façon, c'est moi qui étais le plus proche d'Adam.

— A quoi Caroline aime-t-elle occuper ses journées ?

— Elle adore nager. D'ailleurs, si vous aimez ça vous aussi, n'oubliez pas de prendre un maillot ; la maison est dotée d'une piscine très agréable. A part ça, elle aime aussi beaucoup la lecture.

— Si elle sait déjà lire à cinq ans, c'est un bon point.

— Malheureusement, comme elle refuse toute participation à l'école, sa maîtresse demeure sceptique.

— Et vous ? Vous croyez qu'elle sait réellement lire ?

— Non seulement je le crois, mais je l'affirme. Avant la mort de son père, et grâce à lui, elle déchiffrait déjà de petites histoires toutes simples. C'est bien ce qui rend cette situation aussi navrante.

— Permettez-moi de considérer ce don comme un signe de précocité. Et par le biais de la lecture, son précepteur aura une chance de communiquer avec elle.

— Nous avons terminé, dit-il en baissant les yeux sur leurs assiettes vides. Voulez-vous un dessert ? Ils en ont de délicieux ici.

— Non merci. Je préférerais que nous allions chez le libraire à présent.

Il l'escorta jusqu'à la limousine qu'il avait louée et lorsqu'elle en descendit pour se diriger vers la librairie, il ne manqua pas d'admirer la sensualité de sa démarche.

Une fois à l'intérieur du magasin, elle alla tout droit au rayon « Enfants » pour commencer une sélection.

— Que pensez-vous de celui-ci ?

— Je crois qu'elle l'a déjà. Mais elle en a tellement !

— Peu importe. Je pourrai les rapporter lorsque je serai de retour.

Il ne répondit pas, trop absorbé dans la contemplation de son corps aux formes sculpturales, qui passait entre les rayonnages.

— Je n'arrive pas à croire que vous soyez seule depuis six ans, lâcha-t-il, dubitatif.

— Je vous l'ai dit, je n'ai pas envie de sortir avec qui que ce soit. Et puis, à vrai dire, je suis trop occupée.

— Personne ne peut être occupée au point de rester seul aussi longtemps.

Elle interrompit sa tâche pour lui adresser un sourire moqueur.

— Etes-vous en train de me proposer de combler un vide ? Cherchons plutôt à trouver un bon précepteur à votre nièce et ensuite, nous reprendrons chacun notre route. J'aurais bien aimé vous trouver une jeune et jolie éducatrice, ajouta-t-elle d'un ton taquin, mais malheureusement, je n'en connais pas.

— En d'autres circonstances, j'aurais été d'accord avec vous sur le fait que dans deux jours, nos routes se sépareront définitivement. Mais ce serait sans compter l'attirance profonde que nous éprouvons l'un pour l'autre, ajouta-t-il d'une voix qu'il voulait sensuelle. Et n'essayez pas de nier cette évidence, insista-t-il en la défiant du regard. Je ne vous croirais pas.

Ava écarquilla les yeux, visiblement surprise par la brutalité de cette déclaration.

Inspirant profondément, elle regarda ailleurs, comme pour se donner une contenance.

— Que vous ayez raison ou non n'est pas le problème, monsieur Delaney, rétorqua-t-elle. Nous sommes ici pour affaires et, je vous le répète, il n'y a pas de place dans ma vie pour la bagatelle. Et sachez que si jamais je changeais d'avis, ce ne serait certainement pas pour vivre des aventures sans lendemain. Ce qui, me semble-t-il, est loin d'être votre cas.

— Effectivement, admit-il volontiers.

— Aussi, restons-en là, décréta-t-elle en lui tendant un ouvrage dont la couverture montrait une famille d'ours.

Sa main effleura celle d'Ava avant de s'emparer du livre. A ce contact furtif, il se sentit frissonner malgré lui.

— Je ne crois pas qu'elle l'ait, dit-il.

— Alors, nous le prenons. Elle va adorer cette histoire.

— Donnez-le-moi pendant que vous en cherchez d'autres, proposa-t-il en songeant qu'elle ferait la répétitrice idéale pour Caroline.

— Volontiers, dit-elle dans un sourire exquis qui attisa son désir pour elle.

Il la suivit une fois encore du regard. Il allait annuler tout rendez-vous susceptible de le séparer d'elle dans les deux jours à venir. Un sourire aux lèvres, il se fit la promesse de venir à bout des barrières qu'elle avait soigneusement érigées autour d'elle pour se protéger. La tension torride, presque palpable, qui existait entre eux n'était pas un effet de son imagination. D'ailleurs, elle ne l'avait pas démenti.

— Et celui-ci ? demanda-t-elle en lui montrant un nouveau livre.

Il considéra un instant les chatons qui en illustraient la couverture tout en se grisant du parfum légèrement fleuri qui émanait d'elle.

— Je ne pense pas que nous l'ayons.

— Alors, ajoutons-le à l'autre, décida-t-elle avant de reprendre ses recherches.

Après avoir sélectionné quatre ouvrages supplémentaires, ils passèrent en caisse.

— A quelle heure voulez-vous que je vienne vous chercher ? s'enquit-il lorsqu'il fut garé devant chez elle.

— En début de soirée, répondit-elle.

— C'est parfait. Je garde les livres, cela vous allégera un peu.

— Merci. Et merci aussi pour le déjeuner. A tout à l'heure.

Subjugué par la grâce et la sensualité qui se dégageaient d'elle, il la regarda franchir le seuil de sa résidence avant de remonter dans sa limousine.

Il avait deux jours !

Deux jours pour la décider à passer l'été chez lui à s'occuper en personne de Caroline. Aucune des personnes référencées n'était aussi qualifiée qu'elle, c'était une évidence.

Deux jours…

Le pari s'avérait ardu mais n'était-il pas homme à relever les défis les plus fous ?

Ava resta immobile à la fenêtre et regarda la limousine descendre la rue. Cela faisait bien longtemps qu'elle n'avait pas été réceptive au charme d'un homme, mais elle ne souhaitait pas vivre de complications. Depuis Ethan, elle n'avait pas ressenti un tel désir pour quelqu'un.

Elle revit avec acuité le moment où la silhouette athlétique de William Delaney s'était détachée dans la foule. Et si son physique ne lui était pas inconnu, les pages people des magazines ne lui avaient pas rendu justice.

Avec ses yeux ambrés bordés de longs cils noirs et l'épaisse tignasse brune qui encadrait un visage aux mâchoires volontaires, il était d'une séduction rare.

Elle devina que derrière la façade de l'homme sûr de lui se cachait une personne plus profonde et sensible, désarçonnée par le problème que lui posait sa nièce.

Pensive, elle tira de son sac la liste des éducatrices qu'elle avait sélectionnées. La première était une dénommée Becky Hofflinger, la plus apte à ses yeux à s'occuper d'une enfant ayant subi un tel traumatisme.

Elle repensa aux deux mille dollars proposés par Will. Elle pourrait gagner beaucoup plus en restant une semaine complète. Mais non, elle ne mangeait pas de ce pain-là.

Elle irait à Dallas, rencontrerait la petite fille, évaluerait son niveau de difficultés, puis rentrerait chez elle. Depuis le début, l'histoire de cette gamine l'avait touchée. C'était si difficile de perdre un être cher, surtout lorsqu'on était une enfant !

Ses pensées dérivèrent de nouveau vers Will. Pourquoi avait-elle réagi ainsi à sa provocation délibérée ? Durant les six dernières années, elle avait vécu dans le souvenir de son amour perdu, cherchant jour après jour à surmonter sa peine et sa souffrance.

A aucun moment, elle n'avait éprouvé le moindre intérêt pour un homme.

Jusqu'à ce que Will Delaney entre dans sa vie.

Après avoir pris une douche rapide, elle enfila un pantalon rouge qu'elle assortit à un chemisier en soie de la même couleur et chaussa des sandales à hauts talons. Tout en finissant de s'habiller, elle admit qu'elle éprouvait une certaine admiration pour Will. Elle ne s'était pas attendue à rencontrer un homme aussi concerné par le cas de sa nièce et cette sollicitude la touchait au plus haut point.

Elle espéra de tout cœur s'être trompée sur son compte.

Mais seul le temps pourrait le dire.

2

Lorsque la sonnette retentit, Ava pressa le bouton de l'Interphone.

— Ava, c'est moi, lui dit la voix rauque et sensuelle de Will. Je monte chercher vos bagages.

Elle ouvrit la porte, le cœur battant. Vêtu d'une veste bleu marine portée sur une chemise blanche dont le col était ouvert, il était d'une beauté renversante.

Elle lut dans son regard une note d'approbation qui lui procura un plaisir intense.

— Vous êtes superbe, la complimenta-t-il.

— Merci, dit-elle tout en cherchant à échapper à son sourire irrésistible.

Elle se pencha pour attraper ses bagages — un léger sac en cuir et un bagage à main —, mais il la devança.

Une heure plus tard, ils étaient dans les airs. Elle admira le soleil couchant qui éclaboussait la ville de couleurs flamboyantes tandis que l'avion prenait la direction du nord.

— Caroline sait-elle que nous arrivons aujourd'hui ? s'enquit-elle en affrontant le regard envoûtant de Will.

— Oui, je l'ai prévenue de votre séjour avec nous. Cependant, ne vous attendez pas à un accueil enthousiaste, ni à aucune effusion de sa part. Comme je vous l'ai dit, c'est une enfant très réservée, à l'opposé de la fillette qu'elle était du vivant de son père. Ils étaient très proches l'un de l'autre, et mon frère la chérissait plus que tout au monde.

— Quel malheur !

— C'était une petite fille brillante, joyeuse, enjouée, poursuivit Will d'une voix rauque d'émotion. Voir le petit fantôme qu'elle est devenue me rend d'autant plus triste et désemparé.

De nouveau, elle fut touchée de la compassion dont il faisait preuve. Elle regarda par le hublot, désireuse de penser à autre chose.

— J'imagine que vous voyagez beaucoup, dit-elle d'un air faussement détaché. Serez-vous dans les parages durant ces deux jours ?

— Oui, répondit-il en lui souriant. Je n'ai pas du tout l'intention de vous quitter. Je vais organiser mon emploi du temps de façon à passer le plus de temps possible à la maison.

— Comme vous voudrez, mais une fois que j'aurai rencontré votre nièce, il me faudra passer un peu de temps seule avec elle.

— Ne vous inquiétez pas, je ne compte pas vous gêner dans votre mission.

— Comment sont organisées ses journées ?

— Son planning est très souple, surtout en été. Mais en général, elle démarre avec un solide petit déjeuner, suivi d'une séance de lecture. Ensuite vient le moment des distractions et, si elle en exprime l'envie, sa nounou, Rosalyn, l'emmène se baigner dans la piscine. Puis elle déjeune, elle lit encore un peu, elle fait une courte sieste — elle n'éprouve pas le besoin de dormir longtemps —, elle retourne se baigner. J'essaie d'être à la maison pour dîner avec elle et la coucher, mais si je suis retenu au bureau ou si je dois assister à des soirées, c'est encore Rosalyn qui prend le relais. Caroline dispose d'un nombre incroyable de jouets, mais sa préférence va aux ordinateurs. Pour son âge, elle est déjà très douée en informatique.

— Je n'en doute pas, répliqua-t-elle en lui souriant. Son cas présente un sacré défi à relever, mais toutes les personnes que j'ai sélectionnées sauront faire face au problème. A la fin de ces deux jours, je pourrai vous donner le nom de la personne qui réussira à opérer un miracle, faites-moi confiance.

— Je l'espère, car cette situation me broie le cœur. J'aime tellement cette gamine ! Je prie tous les jours pour qu'on puisse l'aider. Et puis, je le dois à mon frère, de toute façon.

— Nous trouverons la bonne personne, je vous le promets.

— Je saurai me montrer généreux à l'égard de celui ou de celle qui saura aider ma nièce.

— Vous m'en avez déjà donné la preuve, dit-elle en souriant, avant d'ajouter : Vous êtes un oncle très prévenant, monsieur Delaney. Caroline a beaucoup de chance de vous avoir.

Visiblement encouragé par ce compliment, il se pencha vers elle pour lui murmurer sur le mode de la confidence :

— Et vous, Ava, vous avez le plus beau des

sourires. Aussi, croyez-moi, je vais m'employer à
ce que vous ne cessiez jamais de sourire.

— Cela ne figure pas au programme que je me
suis fixé, protesta-t-elle sans pouvoir contrôler les
battements désordonnés de son cœur.

— Qui sait ? Sur ce point-là aussi, je pourrais
tenter de vous faire changer d'avis.

A quoi faisait-il allusion ? Avait-il l'intention de
lui proposer ce poste ? Mieux valait ne pas réagir.
De toute façon, il n'ignorait pas que, malgré ses
compétences, elle n'était pas préceptrice.

Le vol fut de courte durée et lorsqu'ils eurent
atterri, une limousine vint les chercher.

Après un court trajet, ils franchirent bientôt
les grilles du domaine. La curiosité que suscitait
sa rencontre imminente avec la fillette fut pour
un temps reléguée au second plan. Ce fut avec la
plus vive fascination qu'elle aperçut une demeure
majestueuse, entre les arbres qui bordaient l'allée
principale.

— C'est tout simplement magnifique, dit-elle sans
chercher à cacher son éblouissement. En outre, je dois
avouer que ce manoir correspond mieux à l'image
que j'ai de vous qu'à celle de l'oncle papa-poule.

— Décidément, il va falloir que je m'applique à
vous faire oublier quelques-unes des idées préconçues
que vous nourrissez à mon égard. Vous apprendrez
à me connaître, vous verrez. Je m'y engage.

— Vous n'avez pas l'air d'avoir bien intégré le
fait que je ne suis là que pour votre nièce, monsieur
Delaney, lui rétorqua-t-elle vertement.

— Ne soyez pas aussi rigide. L'un n'empêche pas l'autre.

Elle esquissa un sourire, incapable de rester insensible à ce léger jeu de séduction qu'il avait instauré entre eux.

— Quand cesserez-vous donc de flirter avec moi sans vergogne comme vous le faites ? demanda-t-elle, amusée.

— Pas ce soir, en tout cas. Pourquoi le ferais-je, d'ailleurs ? Flirter est joyeux, sans conséquences, et puis j'aime ce genre d'échanges lorsque j'ai affaire à une jolie femme. Une relation sérieuse ne vous intéresse pas, ni moi non plus. Nous devrions bien nous entendre.

— Je prends ça comme un compliment, et je vous en remercie. Cependant, n'attendez rien de moi et dites-moi plutôt si vous vivez seul ici avec Caroline et sa nounou.

— Nous reviendrons sur cette conversation, vous pouvez me croire. Je n'abandonne pas aussi facilement. Mais pour répondre à votre question : oui, je vis seul dans cette demeure avec ma nièce et Rosalyn. Mon personnel réside sur place, dans des logements disséminés dans le parc.

Ces mots ne firent que traverser son esprit tant elle était impressionnée par ce qu'elle voyait. En fait de demeure, il s'agissait d'un véritable manoir anglais dressant sa silhouette majestueuse au milieu d'un parc qui lui parut gigantesque, ponctué de fontaines et de massifs aux fleurs éclatantes.

— Une petite fille doit se perdre là-dedans,

lâcha-t-elle sans se rendre compte qu'elle avait parlé tout haut.

— Caroline n'a eu aucun mal à s'habituer. La maison dans laquelle elle vivait était quasi similaire. Je pense même que ça ne l'a pas perturbée une seconde.

— Toute cette fortune…, dit-elle plus pour elle-même que pour son interlocuteur. Et pourtant, vous ne parvenez pas à obtenir la chose que vous désirez le plus au monde.

— Vous avez raison, l'argent ne peut pas tout acheter. Mais il me permet certaines libertés dont le manque d'argent me priverait.

Une fois sortis de la limousine, ils franchirent une véranda élégante. A la porte, ils furent accueillis par un majordome qui, après les avoir salués, s'effaça pour qu'ils puissent pénétrer dans un vaste hall que surplombait un lustre Empire.

— Ava, je vous présente Fred Simms. Fred, voici Mlle Barton.

— Mlle Caroline est dans la bibliothèque avec Rosalyn, annonça le majordome d'un ton cérémonieux après avoir salué Ava.

Will la prit par le bras et l'entraîna vers la bibliothèque.

— Par ici, indiqua-t-il.

La petite fille dessinait à une table en compagnie de sa nounou. Elle s'interrompit pour tourner la tête vers eux. Lorsqu'elle vit Ava, elle se laissa glisser de son siège et alla se nicher dans les bras de Rosalyn.

— Regarde un peu qui est là, lui dit sa nounou d'un ton enjoué.

Ava fut frappée par la ressemblance existant entre la fillette et son oncle.

Caroline fixa Will en silence tandis qu'il la prenait dans ses bras et l'embrassait affectueusement.

— Comment va ma petite Caroline ? demanda-t-il sans attendre vraiment de réponse. Caroline, je veux te présenter quelqu'un, ajouta-t-il en se tournant vers Ava. Voici Mlle Ava. Elle est institutrice.

Caroline la considéra sans dire un mot.

— Ava, poursuivit Will, voici Caroline.

— Ton oncle m'a beaucoup parlé de toi, dit Ava. Je suis très heureuse de faire ta connaissance.

— Ava, je vous présente Rosalyn Torrence, reprit Will en reposant la petite par terre. Rosalyn, Mlle Barton.

— Ravie de vous rencontrer, dit Ava en serrant la main de la nounou.

— Tu m'as manqué, trésor, dit Will à sa nièce, avec une gentillesse qui alla droit au cœur d'Ava. Merci, Rosalyn, vous pouvez disposer. Nous allons rester avec elle, maintenant.

— Si vous avez besoin de moi, je serai à l'étage, précisa l'employée avant de s'esquiver.

Ava sortit alors de son sac le sachet en papier dans lequel se trouvaient deux des livres qu'elle avait choisis à la librairie.

— Je t'ai apporté un cadeau, dit-elle en tendant le paquet à Caroline.

L'enfant le regarda sans esquisser le moindre geste pour s'en saisir.

— Eh bien, prends-le, la pressa Will.

Caroline obéit docilement et découvrit le premier livre qu'elle fixa attentivement.

— Merci, dit-elle d'une voix à peine audible. Merci, répéta-t-elle sur le même ton après avoir sorti le deuxième ouvrage.

— De rien, répliqua Ava en s'agenouillant près d'elle pour se mettre à son niveau. Je te lirai ces histoires quand tu voudras.

Caroline acquiesça d'un hochement de tête avant de poser les yeux sur son oncle.

— Quand tu voudras, répéta-t-il. Veux-tu maintenant ?

La fillette fit « non » de la tête.

— Alors, je vais défaire mes bagages, déclara Ava d'un ton faussement léger.

Elle avait beau ne pas être pédopsychiatre, elle pressentait un problème plus grave que ce qu'elle s'était imaginé après le compte rendu de Will.

— Nous allons rester un peu tous les deux, dit ce dernier en reprenant Caroline dans ses bras. Mais auparavant, nous allons montrer sa chambre à Mlle Ava.

Une fois à l'étage, ils s'engagèrent dans l'aile est et, après quelques secondes, poussèrent la porte d'une suite magnifique.

— Cette chambre vous plaît-elle ? s'enquit-il. Je l'ai choisie parce qu'elle est proche de celle de Caroline.

— Elle est superbe ! s'exclama-t-elle en détaillant le mobilier d'époque qui la meublait. Mais c'est si grand ! Je ne vais jamais retrouver le chemin de la bibliothèque.

— Laissez vos bagages, proposa Will. Vous les déferez plus tard. Venez, je vais vous faire faire un rapide tour du propriétaire.

Mais au fil des minutes, elle fut plus impressionnée par le silence épais dans lequel s'était murée Caroline que par les trésors qui s'offraient à sa vue au gré de la visite.

— Voici la chambre de Caroline, annonça Will en désignant une porte du menton. Celle de Rosalyn est juste à côté.

Ils entrèrent dans la suite réservée à la petite fille. Ava fut une fois de plus frappée par ce qu'elle découvrit et par le bon goût qui caractérisait chacune des pièces qu'elle avait vues.

Tout n'était ici que couleurs pastel, propices à la sérénité, ce qui rendait d'autant plus incompréhensible le mal-être profond d'une fillette de cet âge.

Ils quittèrent la chambre de Caroline et suivirent un long couloir au bout duquel se trouvait une pièce immense pouvant s'apparenter à une suite parentale.

— Vos appartements, j'imagine, dit-elle, sans pouvoir retenir un petit sourire.

— Je vois que vous commencez à me connaître, rétorqua-t-il en lui retournant son sourire.

— Disons que j'ai procédé par élimination.

Ils se rendirent dans la salle de jeux où Will installa la petite sur ses genoux avant de commencer à lui lire une histoire. Ils passèrent ensuite à un jeu de société, mais comme Caroline restait sombre et silencieuse, il renonça.

— Veux-tu qu'Ava te lise l'un de tes nouveaux livres ? demanda-t-il.

Caroline acquiesça sans un regard pour Ava. Ils allèrent alors s'installer sur un canapé, prenant la petite entre eux deux. Ava lisait, Caroline tournait les pages sans qu'on le lui demande, ce qui fit comprendre à Ava que la fillette savait effectivement lire.

Elle regarda avec émotion les petits doigts fins et délicats, huma l'odeur de pomme qui se dégageait de ses abondantes boucles brunes.

A l'heure du dîner, ils s'interrompirent pour aller déguster le délicieux repas préparé par le chef qui officiait à demeure, puis retournèrent quelques instants dans la salle de jeux, avant de sortir et d'aller s'asseoir près de la piscine.

Tandis qu'ils discutaient, Caroline s'installa à une table basse toute proche et commença à esquisser des dessins qu'elle offrit à Rosalyn, lorsque celle-ci vint la chercher pour aller la coucher.

— Elle est si attachante, Will ! dit Ava lorsqu'ils furent seuls. Mais je comprends mieux à présent pourquoi vous vous inquiétez tant pour elle.

— Je suis désespéré de la voir s'enfermer dans un monde que personne, pas même moi, ne peut atteindre.

— Et si vous me laissiez me débrouiller avec elle, demain ? proposa-t-elle. Je n'ai jamais eu affaire à un cas aussi difficile, mais, après tout, c'est bien la raison de ma venue ici : tenter de cerner sa personnalité avant de lui attribuer l'un des spécialistes que j'ai sélectionnés.

— Si vous vous sentez prête, je n'y vois que des avantages. Permettez-moi seulement de prévenir Rosalyn, pour le cas où les choses tourneraient mal.

— Donnez-lui sa journée. Je suis certaine que tout ira bien.

— Je n'en doute pas, mais vous n'avez pas l'habitude de ce genre de responsabilités et, croyez-moi, un enfant peut rapidement vous mettre à bout de nerfs.

— Caroline n'a pas l'air d'appartenir à ce genre d'enfants, dit-elle avec un sourire plein de sollicitude.

Il se leva, visiblement rassuré par la confiance qu'elle manifestait.

— Si vous voulez bien m'excuser, je dois aller la retrouver. Lorsque je suis à la maison, c'est toujours moi qui lui lis une histoire pour l'endormir.

— Bien sûr, je comprends.

Elle le regarda quitter la pièce, émue. Il ne lui avait pas menti. Il était aussi dévoué à sa nièce qu'il le prétendait.

Will grimpa l'escalier quatre à quatre pour aller rejoindre Caroline. Comme toujours, son cœur se serra à l'idée qu'il allait prendre la place de son frère.

— Merci, Rosalyn, dit-il à la nounou qui s'appliquait à brosser les longues boucles de la petite fille. Je vous appellerai lorsque j'aurai terminé.

— Bien, monsieur.

Elle s'éclipsa discrètement, laissant l'oncle et la nièce en tête à tête.

— Va chercher le livre que tu veux. D'accord ?

Le regard de la fillette s'attarda quelques secondes sur les étagères remplies de livres puis, sans hésitation, elle en sortit un qu'elle lui tendit.

— Très bon choix, la félicita-t-il en l'installant

sur ses genoux. Tu sais quoi, Caroline, mon amie Ava aimerait passer la journée de demain avec nous, ajouta-t-il prudemment, avant de commencer sa lecture. Je serai dans la maison, mais comme j'ai beaucoup de travail, je devrai passer du temps dans mon bureau. Serais-tu d'accord pour lui tenir un peu compagnie ?

Elle le considéra avec gravité avant d'acquiescer d'un hochement de tête.

— Parfait. Tu sais, elle aimerait t'aider à progresser dans tes lectures. Elle m'a dit aussi qu'elle pouvait trouver quelqu'un qui pourrait t'assister lorsqu'elle sera repartie.

Il marqua une pause durant laquelle la fillette posa sur lui ses grands yeux sombres.

— Caroline, reprit-il, Mlle Ava a vécu des moments difficiles parce que, tout comme toi avec ton papa, elle a perdu quelqu'un qu'elle aimait très fort. En fait, elle était mariée, mais son mari est parti pour toujours et parfois, ça la rend triste.

Il se demanda dans quelle mesure elle comprenait ce qu'il lui disait. A son âge, pouvait-elle ressentir de la compassion ou un lien de ce genre avec Ava ?

— Et maintenant, voyons un peu l'histoire de ce brave petit chien qui a sauvé des chatons, dit-il d'un ton qu'il voulait enjoué.

Il se mit alors à lire, mais ses pensées dérivaient régulièrement vers Ava. Il en était à la moitié du livre lorsque la respiration de Caroline se fit plus régulière. Il continua quelques pages, jusqu'à ce qu'il voie ses paupières se fermer. Tout doucement, il alla porter le précieux fardeau dans son lit et, après avoir tiré la couverture sur elle, resta quelques secondes immobile à la contempler dans son sommeil.

— Adam, je suis désolé, murmura-t-il, malheureux et impuissant.

Ava regarda Will tirer une chaise à lui et s'asseoir à côté d'elle.

— Ça y est, dit-il. Elle dort. Rosalyn est près d'elle.

— Combien de nounous a-t-elle eues ?

— Une seule. Rosalyn s'occupait déjà d'elle du temps d'Adam. C'est la nounou idéale, elle est très dévouée.

— Je suis d'autant plus surprise que Caroline n'ait pas fait de transfert sur elle. Elle aurait très bien pu être émotionnellement liée à sa nounou.

— Rosalyn a bien tenté de communiquer avec elle, peut-être trop même. Car Caroline s'est renfermée encore un peu plus sur elle-même. C'est néanmoins une femme très compétente qui adore la petite. Mais j'ai suivi vos conseils : je lui ai donné sa journée demain. Vous n'avez pas changé d'avis ?

— Absolument pas. J'ai hâte de mieux la connaître. Et ne vous inquiétez pas, je n'aurai pas besoin de vous, ajouta-t-elle en lui souriant.

— Je sais. C'est juste au cas où…

— Tout se passera à merveille, affirma-t-elle, et sachez que je comprends tout à fait votre appréhension. Mais ce n'est que pour un jour, deux, tout au plus.

Elle vit à son regard perplexe qu'il doutait de sa capacité à mener à bien une telle mission.

— Au fait, ajouta-t-elle d'un ton qu'elle voulait léger, vous aviez raison : Caroline sait lire. J'ai pu le constater lorsqu'elle s'est mise à tourner les pages sans que je le lui demande. Ce qui tend à prouver qu'elle lisait en même temps que moi.

— C'est très bien, mais à quoi cela nous sert-il si, une fois scolarisée, elle persiste à se replier sur elle-même ?

— Attendons cet été. Vous savez, il n'y a que le temps qui permette d'estomper un peu les souffrances.

— J'espère que vous ne m'en voudrez pas, mais j'ai un peu parlé de vous à Caroline. Je pensais qu'elle trouverait un peu de réconfort dans le fait que vous ayez toutes les deux perdu quelqu'un de cher. Mais elle n'a pas semblé réagir.

— Je ne sais pas si nous parviendrons à nous rejoindre, mais de mon côté, je sens une espèce de lien m'unir à elle. Quant à la perte que j'ai subie, je fais tout pour l'oublier. Je me noie dans le travail et trouve beaucoup de réconfort dans la présence des enfants.

— Vous devriez sortir, mener une vie sociale plus intense, lui conseilla-t-il gentiment.

— Je ne vis pas en recluse, rassurez-vous, répliqua-t-elle d'un ton taquin. A ce sujet, je voulais vous dire que si vous avez quelqu'un à voir, ne vous gênez surtout pas pour moi. Allez la rejoindre quand vous le voulez.

— Vous ne vous débarrasserez pas de moi aussi

facilement. Je n'ai personne dans ma vie, ce qui m'autorise à vous inviter à dîner vendredi soir.

Les battements de son cœur s'accélérèrent. Pour la première fois depuis la disparition d'Ethan, elle était tentée d'accepter une invitation à dîner. Mais la raison lui soufflait de refuser : Will avait la réputation d'enchaîner les conquêtes sans aucun état d'âme. A l'instar des autres femmes qui avaient jalonné sa vie, elle ne serait pour lui qu'une aventure sans lendemain.

Elle décida donc qu'il était plus sage de ne pas tenter le diable et de disparaître de la vie de Will Delaney aussitôt que ces deux jours seraient écoulés.

— Merci, finit-elle par dire, mais je ne peux pas accepter.

Il la fixa d'un air narquois.

— Je vous fais si peur que cela ?

— Effectivement, admit-elle en toute franchise. Je vous le répète, je ne veux pas de complications dans ma vie. Et si je suis ici, c'est pour Caroline et pour elle seule.

Ils abordèrent des sujets plus légers, évoquant leurs vies, leurs amis et ils papotèrent ainsi jusqu'à une heure avancée.

— Je vous laisse, dit-elle finalement, après avoir consulté sa montre. Il est tard et j'ai encore mes bagages à défaire.

— Je vous raccompagne. Vous pourriez vous perdre dans ce dédale de couloirs.

— Avez-vous songé à offrir un chien à Caroline ? demanda-t-elle tout à trac.

— Non, j'avoue que je n'y ai pas pensé.

— Cela dit, ajouta-t-elle, il se peut qu'elle n'en ait pas envie.

— C'est une très bonne idée au contraire. J'aurais dû y penser moi-même. Comment pourrait-elle résister à une petite boule de poils qui ne demanderait qu'à être aimée ? Et puis, elle devra en prendre soin, ce qui la responsabilisera.

— Un chiot devrait l'aider à sortir de son enfermement. Il se peut qu'ils rient et jouent ensemble.

— Je me renseignerai dès demain, annonça-t-il, visiblement séduit par cette perceptive. Il faut que je sache quelle race serait la plus susceptible d'aider Caroline.

— Parlez-en à un vétérinaire, lui conseilla-t-elle. Il saura vous guider dans votre choix.

— Décidément, vous allez finir par me devenir indispensable.

Elle comprit, au son de sa voix mi-grave, mi-ironique, qu'il ne la taquinait qu'à demi.

Lorsqu'ils furent arrivés sur le palier, il pénétra avec elle dans sa chambre et alluma les lumières.

— Faites le tour pour vérifier qu'il ne vous manque rien.

— Je suis certaine que non.

Il fixa alors sur elle un regard plein de gravité.

— Je bénis vraiment la personne qui vous a recommandée à moi.

Sans la quitter des yeux, il s'approcha d'elle et posa les mains sur ses avant-bras. Et alors que son cœur battait la chamade, elle ne vit plus en lui l'oncle d'une fillette à problèmes, mais l'homme séduisant et sexy qu'il était aussi. Et elle éprouvait un désir des plus intenses pour cet homme-là. Elle riva son regard au sien, brûlant de se blottir dans ses bras et de lui tendre ses lèvres.

— Vous me ramenez dans le monde des vivants, murmura-t-elle, émue, mais je ne suis pas sûre d'être prête.

— Vous l'êtes, affirma-t-il d'une voix rauque de désir. Je le vois à la petite flamme qui brille dans vos yeux.

Il se pencha alors vers elle et effleura ses lèvres.

Elle ferma les yeux, le cœur battant à tout rompre. Cela faisait six ans qu'aucun homme ne l'avait embrassée et elle s'abandonna avec délices à ce baiser. Une onde de désir la parcourut tout entière, qui la fit se plaquer plus étroitement contre lui.

La langue de Will s'insinua dans sa bouche, créant entre eux une intimité pleine de promesses. Jamais encore elle n'avait ressenti un désir aussi intense pour un homme. Et tandis que l'instinct l'emportait sur la raison, elle s'abandonna un peu plus. Malgré ses bonnes résolutions, elle ne pouvait pas résister à ses baisers qui lui donnaient l'impression de sortir d'un long tunnel et de redécouvrir brusquement la lumière. Enhardie par son audace, elle se grisa de l'odeur virile, presque animale, qui émanait de lui et goûta à ses baisers comme à des fruits défendus.

Les minutes s'écoulèrent sans qu'elle ait notion du temps. Car elle n'était attentive qu'aux mains légères de Will qui couraient sur sa nuque et descendaient dans son dos pour s'attarder au creux de ses reins.

Ivre de désir, elle s'écarta néanmoins de lui.

— Nous devrions arrêter avant qu'il ne soit trop

tard, dit-elle d'une voix hachée. C'est de la folie. Et puis, nous ne voulons courir aucun risque ; ni toi ni moi.

Mais tandis qu'elle parlait, il fixait sur elle un regard brûlant de passion.

— J'ai envie de toi, Ava, lui susurra-t-il à l'oreille. Et je sais que c'est réciproque.

Il lui scella la bouche d'un baiser ardent auquel elle répondit avec une ferveur égale. Une nouvelle vague de désir la submergea, si violente, qu'elle dut faire l'impossible pour lui échapper.

— Will, protesta-t-elle dans un souffle, laisse-moi.

Il la regarda droit dans les yeux et enfouit ses doigts dans le foisonnement de ses boucles.

— Pour l'instant, dit-il en relâchant son emprise.

Puis, d'une démarche souple et féline, il quitta la pièce sans se retourner et referma la porte derrière lui.

Elle resta un long moment immobile, en proie à une foule de sentiments contradictoires. Avait-elle commis une erreur colossale en succombant comme elle venait de le faire ?

Car si elle n'avait pas succombé à proprement parler, elle avait répondu à ses baisers passionnés et lui avait fait sentir le désir qu'il suscitait en elle.

Les choses prenaient décidément une tournure inattendue ! Or elle n'avait aucun intérêt à aller plus loin avec Will. Il ne serait jamais amoureux d'elle et Caroline ne serait jamais son enfant.

Mieux valait sortir définitivement de leurs vies après ces deux jours passés auprès d'eux.

3

Le lendemain matin, Ava trouva le chef qui s'affairait déjà dans la cuisine.

Petit, replet, vêtu d'un large tablier qui protégeait son ventre proéminent, il lui adressa un sourire chaleureux.

— Bonjour.

L'arrivée intempestive de Will l'empêcha de le saluer à son tour. Subjuguée par cette apparition, elle ne put que suivre des yeux sa main venue effleurer son bras.

— Bonjour, dit-il d'une voix enjouée. Ava, voici mon merveilleux chef, Rainey Powers. Rainey, je vous présente Mlle Ava Barton. Elle est institutrice et va travailler avec Caroline pendant deux jours.

— Bonjour, dit-elle enfin, en souriant à cet homme au visage rond encadré de courtes boucles rousses.

— Qu'aimerais-tu pour ton petit déjeuner, Ava ? s'enquit Will. Rainey est le spécialiste des omelettes.

— A vrai dire, le matin, j'ai l'habitude de ne prendre que des fruits.

— J'insiste, Ava. Ne rate pas l'occasion de déguster l'omelette de ta vie.

Elle se décida pour une épinards-champignons,

puis se laissa conduire vers le coin de la cuisine qui donnait dans la véranda et, au-delà, sur la piscine.

— Tu es superbe, ce matin, la complimenta-t-il en tirant une chaise pour lui permettre de s'asseoir.

— Merci, répliqua-t-elle, consciente de la proximité qu'il lui imposait.

Il alla s'asseoir à la place qui lui était désignée, devant une tasse à demi remplie de café fumant.

— Un verre de jus d'orange ? offrit-il en saisissant un pichet posé sur la table.

— Volontiers. Je suis surprise que Caroline ne soit pas là, avec nous.

— Il lui arrive de se lever tard.

— Elle redoute peut-être de se retrouver seule avec moi, souligna-t-elle. Après tout, elle ne me connaît pas.

Il laissa son geste en suspens, semblant réfléchir à cette éventualité.

— Peut-être. Avec elle, c'est difficile à savoir. Je ne sais jamais ce qui lui passe par la tête. Elle accepte tout sans émettre aucun commentaire. Et c'est ce manque de réaction qui risque de poser un problème à l'école.

— Tu n'as jamais songé à la mettre dans une école spécialisée ?

— Si, mais je crains qu'elle ne devienne encore plus introvertie. Je préfère la confier à quelqu'un qui essaiera vraiment de briser la carapace qu'elle s'est forgée pour se protéger du monde extérieur.

— Ne mets pas tous les espoirs en moi, Will, le prévint-elle. Je ne suis pas vraiment dans mon élément et tenter d'aider une enfant comme Caroline n'est pas tout à fait de mon ressort.

— Je comprends. Mais personne n'est plus à même que toi pour me conseiller. Je voudrais tellement que me revienne la petite fille pleine de vie et de gaieté qu'elle était !

— Je ferai de mon mieux.

— Je n'en doute pas. Comment as-tu dormi ? s'enquit-il, changeant brusquement de sujet.

— Très bien, répondit-elle, légèrement rougissante au souvenir des baisers qu'ils avaient échangés.

Il esquissa un sourire amusé qui en disait long sur son scepticisme.

— Aussi bien que moi, j'imagine.

L'arrivée de Rosalyn accompagnée de Caroline lui évita une réponse embarrassée.

— Bonjour, les salua Will en prenant la petite fille dans ses bras.

Ava ne manqua pas de remarquer que les petits bras de la fillette se refermèrent instantanément autour du cou de son oncle.

— Rosalyn, allez passer votre commande à Rainey. Il sait ce que prendra Caroline, je le lui ai déjà dit.

Aussitôt que la nounou eut quitté la pièce, il installa Caroline sur une chaise.

— Rosalyn prend son petit déjeuner avec toi. C'est une gentille attention.

— Tu sais, je considère Rosalyn comme une parente. En fait, chaque membre de mon personnel travaille pour moi depuis si longtemps qu'ensemble, nous formons une véritable famille.

Une fois de plus, il la surprenait en lui présentant

une image de lui bien éloignée de l'idée qu'elle s'en faisait.

Lorsque Rosalyn les eut rejoints, la conversation prit une tournure plus impersonnelle à laquelle, comme à son habitude, Caroline ne participa pas.

Après le déjeuner, Rosalyn alla vaquer à ses occupations, Will se rendit dans son bureau et Ava emmena Caroline dans sa chambre.

— J'ai un nouveau jeu pour toi, dit-elle en lui tendant un paquet qu'elle avait sorti de son sac.

La fillette le regarda d'un œil atone.

— C'est pour toi, insista-t-elle en le lui plaçant dans une main.

Après l'avoir sorti de son emballage, la fillette le tourna dans tous les sens et le posa par terre.

— Merci, dit-elle dans un murmure poli.

— Je vais te montrer comment t'en servir. Tu es d'accord ?

Caroline acquiesça d'un hochement de tête.

— Avant de commencer, reprit Ava, je voudrais te donner un autre cadeau que j'ai acheté pour toi.

Une nouvelle fois, Caroline défit le paquet et découvrit un petit ours brun en peluche.

— Merci, répéta-t-elle en fixant intensément la peluche.

— De rien, répliqua Ava. Et maintenant voyons un peu ce nouveau jeu.

Une fois dans la salle de jeux, elle plaça ses affaires sur un canapé, puis se tourna vers Caroline.

— Nous pouvons nous installer par terre, dit-elle en montrant l'exemple.

Après avoir ôté ses chaussures, elle sortit les cartes de leur boîte.

— Regarde, commença-t-elle à expliquer, heureuse de constater que l'enfant gardait la peluche serrée contre elle. Sur chaque carte figure une lettre. Nous allons les placer à l'envers. Ensuite, à tour de rôle, nous retournerons deux cartes, pour essayer de composer des paires. C'est celle qui aura le plus de paires qui remportera la partie. Tu as compris ?

Caroline ayant acquiescé, elle poursuivit :

— Dès que toutes les cartes seront à l'envers, tu pourras commencer. Tu veux m'aider à les placer ?

De la tête, l'enfant fit signe que « non ».

Au cours de la partie, elle remarqua la présence silencieuse de Will. Pris sur le fait, il s'esquiva. Elle se demanda combien de temps il était resté à les observer. Ou à l'épier peut-être ?

Au milieu de la matinée elles firent une pause durant laquelle elles visionnèrent un petit film qu'Ava avait apporté. Caroline regarda l'écran sans lâcher son ours, mais aucune émotion ne transparut sur son minois resté de marbre. Au comble de la frustration, Ava en vint à penser que ses efforts pour mieux connaître la fillette allaient rester vains.

Vers 11 heures, elles se rendirent à la piscine. Tandis que Caroline se précipitait dans l'eau, Ava retira le T-shirt trop grand qui cachait le maillot de bain une-pièce bleu marine qu'elle avait volontairement choisi classique.

Elle s'immergea dans l'eau tiède, soulagée de voir que Will ne les avait pas suivies. Après avoir vérifié que Caroline savait effectivement nager, elle l'installa sur un matelas gonflable et contempla avec elle les nuages menaçants qui s'amoncelaient dans le ciel azur.

A l'heure de la sieste, elle s'allongea à côté de la fillette.

— Quelle histoire veux-tu que je te lise ? s'enquit-elle.

Caroline lui tendit le livre qu'elle avait pris soin de choisir avant de se coucher.

— *La Nouvelle Maison de Teddy*, lut Ava à voix haute. Très bien. Je lis, tu tournes les pages. D'accord ?

Quelques minutes plus tard, elle interrompit sa lecture avant le dernier mot de la page.

— Connais-tu ce mot ? demanda-t-elle.

Caroline fixa les lettres un long moment avant d'acquiescer d'un mouvement de tête.

— J'aimerais beaucoup que tu me les lises, l'encouragea-t-elle, redoutant que son insistance n'incite la fillette à se renfermer un peu plus.

Il y eut un long silence durant lequel Ava retint son souffle. Devant son insuccès, elle lut la page suivante, s'arrêta de nouveau sur le dernier mot. Mais une fois encore Caroline se mura dans un silence pesant. A la troisième tentative, elle l'entendit prononcer le mot « chaussure » dans un souffle.

— Merci, Caroline, dit Ava, le cœur battant. Je sais que parfois les choses sont difficiles à faire, mais c'est bien de montrer qu'on en est capable.

Elle décida de se contenter de cette première petite victoire et de ne pas rajouter de pression supplémentaire sur l'enfant.

Au fil des heures, elle eut quelques réponses aux questions qu'elle se posait. Caroline ne se rapprocherait pas plus d'elle que de Will et de Rosalyn. Les barrières défensives qu'elle avait érigées autour d'elle pour se protéger d'un monde hostile n'étaient pas près de s'effondrer.

Elle sut gré à Will d'avoir tenu sa promesse et de l'avoir laissée seule avec sa nièce, renonçant par la même occasion à flirter avec elle. Cependant, elle ne chercha pas à nier le fait qu'il lui manquait.

Il ne les rejoignit qu'en fin d'après-midi, à la piscine. Son cœur s'affola lorsqu'elle le vit dans un slip de bain qui ne dissimilait rien de son corps athlétique ni de ses muscles saillants. Fascinée, elle le regarda effectuer un plongeon parfait qui les éclaboussa, mais eut le mérite de tirer un sourire à Caroline.

Il surgit près de sa nièce, puis la souleva avant de la laisser retomber dans l'eau, sans la lâcher pour autant.

Ils jouèrent ainsi un long moment, unis dans une belle complicité qui ravit Ava, témoin silencieux de la scène.

— Bonjour, dit-il, un sourire aux lèvres, lorsqu'il fut près d'elle.

— Bonjour, répondit-elle, attentive aux battements accélérés de son cœur.

— Excuse-moi de lui prêter toute mon attention.

— Ne t'excuse pas. Le contraire serait navrant.

— Tu sais, c'est la première fois que je la vois aussi joyeuse. Je suppose que c'est à toi que je le dois. Je savais bien que tu saurais t'y prendre avec elle.

— Merci, mais tu n'as pas tout vu. Elle a lu un mot à voix haute, ce matin.

Une étincelle passa dans les prunelles sombres de Will.

— Je te préviens, je ne compte pas te laisser partir facilement. J'aimerais que tu passes la semaine avec nous. Nous en discuterons plus tard.

— Will, les personnes que j'ai sélectionnées seront beaucoup plus aptes que moi à s'occuper de Caroline.

Il ne chercha pas à argumenter, mais c'est avec un sourire en coin qu'il lui tourna le dos pour aller rejoindre sa nièce.

Plus tard, ils dînèrent tous ensemble, puis Will monta à l'étage coucher Caroline.

Il réapparut au bout d'une demi-heure, l'air radieux.

— Caroline aimerait que ce soit toi qui lui racontes une histoire, annonça-t-il.

— J'en serais très heureuse, dit-elle en suivant Will.

— Ava, tu as su fissurer la carapace de Caroline mieux que quiconque. En quelques heures à peine, tu as réussi l'exploit de l'ouvrir à toi. Même Rosalyn qu'elle connaît pourtant depuis qu'elle est bébé, n'est pas parvenue à l'approcher comme tu l'as fait.

— Ne crions pas victoire trop tôt. C'est certes un progrès, mais essayons de ne pas nous montrer trop optimistes. Nous pourrions être déçus.

— Tu plaisantes ! C'est un énorme pas en avant ! C'est la première fois qu'elle répond favorablement à quelqu'un.

— Will, je ne voudrais pas que tu te raccroches à un semblant d'espoir, le prévint-elle encore.

— Nous verrons bien, finit-il par concéder.

Lorsqu'ils pénétrèrent dans sa chambre, Caroline, assise par terre, jouait avec ses poupées. L'ours qu'elle lui avait offert était sagement assis sur ses genoux.

— C'est l'heure de l'histoire et du dodo, trésor, lui dit Will d'une voix infiniment douce. Donne ton livre à Mlle Ava et va dans ton lit. C'est elle qui va te faire la lecture, puis je reviendrai te coucher.

La minute d'après, Ava était allongée à côté de Caroline et, selon un rituel désormais bien établi, se mit à lire tandis que Caroline tournait les pages.

Elle remarqua avec une certaine émotion que la petite fille se rapprochait un peu plus d'elle, jusqu'à la toucher. Encouragée, elle prit le risque de glisser un bras autour d'elle.

— Veux-tu que je te lise une autre histoire ? demanda-t-elle lorsqu'elle eut fini.

Caroline ayant répondu « non » d'un signe de tête, elle se leva et lui remonta le drap jusque sous le menton.

— J'ai passé une bonne journée avec toi, Caroline. Demain je serai encore là et nous referons à peu près la même chose. Mais si tu veux, nous pourrons aller dans une librairie acheter de nouveaux livres.

La fillette posa alors ses grands yeux sombres sur elle et demanda dans un souffle si ténu qu'elle faillit ne pas entendre :

— Tu as mal ?

Elle comprit instantanément que Caroline ne

faisait pas allusion à une douleur physique, mais à la perte de son mari.

— Oui, mais c'est une souffrance qui va, qui vient.

Caroline baissa les yeux sur le bord de son drap et se mit à le tordre nerveusement de ses petits doigts fins.

— Moi, je n'ai plus de papa ni de maman.

— Je sais, ma chérie, dit-elle, submergée par l'émotion. Mais il y a plein de gens autour de toi que tu pourrais aimer si tu le voulais et qui t'aiment, comme ton oncle Will.

Lorsque la fillette la fixa de nouveau de ses grands yeux bruns, elle ne put résister. Elle se pencha vers elle et la serra contre sa poitrine. A sa grande surprise, Caroline ne la repoussa pas mais, au contraire, noua ses petits bras autour de son cou.

Elles restèrent ainsi enlacées quelques secondes avant qu'Ava ne se redresse.

— Tu es une petite fille très courageuse, dit-elle.

Mais la magie du moment s'était dissipée. La fillette reprit l'air lointain laissant penser qu'elle avait rejoint son monde solitaire.

— C'est l'heure de dormir, annonça Will qui venait d'entrer dans la pièce. Je te raconte une autre histoire si tu veux et puis il faudra dormir.

— Bonne nuit, Caroline, dit-elle en souriant à la petite fille avant de s'éclipser.

Secouée par l'intensité de ce qu'elle venait de vivre, elle alla attendre Will dans le salon. Une demi-heure s'écoula avant qu'il ne revienne.

Il traversa la pièce à grandes enjambées et fonça droit sur elle pour la prendre dans ses bras.

— Tu fais des miracles. Je l'ai vue nouer ses bras autour de ton cou. Je me suis esquivé parce que je ne voulais pas rompre la magie de l'instant.

— Will, dit-elle en se dégageant de l'emprise de Will, je te l'ai déjà dit, ne nous emballons pas trop vite.

Il la prit par les bras et fixa sur elle un regard plein de gravité.

— N'essaye pas de minimiser tes résultats, Ava. Les progrès de Caroline sont énormes. Tu as réussi là où nombre de spécialistes ont échoué.

— Je pense qu'elle a senti qu'un lien nous unissait. Pour moi, la perte de mon mari et pour elle, la perte de son père.

— Peut-être, mais elle a autour d'elle des gens qui ont perdu des êtres chers et elle n'a jamais réagi de la sorte. Non, crois-moi, il y a autre chose qui la pousse vers toi.

— Je suis étonnée qu'elle ne se soit pas rapprochée d'enfants ayant connu des cas similaires au sien.

— Ils s'y sont peut-être mal pris. J'ai remarqué que toi, tu agissais en douceur.

— Il n'y a pas de formule magique, tu sais. Et puis, elle aussi y va tout en douceur.

— Tu plaisantes ! Répondre à votre étreinte comme elle l'a fait, c'est tout simplement énorme !

— Tu te montres tellement enthousiaste, peut-être de façon prématurée, que j'ai peur de t'en dire plus.

— Tu en as trop dit, ou pas assez. De quoi s'agit-il ?

— Ce soir, elle m'a parlé. Elle m'a demandé si j'avais mal.

Il posa sur elle un regard si intense qu'elle se demanda si elle avait bien fait de lui parler.

— Will, ne réagis pas de façon aussi démesurée. Dis-toi simplement qu'il y a un espoir pour que la personne que j'ai en tête puisse vraiment aider ta nièce.

— Asseyons-nous, veux-tu ? proposa-t-il, encore sous le choc.

A sa demande, elle lui répéta ce qu'elle venait de lui révéler.

— Tu as réussi, dit-il comme pour lui-même. Je savais que tu finirais par briser sa carapace.

— Disons que nous avons franchi une étape dans la bonne direction, avança-t-elle prudemment.

Ivre de joie, il encadra son visage de ses deux mains.

— Nous avons eu tellement d'espoirs déçus. Si tu savais le nombre de tentatives qui ont échoué !

— Peut-être n'était-elle pas prête et que le temps a fait son œuvre.

Elle parlait le cœur battant, consciente de la chaleur qui se dégageait de lui et irradiait en elle.

— Je suis tellement heureux, Ava. Je me berce peut-être d'illusions, comme tu dis, mais c'est la première fois qu'elle manifeste une émotion. Tu te rends compte ? Elle a communiqué avec toi, elle a créé le contact ; et même si l'échange a été bref, il a le mérite d'avoir existé.

Voyant ses yeux s'attarder sur sa bouche, elle sentit le feu se mettre à couler dans ses veines. Aussi lorsqu'il se pencha vers elle pour l'embrasser s'abandonna-t-elle à l'ivresse du moment. Elle répondit à ses baisers passionnés avec une fougue égale à la sienne et le laissa même l'installer sur ses genoux.

Cette histoire ne connaîtrait pas de lendemains, alors pourquoi ne pas se laisser aller et profiter de l'instant présent, sans se torturer ?

Au bout de quelques minutes qui leur parurent une éternité, ils s'écartèrent légèrement l'un de l'autre, le souffle court. Il la fixa comme s'il la voyait pour la première fois et plongea les mains dans ses cheveux.

— Tu t'occuperas encore d'elle demain, n'est-ce pas ? demanda-t-il, anxieux.

— Bien sûr, même si je sais déjà ce que je voulais savoir. Du coup, j'ai ma petite idée sur la personne à t'indiquer. Au fait, j'ai dit à Caroline que nous irions dans une librairie pour acheter de nouveaux livres.

— Très bonne initiative. Quant à moi, je vais de ce pas annoncer à Rosalyn qu'elle peut prendre une journée supplémentaire.

Alors qu'il se levait, elle le revit tel qu'il était un peu plus tôt à la piscine, à demi nu. Le cœur serré, elle songea qu'elle allait passer sa dernière nuit sous son toit. Il lui manquerait, de même que son adorable nièce.

Quelques minutes plus tard, il était de retour et vint s'asseoir à côté d'elle, si près que leurs jambes se touchaient.

— Je te sers quelque chose à boire ? Je peux te proposer du thé, une boisson gazeuse, du lait, une margarita, du rhum… Tout ce que tu veux, le bar est plein à craquer.

— Je veux bien un thé glacé, dit-elle en le suivant dans la cuisine.

Elle le regarda en remplir un grand verre, y glisser une tranche de citron et se servir une bière. Ils s'installèrent sur une banquette et levèrent leurs verres pour trinquer.

— Aux miracles, clama Will.

Elle esquissa un sourire songeur et répliqua dans un murmure :

— Aux chimères. Maintenant que je connais un peu mieux Caroline, ajouta-t-elle d'une voix qu'elle voulait neutre, je pense que je vais contacter Becky. Elle sera la plus apte à aider Caroline. Elle est libre cet été et elle vit près de Dallas, ce qui lui laissera la possibilité de rester ou de rentrer chez elle. Je suis certaine qu'elle te plaira.

— Ava, j'ai réfléchi à ce problème, et je sais qui je veux pour s'occuper de ma nièce, dit-il en posant son verre sur la table.

— Tu n'approuves pas mon choix ? s'étonna-t-elle. Tu as étudié le dossier que je t'ai donné ?

— Oui, et une seule personne s'impose à moi.

— Ah ? Et qui est-ce ?

Il lui prit les mains et riva au sien un regard empli de gravité.

— Toi.

4

Même si elle s'y était attendue, Ava fut surprise d'entendre Will formuler tout haut sa proposition. En outre, la perspective de laisser Caroline lui brisait le cœur.

— Will, je te remercie de me manifester une telle confiance, dit-elle d'un ton faussement détaché. Caroline est adorable et mérite qu'on l'aide, mais…

— Je t'en prie, ne prends pas de décision hâtive. Donne-toi le temps de la réflexion, l'interrompit-il. Tu me donneras ta réponse demain. Après ces deux jours, tu sauras exactement à quoi t'en tenir sur le travail qui t'attendra.

— Will, je ne t'ai rien caché de mes projets, objecta-t-elle. Tu sais donc que je compte ouvrir ma propre école.

— J'apprécie ton ambition, et je te demande juste de différer un peu tes plans, dit-il tout en se rapprochant d'elle au point de la toucher.

— Ouvrir ma propre école est un vieux rêve.

— Et un rêve admirable, je te l'accorde.

Elle feignit de rester insensible au regard de braise qu'il darda sur elle. Elle ne le laisserait pas ruiner ses plans de carrière. Aussi prit-elle une profonde inspiration pour se donner le courage de refuser son offre.

— Tu es la personne idéale pour Caroline, enchaîna-t-il sans lui laisser le temps de protester. Et puis, nous sommes déjà en juin. Tu n'aurais que deux mois et demi à passer ici avant la rentrée des classes.

— Je ne veux pas mettre mes rêves de côté, même pour deux mois, Will. Par ailleurs, je ne suis pas la personne la mieux appropriée pour cette mission. Je suis certaine que lorsque tu rencontreras Becky, tu seras d'accord avec moi. Caroline va l'adorer.

Au lieu d'argumenter, il sortit de sa poche un document qu'il déplia.

Soupçonnant qu'il s'agissait d'une proposition à plusieurs milliers de dollars, elle décida de ne pas y jeter un coup d'œil.

— Je savais que tu serais difficile à convaincre, aussi je te demande de ne pas me répondre tout de suite. Promets-moi d'étudier attentivement ce document et d'y réfléchir.

— Will, je sais ce que je veux faire, persista-t-elle. Aider Caroline n'est pas un simple petit boulot d'été. Elle a besoin de quelqu'un qui la suivra pendant plusieurs mois, et ce serait trop compliqué pour moi.

Visiblement peu habitué à ce qu'on lui résiste, Will resta sourd à ses protestations.

— Dis-toi plutôt que cet argent supplémentaire pourrait t'aider à financer ton école, objecta-t-il. Voici ce que je te paierai pour t'occuper de Caroline pendant ces deux mois d'été, ajouta-t-il en lui tendant la feuille.

Elle ignora le document, soucieuse de ne pas céder à une tentation trop facile.

— Will, je suis désolée mais j'ai déjà mis en train pas mal de choses. Je me suis déjà engagée pour une location et…

— S'il te plaît, donne-moi une chance. Regarde au moins ce que je te propose.

— Peu importe, rétorqua-t-elle, contrariée.

— Prends ce document, Ava, lui intima-t-il d'une voix autoritaire. Sans quoi, tu te poseras toujours la question.

Exaspérée, elle lui arracha la feuille des mains.

— Will, ton entêtement est ridicule.

— Je ne suis pas le seul à me montrer entêté. Tu pourrais au moins jeter un coup d'œil là-dessus.

— Je comprends que…, commença Ava qui s'arrêta net, interloquée.

Elle fronça les sourcils, relut la somme exorbitante qui s'affichait sous ses yeux. Will lui offrait cinq cent mille dollars pour l'été, augmentés de la même somme si elle parvenait à sortir Caroline de son mutisme.

— Ce n'est pas sérieux, murmura-t-elle en levant les yeux sur lui.

— C'est très sérieux, au contraire, répliqua-t-il. Je veux que Caroline puisse intégrer normalement l'école primaire dès la rentrée, et je sais que grâce à toi, elle y parviendra. Tu t'installeras ici. Tu seras libre le samedi et le dimanche, et si tu désires rentrer chez toi, je mettrai l'un de mes jets privés à ta disposition.

— Cette somme est astronomique, répéta-t-elle.

Qu'attends-tu vraiment de moi pour un prix pareil ? ajouta-t-elle, brusquement soupçonneuse.

— Rien de personnel, je te rassure, affirma-t-il en souriant.

— Pourtant, je ne peux m'empêcher de penser que tu me paies beaucoup trop cher pour ce genre de travail.

— Mais parce que je sais que tu vas réussir. J'ai déjà dépensé des fortunes sans résultats. J'ai fait appel à des médecins, des conseillers, à nombre de psychothérapeutes et de psychiatres, à toutes sortes de pédagogues, tout ça pour rien. Tu es mon dernier espoir.

— Merci, mais j'ignore si tu as raison.

— Je te le répète, Ava. Prends le temps de réfléchir et d'envisager ce que tu pourrais faire avec tout cet argent.

L'espace d'un instant, elle fut tentée d'accepter sur-le-champ. Faudrait-il qu'elle soit folle pour refuser cinq cent mille dollars, et peut-être même le double ? Elle n'aurait alors plus à s'inquiéter de trouver les fonds nécessaires à son projet. Elle pourrait même s'offrir un terrain pour y faire bâtir son école.

Un mélange de colère et de désarroi la submergea. Pourquoi fallait-il qu'elle ait rencontré cet homme qui dérangeait l'ordre bien établi de sa vie et de ses projets, au profit de ses propres exigences ?

Par ailleurs, elle s'en voulait de céder aussi facilement, d'autant que s'il savait se montrer, avec succès, aussi insistant sur le plan professionnel, il n'y avait aucune raison pour qu'il n'en aille pas de même sur le plan personnel. Combien de temps serait-elle capable de résister avant de se retrouver dans son lit ?

Elle se leva, soucieuse de prendre de la distance et ainsi d'échapper à la toile ensorceleuse qu'il avait commencé à tisser entre eux.

— Pour l'heure, je vais me coucher, annonça-t-elle avec une pointe de raideur. Pour réfléchir à ton offre, bien sûr.

Il se leva à son tour et la prit par le bras.

— Je t'accompagne jusqu'à ta chambre.

Elle accepta distraitement, trop absorbée dans ses pensées pour prendre toute la mesure de ce qu'il venait de dire. Ce ne fut qu'une fois à la porte de sa chambre qu'elle s'aperçut de sa présence.

— Nous nous connaissons à peine tous les trois, Will. Comment peux-tu être certain que je vais pouvoir aider Caroline ?

— Tu lui plais beaucoup, tu as réussi l'exploit de la faire parler. Cela me suffit pour que ça vaille la peine d'essayer. Et puis, comme tu as pu le constater, l'argent n'est pas un problème pour moi.

— Et cela ne te dérange pas de ruiner les projets de quelqu'un pour satisfaire ta volonté ?

— Je ne ruine pas tes projets, Ava. Avec cet argent tu vas pouvoir monter ton école en un temps record, alors que cela te prendra des mois, voire plus si tu dois traiter avec des banquiers. Tu n'auras plus aucune limite, tu pourras faire exactement ce que tu veux. Je ne contrarie pas tes plans, Ava. Au contraire, je t'aide à les réaliser. Mais tu es libre de choisir.

— En effet. En tout cas, je te remercie, j'ai passé une journée très intéressante. Tu auras ma réponse ferme et définitive demain.

Une nouvelle fois, elle se sentit envahie par la colère. Car même si elle avait le choix, comment renoncer de gaieté de cœur à la possibilité de gagner autant d'argent en moins de trois mois ?

Lorsque Will fixa ses lèvres avec un désir non dissimulé, elle retint son souffle. Elle brûlait de l'embrasser autant qu'elle voulait lui résister.

— Bonne nuit, Will, finit-elle par dire d'une voix qu'elle espérait ferme.

Puis elle lui tourna le dos, pénétra dans sa suite dont elle referma doucement la porte.

Encore sous le choc, elle alla s'asseoir dans un fauteuil et fixa les chiffres qui dansaient devant ses yeux. Un demi- million de dollars pour s'occuper d'une adorable fillette durant moins de trois mois.

Trois mois.

Qu'étaient trois mois dans une existence ?

Surtout s'ils vous donnaient la possibilité de réaliser le rêve de votre vie sans la moindre difficulté.

Elle ne pouvait décemment pas refuser. Et même si elle n'était pas psychothérapeute, elle avait établi un bon contact avec Caroline. En outre, elle pouvait se permettre d'échouer, puisqu'elle avait déjà prévenu Will de ne pas mettre tous ses espoirs en elle.

Pourtant une soudaine pensée vint assombrir ce début d'euphorie. Trois mois, c'était aussi l'occasion de s'attacher à la fillette et donc de souffrir quand viendrait l'heure de la séparation.

Troublée par cette perspective, elle se carra

confortablement dans son siège et se mit à fixer le plafond.

« Refuse, lui souffla la voix de la raison. Refuse et pars d'ici. »

« Accepte, riposta une autre petite voix insidieuse. Une occasion pareille ne se présente pas deux fois dans une vie. »

Agacée par cette valse hésitation qui ne lui ressemblait pas, elle alla se coucher. Mais tant de questions se bousculaient dans sa tête qu'elle resta éveillée jusqu'au petit matin.

Le lendemain, Ava prit sa douche et enfila un pantalon et une chemise bleu marine, tenue qu'elle jugeait parfaitement appropriée à la situation : ni trop sexy ni trop sévère.

Déjà installé dans la véranda, Will consultait ses mails sur sa tablette numérique. Comme chaque fois qu'elle le voyait, les battements de son cœur s'accélérèrent.

Il se leva pour aller l'accueillir et, après avoir détaillé sa tenue, posa sur elle un regard approbateur.

— Bonjour, dit-il en lui souriant. Tu as l'air en pleine forme.

— Bonjour, répondit-elle en lui souriant en retour.

— Assieds-toi. Je vais chercher ton petit déjeuner. Café et jus d'orange ?

— Volontiers.

Il lui laissa à peine le temps d'avaler une gorgée de son café.

— Alors ? demanda-t-il aussitôt, sans chercher à cacher son impatience. Tu as réfléchi à mon offre ?

— Bien sûr, répondit-elle en soutenant son regard. Et j'ai décidé d'accepter. Comme tu peux t'en douter, une proposition pareille ne se refuse pas. Cependant, je dois te mettre en garde : n'attends pas de moi que je fasse des miracles.

— Mais si, au contraire, rétorqua-t-il, un sourire victorieux aux lèvres. Et pour fêter notre accord, je t'invite à dîner ce soir.

Elle le considéra quelques secondes en silence, agacée par tant d'assurance.

— Will, j'aimerais que nous fixions quelques règles de base, dit-elle. Tu m'as affirmé hier soir que nous nous en tiendrions à un plan strictement professionnel.

Il la regarda, un sourire amusé aux lèvres.

— C'est exact, mais je te proposais simplement de te faire visiter un peu la ville.

— Merci, mais je connais Dallas. Et pour que les choses soient bien claires, sache que ma vie personnelle n'interférera pas avec ma fonction de préceptrice. A moins que Caroline ne soit concernée.

— Comme tu voudras.

— Si possible, j'aimerais rentrer chez moi aujourd'hui, afin de préparer mon séjour ici. Je reviendrai dans une semaine. Cela te convient-il ?

— Parfaitement. Je vais annoncer la bonne nouvelle à Caroline. Je suis certain qu'elle va être ravie.

— Je ne voudrais pas jouer les rabat-joie, mais je crois que tu te fais une fausse idée de la relation qui existe entre elle et moi.

— Le temps nous le dira, dit-il en lui prenant la main. En tout cas, merci pour ce que tu fais.

Ce simple contact alluma le feu en elle. Passer trois mois sous le même toit que Will Delaney risquait de s'avérer un défi aussi difficile à relever que celui qui consistait à sortir Caroline de son enfermement.

— Je ne peux te donner aucune garantie, mais je ferai tout ce qui est en mon pouvoir pour ne pas te décevoir.

— C'est tout ce que je te demande.

Quelques heures plus tard Ava ouvrait la porte de son appartement, suivie de près par Will.

A peine avaient-ils franchi le seuil qu'il la prit par le bras et la fit pivoter vers lui.

— Cela n'a rien à voir avec la mission dont je t'ai chargée, Ava, dit-il d'une voix rauque de désir. C'est juste l'histoire d'un homme et d'une femme qui sont irrésistiblement attirés l'un par l'autre.

Comme pour lui donner raison, elle répondit à ses baisers, le cœur battant. Elle noua les bras autour de son cou pour s'abandonner avec délices à cette étreinte. Puis, comme chaque fois qu'il l'avait embrassée, la raison l'emporta finalement sur l'instinct.

— Il ne faut pas, Will, protesta-t-elle. Tu as suffisamment bouleversé ma vie comme cela.

— Accepte de sortir de ta coquille, Ava, et de renouer avec les plaisirs de la vie.

— Mais tu ne me connais pas, Will, ou si peu. Tu ne sais rien de ce que je suis ni de ce que je fais.

— Je commence tout de même à avoir ma petite

idée, répliqua-t-il en effleurant la peau fine de ses tempes, puis de sa gorge.

Soucieuse de ne pas succomber à la tentation, elle le repoussa doucement.

— Il est temps que tu partes maintenant. Nous nous reverrons dans une semaine.

Il lui adressa un sourire plein d'assurance, en même temps qu'il lui caressait la joue.

— A dimanche, trésor.

Le cœur et le corps en émoi, elle le regarda monter dans sa limousine et s'éloigner. Il lui fallut attendre qu'il ait disparu de sa vue pour avoir le sentiment de revenir sur terre.

Résolue à ne plus laisser Will Delaney encombrer ses pensées, elle dressa la liste de ce qu'elle avait à faire avant son départ. Elle envoya ensuite un SMS à sa sœur, Trinity, qui arriva une heure plus tard.

— Raconte un peu ! s'exclama cette dernière, au comble de la curiosité. Je veux tout savoir sur l'irrésistible Will Delaney. J'ai acheté des pizzas, ajouta-t-elle en posant les cartons sur la table de la cuisine.

— Je suis contente de te voir, répondit Ava, consciente de faire languir sa cadette. Je te sers quelque chose à boire ?

— Juste un verre d'eau, répondit Trinity qui piaffait d'impatience. Alors, comment est-il en vrai ? Il ressemble aux photos qu'on voit dans les magazines ? Il a une femme dans sa vie en ce moment ?

Ava éclata de rire.

— Une question à la fois, veux-tu ? En fait, il est beaucoup plus séduisant que sur les photos et beaucoup plus sympathique qu'on peut le croire. Et pour répondre à ta dernière question, autant que je sache, il n'a pas de femme dans sa vie. Il vit avec sa nièce, une petite fille qui a perdu son père dans un accident d'avion et qui, depuis, s'est repliée sur elle-même et refuse de communiquer avec le monde extérieur.

— C'est affreusement triste. Quel âge a-t-elle ?

— Cinq ans.

Ava posa deux verres d'eau sur la table, avant de se lancer dans une explication plus détaillée.

— Pauvre petit chou, déplora Trinity d'une voix tremblante d'émotion. Il va finalement choisir l'un des tuteurs que tu as sélectionnés pour la petite ?

— En fait, non. C'est moi qu'il a chargée de cette responsabilité. Juste pour l'été, crut-elle bon de préciser.

— Tu as accepté de renoncer à ton projet pour travailler avec lui ? dit Trinity, sceptique.

— Oui, mais il faut dire qu'il a su me motiver.

Trinity plissa les yeux et fixa sa sœur d'un air soupçonneux.

— Ne me dis pas que tu es tombée amoureuse de lui ?

— Mais non ! répondit-elle un peu trop vite. C'est juste qu'il m'a fait une offre si mirobolante qu'il aurait été indécent de refuser.

Elle alla chercher la feuille dans son sac et la tendit à sa sœur.

— Je te préviens, tu ferais bien de t'asseoir avant de jeter un coup d'œil là-dessus.

Trinity s'empara du document et le consulta, bouche bée.

— J'ai du mal à le croire, finit-elle par dire lorsqu'elle retrouva l'usage de la parole.

— C'est pourtant vrai. Tu te rends compte ? J'aurai l'argent nécessaire à la réalisation de mon projet et en plus, je pourrai vous donner un coup de main, à toi et à Summer.

N'en croyant toujours pas ses yeux, Trinity relut les chiffres alignés sur le document, puis se mit à sautiller tout en poussant des hurlements de joie.

— Tu comprends, à présent, pourquoi je peux me permettre de repousser mes plans de deux ou trois mois ?

Lorsque sa sœur fut calmée, elles appelèrent Summer pour lui annoncer la bonne nouvelle, puis elles passèrent de longues heures à papoter. Leur conversation tourna exclusivement autour de Will, de Caroline et de l'été qui s'annonçait plutôt mouvementé.

Il était plus de 21 heures lorsque Trinity partit. Une fois seule, Ava fut submergée d'un mélange de nervosité et d'excitation. Elle tenta vainement de ne pas penser à la perspective affolante de passer tout un été avec Will Delaney.

La sonnerie de son téléphone portable la ramena brutalement sur terre, alors qu'elle se grisait encore de ces perspectives réjouissantes.

— Il n'est pas trop tard, j'espère ? s'enquit Will.

— Non, non, pas du tout, s'empressa-t-elle de répondre.

Le cœur battant la chamade, elle alla s'asseoir dans un fauteuil à bascule.

— J'ai parlé de notre projet à mes sœurs, commença-t-elle.

— J'espère qu'elles sont heureuses pour toi.

— Ce n'est rien de le dire. Si tu avais entendu Trinity, elle hurlait de joie !

— De mon côté, j'ai annoncé la nouvelle à Caroline. Comme tu peux l'imaginer, elle n'a pas manifesté son approbation de façon aussi éclatante, mais j'ai bien vu qu'elle était contente. Sa réaction a été plus que positive. Elle m'a regardé droit dans les yeux et elle a même esquissé un petit sourire.

— Tant mieux, dit-elle, sincèrement touchée.

— Tu nous manques déjà, ajouta-t-il d'une voix infiniment douce.

— Une semaine, c'est très court, répliqua-t-elle sans en penser un mot.

— C'est encore trop long. En tout cas, sache que si tu veux arriver plus tôt, tu n'as qu'à me passer un coup de fil. J'enverrai quelqu'un te chercher. Et si je peux t'aider, d'une façon ou d'une autre, fais-le-moi savoir.

— Merci, mais je pense que ça devrait aller.

— Ava, il n'y a vraiment personne dans ta vie ?

— Je ne t'ai pas menti, répondit-elle en souriant. Il n'y a personne.

— Tu es restée tout ce temps fermée aux plaisirs de la vie ? insista-t-il.

— Je te rappelle que cela ne fait pas partie du contrat.

— Mais ça n'a rien à voir, Ava. Même si tu avais

refusé mon offre, j'aurais poursuivi ce genre de discussions avec toi.

— Cesse de flirter, veux-tu ? Cela me rend les choses d'autant plus difficiles que, maintenant, tu es mon employeur et que ce n'est pas mon rôle de te dire quoi faire.

— Personne ne t'y oblige, répliqua-t-il d'un ton qu'elle devina amusé. Je me disais que tes sœurs pourraient te rejoindre un de ces jours. Comme cela, elles verraient l'endroit où tu vis et travailles et, de cette manière, rencontrer Caroline.

— Merci, Will, et je crois pouvoir te dire qu'elles seront ravies. Nous sommes toutes les trois très différentes. Trinity, par exemple, a le sens du drame.

— Elle ne tient donc pas de sa sœur aînée.

— Qu'en sais-tu ? Tu me connais à peine.

— Tu as peut-être raison. Mes frères et moi, nous sommes très différents, nous aussi.

Ils évoquèrent ainsi leurs familles respectives pendant plus d'une heure.

— Will, il est tard. Il faut que j'aille me coucher. Je dois me lever tôt, demain matin.

— J'aime tellement ta compagnie que je me fiche bien de perdre quelques heures de sommeil.

— Arrête. Bonne nuit, Will.

— Bonne nuit, Ava. Je t'embrasse, ajouta-t-il d'une voix enjôleuse.

Elle allait passer tout un été avec lui !

Si elle n'y prenait garde, il risquerait de bouleverser sa vie bien plus qu'il ne l'avait déjà fait.

Elle inspira profondément et se fit la promesse de ne plus laisser Will ni sa fortune la détourner de ses rêves. D'ailleurs, elle en avait les moyens désormais.

— Merci, Will, dit-elle à voix haute, un sourire aux lèvres. Merci de m'avoir ouvert les portes d'une nouvelle vie.

A peine Will avait-il reposé son téléphone portable que celui-ci se mettait à vibrer, lui indiquant un nouvel appel.

C'était Zack, son frère cadet.

— Salut, Will. Je profite d'être entre deux avions pour te passer un coup de fil. Tu as pu te décider pour Caroline ? Tu as enfin choisi quelqu'un ?

— En fait, j'ai décidé d'embaucher l'institutrice qui avait dressé la liste des précepteurs. Je l'ai fait venir à la maison pour qu'elle rencontre Caroline et m'aide dans mon choix, mais c'est finalement elle que j'ai embauchée. Avec elle, l'état de Caroline s'est déjà amélioré.

— Si c'est effectivement le cas, ça vaut le coup d'essayer.

— C'est le cas. Figure-toi qu'elle a réussi à communiquer verbalement avec elle.

— Sans blague ? La petite ne m'a pas dit un mot, depuis le décès de son père. C'est un sacré pas en avant, dis-moi !

— En effet. Je ne veux donc pas laisser passer une telle chance de la voir progresser.

— Par ailleurs, compte tenu du peu de cas qu'en fait sa grand-mère, ce serait une bonne chose pour elle d'avoir une vieille dame à ses côtés.

— Zack, Ava n'a pas l'âge d'être grand-mère, elle n'a que vingt-huit ans. Elle a été veuve très jeune, et depuis, elle s'interdit d'être heureuse, par peur de revivre le même cauchemar.

— Je vois. Alors j'imagine qu'en plus, elle est jolie.

— L'important, c'est qu'elle peut aider Caroline, éluda-t-il

— Bien sûr, approuva Zack d'un ton ironique. En tout cas, c'est une bonne nouvelle. Et comment s'appelle cette perle rare ?

— Ava Barton.

— J'espère la rencontrer à mon retour. Quand prend-elle ses fonctions ?

— Lundi prochain.

— Bien joué, Will. Je dois te laisser à présent. C'est l'heure d'embarquer.

— Salut, Zack. Prends soin de toi.

Il raccrocha, des étoiles plein les yeux et la tête pleine du souvenir d'Ava.

Lorsque le dimanche arriva Ava était prête à partir.

La veille, elle avait dîné avec Trinity, puis s'était réveillée tôt le lendemain, au comble de l'excitation.

Elle avait choisi sa tenue avec le plus grand soin : un pantalon et une chemise bleu marine, puis avait coiffé ses cheveux en un chignon banane dont s'échappaient quelques mèches rebelles.

A 15 heures pile, la sonnette de l'entrée retentit.

Elle alla ouvrir, le cœur battant à tout rompre. Lorsqu'elle vit Will, encore plus séduisant que dans son souvenir, elle eut du mal à cacher son trouble.

— Bonjour, Ava, dit-il d'une voix rauque. Tu es très belle.

— Merci, répondit-elle en maudissant le tremblement compulsif de ses mains. Mais te serait-il possible de ne pas sortir du cadre professionnel que nous nous sommes fixé ?

— Non, rétorqua-t-il avec une sincérité désarmante. Je n'en ai pas plus envie que toi, même si toi, tu ne veux pas l'admettre. Je le vois à cette petite veine-là.

Joignant le geste à la parole, il tendit la main vers le vaisseau qui pulsait à son cou.

— Tu es satisfait ? dit-elle sèchement. Nous pouvons partir maintenant que tu as la preuve de ce que tu avances ?

Elle se baissa pour prendre ses bagages, mais il la devança prestement.

— Je suis heureux de te ramener à Dallas, dit-il une fois qu'ils furent installés à l'arrière de la limousine.

Elle lui adressa un sourire plein d'indulgence.

— Tout ce que je peux te dire ne sert à rien, n'est-ce pas ? Tu fonctionneras toujours sur le mode de la séduction ?

— Si tu ne réagissais pas à mes avances et à mes baisers, je n'insisterais pas. Mais ce n'est pas le cas, répliqua-t-il en se penchant vers elle pour lui murmurer à l'oreille : Je me consume de désir pour toi chaque fois que tu me parles, que tu me regardes ou que tu réponds à mes baisers.

— Ce que tu peux être têtu, répliqua-t-elle d'un ton faussement léger.

Il la considéra en silence, l'air détendu.

— Rosalyn est avec Caroline jusqu'à ce que nous arrivions. Ensuite elle prendra sa soirée. Demain, pour ta première journée, j'ai prévu de rester à la maison. Tout s'est bien passé pour toi ? Tu as pu mettre tes affaires en ordre avant de partir ?

— Oui. Et avec un compte en banque bien garni, j'avoue que les choses sont plus faciles.

— Parfait. Nous serons bientôt arrivés.

Le vol parut très court à Ava. Lorsqu'ils arrivèrent au manoir, Will fit monter ses bagages dans sa suite.

— Où est Caroline ? demanda-t-elle. J'aimerais lui dire bonjour.

— Elle est probablement en haut avec Rosalyn.

Ils trouvèrent la fillette dans sa chambre, occupée à jouer par terre avec ses poupées. L'ours brun que lui avait offert Ava était toujours sur ses genoux, tandis que la fidèle nounou lui lisait une histoire.

Quand elle les vit, Caroline se leva et les regarda tour à tour.

— Comment va mon trésor ? demanda Will en la prenant dans ses bras, puis se tournant vers Ava, il ajouta : Regarde un peu qui est là. Mlle Barton va rester avec nous quelque temps.

Ava vit dans le sourire à peine esquissé de la fillette un signe encourageant. Il lui tenait tellement à cœur de remplir sa mission !

5

— Bonjour, Caroline, dit Ava avant de saluer Rosalyn. Will, je monte dans ma chambre me rafraîchir un peu. Je vous rejoins en bas dans un moment.

Elle s'éclipsa, soucieuse de rester discrète et de ne pas imposer sa présence à Caroline. Il fallait que ce soit cette dernière qui vienne à elle et non le contraire.

Elle prit le temps de défaire ses bagages avant d'aller retrouver Will et la fillette à la piscine. Préférant les regarder s'ébattre depuis la margelle où elle était assise, elle déclina l'invitation de Will à se baigner.

Son souffle s'altéra lorsqu'elle le vit sortir de l'eau et jaillir devant elle, tout en muscles puissants. Son regard s'attarda sur la toison virile qui couvrait son torse et se perdait dans la ceinture de son maillot. La bouche sèche, le corps en feu, elle ne pouvait s'empêcher de fixer ce corps athlétique, ces longues jambes musculeuses.

Avec sa peau hâlée et la virilité hors du commun qui émanait de lui, il était tout simplement renversant de séduction.

Visiblement conscient du trouble qu'il suscitait en

elle, il repoussa en arrière ses cheveux mouillés, puis enroula une serviette-éponge autour de ses hanches.

— Tu aurais dû venir, dit-il en s'asseyant à côté d'elle.

— Une autre fois. Caroline a l'air de bien s'amuser avec toi.

— Elle adore nager et, comme tu peux le constater, elle est à l'aise dans l'eau. C'est à son père qu'elle le doit. Ils nageaient tout le temps ensemble.

Tandis qu'ils parlaient, elle remarqua qu'il ne quittait pas Caroline des yeux : elle faisait de même, lorsqu'elle surveillait les petits dans la cour de récréation. Elle comprenait mieux pourquoi Adam l'avait choisi, lui, plutôt qu'un autre, comme tuteur de sa fille. Avec un oncle aussi vigilant, Caroline ne risquait rien.

— Je vais la sortir de l'eau et aller préparer le dîner. J'ai prévu un barbecue pour ce soir.

— Si tu veux, je peux rester ici pour la surveiller, proposa-t-elle. Elle pourra profiter de la piscine un peu plus longtemps.

— Volontiers.

Tandis qu'il se dirigeait vers le pool house, elle ne put s'empêcher de contempler, frissonnante de désir, ses épaules larges et son torse musclé.

Elle poussa un profond soupir de frustration avant de reporter toute son attention sur Caroline.

— Tu es une très bonne nageuse, la félicita-t-elle.

La fillette lui adressa un regard vide d'émotion avant de se remettre à nager de plus belle. En s'ébattant ainsi dans l'eau, elle ressemblait à n'importe quelle fillette heureuse de profiter des joies qu'offre une piscine.

— Il est temps de sortir, trésor, dit Will, revenu les rejoindre. Le dîner sera prêt dans quelques minutes. Retire ton maillot et enfile un T-shirt et un short.

La fillette docilement sortit de l'eau et fit ce que son oncle lui avait demandé. Après avoir chaussé une paire de tongs, elle alla chercher son ours en peluche, qu'elle avait pris soin d'apporter avec elle.

— Viens par là pendant que je cuisine, lui intima-t-il. Ava, tu veux te joindre à nous ?

Elle s'installa sur l'un des sièges qui se trouvaient à côté du barbecue, écoutant Will parler à sa nièce qui gardait rivé sur lui un regard trop grave pour son âge.

Tout au long du dîner, il continua à parler de sujets qui incluaient Caroline, mais celle-ci s'obstina dans son silence.

— Tu es un vrai cordon-bleu, le félicita Ava pour détendre un peu l'atmosphère. Cette viande est cuite à la perfection.

— Merci, mais il faut dire que, avec Rainey, j'ai bénéficié des meilleurs conseils.

Une fois le dîner achevé, Caroline retourna dans l'eau, sous leurs regards attentifs.

— Elle t'a déjà parlé ? s'enquit Ava.

— Non. A l'exception de « merci » et « s'il te plaît », elle ne s'exprime pas. Au début, elle ne parlait que pour réclamer son père, puis elle a fini par se replier totalement sur elle-même.

— Elle a l'air heureuse dans l'eau, constata-t-elle. Plus détendue.

— C'est pour cette raison que je la laisse se baigner aussi souvent qu'elle le souhaite. Et je pense que, tout comme pour les adultes, la pratique d'une activité physique ne peut que lui être bénéfique.

Un peu plus tard, elle se retira dans sa chambre pendant que Will couchait sa nièce. Une heure ne s'était pas écoulée qu'on frappait à sa porte.

C'était Will, venu l'inviter à se détendre en buvant un verre en sa compagnie.

Ils s'installèrent dans la véranda avec du thé glacé.

— Je dois me rendre à Los Angeles, cette semaine, lui annonça-t-il. En cas de problème, tu pourras toujours me joindre sur mon téléphone portable. Par ailleurs, je te communiquerai le numéro de mon assistante : elle pourra te renseigner sur mon emploi du temps. De mon côté, je t'appellerai chaque jour, matin et soir.

— Parfait. Mais ne t'inquiète pas, tout se passera bien. N'oublie pas que Rosalyn sera là, elle aussi.

— Tout le personnel sera présent et à ta disposition. Tu n'auras donc à t'occuper de rien : tout ton temps sera pour Caroline. Si tu as besoin de manuels supplémentaires, n'hésite pas à te rendre chez le libraire. Tu paieras avec ça, ajouta-t-il en sortant une carte de crédit de son portefeuille.

Elle la prit et la fourra distraitement dans la poche de son pantalon.

— Merci, mais je pense que ce ne sera pas nécessaire, avec tous les ouvrages que j'ai déjà.

— J'imagine qu'après une semaine passée ici, tu auras envie de te détendre. Je te propose donc un dîner en ville, samedi soir. Qu'en dis-tu ?

Si cette perspective la réjouissait, il n'en restait pas moins qu'elle était synonyme de complications. Résister à la tentation lui devenant chaque jour plus difficile, le risque de succomber augmentait en conséquence.

Par ailleurs, connaissant la réputation de Will, il ne faisait aucun doute qu'elle serait remerciée, une fois sa mission accomplie.

Elle s'empressa de chasser cette pensée de son esprit : elle lui était tout bonnement insupportable.

— Je n'ai pas changé d'avis, Will, finit-elle par dire. Je ne mélangerai pas ma vie professionnelle et ma vie privée. Je ne suis là que pour Caroline.

Même si elle en souffrait, elle se félicita intérieurement d'avoir eu le courage de décliner son invitation.

Il se pencha alors vers elle et passa un bras autour de ses épaules.

— Tu as peur de la vie, lui dit-il à voix basse. C'est tout.

— Will, jusque-là, tu es parvenu à tes fins, mais je t'en prie, n'essaie pas d'aller plus loin. Je t'ai déjà expliqué que je ne souhaite pas m'impliquer dans une relation amoureuse, ni même sexuelle, avec quiconque. Le jour où Caroline franchira la porte de son école, je retournerai chez moi et je reprendrai le cours de ma vie. Tu ne me détourneras pas de mes projets, surtout maintenant que j'ai les moyens de les réaliser. Je te remercie donc, mais je ne dînerai pas en tête à tête avec toi.

Elle avait parlé d'un trait, tout en cherchant à éviter son regard.

— Nous devons nous en tenir à un cadre strictement professionnel, répéta-t-elle. Et pour cela, je te
demanderai de me traiter comme tu traites Rosalyn
ou n'importe quelle autre de tes employées.

— C'est différent et tu le sais bien. Et puis, un
dîner, ce n'est pas grand-chose, Ava. Ce n'est pas
comme si je te proposais de coucher avec moi.

— Ce que je sais, c'est que tu ne t'arrêteras pas
à un dîner. Et que je ne serai jamais pour toi qu'une
distraction.

— J'ai besoin de toi, murmura-t-il en couvrant
sa bouche de la sienne.

Le feu se mit instantanément à couler dans ses
veines, tandis qu'elle répondait à son baiser. Elle
avait beau s'en défendre, ce contact physique éveillait
en elle un tourbillon d'émotions qu'elle pensait
enfouies à jamais.

Lorsque Will l'entendit pousser de petits gémissements, il resserra son étreinte en même temps
qu'il approfondissait ses baisers. Elle ouvrit les
yeux, exigeant plus de lui.

— Je te sens prête pour une petite virée nocturne,
lui susurra-t-il à l'oreille. Dis-toi simplement qu'au
lieu de dîner ici, nous allons dîner dehors.

— D'accord, murmura-t-elle en lui offrant ses
lèvres.

Elle vit un éclair de surprise passer dans le regard
de Will. Frissonnante de désir, elle se serra un peu
plus contre lui et ferma les yeux pour mieux savourer
le goût de leurs baisers.

Elle brûlait à présent de s'abandonner totalement,
de se donner à lui sans restriction. Elle se mit à

caresser fébrilement ses larges épaules, puis son torse viril tandis qu'il glissait les mains sous son T-shirt.

Soudain paniquée par l'intensité de son désir, elle s'écarta brusquement de lui pour retourner sur sa chaise.

— Tu as accepté de sortir avec moi samedi soir. J'espère que tu ne changeras pas d'avis.

Incapable de prononcer un mot, elle hocha la tête. Un dîner.

« Un seul », se promit-elle en son for intérieur.

— Restes-tu en contact avec Caroline, lorsque tu es en déplacement ? demanda-t-elle pour se donner le temps de reprendre ses esprits.

— Oui. Je l'appelle tous les jours. Ou bien nous communiquons par Skype.

— Tu fais bien. C'est important pour elle de constater que tu t'intéresses à elle.

— Tu sais, pour la première fois depuis qu'elle vit avec moi, je me sens moins inquiet. J'entrevois la fin du tunnel.

— Je te l'ai déjà dit et je te le répète, Will. N'interprète pas trop hâtivement ce qui s'est passé entre elle et moi, tu risquerais d'être déçu. J'espère de tout mon cœur la voir progresser, bien sûr, mais on ne peut pas se fier à cette seule réaction. Prends plutôt les choses telles qu'elles viennent, jour après jour.

Il la regarda comme si elle venait de lui annoncer que le soleil ne se lèverait plus. Elle haussa les épaules, un brin exaspérée par la totale confiance qu'il lui manifestait.

— Ta mère la voit-elle souvent ? s'enquit-elle.

— Non. Lorsqu'ils ont divorcé, avec mon père, elle a quitté la région pour s'installer à Chicago où elle s'est remariée. Elle donne de ses nouvelles de temps en temps et vient nous voir une fois par an. Etre grand-mère ne l'emballait déjà pas vraiment, mais depuis la mort d'Adam, elle s'est complètement désintéressée de Caroline.

— Quel dommage ! C'est si important pour un enfant d'avoir des grands-parents ! Moi, j'adorais ma grand-mère maternelle.

— Ma mère n'a aucune patience et ne s'intéresse pas aux problèmes des autres. Elle mène une vie très mondaine, centrée sur les arts et la culture. Elle a toujours été attirée par l'argent et je ne doute pas une seconde qu'elle sera présente chez le notaire, le jour de l'ouverture du testament de mon père.

— Il n'avait pas refait sa vie, lui ?

— Non. Je crois qu'il a été échaudé par cette première expérience. Il avait des femmes dans sa vie, mais jamais rien de sérieux. Il n'envisageait pas de se remarier, par exemple. Mais parle-moi un peu de tes sœurs... Ont-elles accepté ma proposition de te rejoindre ici pour quelques jours ?

— Oui, elles étaient folles de joie.

Tandis qu'elle évoquait ses sœurs, il entrelaça ses doigts aux siens, dans un geste infiniment tendre. Elle ne chercha pas à dégager sa main et continua à parler, attentive à ce doux contact.

Ils abordèrent de nombreux sujets, si heureux d'être ensemble qu'ils ne virent pas l'heure tourner. Ce fut elle qui, la première, revint à la réalité.

— Il est tard. Je vais me coucher.

Comme à son habitude, Will la raccompagna jusqu'à la porte de sa chambre. Il glissa un bras autour de sa taille et l'attira à lui pour l'embrasser. Sans protester, elle répondit à son baiser en nouant les mains autour de son cou.

Ivre de désir, elle sentit avec délices les mains de Will lui caresser le dos, puis s'attarder au creux de ses reins.

— Bonne nuit, Will, murmura-t-elle en se dégageant de son étreinte.

Il effleura encore une fois ses lèvres des siennes, puis lui répondit dans un sourire :

— A demain.

Elle referma la porte, le cœur et le corps en émoi.

Sur quel terrain glissant était-elle en train de s'aventurer ?

Ava venait de terminer son petit déjeuner, lorsque Will partit.

Elle se rendit dans la salle de jeux avec Caroline, et toutes deux s'assirent par terre.

— Ce matin, nous allons jouer à un nouveau jeu, dit-elle en sortant un paquet de cartes de son sac fourre-tout. J'espère que tu vas aimer. Nous pouvons essayer, et si ce jeu ne te plaît pas, nous arrêterons. Regarde : sur chacune de ces cartes, figurent une princesse et une lettre de l'alphabet. Si tu veux bien, nous allons les placer dans l'ordre.

Elle commença alors à abattre les cartes une à une, tout en expliquant la règle du jeu à la fillette.

— La première carte porte le nom d'une princesse dont le nom commence par un « A » : Anna. La deuxième s'appelle Brianna ; la troisième est la princesse Caroline, la quatrième princesse Dorothy. Peux-tu me dire quelle sera la suivante ?

Après cinq minutes d'un silence pesant, Caroline tira la carte sur laquelle figurait la lettre « E » de la princesse Eileen, et la plaça à la suite des autres.

— Excellent, la félicita Ava. Maintenant, c'est à moi. Voici la princesse Fiona.

Elles continuèrent ainsi, Caroline faisant preuve d'une vivacité d'esprit et d'une mémoire étonnantes.

Elles passèrent ensuite à une séance de lecture durant laquelle, comme d'habitude, Ava lisait tandis que Caroline tournait les pages.

Elles travaillèrent ainsi sur les chiffres et les lettres jusqu'aux environs de midi.

— Tu veux te baigner avant d'aller déjeuner ? proposa Ava.

Comme toujours, la fillette fut longue à réagir, mais finit par accepter d'un hochement de tête.

— Parfait. Dans ce cas, allons nous changer. Sais-tu où se trouve ton maillot de bain ?

Toujours silencieuse, Caroline se laissa glisser de la petite chaise sur laquelle elle était assise et disparut dans la pièce d'à côté. Ava la suivit et découvrit un dressing où la fillette avait déjà tiré un maillot deux pièces, rose et violet, d'une commode.

— Enfile-le et puis nous irons chercher le mien.

Quelques minutes plus tard, elles barbotaient ensemble dans la piscine, s'aspergeant et riant aux éclats. C'était la première fois qu'elle voyait la fillette laisser libre cours à une joie exubérante, et elle en ressentit une vive satisfaction.

Rosalyn se matérialisa à l'heure du déjeuner et se chargea d'aider Caroline à se changer, tandis qu'Ava regagnait sa chambre avant de les rejoindre dans la salle à manger.

L'après-midi passa aussi rapidement que le matin, entre jeux, lecture et baignade.

Il était près de 22 heures lorsqu'elle reçut un appel de Will.

— Bonsoir, dit-il. Alors, comment s'est passée cette première journée ?

— Disons qu'elle a été très constructive. Caroline est une petite fille très intelligente, qui comprend tout très vite. La sortir de l'enfermement dans lequel elle se trouve est un défi certes difficile à relever, mais intéressant.

— Je me sens tellement impuissant ! déplora-t-il avant d'enchaîner : Ava, je suis désolée mais je ne pourrai pas rentrer ce week-end. Je dois conclure un marché très important, ce qui suppose que je reste sur place jusqu'à lundi matin. De là, je m'envolerai directement pour Fort Lauderdale, pour une semaine supplémentaire. Je pense que j'aurai à peine le temps de faire un saut à la maison.

Elle fit de son mieux pour cacher sa déception.

— Ne t'en fais pas. Nous nous débrouillerons très bien sans toi, lança-t-elle d'un ton qu'elle voulait enjoué.

— Ne te réjouis pas trop vite, la taquina-t-il. Je me rattraperai : j'ai pris des places d'opéra pour le samedi suivant.

— Will, je te rappelle que nous serons le 4 juillet et que ta nièce voudra aller voir les feux d'artifice.

— Détrompe-toi. Elle a horreur de ça, le bruit la terrorise. L'an dernier, nous n'avons pas pu rester jusqu'à la fin, tant elle était effrayée.

— Je suppose en effet qu'elle n'aura pas moins peur cette année.

— J'en doute. Au fait, l'opéra en question, c'est *Le Mariage de Figaro*.

— Si tu me prends par les sentiments, je ne peux pas refuser. J'adore la musique et je n'ai malheureusement jamais le temps d'aller au spectacle.

— Alors, c'est décidé. Samedi prochain, nous irons à l'opéra.

— Tu parviens toujours à obtenir ce que tu veux, n'est-ce pas ?

— J'essaie, en tout cas. Surtout lorsque je juge que c'est important. Tu verras, je vais tout faire pour que tu passes une soirée inoubliable.

— N'en fais pas trop, Will. Nous allons passer une soirée ensemble. C'est déjà pas mal, et c'est ce que tu voulais, non ?

— C'est curieux, mais je ne me souviens pas d'avoir jamais eu autant de difficultés à convaincre une jolie femme de sortir avec moi.

— Je n'en doute pas, répliqua-t-elle d'un ton moqueur.

— Il me tarde d'y être et puis aussi de rentrer à la maison.

Elle replia les jambes afin d'adopter une posture plus confortable, et ils passèrent l'heure suivante à discuter de tout et de rien, comme ils aimaient à le faire.

Lorsqu'ils eurent raccroché, elle resta immobile un long moment, laissant ses pensées dériver vers cet homme qui occupait de plus en plus de place dans sa vie. Elle avait beau lutter, elle sentait bien que les barrières qu'elle avait érigées autour d'elle s'effondraient bien plus vite qu'elle ne l'aurait cru.

Elle revit les traits réguliers de Will, ses yeux de braise, sa tignasse brune et ondulée…

Comment pourrait-elle résister à autant de charme et de séduction combinés ?

Les deux semaines suivantes passèrent rapidement, même si Caroline semblait s'être de nouveau repliée sur elle-même. Elle avait encore accentué la distance qui la séparait d'Ava.

Elle avait établi un lien entre l'absence de Will et cette régression sensible. Lorsqu'il était à la maison, il donnait beaucoup de son temps et de son attention à la fillette, et elle ne pouvait manquer de remarquer la différence lorsqu'il était en déplacement. Car malgré ses appels quotidiens, l'oncle et la nièce avaient peu de contacts.

En attendant le retour de Will, elles menaient une vie rythmée par un mélange savamment dosé de travail et de loisirs.

Ce samedi-là, elles se baignèrent comme elles le faisaient tous les jours. Après avoir consacré un long moment à jouer avec Caroline, Ava s'installa sur une chaise longue pour se sécher. Elle repensa à Will qui l'avait appelée un peu plus tôt dans l'après-midi, pour lui annoncer qu'il ne serait pas là pour dîner. Malgré sa vive déception, elle avait décidé de faire contre mauvaise fortune bon cœur.

Ce fut donc le sourire aux lèvres qu'elle avait dîné en compagnie de Caroline et de Rosalyn, puis qu'elle était montée dans sa chambre pour se préparer.

Elle prit un bain bien chaud puis, après s'être séchée, se glissa dans une robe de soie bleu marine toute simple, mais qui avait l'avantage de présenter un joli décolleté mettant sa poitrine en valeur.

Elle se coiffa en chignon, laissant quelques mèches lui balayer le cou.

Vers 19 heures, enfin prête, elle alla dire bonne nuit à Caroline. La fillette la dévisagea sans dire un mot, son fidèle ours en peluche toujours serré contre elle. A la voir ainsi murée dans un silence impénétrable, elle se demanda quelles pensées pouvaient bien lui traverser l'esprit.

— Ton oncle et moi, nous allons à l'opéra, lui dit-elle. Il viendra t'embrasser avant de partir et plus tard, lorsque nous serons rentrés, nous passerons te voir.

Caroline ne manifesta aucune réaction. Ava lui sourit et sortit de la pièce pour se rendre dans le salon où Will devait la rejoindre. Tout en considérant les étagères couvertes de livres reliés, elle se demanda si Will les avait lus ou s'ils n'étaient là que pour épater la galerie.

— J'ai attendu ce moment toute la journée, avoua Will qui venait de pénétrer dans la pièce.

Le cœur d'Ava se mit à cogner dans sa poitrine.

Elle fit volte-face et retint son souffle : il était renversant de séduction, dans son smoking sombre.

— Tu es superbe, la complimenta-t-il après l'avoir jaugée de la tête aux pieds. Je suis ravi d'être enfin rentré et de vous avoir retrouvées, Caroline et toi. J'ai passé un bon moment avec elle et je lui ai promis que, demain, nous resterions toute la journée ensemble.

— Tu as bien fait. Je crois qu'elle aime beaucoup quand tu es là.

— Il n'y a rien de notable à signaler depuis mon départ ? s'enquit-il.

— Rien d'important, répondit-elle.

Le moment n'était pas opportun de pointer le changement de comportement survenu en Caroline pendant son absence.

— Je suis vraiment désolé de ne pas avoir pu dîner avec vous comme je l'avais prévu, mais de gros orages ont retardé les vols depuis la Floride.

— Ce n'est rien, mentit-elle avec le sourire.

— Tout va bien alors, tu n'as pas l'air trop contrariée, la taquina-t-il.

Il lui prit galamment le bras et l'entraîna vers sa limousine, qui était garée devant l'entrée.

— J'ai repensé à ce que tu m'as dit, commença-t-il lorsqu'ils furent installés, et je vais suivre tes conseils. Je vais offrir un chien à Caroline. J'ai pu contacter un vétérinaire qui m'a recommandé l'achat d'un bichon. D'après lui, ce sont des animaux de compagnie adorables.

— C'est une très bonne idée. Je n'oublierai jamais les bons moments passés avec mon chien, lorsque j'étais petite. Nous avions aussi un chat et ces deux-là s'entendaient comme larrons en foire.

— Je crois que nous nous contenterons d'un seul animal à la fois. C'est déjà un grand sacrifice pour moi que d'accepter un chien à la maison.

— Il faut dire que ton manoir n'est effectivement pas le cadre idéal pour accueillir un jeune chiot débordant de vie, dit-elle un brin amusée. Il risque de faire des dégâts. Mais pour en revenir à Caroline, je suis certaine qu'elle va l'adorer. A ce propos, il faut que je te parle de quelque chose.

— Bien sûr. De quoi s'agit-il ?

— Rien de grave, mais j'ai remarqué qu'elle s'ouvrait beaucoup plus lorsque tu étais là. Aussi, je me demandais si tu pourrais différer tes voyages pour tenter d'être plus présent. Beaucoup plus présent.

Il garda le silence quelques secondes avant de plonger dans son regard.

— Je vais essayer, si tu penses que cela peut l'aider.

— Je peux me tromper mais après deux semaines passées auprès d'elle, j'ai cru constater qu'elle était beaucoup plus renfermée lorsque tu n'étais pas là.

— Personne ne m'avait jamais dit ça, jusqu'à présent.

— Parce que c'est presque imperceptible. En tout cas, je pense que cela vaut le coup d'essayer.

— Je ne te cache pas que mon planning est très serré et que j'ai des rendez-vous très importants dans les semaines à venir, mais je vais faire tout mon possible pour éviter des déplacements trop longs. Tu sais, les premiers temps, après la disparition d'Adam, je passais le plus clair de mon temps avec elle, mais comme je ne voyais aucun changement dans son comportement, j'ai repris le cours de ma vie, tel qu'il était avant.

— Tu ne chercherais pas à la fuir, par hasard ?

Il sembla méditer cette éventualité, mais après quelques secondes de réflexion, il finit par répondre fermement :

— Non. Je vais m'arranger pour rester en ville, décida-t-il. Ou peut-être préférerais-tu que je travaille à la maison ?

— Non, non. Pas du tout. J'aimerais juste que tu sois là le soir. Courage, Will. Cela va prendre du temps, mais nous y arriverons, ajouta-t-elle pour lui redonner espoir.

— Nous verrons bien.

— Parfait, dit-elle en songeant que si ce changement de situation ne manquerait pas de plaire à Caroline, il risquait, en revanche, de ruiner sa belle détermination à résister aux avances de Will.

Comme s'il avait lu dans ses pensées, il se pencha à son oreille.

— Si tu ne me demandais cela que pour le plaisir d'être près de moi toute la journée, lui murmura-t-il d'un ton enjôleur, j'avoue que cela ne me déplairait pas.

Cette allusion à peine voilée la fit rougir violemment. Elle tourna la tête dans le but d'échapper à son regard aussi acéré qu'insistant.

— Voilà une semaine qui s'annonce sous les meilleurs auspices, ajouta-t-il d'un ton plus léger.

Un chien, une vie plus régulière à la maison, avec Caroline et toi… J'avoue que l'idée est séduisante.

— Tu es décidément incorrigible. Tu recommences déjà à flirter, lui reprocha-t-elle d'un ton qui se voulait réprobateur. Cesse un peu ton petit jeu. Si j'ai évoqué cette possibilité, c'est juste dans l'intérêt de ta nièce : pour que tu puisses passer un peu de temps seul avec elle. Elle a vraiment besoin de toi, et plus vous serez ensemble, plus les liens qui vous unissent auront de chances de se resserrer.

— Et toi ? demanda-t-il sans tenir compte de ce qu'elle venait de lui dire. Crois-tu que si nous passons beaucoup de temps ensemble, nos liens deviendront plus forts ?

— Will, le reprit-elle, je te demande instamment de cesser. Parle-moi plutôt de cet opéra.

— Tu verras, c'est magnifique. Tu vas adorer, poursuivit-il avant de lui faire un bref résumé du livret.

Quelques minutes plus tard, le chauffeur arrêtait la limousine devant l'opéra. Will la prit par la taille et ce fut enlacés qu'ils gravirent l'escalier monumental conduisant à l'immense hall d'entrée.

Durant la première partie du spectacle, elle fit un effort surhumain pour oublier la présence de Will à ses côtés. En vain. Aussi accueillit-elle l'entracte avec un vif soulagement.

A cette occasion, il lui présenta quelques couples dont les femmes la jaugèrent d'un regard dédaigneux, sinon méprisant. En revanche, Will eut droit à leurs plus beaux sourires.

— Will ! appela-t-on derrière eux.

Elle se retourna et vit un homme de grande taille, très séduisant, qui avançait dans leur direction, une blonde spectaculaire accrochée à son bras.

Will salua le couple, puis fit les présentations.

— Ava, voici mon bras droit et néanmoins ami, Garrett Cantrell. Garrett, je te présente Ava Barton.

Ils échangèrent une poignée de main franche, en même temps qu'il lui adressait un sourire d'une blancheur éclatante.

— Nous nous connaissons depuis de longues années, Will et moi, précisa-t-il avant de se tourner vers la femme qui l'accompagnait. Laissez-moi vous présenter Sonya Vicente. Sonya, voici Will Delaney.

— Je suis ravie de faire votre connaissance, affirma Ava alors que les lumières baissant d'intensité annonçaient la reprise imminente du spectacle. Garrett est célibataire ? s'enquit-elle lorsqu'ils eurent regagné leurs places.

— C'est même un célibataire dans l'âme. Le moins que l'on puisse dire, c'est qu'il ne court pas après le mariage. C'est un véritable bourreau de travail, et donc un élément précieux dans l'entreprise, que je paie grassement, afin qu'il ne soit pas tenté de me lâcher pour monter sa propre boîte. Je ne retrouverai jamais un collaborateur comme lui, réunissant des qualités aussi rares que l'intelligence, la loyauté, la gentillesse et l'humour.

— Autant dire Superman, le taquina-t-elle.

— Non. C'est juste un être humain exceptionnel.

— Et la blonde qui l'accompagne ? Tu ne m'en as pas dit un mot.

Will esquissa un sourire en coin, plein de sous-entendus.

— On ne pouvait pas la rater, c'est sûr. Garrett est comme ça, il adore les femmes fatales. Mais ça ne dure jamais.

— C'est exactement l'idée que je me faisais de toi avant de mieux te connaître. Mais comme tu le sais, mon opinion ne fait que changer depuis.

— Dieu merci ! Quoique… Tu as raison sur un point : j'aime les belles femmes et ce soir, je ne suis pas déçu.

— Merci, mais tu ne peux quand même pas me comparer à la bombe qui sort avec Garrett.

Sans qu'elle s'y attende, Will se pencha à son oreille pour lui murmurer :

— Nous en discuterons plus tard.

Son souffle tiède contre sa peau accéléra les battements de son cœur.

— Tu ferais mieux de suivre la pièce, riposta-t-elle d'un ton faussement dégagé.

— C'est ce que je fais, mais cela ne m'empêche tout de même pas de te parler.

— Tu auras tout le temps pour ça plus tard. Je te rappelle que je vais passer l'été chez toi. Alors à présent, si tu le veux bien, laisse-moi me concentrer sur le spectacle.

En guise de réponse il lui prit la main et se carra dans son siège, un sourire satisfait aux lèvres.

Lorsque le spectacle s'acheva, ils applaudirent à tout rompre la performance des acteurs.

— Tu avais raison, Will, dit-elle enthousiaste. C'était vraiment magnifique.

— Et si nous allions boire un verre avant de rentrer ? lui suggéra-t-il. Il est encore tôt.

Elle esquissa un sourire amusé. Comment pouvait-il affirmer qu'il était tôt alors que la pendule affichait minuit passé ?

— Volontiers, répondit-elle, incapable de résister. Comme d'habitude.

6

Will l'emmena dans un club privé où on les plaça à une table près d'une large baie vitrée qui offrait une vue panoramique sur la ville.

A peine avaient-ils commencé à siroter leur boisson — un whisky sec pour lui, un cocktail coloré pour elle — que Will se leva pour l'inviter à danser.

Elle accepta tout en sachant que c'était le genre de soirée qu'elle s'évertuait à éviter depuis le début de sa rencontre avec lui.

Mais à l'instant où elle se retrouva entre ses bras, tout sentiment de culpabilité se dissipa. Tandis qu'ils évoluaient sur la piste presque déserte, elle éprouva même la merveilleuse sensation de flotter sur un nuage.

Ils dansaient en rythme sur une ballade romantique, tous deux attentifs à leurs corps qui, en se frôlant, dégageaient une chaleur propice à une plus grande intimité.

Les yeux clos, elle se grisait de l'odeur virile qui émanait de lui.

Elle ne chercha pas à provoquer la discussion. Elle voulait juste que ce moment magique ne finisse pas, juste danser entre ses bras, offrir sa bouche à ses baisers ardents.

Elle était si loin de la réalité qu'elle remarqua à peine que, sans s'interrompre, il l'avait entraînée dans un angle de la pièce, puis poussait une porte qui ouvrait sur la terrasse.

Elle ouvrit les yeux au contact de la brise légère qui fit voleter sur sa joue les mèches rebelles de son chignon.

— Tu es superbe, murmura-t-il à son oreille tout en continuant à danser avec légèreté.

Elle lui sourit, incapable de détacher son regard du sien. Son cœur se mit à cogner dans sa poitrine tandis qu'il l'entraînait dans un angle désert de la terrasse.

Elle aurait dû protester, elle le savait. Mais au lieu de cela elle ne brûlait que de se blottir un peu plus contre lui, de lui offrir ses lèvres impatientes. Comme s'il avait lu dans ses pensées, il plaqua sa main plus fermement au creux de ses reins, pour mieux resserrer son étreinte.

Elle leva le visage vers lui et noua les bras autour de son cou, lèvres entrouvertes. Il prit sa bouche dans un baiser ardent qui redoubla le désir qu'elle avait de lui, et elle se sentit emportée dans une spirale infernale qu'elle n'avait pas le pouvoir de stopper.

— Rentrons, lui dit-il dans un souffle.

— Oui, répondit-elle, rompant la promesse qu'elle s'était faite.

Ils allèrent récupérer son sac à main, puis s'engouffrèrent dans l'ascenseur déserté, où ils échangèrent d'autres baisers passionnés.

— Will, je ne voudrais pas être la première de tes conquêtes à être photographiée dans une cabine d'ascenseur, ironisa-t-elle en s'écartant de lui.

— Je te promets que cela n'arrivera pas, répliqua-t-il, un sourire amusé aux lèvres.

— Je ne parle pas que des photographes. Aujourd'hui, avec un téléphone portable, n'importe qui peut se faire de l'argent sur ton dos.

— Je ne suis quand même pas aussi connu qu'une vedette de la télévision ou du cinéma. A mon avis, je ne vaux pas grand-chose en termes de monnaie d'échange.

Dieu merci, les faits lui donnèrent raison. Personne n'étant embusqué dans le hall d'entrée, ils purent rejoindre la limousine en toute tranquillité.

Durant le trajet du retour, elle fit son possible pour aborder divers sujets censés la distraire du feu qui coulait dans ses veines. Et lorsqu'ils parvinrent au manoir, elle avait regagné un semblant d'assurance.

— Will, ce fut une merveilleuse soirée, dit-elle d'un ton qu'elle voulait dégagé. Tout était très réussi, et je t'en remercie du fond du cœur.

— Moi aussi, j'ai passé une soirée très agréable, répondit-il en la précédant dans l'escalier.

Soulagée de voir qu'il ne cherchait pas à l'enlacer, elle lui emboîta le pas jusqu'à la porte de sa chambre. La main sur la poignée, elle se tourna vers lui et soutint son regard sans ciller, bien décidée à pénétrer seule dans ses appartements.

— Will, commença-t-elle en feignant d'ignorer la main qu'il venait de poser au creux de sa taille, la soirée se termine ici.

En guise de réponse, il la poussa délicatement à l'intérieur et referma la porte derrière eux.

— Ce n'est pas possible, et tu le sais bien, répliqua-t-il d'une voix altérée par le désir.

— Will...

Elle ne put aller plus loin, car il scella sa bouche d'un baiser plein de fougue. L'espace d'un bref instant, elle maudit sa faiblesse, mais elle savait que la bataille qu'elle se livrait à elle-même était perdue d'avance.

Au lieu de le repousser comme le voulait la raison, elle fondit et répondit à ses baisers avec la même ardeur. Prise d'un délicieux vertige, elle s'agrippa à lui comme une naufragée. Tout le désir qui s'était accumulé en elle durant leur soirée déferla, telle une vague immense, emportant tout sur son passage.

D'une main fébrile, elle le débarrassa de son manteau, puis défit les premiers boutons de sa chemise. Souplement, elle se plaqua contre ses hanches et son désir s'accrut encore lorsqu'elle sentit son sexe dur contre son ventre. Consciente de ses doigts qui s'étaient glissés dans son décolleté pour agacer la pointe dressée de ses seins, elle s'écarta légèrement de lui.

— Will, il ne faut pas, protesta-t-elle faiblement.

— Tu ne veux vraiment pas ? demanda-t-il d'un ton provocateur tout en couvrant son visage de baisers.

Lorsqu'il descendit la fermeture Eclair de sa robe, elle le repoussa plus fermement et prit une profonde inspiration, dans l'espoir de se donner le courage qui lui faisait défaut.

— Faire l'amour avec toi n'entre pas dans mes

projets, Will. Je pressens trop de complications. Bonne nuit, conclut-elle en s'éloignant de lui, le cœur battant.

Chemise ouverte, cheveux emmêlés, la bouche rouge de trop de baisers, il resta immobile, à la contempler.

— Tu ne peux pas me repousser de la sorte, finit-il par dire. Nous avons envie l'un de l'autre, tu ne peux nier une telle évidence. Et je ne vois pas en quoi céder à la tentation pourrait nuire à ton travail, ni au mien. Cesse de combattre tes émotions et tes envies, Ava.

— Mon année à venir est parfaitement planifiée et je n'ai aucune intention de la chambouler pour une partie de jambes en l'air. Aussi, je te souhaite une bonne nuit. Et merci encore pour cette merveilleuse soirée.

— Si c'est vraiment ce que tu souhaites, alors bonne nuit. Mais sache que moi aussi, j'ai beaucoup apprécié notre petite sortie. Surtout la dernière partie. A demain matin, au petit déjeuner, ajouta-t-il avec un sourire en coin.

— Je vais faire comme si je n'avais rien entendu, grommela-t-elle.

— Je vais rêver de toi, poursuivit-il d'une voix envoûtante, et te désirer toute la nuit…

— Tu ne m'aides vraiment pas, lui dit-elle encore, sur un ton de reproche.

— Je ne fais que te dire ce que je ressens. Mon chou, j'ai passé une excellente soirée et je regrette vraiment de la voir s'achever ainsi. Mais je ferai ce que tu me demandes.

Sans ajouter un mot, il saisit son manteau, quitta la pièce et referma la porte derrière lui.

— Moi aussi, je déteste la voir s'achever ainsi, soupira-t-elle.

Combien de temps allait-elle pouvoir lui résister, maintenant que sa présence lui était devenue indispensable ?

Toute à ses pensées elle alla enfiler sa chemise de nuit, mais sentant que le sommeil lui échapperait, elle alla se recroqueviller dans un fauteuil pour pouvoir revivre minute par minute, seconde par seconde, la soirée qu'elle venait de passer.

A midi, le lendemain, Will se trouvait dans le restaurant où il avait rendez-vous avec son frère Zack pour déjeuner.

Avec ses cheveux bruns bouclés et ses yeux bleus pétillants de vie, Zack était le portrait craché de leur grand-père Marcus Delaney.

— J'ai deux heures devant moi avant d'embarquer, le prévint-il d'emblée.

— Tu as bonne mine, remarqua Will.

— Difficile d'éviter le soleil en Californie. Quelles sont les dernières nouvelles, en ce qui concerne Caroline ?

— Pas grand-chose depuis notre dernière conversation, mais je garde espoir. Ava sait tellement bien s'y prendre avec elle !

— Combien de temps va-t-elle rester ?

— Tout l'été.

— Parfait. Et toi ?

— Ça va, éluda-t-il. J'espère que tu pourras passer voir Caroline un de ces jours.

— En fait, j'ignore si cela lui fait vraiment plaisir. J'ai toujours l'impression qu'elle me reproche de ne pas être mort à la place de son père.

— Tu te fais des idées. Tout est tellement verrouillé en elle.

— Puisses-tu avoir raison ! J'ai parlé d'Ava à Ryan et si tu veux, nous pouvons partager avec toi les frais qu'elle t'occasionne.

— Inutile, j'ai encore largement de quoi la payer sans votre aide, mais j'apprécie énormément votre proposition. Cela fait du bien de savoir qu'en cas de problème, je pourrais compter sur vous.

— Je suis celui qui devrait payer, insista Zack. Toi, tu as la responsabilité de Caroline, et Ryan a accepté de te succéder en tant que tuteur si tu venais à disparaître à ton tour.

— Ne t'inquiète pas pour ça, Zack. Je ne manquerai pas de faire appel à toi si j'ai besoin de ton aide.

— J'aimerais bien rencontrer cette Ava, pour la remercier de ce qu'elle fait pour notre nièce. J'imagine que vous n'êtes pas trop intimes, elle et toi, sans quoi tu me l'aurais dit, n'est-ce pas ? Tu fais bien, crois-moi. Une relation entre vous pourrait compliquer ta vie et rejaillir de façon négative sur Caroline.

— Rassure-toi, rien de tel ne risque de nous arriver. La plupart du temps, elle cherche surtout à garder ses distances avec moi.

Zack s'interrompit de boire et fronça les sourcils.

— La plupart du temps ? répéta-t-il.

— Cesse de t'inquiéter. Elle ne pense qu'à ses projets d'avenir et moi, j'ai d'autres chats à fouetter. Cela dit, et bien qu'elle soit un brin spéciale, c'est une fille belle, intelligente et ambitieuse. En fait, elle est irrésistible.

— Je vois, dit Zack en le dévisageant. Comment va Garrett ? Toujours ton bras droit ?

— Plus que jamais. Et sur le plan des relations humaines, plaisanta-t-il, il n'a pas changé : il enchaîne les conquêtes sans aucun état d'âme. Comptes-tu venir chez le notaire pour l'ouverture du testament de papa ?

— Oui. Je m'organiserai dès que nous serons informés de la date. Ce sera une bonne chose de se retrouver tous ensemble même dans des circonstances pareilles.

A l'arrivée du serveur, ils interrompirent momentanément leur discussion pour aborder ensuite le domaine des affaires et du sport.

— Il est temps que j'y aille, annonça Zack après avoir consulté sa montre.

— J'y vais aussi, fit Will en se levant. Je dois retourner au bureau. Au fait, ajouta-t-il, maman m'a appelé pour me dire qu'elle venait passer quelques jours chez moi. Je ne sais pas comment elle va réagir face à Caroline, vu qu'elle n'a jamais su s'y prendre avec les jeunes enfants.

— Tu n'auras qu'à les séparer, dit Zack qui ne plaisantait qu'à demi. En outre, cela devrait convenir à notre mère.

— Tu as raison, approuva Will en souriant.

— Maman, la femme d'Adam… Décidément,

nous ne sommes pas faits pour nous marier, chez les Delaney. A bientôt, ajouta-t-il après une brève accolade.

— A bientôt.

Will regagna sa voiture, la tête pleine des souvenirs de la soirée de la veille.

Will tint sa promesse. S'il passait la plus grande partie de la journée à son bureau, il se débrouillait toujours pour rentrer en fin d'après-midi afin de profiter de Caroline. Ce jour-là, il les rejoignit à la piscine à 16 h 30.

Fallait-il qu'elle soit masochiste pour avoir quasiment exigé de lui qu'il passe le plus de temps possible avec sa nièce et, du même coup, avec elle !

Consciente de ce que cela impliquait, elle sortit de l'eau dès qu'il y entra.

— Puisque tu es là, je vais vous laisser en tête à tête. A plus tard.

— Je n'ai donc aucune chance de te voir rester un peu avec nous ?

— A moins que tu n'aies besoin de moi. Sinon, je vais aller m'habiller.

— Vas-y puisque je suis là.

Elle crut comprendre, au ton de sa voix, qu'il lui reprochait de se débarrasser de Caroline. Aussi jugea-t-elle nécessaire de se justifier.

— Je pense qu'il est bon pour elle de profiter de toi. Comme je te l'ai déjà expliqué, ce sera l'occasion pour vous deux de renforcer les liens qui vous unissent.

— Je comprends. Et comme je te l'ai déjà dit, moi aussi, j'aimerais renforcer aussi les liens qui nous unissent.

— En fait, tu n'es pas plus intéressé que je ne le suis, mentit-elle. Nous avons chacun notre vie, et passé l'été, nous ne nous reverrons plus, tu le sais bien.

— Je ne faisais pas allusion aux liens du mariage.

Ce trait d'humour la fit rire aux éclats.

— Je sais. Tu as été suffisamment clair à ce sujet. Contrairement à moi, visiblement.

— Non, j'ai très bien capté le message, mais ce qui m'ennuie, c'est de te voir passer à côté des plaisirs de la vie.

— Dois-je voir en toi le sauveur de la pauvre gourde effarouchée que je suis ? le railla-t-elle, un brin exaspérée.

— Tu as fait valoir ton point de vue, très bien. Je t'exposerai le mien plus tard. En attendant, accepte de te joindre à nous. Caroline aime ta présence.

En guise de réponse, elle s'enveloppa de son peignoir en éponge, prit son T-shirt au passage et quitta les lieux.

Le dîner fut détendu et elle remarqua que si Caroline ne participait toujours pas à la conversation, en revanche, elle mangeait de meilleur appétit. A proximité se trouvait l'ours brun qu'elle lui avait offert et qui ne la quittait plus.

— Caroline, je voudrais te montrer quelque chose, annonça Will qui quitta la table pour aller chercher un dossier. Ava et moi, nous avons eu l'idée de t'offrir un chien.

Dans les yeux de la fillette passa un mélange de surprise et de joie mal contenue.

— J'ai ici des photos de différentes races, et j'aimerais que tu y jettes un coup d'œil. Comme ça, tu pourras en choisir un en particulier.

— Regarde comme ils sont mignons, dit Ava en contemplant les photos.

— En vois-tu un qui te plaît plus que les autres ? demanda Will.

Caroline étudia attentivement chaque photo, avant d'en choisir deux qu'elle mit de côté. Will attendait patiemment, aussi calme que sa nièce.

— Ils sont tous tellement adorables ! s'exclama Ava en fixant les deux chiots sélectionnés par la fillette. Le choix va être difficile.

Caroline s'empara finalement de l'une des deux photos et, après l'avoir longuement examinée, la tendit à Will.

— Je veux celui-ci, articula-t-elle très distinctement.

Will lui coula un regard en biais qui en disait long sur la joie qu'il ressentait.

— Va pour Papillon, dit-il. Sais-tu pourquoi ce chien porte ce nom ? Tout simplement parce qu'il a les oreilles en forme de papillon. Si tu veux bien, demain nous irons tous les trois en ville pour lui acheter tout ce dont il aura besoin : une gamelle, de la nourriture, des jouets et bien sûr un panier où dormir. Tu es contente ?

— Oui, acquiesça la fillette à voix basse.

Will la souleva de terre et la serra contre lui, visiblement ému.

— Très bien, trésor. Nous nous en occuperons demain après-midi. Je partirai du bureau assez tôt, de façon à passer vous chercher vers 15 heures. Ah, j'oubliais ! Il nous faudra aussi un collier et une laisse.

Caroline le gratifia d'un nouveau sourire, cette fois radieux et empreint d'une joie intense.

— Nous allons lui trouver un joli panier que tu pourras mettre dans ta chambre. Comme cela, ton petit chien dormira avec toi. Mais sache-le, les premières nuits, il risque de pleurer. Cela dit, il s'habituera très vite, tu verras.

Elle le regarda, des étoiles plein les yeux, avant de courir chercher son ours en peluche qu'elle avait oublié sur sa chaise.

— Tu es contente d'avoir un chien ? s'enquit Will.

Elle acquiesça d'un signe de tête, le regard rivé sur la photo du chiot.

— Tu verras, tu vas bien t'amuser. Sache aussi que s'il cherche à te mordiller, ce n'est pas par méchanceté, mais parce qu'il veut jouer. D'ailleurs, les chiots adorent mordiller tout ce qui leur tombe sous la patte.

Ava ne disait rien, préférant rester le témoin silencieux de la scène émouvante qui se déroulait sous ses yeux.

— Ava avait un chien quand elle était petite, poursuivit-il, inlassable. N'est-ce pas, Ava ?

Elle approuva d'un hochement de tête et se lança dans un récit vif et enjoué de ce qu'était sa vie de petite fille avec son animal de compagnie.

Lorsqu'elle s'arrêta de parler, Will se leva, Caroline dans les bras.

— Il est temps d'aller au lit, mademoiselle. Et comme c'est Ava qui t'a lu des histoires toute la journée, maintenant c'est à mon tour.

— Bonne nuit, Caroline.

Elle lui caressa affectueusement l'épaule puis, dans un geste impulsif, lui effleura la joue d'un baiser aussi léger qu'une aile de papillon.

— Demain, nous aurons tout le temps de parler de nos amis les chiens.

Dès que Will et Caroline eurent quitté la pièce, Ava s'affaira à tout remettre en ordre. Elle se rendit ensuite dans la bibliothèque et découvrit, sur une étagère basse, des livres pour enfants qui, jusque-là, avaient échappé à son attention.

La plupart d'entre eux étaient en piteux état, avec des pages plus ou moins cornées, et elle en reconnut certains pour les avoir lus dans son enfance.

Au comble de la curiosité, elle s'empara d'un ouvrage sur les dinosaures et, en le feuilletant, vit le nom de Will figurer sur la page de garde. Juste en dessous figurait son âge : « six ans ».

Elle sourit en imaginant Will en petit garçon sage, fasciné par les animaux préhistoriques.

Elle remit le livre à sa place, puis prit le temps d'en feuilleter d'autres, intriguée qu'ils n'aient pas leur place dans la chambre de Caroline.

L'arrivée fracassante de Will l'empêcha de chercher

une réponse à son interrogation. Il fondit sur elle et, la soulevant de terre, la fit tournoyer dans les airs.

— Will ! protesta-t-elle en riant après qu'il l'eut reposée à terre.

— Tu as vu ? Elle a parlé, elle a souri ! C'est grâce à toi, Ava. Tu as réussi un miracle. Comment n'ai-je pas pensé plus tôt et par moi-même à lui offrir un chien ? Il faut dire qu'il n'y a pas d'école pour nous préparer à devenir père, et moi, je n'ai même pas eu droit aux neuf mois usuels pour m'habituer à cette idée. Heureusement que je t'ai rencontrée.

Alors qu'il prononçait ces derniers mots, il riva au sien un regard empli d'un mélange de gratitude et d'excitation.

Comme chaque fois qu'il dardait sur elle son regard de braise, elle sentit son cœur s'emballer et un désir violent déferler instantanément sur elle.

Incapable de résister, elle lui offrit ses lèvres, le souffle court. Elle était tiraillée entre la volonté de rester fidèle à ses promesses et l'envie qu'elle avait de Will, de se donner enfin à lui corps et âme.

La fièvre l'emporta.

Elle laissa Will glisser ses mains sous la soie fine de son chemisier et caresser ses seins tendus de désir. Elle répondit à ses baisers et à ses caresses devenues plus audacieuses. Les soupirs de plaisir qu'elle laissa échapper ne firent qu'encourager Will à aller plus loin.

— Tu es merveilleuse, lui chuchota-t-il à l'oreille avant de dégrafer son soutien-gorge en dentelle.

Le désir qu'elle éprouvait était d'une intensité terrifiante. En une fraction de seconde, ses vieilles peurs la rattrapèrent. Elle s'écarta brutalement de lui, bouleversée d'être incapable de faire l'amour avec un homme qui l'attirait aussi irrésistiblement.

— Will, excuse-moi. Je ne peux pas.

Elle remit de l'ordre dans sa tenue, impuissante à gérer des émotions aussi contradictoires.

Devinant les doutes dont elle était la proie, il s'approcha d'elle et l'enlaça tendrement.

— Tu es une femme fabuleuse, Ava. J'aimerais tant passer la nuit à t'embrasser, te caresser, à te faire l'amour et à te prouver que tu ne fais rien de mal en t'abandonnant au plaisir.

— Je ne veux plus m'impliquer émotionnellement dans une relation, répliqua-t-elle. Et ça ne manquera pas d'arriver, si je te cède. Tu comprends ça ?

— Oui, affirma-t-il sans pour autant relâcher son étreinte.

D'un geste infiniment tendre, il repoussa les mèches de cheveux qui lui barraient le visage.

— Allons discuter un peu, tu veux bien ?

Elle acquiesça et se laissa entraîner vers le canapé. Elle attendit que Will soit assis pour s'installer loin de lui, s'imposant une distance de sécurité qu'elle ne voulait plus franchir.

— As-tu une idée de l'endroit où nous pourrions trouver le chiot de Caroline ? demanda-t-elle d'un ton redevenu neutre.

— Oui. Je sais qu'il y a un élevage à South Worth, pas très loin de Dallas.

— J'imagine que dans le cas contraire, tu n'aurais pas hésité à effectuer les kilomètres nécessaires pour faire plaisir à ta nièce. Je me trompe ?

En guise de réponse, il se rapprocha d'elle et enroula une mèche de ses cheveux autour de son index.

— J'aime bien passer mes soirées à la maison avec vous. J'ai toujours tellement voyagé ! Tout ceci est nouveau pour moi.

— Je crois qu'en changeant tes habitudes, tu fais très plaisir à ta nièce. C'est sans doute pour cette raison qu'elle a été aussi réceptive ce soir.

— Moi, je crois plutôt que c'est à toi que nous devons cette première véritable victoire. Tu t'occupes tellement bien d'elle, tu es tellement à l'écoute. Et puis, tu as toujours de bonnes idées.

Il s'interrompit avant d'aborder un tout autre sujet.

— Aujourd'hui, j'ai déjeuné avec mon frère Zack. Il était entre deux avions, comme d'habitude, mais il m'a promis d'être présent à l'ouverture du testament de notre père. A cette occasion, tu rencontreras ma mère, ainsi que mes deux frères. Garrett, que je considère comme un membre de ma famille, sera là aussi. Nos pères travaillaient ensemble et ils étaient très proches l'un de l'autre.

Elle l'écoutait à peine, perdue dans ses pensées. Elle se revoyait entre ses bras, revivait les baisers échangés. Même si elle essayait de se concentrer, ses pensées dérivaient invariablement vers les instants érotiques vécus avec Will.

Au bout d'un moment, il se pencha vers elle et prit son menton entre ses deux doigts, pour la forcer à le regarder droit dans les yeux.

— Tu n'as pas écouté un mot de ce que j'ai dit.

— Mais si, se défendit-elle mollement.

— Très bien. Dans ce cas, qu'en penses-tu ?

Prise en flagrant délit de mensonge, elle se mit à rougir violemment.

— Excuse-moi, tu as raison. Je pensais à ce petit chien que nous allons chercher demain et à la joie de Caroline.

— C'est faux. Tu pensais à nous.

— Will, il n'y a pas de « nous ».

Il esquissa alors un sourire en coin qui en disait long sur son scepticisme.

— Alors, parle-moi de ton projet d'école. Où comptes-tu l'ouvrir ? As-tu commencé tes recherches ?

— Je cherche du côté d'Austin et de San Antonio. Mais je penche plutôt pour Austin, parce que je connais bien cette ville. Ce sera plus facile pour moi, je n'aurai pas à déménager.

— Et pourquoi pas Dallas ?

— Parce que je préfère travailler dans la ville où je vis.

— Qui s'occupe de tes recherches pendant ton séjour ici ?

Elle lui cita le nom d'une agence immobilière, consciente du fait qu'il avait comblé les derniers centimètres qui les séparaient encore. Il lui posait des questions, acquiesçait, lui faisait grâce de quelques commentaires, mais elle n'était pas dupe. Cet intérêt manifeste n'était qu'une diversion destinée à lui faire baisser la garde.

Elle ne s'aperçut de l'heure tardive que lorsqu'elle consulta sa montre : 3 heures. Il était 3 heures du matin, et elle n'avait pas vu le temps passer.

— Il est tard, Will. Si je ne vais pas me coucher

tout de suite, je risque de m'endormir pendant les cours.

— J'en doute, vu ta conscience professionnelle.

Il se leva à son tour et passa un bras autour de ses épaules, tandis qu'ils quittaient le salon pour se rendre dans leur chambre respective.

Chaque pas qui les rapprochait de la séparation accélérait un peu plus les battements de son cœur.

Serait-elle capable de refermer la porte sur lui ?

7

Comme elle l'espérait en secret et malgré ses réticences, il entra dans sa suite, referma la porte derrière eux et l'attira à lui pour l'embrasser.

Elle lui donna un baiser où se mêlaient étroitement passion et colère. Comme elle s'en voulait de sa faiblesse ! Comme elle en voulait à son corps de la trahir aussi facilement ! Car il suffisait qu'il l'embrasse pour qu'elle se consume instantanément de désir.

Le souffle court, elle laissa ses mains impatientes déboutonner son chemisier, puis le lui ôter.

— Tu es si belle, murmura-t-il d'une voix rauque de désir.

Il inclina la tête sur ses seins et en dessina tour à tour les contours du bout de la langue. Ivre de désir, elle s'agrippa à lui et gémit de plaisir.

Plus rien ne comptait que la proximité de cet homme qui la rendait folle de désir. A son tour, elle le dépouilla de sa chemise et promena des mains fébriles sur son torse viril.

Mais une nouvelle fois la raison, mêlée à un sentiment de panique intense, la fit reculer.

— Très bientôt, tu ne me repousseras plus, la

prévint Will d'une voix sourde, avant de quitter la chambre à grandes enjambées.

Désemparée, elle alla chercher la chemise que, dans son empressement à la quitter, il n'avait pas songé à ramasser. Elle la pressa sur ses narines pour se griser de l'odeur virile qui s'en dégageait, puis effleura du bout des doigts ses lèvres gonflées de leurs baisers passionnés.

La tête bouillonnant de pensées contradictoires, elle alla se coucher. Combien de temps encore avant qu'elle ne succombe tout à fait ? Car elle le savait bien, éviter Will était impossible. Et combien de temps avant qu'il ne lui brise le cœur ?

Ses pensées dérivèrent vers Caroline, mais là encore tout n'était qu'incertitudes. Devait-elle voir un progrès significatif dans la façon dont la fillette s'était comportée ou s'agissait-il simplement d'une amélioration temporaire ?

Elle pria pour que le chiot soit l'élément déclencheur qui déciderait la fillette à sortir de son enfermement. Pour avoir lu nombre d'ouvrages traitant de ce problème, elle avait bon espoir.

Le lendemain, elle remarqua avec soulagement que l'excitation de Caroline n'était pas retombée, bien au contraire. Pour sa séance de lecture, elle ne sélectionna que des livres où il était question de chiens et, à plusieurs reprises, elle gratifia Ava d'un large sourire.

Tout comme Will, et alors qu'elle ne cessait de le mettre en garde, Ava se surprit à interpréter ces progrès infimes comme une solide raison d'espérer.

Elle remarqua également que plusieurs fois, et

sans même chercher à cacher son impatience, la fillette levait les yeux sur l'horloge murale. Elle en déduisit un fait nouveau : Caroline savait lire l'heure.

Sur-le-champ, elle en informa Will par SMS, trop heureuse de lui annoncer que sa nièce trépignait de le voir arriver. En réponse, il la prévint qu'il rentrerait plus tôt que prévu.

Lorsqu'il arriva, aux alentours de 14 heures, Caroline l'attendait dans l'entrée, son inséparable ours en peluche à la main.

Comme à son habitude, il la souleva de terre pour la prendre dans ses bras et l'embrasser.

— Es-tu prête à aller dépenser des sommes folles pour ton petit chien ?

Elle lui répondit par un sourire radieux.

Dans le magasin, Ava se tint volontairement en retrait, heureuse de voir la complicité qui unissait l'oncle et la nièce.

Will interrogeait la fillette sur ses goûts et elle lui répondait en pointant du doigt les objets qui lui plaisaient. Pourtant, au moment de choisir le collier, ce fut elle qui alla le prendre en rayon pour le déposer dans le caddie, tel un acte sacré.

De retour au manoir, ils choisirent l'endroit de la cuisine où ils mettraient les gamelles, puis ils allèrent disposer le panier dans la chambre de Caroline.

A la fin de la journée, épuisée par tant d'émotions, la fillette sombra instantanément dans un profond sommeil.

Pendant que Will couchait sa nièce, Ava en profita pour lui laisser un mot dans le salon, lui expliquant qu'elle montait se coucher sans l'attendre.

Elle se pressa en direction de sa chambre et referma sa porte sur une nouvelle nuit de tentation. Chaque jour, il lui devenait plus difficile de résister à Will et pour y parvenir, elle n'avait rien trouvé de mieux que la fuite.

Will fuyait le mariage comme la peste. Elle, en revanche, ne pourrait se donner à lui qu'en ayant le sentiment de se lancer dans une relation sérieuse. La meilleure chose à faire était donc de garder ses distances chaque fois qu'elle en aurait l'occasion.

Pourtant, malgré sa forte détermination, elle ne put trouver le sommeil qu'à l'aube et pour rêver de Will.

La matinée du lendemain s'écoula, semblable à celle de la veille. Caroline écoutait d'une oreille distraite et manifestait une agitation flagrante, les yeux rivés sur l'horloge murale.

Dans l'après-midi et alors qu'elles venaient d'achever la lecture d'un livre, Caroline la considéra un instant sans rien dire.

— Tu aimais beaucoup ton chien ? lui demanda-t-elle soudain.

Ava chercha à dissimuler la surprise et la joie que venait de susciter cette question très clairement formulée.

— Oui, répondit-elle d'un ton qu'elle s'appliqua à garder neutre. C'était un labrador, je l'avais baptisé Gus. Je l'adorais et il me le rendait bien.

Caroline hocha la tête pour lui montrer qu'elle comprenait.

Un peu plus tard, Will les rejoignit et tous trois

s'engouffrèrent encore une fois dans la limousine pour se rendre sur le lieu d'élevage.

Ayant pris la précaution de se munir d'un Camescope, Ava se demanda si Will avait déjà filmé sa nièce ou, tout au moins, pris des photos d'elle.

Ils partirent en direction de Fort Worth, au nord de Dallas, pour un trajet qui les amena devant une bâtisse de deux étages.

Une femme avenante vint les accueillir et les conduisit jusqu'à un garage où une chienne, couchée sur le flanc dans son panier, veillait sur les chiots qui caracolaient autour d'elle.

Caroline observait le spectacle, les yeux écarquillés.

— Vas-y, dit Will, choisis celui que tu veux.

Comme s'ils avaient compris, deux d'entre eux se détachèrent de la portée pour s'approcher d'elle. Le plus petit, mais aussi le plus vif, se jeta sur les lacets d'une des chaussures de Caroline pour les mâchouiller, tandis que l'autre le regardait faire, sagement assis sur son arrière-train.

Will se baissa pour les prendre et les approcher de Caroline. Après les avoir attentivement observés tour à tour, elle en pointa un du doigt et Will le lui tendit délicatement.

— Oui, c'est celui-ci que je veux, dit-elle d'une voix tout à fait audible.

Il lança un regard victorieux à Ava qui lui adressa en retour un sourire ému.

— Tu es bien sûre ? insista-t-il.

— Oh oui ! S'il te plaît, répondit la fillette qui ne pouvait plus cacher son excitation.

Après que Will eut rempli les formalités d'usage

et laissé un chèque conséquent à l'éleveuse, tous trois regagnèrent la limousine, Caroline en tête de cortège, avec son précieux trésor serré contre elle.

Elle le plaça dans la corbeille qu'ils avaient pris soin d'emporter et s'assit à côté de lui sans le lâcher des yeux une seconde.

De retour au manoir, Ava monta dans sa chambre pour se rafraîchir. Elle prit son temps, désireuse de laisser Will et Caroline vivre ces premiers instants dans l'intimité.

Lorsqu'elle parvint sur le seuil de la salle de jeux, elle ne manifesta pas tout de suite sa présence. Comme envoûtée, elle regarda Will qui s'était allongé sur le sol. Il avait ôté ses chaussures et sa cravate, défait les premiers boutons de sa chemise et jouait avec le chiot devant lequel Caroline agitait un singe en plastique.

Tous deux riaient aux éclats, unis par une belle complicité.

Touchée par la profonde affection qui liait Will à sa nièce, elle comprit soudain qu'elle était amoureuse de lui. Elle se sentit alors libérée de cette espèce de vague à l'âme, liée à la perte de son mari et dont elle s'était servie tant d'années comme d'un rempart de protection.

Elle entra dans la pièce d'un pas vif et alla s'asseoir à côté d'eux, sans plus se poser de questions.

— Tu tombes bien, lui dit-il. Nous t'attendions pour trouver un nom à cette petite chienne.

— Mon chien s'appelait Gus. Pourquoi pas Gussie, qui est son féminin ?

— Je pencherais plutôt pour Millie, Tiny ou, pourquoi pas, Princesse, répliqua-t-il.

— Je préfère Gussie.

— Ça sonne comme un nom de chat, décréta Will.

— Pas du tout, insista Ava.

— Muffy, trancha alors Caroline de sa petite voix.

— Muffy…, répéta Will comme si c'était la chose la plus naturelle au monde d'entendre Caroline donner son avis. C'est un joli nom, qui sonne bien. Allez, c'est dit ! Cette jeune fille s'appellera Muffy. Après tout, c'est ton chien, c'est toi qui décides.

— C'est vrai, c'est un joli nom et il lui va très bien, approuva à son tour Ava.

— Dans deux ou trois jours, elle répondra à son nom, tu verras, dit Will à sa nièce. J'ai contacté un dresseur qui viendra la première semaine pour lui donner quelques notions de dressage. Ensuite, nous arrêterons pour reprendre quand elle sera un peu plus âgée.

Aux anges, Caroline installa son chien sur ses genoux et l'animal s'endormit aussitôt.

— C'est normal, c'est un bébé, expliqua Will, soucieux de la rassurer. Et comme tous les bébés, elle se fatigue vite, elle a besoin de beaucoup de sommeil. Lorsqu'elle se réveillera, nous irons lui faire faire une petite promenade.

Le reste de l'après-midi fut entièrement consacré à Muffy, la reine de la journée. Et lorsque, le soir venu, ils eurent fini de dîner, Caroline se précipita vers son chien pour jouer encore avec lui.

— Tu t'en es très bien tiré, le félicita Ava. Tu as réagi exactement comme il fallait.

— Merci, répliqua-t-il, ému. Regarde-la rire, Ava. C'est un vrai bonheur ! Je ne l'ai pas vue aussi gaie depuis la mort de son père.

Elle se cala confortablement contre le dossier de sa chaise pour mieux observer la scène qui se déroulait sous leurs yeux.

Tout en riant à gorge déployée, Caroline courait dans la pièce pour échapper aux petits crocs acérés de Muffy.

Lorsqu'il fut l'heure pour la fillette d'aller se coucher, Ava se leva de sa chaise pour l'embrasser.

— Je suis très contente que tu aies Muffy. Les chiens sont une vraie compagnie et, très vite, ils deviennent un membre de la famille à part entière. Bonne nuit, Caroline. Et bonne nuit, Muffy, ajouta-t-elle en caressant la tête du chien.

— Bonne nuit, Ava.

Elle s'apprêtait à rejoindre sa chambre lorsque Will la retint d'une main posée sur son bras.

— Attends-moi dans le salon, dit-il d'une voix rauque d'émotion. Tu m'as tellement manqué hier soir.

Elle pouvait refuser.

Mais elle accepta d'un signe de tête.

Elle monta rapidement dans sa chambre pour ôter les pinces qui retenaient ses cheveux. Aussitôt, une foison de boucles folles se répandit sur ses épaules.

Elle lança un regard satisfait à son reflet dans le miroir puis redescendit attendre Will, munie de son téléphone portable. Elle allait mettre à profit ce temps d'attente pour appeler ses sœurs.

Lorsque Will la rejoignit, il referma la porte derrière lui et vint la prendre dans ses bras.

— Merci, Ava, dit-il en la serrant contre lui. Merci mille fois. Tu ne peux minimiser cette fois le pas de géant qu'elle a accompli.

— Non, admit-elle avec un sourire. Mais tu es pour beaucoup dans cette victoire. Tu es un très bon père, il ne faut plus que tu en doutes, désormais.

— En fait, j'ai réagi instinctivement, sans réfléchir. Mais je dois te dire toute ma gratitude. Sans toi, nous n'en serions pas là.

— Maintenant, nous pouvons vraiment espérer, en effet. Je suis presque certaine que grâce à Muffy, elle ne va cesser de progresser. C'est pour elle l'occasion rêvée de communiquer.

Elle tenta de se dégager de son étreinte, mais il ne fit que la resserrer.

— S'il te plaît, Ava, la supplia-t-il d'une voix rauque.

Il lui scella la bouche de baisers passionnés auxquels elle répondit avec la même fougue.

— J'ai envie de toi, lui susurra-t-il à l'oreille.

— Will, ne mélange pas tout. Je ne voudrais pas que ton élan soit guidé par la gratitude que tu éprouves.

— Si je te suis effectivement reconnaissant, je sais tout de même reconnaître la différence entre désir et gratitude. Tu es belle, sexy. Comment veux-tu que je résiste à tant de séduction ? C'est une véritable torture que tu m'infliges.

Comme pour mieux la convaincre, il lui prit le visage entre ses mains et la couvrit une nouvelle fois de baisers possessifs auxquels elle fut comme toujours incapable de résister.

Elle se coula plus étroitement contre lui, décidée à envoyer au diable toutes ses bonnes résolutions. Dans quelques semaines, elle serait partie pour renouer avec sa vie solitaire. Pourquoi ne pas profiter de ce qu'il avait à lui offrir ? La vie pouvait être si courte ! Elle était bien placée pour le savoir.

Elle se livra donc avec délice à ses mains impatientes ainsi qu'à ses caresses qui se faisaient plus audacieuses.

— Tu es si belle, murmura-t-il tout en l'entraînant à demi nue vers le canapé où il l'installa à califourchon sur lui.

Sentant sa réticence, il chercha visiblement à apaiser ses craintes avec des mots choisis.

— Ava, nous avons envie l'un de l'autre. Ne comprends-tu pas que tu luttes contre quelque chose que tu désires ardemment ? Prends plutôt la vie comme elle vient. Et si cela peut te rassurer, je ne vois pas en toi une aventure d'un soir.

Malheureusement, ses arguments n'eurent pas l'effet escompté.

— Je veux bien te croire, répliqua-t-elle en rassemblant ses vêtements épars. Je ne serai pas une aventure d'un soir mais d'un été. Alors à quoi bon ?

Will n'insista pas. Il savait sans doute que ce n'était qu'une question de temps. Il la regarda s'habiller, un sourire aux lèvres.

— Ce n'est pas une raison pour te sauver comme une voleuse. La journée a été riche en émotions et il n'est pas si tard.

Elle prit une profonde inspiration et accepta de

retourner s'asseoir sur le canapé, tandis qu'il se rhabillait à son tour.

— Tu as raison, concéda-t-elle en détournant la tête de ce corps athlétique que, malgré son refus, elle brûlait de sentir sur elle et en elle. Nous avons vécu une journée très spéciale, qu'aucun de nous trois ne pourra jamais oublier.

— Veux-tu boire quelque chose ? lui proposa-t-il.

— Volontiers. Un thé glacé, peut-être. Je peux t'aider ?

— Non, reste assise, j'en ai pour une minute.

— Je n'entends pas Muffy aboyer ou gémir, comme il devrait, fit-elle remarquer lorsqu'il revint avec leurs verres pleins

— C'est parce que dans ces vieilles demeures, les murs sont épais. Par ailleurs, j'ai demandé à Rosalyn de garder Muffy avec elle jusqu'à ce que j'aille la chercher pour la nuit. Je ne veux pas qu'elle passe la nuit dans la chambre de Caroline, tant qu'elle ne se sera pas habituée à sa nouvelle maison. Elle risque de l'empêcher de dormir.

— Je ne t'aurais jamais cru capable de sacrifier tes nuits à un chiot, le taquina-t-elle.

— Je me sens si bien ! J'ai l'impression d'être débarrassé de l'énorme poids qui pesait sur mes épaules. Et si nous allions fêter ça ensemble, samedi soir ?

— Tous les trois ?

— Non. Je pense qu'il est beaucoup trop tôt pour emmener Caroline au restaurant, qui plus est pour dîner. Je craindrais qu'elle ne se renferme de nouveau, si nous la confrontions trop rapidement à

une vie qu'elle rejette depuis la mort de son père.
Je parlais juste de nous deux.

— Décidément, on peut dire que tu as de la
suite dans les idées, ironisa-t-elle sans toutefois lui
donner de réponse.

Comme à leur habitude ils se lancèrent dans une
discussion qui dura jusqu'à une heure avancée de
la nuit.

— J'ai passé une excellente journée, Will, dit-elle
la première.

— Moi aussi, et c'est largement grâce à toi,
répondit-il avant de déposer un baiser léger sur
ses lèvres.

Puis, sagement, chacun regagna sa chambre.

Le lendemain matin, Ava, Will et Caroline se
rendirent dans le jardin pour assister à la première
séance de dressage de Muffy.

— Ils ont l'air de bien s'entendre, commenta Ava
en voyant la petite chienne marcher docilement au
pied du dresseur.

— En effet, répondit Will qui ajouta à l'adresse
de sa nièce : ne t'inquiète pas, tu pourras la récupérer cet après-midi.

Ils s'amusèrent un long moment à observer les
prouesses de Muffy, avant que l'homme ne vienne
vers eux, le temps d'une courte pause.

— Ava, dit Will, je te présente Buck Yarby. Buck,
voici Ava Barton et ma petite Caroline.

— Très heureux de vous rencontrer. Caroline, je
tiens à te dire que ta petite chienne est très douée.

Tu vas bien t'amuser avec elle, mais avant il faudra que je t'apprenne certaines règles de base.

Les adultes discutèrent encore quelques minutes que Caroline mit à profit pour câliner sa chienne. Puis tous trois regagnèrent la maison, prêts à démarrer la journée.

Will rentra tôt ce soir-là, trop impatient de retrouver Caroline, Ava et avec elles, la petite Muffy.

Il alla les rejoindre directement dans la salle de jeux où il se débarrassa sans attendre de ses chaussures et de sa veste de costume. Il s'assit par terre, à côté de Caroline qui tentait vainement d'arracher à Muffy le singe en plastique qu'il leur avait acheté.

Heureux de se joindre au jeu, il agita devant la petite truffe luisante de la chienne un autre de ses jouets avant de l'envoyer valser à l'autre bout de la pièce. Comme prévu, Muffy se désintéressa aussitôt du premier, pour se ruer sur le second.

Ava observait la scène depuis le fauteuil en osier où elle avait pris place.

— Muffy ! Muffy, viens ici ! commanda Caroline au chiot qui n'en faisait qu'à sa tête.

Pendant un long moment, ils jouèrent ainsi, sous le regard bienveillant d'Ava qui avait choisi de ne pas participer.

Puis vint l'heure du coucher durant laquelle Ava se rendit dans la véranda.

— Nous n'avons pas eu le temps de discuter, dit-il, aussitôt qu'il l'eut rejointe. Comment s'est passée votre journée ?

— J'ai une excellente nouvelle à t'annoncer : Caroline a lu toute seule, à haute et intelligible voix. Et lorsque je lui ai demandé si, demain, elle accepterait de lire devant toi, elle a acquiescé sans hésiter. Elle lit très bien, tu sais, et je peux t'assurer que si elle continue à progresser de la sorte, elle sera prête pour la rentrée. D'ici là, elle aura gagné suffisamment de confiance en elle pour se sentir à l'aise parmi les autres enfants.

— Et je suis certain qu'elle n'en serait pas là si je ne t'avais pas rencontrée !

— Si j'ai pu participer à l'amélioration de son comportement, je crois surtout que Caroline était prête, ou pas loin, à sortir de sa coquille. N'oublions pas non plus le rôle important qu'a joué cette brave Muffy.

— Caroline parle, lit, rit aux éclats, énuméra-t-il. Tu ne vas tout de même pas me faire l'affront de refuser mon invitation à dîner, alors que nous avons tant de choses à fêter !

La voyant encore hésitante, il joua sa dernière carte.

— Laisse-moi te remercier pour tout ce que tu as fait pour nous.

La perspective dut lui paraître trop séduisante pour qu'elle la refuse, car elle accepta, rougissante comme une jeune mariée.

*
* *

Will brûlait de passer cette soirée en tête à tête avec Ava. Il avait senti un changement en elle, malgré ses revirements incessants. Bientôt, il en était certain, elle se donnerait à lui.

Lui aussi avait changé. Il n'avait jamais désiré une femme à ce point-là, mais pire, il ne pouvait plus se passer d'elle. Elle hantait ses pensées, jour et nuit.

Et, pour la première fois de sa vie, il ne rejetait plus aussi résolument l'idée d'une vie à deux.

L'émotion lui noua la gorge alors qu'il revoyait sa nièce revenir à la vie. Et ce miracle, quoique Ava veuille le nier, était dû à son seul talent. Il avait vu juste en la choisissant. Elle était la personne dont avait besoin Caroline : ni trop envahissante ni trop discrète.

Tout à ses pensées, il enfila un costume bleu marine dans le but de faire honneur à sa cavalière. Lorsqu'il fut prêt, il descendit l'attendre dans son bureau, refrénant péniblement son impatience.

Enfin, au bout de minutes qui lui parurent des siècles, il entendit ses talons claquer sur le carrelage. Il la vit bientôt apparaître, muet d'admiration.

— Tu es magnifique, la complimenta-t-il lorsqu'il put parler.

Fasciné par sa beauté éclatante, il détailla sans vergogne la robe courte d'un rouge flamboyant qui soulignait sa taille fine et mettait sa poitrine en valeur.

A la voir si belle et si désirable, il se dit qu'il l'aurait volontiers entraînée sur-le-champ dans son lit pour lui faire l'amour toute la nuit, plutôt que de l'emmener dîner.

— Merci, répondit-elle, visiblement satisfaite de son petit effet.

— Je suis très fier de sortir avec la plus jolie femme de Dallas.

Tandis qu'il parlait, il lui apparut comme une évidence qu'elle était la femme de sa vie. Il se fit alors la promesse de tout mettre en œuvre pour la convaincre de rester à ses côtés. De toute façon, l'idée qu'elle puisse le quitter au bout de ces deux mois lui était tout simplement insupportable.

La voix d'Ava le ramena brutalement sur terre.

— Allons-nous embrasser Caroline avant de partir ?

— Oui. J'aurais pu y aller avant de descendre te rejoindre, mais je préférais que nous y allions ensemble.

Car désormais il voulait tout faire avec elle.

Ils gravirent les marches ensemble, mais une fois sur le palier, ils s'arrêtèrent net, stoppés par les éclats de rire qui leur parvenaient par la porte fermée de la chambre.

Il ressentit une vive émotion qu'il ne chercha même pas à dissimuler.

— Ecoute ! Je pensais vraiment ne plus jamais l'entendre rire comme cela.

Au comble de l'émotion, il adressa à Ava un regard pour lui témoigner la gratitude dont il débordait.

— J'avais raison, dit-il encore une fois. En sortant Caroline de son enfermement, tu as transformé nos vies.

Conforté dans l'idée qu'elle était la femme qu'il

lui fallait, il la prit par le bras pour entrer dans la pièce.

Ils trouvèrent Caroline en train de courir après son chien, sous la haute vigilance de Rosalyn.

— Oncle Will ! cria-t-elle. Aide-moi à l'attraper. Elle a chipé un de mes jouets.

Submergé d'émotion, les yeux pleins de larmes, il était incapable de prononcer un mot.

— Continue, dit Ava pour lui laisser le temps de recouvrer un semblant d'assurance. Elle adore que tu lui coures après. C'est un jeu pour elle.

— Tu veux vraiment que je l'attrape ? demanda-t-il lorsqu'il se sentit capable d'articuler normalement.

— Oui, s'il te plaît, oncle Will.

— Alors, regarde bien comment je m'y prends.

Si Will n'eut aucun mal à saisir la peluche que Muffy tenait serrée entre ses petits crocs pointus, il eut plus de difficultés à lui faire lâcher prise, car la petite chienne entendait bien défendre âprement son trophée.

Grognant et secouant sa petite tête, ce fut d'ailleurs elle qui sortit vainqueur de la bataille. Lorsqu'elle daigna enfin lâcher sa peluche, il la tendit à sa nièce.

— Tiens, lance-la-lui. Elle se fera un plaisir de retourner la chercher.

Caroline obtempéra et laissa échapper de petits couinements de joie, lorsqu'elle vit Muffy détaler en dérapant vers l'angle de la pièce où avait atterri le jouet.

Malgré son impatience à se retrouver en tête à tête avec Ava, il avait le plus grand mal à quitter sa nièce, tant il était heureux de la voir renouer avec un comportement normal.

Finalement, Muffy, épuisée d'avoir tant couru, se coucha brusquement par terre, hors d'haleine.

— Je crois bien qu'elle n'en peut plus, dit-il en prenant Caroline dans ses bras. J'emmène Ava dîner dehors, ajouta-t-il. En rentrant, je passerai t'embrasser dans ton lit, d'accord ?

En guise de réponse la fillette serra très fort ses petits bras autour de son cou.

— Je t'aime, oncle Will, dit-elle en l'embrassant.

Il fut si ému qu'il en eut le souffle coupé et sentit ses jambes vaciller.

— Moi aussi, je t'aime, trésor. Plus que tout au monde.

Il détourna légèrement la tête, soucieux de lui cacher ses yeux humides.

— Bonne nuit, Caroline, dit Ava après l'avoir embrassée à son tour.

Mais lorsque la fillette lui tendit les bras pour qu'elle la prenne, Ava n'était pas loin de montrer la même émotion que lui.

Il considéra les deux femmes de sa vie en silence. Cette fois, il ne laisserait pas passer sa chance d'être heureux.

Fort de cette bonne résolution, il prit Ava par le bras et au lieu de l'entraîner vers la limousine qui attendait dehors, il la conduisit dans la bibliothèque.

Intriguée, elle fixa sur lui un regard interrogateur.

Qu'avait-il donc en tête ? semblait-elle se demander.

8

— Pourquoi m'as-tu amenée ici ? demanda Ava dont la curiosité ne faisait que croître.

— Parce que j'ai un cadeau pour toi. Un cadeau destiné à te remercier pour l'immense joie que tu me procures.

— Mais Will, tu me paies déjà une fortune pour ça, dit-elle, à la fois émue et amusée. Je n'ai pas besoin de cadeau supplémentaire.

Malgré ses protestations, il sortit de la poche de sa veste une boîte rectangulaire qu'il lui tendit.

Elle la considéra un moment en silence avant de s'en emparer.

— Ce n'était pas nécessaire. Vraiment.

Le cœur battant, elle défit le mince ruban qui l'entourait puis déchira le papier doré.

Bouche bée, elle découvrit un collier incrusté de diamants et d'émeraudes qui brillaient de mille feux. Elle le regarda, interloquée.

— Will, je ne peux accepter un cadeau pareil. C'est beaucoup trop.

— Ce n'est rien comparé aux progrès que tu as fait faire à Caroline. Tourne-toi, ajouta-t-il en sortant le bijou de son écrin.

Après qu'il l'eut attaché autour de son cou, elle alla s'admirer dans un miroir.

— Will, c'est trop ! Je ne peux même pas imaginer sortir avec ça. Ou alors il me faudrait un garde du corps.

— Ce sera moi, ton garde du corps, dit-il, plaisantant à demi. Tu mérites ce bijou plus que quiconque, Ava, et je veux te le voir porter.

Il s'interrompit un bref instant pour ajouter, la voix rauque d'émotion :

— Contrairement à ce que tu sembles croire, tu es très importante à mes yeux.

Cette déclaration lui alla droit au cœur. Pourtant elle se posait encore la question : était-ce une façon habile de la séduire ou était-il sincère ?

— Nous devrions y aller, annonça Will après avoir consulté sa montre.

Trente minutes plus tard, ils montaient dans l'un des hélicoptères privés appartenant à la société Delaney, et prenaient la direction du sud. Et encore vingt minutes plus tard, ils se trouvaient à bord d'un yacht majestueux d'où leur parvenaient des notes de musique.

— Tu as fait venir un groupe ? s'enquit-elle.

— Je voulais que cette soirée soit non seulement spéciale, mais également inoubliable.

Ils prirent un ascenseur qui les conduisit sur l'un des ponts supérieurs où l'on avait dressé une table pour deux couverts, recouverte d'une élégante nappe en lin blanche.

Des torches brûlaient çà et là, conférant à l'endroit une ambiance romantique à souhait.

— Will, c'est magnifique. Et puis, c'est si bon d'échapper à l'atmosphère étouffante de la ville !

— Ce qui est magnifique, c'est d'être ici avec la plus belle des femmes.

Pour parfaire l'ambiance, un majordome en livrée et gants blancs vint remplir leur verre d'un grand cru classé.

— A ton succès, dit Will en levant son verre. Avec toute ma gratitude.

Elle leva son verre à son tour et le fit tinter contre celui de Will.

— A notre succès, rectifia-t-elle. Et à toi, sans qui ma future école n'aurait peut-être pas pu voir le jour.

Il feignit manifestement de ne pas avoir entendu ces derniers mots.

Il se leva et s'inclina devant elle.

— M'accorderez-vous cette danse, mademoiselle ?

— Avec grand plaisir, répondit-elle, aux anges. Vous vivez une vie de rêve, Will Delaney, ajouta-t-elle en se blottissant avec bonheur contre lui.

— Ma vie n'est pas toujours un conte de fées, tu sais. Il y a aussi le revers de la médaille. Et puis, l'argent ne préserve pas de l'adversité. Il y a eu le divorce de mes parents, alors que nous n'étions qu'adolescents, mes frères et moi. Nous avons alors été ballotés de pensionnat en pensionnat, certes très chic mais dépourvus de la moindre chaleur humaine. Puis il y a eu la mort d'Adam et avec elle, le mutisme dans lequel Caroline s'est retranchée. Mais assez parlé de choses tristes. Si nous sommes là ce soir, c'est pour célébrer un événement important et les mots me manquent pour te dire à quel point je suis heureux.

— Je suis très heureuse aussi. Surtout pour vous deux.

— Y a-t-il quelque chose que je puisse faire pour toi, Ava ?

— Merci, mais tu as déjà fait beaucoup, et avec le salaire que je perçois, je vais pouvoir réaliser mon rêve le plus cher.

Il sembla méditer ces paroles quelques secondes.

— J'aurais adoré passer le week-end à naviguer avec toi sur ce bateau, reprit-il, mais il nous faut rentrer. Caroline nous attend. A voir la façon dont elle s'est blottie contre toi tout à l'heure, on peut dire qu'elle t'est très attachée. On dirait bien que tu fais partie de son petit monde désormais.

— C'est vrai et j'en suis très touchée.

— Avant la fin de l'été, nous reviendrons passer quelques jours ici et je te ferai découvrir des coins merveilleux.

— Je ne pense pas que ce sera possible, décréta-t-elle d'un ton qui se voulait ferme.

— Pour quelle raison ? Nous passerions un bon moment.

— Je n'en doute pas, mais puisqu'il faut te répéter les choses, allons-y : je ne veux plus tirer de plans sur la comète qui me distrairaient de mon projet initial. Tu es si habile à me faire tout oublier ! Par ailleurs, je dois saisir les opportunités comme elles se présentent. J'ai trop souffert de voir mon père refuser de vendre, quand il en était temps, un commerce florissant qui a été avalé par une grande surface quelques mois plus tard. Quant à Ethan, s'il n'avait pas renoncé à son poste pour parier avec moi sur mon projet, il serait probablement en vie, au moment où je te parle.

— Je ne vois pas en quoi je te prive des opportunités qui pourraient s'offrir à toi.

— Bien sûr que si, tu le sais, et aussi bien que moi.

Les mots étaient sortis de sa bouche avant qu'elle ait eu le temps d'y songer, et elle le regretta aussitôt. Elle se mura dans un profond silence pour profiter de l'instant présent et graver dans sa mémoire le moindre détail de cette soirée magique.

Il n'y aurait pas d'autres nuits comme celle-là dans sa vie. Aussi s'attacha-t-elle à chasser de son esprit toute pensée qui aurait pu l'assombrir.

— Tu es bien silencieuse, lui fit remarquer Will.

Elle lui adressa un sourire rayonnant, en parfaite contradiction avec les pensées qui l'agitaient.

— Je me disais que cette soirée était vraiment exceptionnelle et que je ne l'oublierais jamais. Danser comme ça avec toi, sur un yacht magnifique...

— Ah ! Tu as quand même une petite pensée pour moi, la taquina-t-il.

— Evidemment. Comment pourrais-je ignorer mon sémillant employeur ?

— Sémillant ? répéta-t-il, l'air dubitatif. C'est bien la première fois qu'on m'affuble d'un tel qualificatif : on dirait qu'il est sorti d'une autre époque.

— Si ce mot est peu utilisé, il est néanmoins toujours d'usage dans les livres.

— J'aurais préféré « séduisant » ou mieux, « sexy », dit-il avec un sourire malicieux.

— Je n'en doute pas, mais je ne m'aventurerai pas sur ce terrain, Will.

Ils restèrent silencieux un moment pour se concentrer sur leurs pas de danse. Parfaitement assortis, ils évoluaient dans une parfaite harmonie, qui leur donnait l'impression de flotter à quelques centimètres du sol.

Elle s'abandonna entre ses bras, subjuguée par tant de grâce. Si elle avait choisi le terme « sémillant » à dessein, Will était néanmoins bien plus que cela.

Séduisant : indéniablement ; sexy : c'était évident ; mais il était aussi beau, viril, sensuel. Bref, il représentait l'homme idéal.

Combien de cœurs un homme aussi irrésistible avait-il brisés ? Elle l'ignorait, mais elle comptait bien ne pas figurer sur une liste probablement déjà très longue.

Lorsque la musique cessa, il l'entraîna vers leur table pour poursuivre leur repas inachevé.

— Je pourrais danser toute la nuit, j'adore ça ! s'exclama-t-elle, rayonnante de bonheur. Il y a si longtemps que cela ne m'était pas arrivé.

— J'en suis ravi. Ce collier te va à merveille, ajouta-t-il en remplissant leurs verres vides.

Elle porta une main aux pierres précieuses qui étincelaient à son cou et les caressa.

— Il faut que j'en profite. Ce n'est pas le genre de bijou que je pourrai porter tous les jours. Ce sera même exceptionnel, compte tenu de la vie que je mène.

— C'est pour cette raison que j'ai tenu à le compléter avec quelque chose de plus simple.

Il lui tendit alors un autre paquet.

— Will, non, vraiment, je ne peux pas accepter.

— S'il te plaît, ouvre-le.

Son regard se porta tour à tour sur Will, puis sur la boîte. Elle hésita si longtemps à s'en emparer qu'il dut penser qu'elle allait refuser.

— Tu n'aurais pas dû.

— Et moi je dis que tu mérites largement que je te gâte un peu.

Elle défit l'emballage et découvrit avec ravissement une montre en argent dont le cadran était incrusté de petits diamants.

— Elle est superbe ! Merci beaucoup, Will. Je l'adore.

En guise de réponse, il leva de nouveau son verre et porta un toast en son honneur.

— A la meilleure préceptrice du monde ! Et à la femme belle, intelligente, dévouée et généreuse que tu es.

— Merci, Will, vraiment. Je suis très touchée.

— Il n'y a pas de quoi. Ce que tu as fait pour ma nièce n'a pas de prix. Tu ne peux pas savoir ce que cela signifie pour ma famille et moi. Me voilà enfin débarrassé de ce sentiment de culpabilité qui me rongeait depuis la mort de mon frère. J'étais tellement impuissant à aider sa fille ! J'avais l'impression de faillir à la mission qu'il m'avait confiée et, du coup, d'être indigne de la confiance qu'il avait placée en moi.

Dans un élan d'infinie tendresse, elle couvrit sa main de la sienne.

— Je comprends.

— Ava, tu comptes aussi beaucoup pour moi.

Fascinée, elle fixa la lueur vacillante des bougies qui mettait l'accent sur ses pommettes saillantes, son nez droit et sa mâchoire volontaire.

Ne sachant quoi dire, elle retira doucement la main pour se mettre à picorer dans son assiette. Mais l'appétit lui manquait.

— Un penny pour tes pensées, dit-il d'une voix douce.

— N'insiste pas, Will. Je ne te répondrai pas.

— Très bien. Tu ne manges pas ?

— Si, si. C'est vraiment délicieux.

— Je vois bien que tu n'as pas faim. Que dirais-tu d'aller visiter le yacht ?

Il ne lui laissa pas l'opportunité de répondre. Se levant, il la prit par la main et l'entraîna vers l'ascenseur. Deux ponts plus bas, les portes s'ouvrirent sur un long couloir lambrissé.

— Nous arrivons à ma cabine, annonça-t-il en la précédant dans une suite élégante, presque aussi spacieuse que l'un des salons du manoir.

Lorsqu'il referma la porte derrière eux et qu'il l'attira à lui pour l'envelopper de ses bras, elle se sentit vaincue. Pour la première fois, elle eut l'impression de se trouver à sa place et de ne pas se tromper.

Et même s'il ne s'agissait que de vaines illusions, elle était bien décidée à jouir pleinement de cette soirée et des plaisirs qu'elle lui réservait.

Oui, elle le désirait. Elle le désirait corps et âme, comme jamais elle n'avait désiré un homme. Elle brûlait de jouir de ses baisers, de ses caresses, de s'abandonner et de se fondre en lui.

Ce soir, elle se donnerait à lui, laissant ses craintes derrière elle.

Elle se cambra contre lui, l'incitant à plus d'audace. C'était visiblement le signal qu'il attendait. De ses mains devenues fébriles, il défit les boutons de sa robe et, après l'avoir fait glisser le long de ses épaules, la laissa tomber à ses pieds.

Ivre de volupté, elle le débarrassa à son tour de sa veste puis de sa chemise.

— Je rêvais de ce moment depuis si longtemps, lui avoua-t-il à l'oreille.

Il s'écarta légèrement pour l'observer.

— Tu es si belle, Ava ! La perfection même. J'ai eu envie de toi à la seconde où je t'ai vue dans ce restaurant d'Austin. Au premier regard, j'ai compris qu'il se passait quelque chose entre nous.

Ces mots résonnèrent à ses oreilles comme une formule magique. Grâce à lui, elle se sentait belle, séduisante, et il lui donnait l'assurance qui, jusque-là, lui avait fait défaut.

Elle ferma les yeux pour mieux sentir ses mains qui à présent la dépouillaient de ses sous-vêtements.

— Mon collier…

— Je veux que tu le gardes. Ça et rien d'autre. De cette manière, chaque fois que tu le contempleras, tu repenseras à cette nuit où nous aurons fait l'amour pour la première fois. Ces diamants sont purs comme ton cœur, et ces émeraudes de la couleur de tes yeux.

Transportée de bonheur et d'excitation, elle l'embrassa avec passion, tout en pressant son corps en fusion contre le sien.

— Une nuit, mon amour, murmura-t-elle comme pour elle-même. Juste une nuit.

Mais saurait-elle tenir sa promesse ?

Will ne lui répondit rien.

Visiblement au comble de l'excitation, il pressa ses seins aux pointes dressées, et elle frissonna d'un désir intense auquel, pour la première fois, elle laissait libre cours.

Elle répondait à ses caresses par des caresses plus osées, l'embrassait avec encore plus de fougue et de passion.

De ses mains impatientes, elle descendit la fermeture Eclair de son pantalon et le fit glisser le long de ses jambes musclées.

Rien qu'une nuit !

Elle avait une nuit devant elle pour se forger des souvenirs inoubliables. Ou bien des regrets éternels. Elle le saurait bien assez tôt. Mais pour l'heure, elle ne voulait pas y penser.

Elle se plaqua plus étroitement contre lui, sentit la pression de son sexe dur contre son ventre. Enhardie par les soupirs d'extase qu'il laissait échapper, elle s'agenouilla et prit son membre turgescent dans sa bouche. Elle le parcourut de la langue, ne le lâchant que pour mieux le reprendre.

Elle l'aimait, il n'y avait plus de doute.

Et même si ces étreintes passionnées restaient sans suite, elle jouissait d'être dans les bras de l'homme qu'elle aimait, de faire l'amour avec lui et de s'abandonner librement.

— J'ai tellement envie de toi, Will.

— Moi aussi, mon amour, répondit-il le souffle court. Tu ne peux même pas imaginer à quel point.

Il l'avait appelée « mon amour ». Elle ne savait s'il avait prononcé ces mots sans les penser, mais elle décida de les recevoir comme une réalité.

— Je veux passer la nuit à t'aimer.

Il la souleva de terre et l'emporta jusqu'à son lit où il l'allongea délicatement, avant de couvrir son corps de baisers sensuels.

Elle gémissait à présent sans retenue et s'ouvrit à lui sans fausse pudeur et ivre d'un désir qu'elle ne contrôlait plus.

— Will, s'il te plaît, prends-moi.

Mais au lieu d'obtempérer, il poursuivit la délicieuse torture qu'il lui infligeait.

— Je veux que la plus infime parcelle de ton corps me réclame, lui murmura-t-il d'une voix rauque.

Elle ferma les yeux pour mieux se livrer à lui, corps et âme.

— Will, je t'en prie…

Une fois encore, il n'entendit pas sa supplique. Sa langue testait inlassablement ses zones érogènes pour mieux s'y attarder, la rendant folle d'un mélange de désir et de frustration.

— Will, supplia-t-elle encore.

— Attends encore un peu, mon amour. Laisse-moi te donner du plaisir comme je l'entends.

Et pour illustrer son propos, il glissa les doigts entre ses cuisses et se mit à explorer son sexe moite. Puis il pencha son visage sur sa toison bouclée, et sa bouche avide alla boire à la source du plaisir.

— Je t'aime, Ava.

A ces mots, son cœur battit à tout rompre et ses yeux s'embuèrent de larmes. Si seulement il pensait ce qu'il disait ! Elle s'agrippa désespérément à lui et ferma les yeux comme pour se préserver du mal qu'il pourrait lui faire.

Elle l'aimait tant !

Pourtant, elle garderait secrets ses sentiments pour lui. A quoi bon lui avouer l'amour qu'elle lui portait quand elle connaissait d'avance la réponse ?

Aussi déversa-t-elle tout son amour dans les baisers et les caresses qu'elle lui prodigua.

Après s'être protégé, Will se glissa entre ses jambes et la pénétra délicatement, avant de lui imposer un rythme de plus en plus frénétique, qui les emporta très loin de la réalité.

Ils se mouvaient en cadence, leurs deux corps n'en formant qu'un, unis dans un plaisir indicible qui les conduisit ensemble sur les crêtes d'un orgasme inouï.

Au moment où il cria son nom, elle fut submergée d'une joie intense qui lui fit d'autant plus regretter que leur relation n'avait pas d'avenir.

Ils restèrent un long moment enlacés, pantelants, jambes et bras mêlés.

Lorsqu'ils finirent par revenir sur terre, il contempla son visage avec dévotion et coinça derrière son oreille une mèche de cheveux rebelle.

— C'était magique, mon amour. Je ne pourrai plus jamais me passer de toi, ni de ton corps. Tu es si excitante !

Elle se sentit soudain protégée et aimée comme elle ne l'avait jamais été.

— Will, tu sais bien que ça ne pourra pas durer entre nous, dit-elle d'une voix étranglée par l'émotion.

— Je me battrai pour toi, Ava. Je ne veux pas te perdre. Je ne peux même plus imaginer vivre sans toi désormais.

Elle balaya du regard son torse musclé luisant de transpiration, ses jambes puissantes et la barbe naissante qui ombrait ses joues. Elle ne l'avait jamais trouvé aussi séduisant.

S'être donnée à lui comme elle venait de le faire, sans tabou ni faux-semblant, ne faisait que renforcer l'amour qu'elle lui portait. Elle fut submergée d'une vague d'euphorie. Peut-être qu'il allait vouloir son cœur en même temps que son corps...

Pour la première fois, elle osa nourrir l'espoir qu'il l'aimait en retour.

— Will, nous avons promis de rentrer ce soir, lui rappela-t-elle après qu'ils eurent pris une douche.

— Nous pourrions appeler pour dire que nous n'arriverons que demain. Qu'en dis-tu ?

9

Ava secoua la tête.

— Non. Nous avons promis à Caroline que nous passerions l'embrasser en rentrant. Et puis, elle ne comprendrait pas pourquoi nous ne sommes pas au manoir quand elle va se réveiller.

Il lui sourit et l'attira à lui dans un geste aussi tendre que possessif. Le feu se mit à couler instantanément dans ses veines, mais elle se refusa à succomber une autre fois. La réalité l'avait rattrapée en même temps que la magie s'était dissipée. Elle avait eu son heure magique, mais celle-ci était bel et bien écoulée.

— Tu as raison, nous manquons de temps. Mais sache que je pourrais passer des jours enfermé avec toi sur ce bateau à te faire l'amour, dit-il d'une voix tendre.

— Will, je ne pourrai jamais oublier les merveilleux moments que nous venons de partager. Mais nous devons mettre un terme à cette relation.

Il la fit taire d'un doigt posé sur sa bouche.

— Chuut… Nous sommes faits l'un pour l'autre, tu ne peux nier une telle évidence.

— C'est vrai qu'il existe entre nous une entente physique exceptionnelle, avança-t-elle prudemment.

Mais nous avons chacun notre vie, des responsabilités. Par ailleurs, ajouta-t-elle après une brève hésitation, je ne pourrai pas m'investir dans une relation en sachant que pour toi, c'est purement sexuel.

— Ne tire pas de conclusions trop hâtives, se défendit-il avec un sourire. Regarde, nous n'avions pas planifié ce qui est arrivé, et cela a été d'autant plus merveilleux.

Elle ne répondit pas et alla s'enfermer dans la salle de bains pour s'habiller. Lorsqu'elle en ressortit, Will avait disparu.

Immobile au milieu de la cabine, elle repensa aux heures qu'elle venait de vivre. Jamais elle n'aurait dû franchir les limites qu'elle s'était imposées, car quitter Will à la fin de l'été allait être un véritable déchirement. Sans compter qu'elle s'était beaucoup attachée à la petite Caroline.

Le retour de Will la tira de ses pensées moroses.

— Tu es belle, lui susurra-t-il à l'oreille d'un ton qui ne laissait planer aucun doute sur ses intentions.

— Non, Will, parvint-elle à lui dire, malgré le feu qui brûlait dans ses veines.

Visiblement surpris par la fermeté de sa voix, il s'écarta d'elle.

— Si nous allions reprendre notre dîner là où nous l'avons interrompu ? répliqua-t-il d'un ton léger. Je ne sais pas ce qu'il en est pour toi, mais en ce qui me concerne, je meurs de faim ! L'amour m'a sacrément ouvert l'appétit.

— D'accord, mais nous rentrerons ensuite à Dallas, comme prévu.

L'espace d'un bref instant, elle se demanda comment elle percevrait Will désormais.

L'appréhenderait-elle de la même façon qu'avant cette nuit ?

Une fois à table, elle consulta la montre qu'il lui avait offerte : il était déjà 1 heure du matin.

— Ne t'inquiète pas, je te promets que nous serons de retour au manoir avant le lever du jour. En attendant, parle-moi un peu de ton projet.

Alors qu'elle se lançait dans une explication détaillée de ce qu'elle comptait faire, elle remarqua qu'il l'écoutait d'une oreille attentive et semblait s'intéresser véritablement à ce qu'elle disait. Elle en fut extrêmement touchée.

— Tu es si passionnée, commenta-t-il lorsqu'elle eut terminé. J'avoue que j'aimerais beaucoup être la cause d'une telle émotion.

— Peut-être ne sais-tu pas interpréter ce que tu vois, rétorqua-t-elle.

— Je n'aurais pas manqué de remarquer une telle flamme dans ton regard.

— Quoi qu'il en soit, dit-elle avec une gravité non feinte, nous devons considérer ce qui s'est passé cette nuit comme une parenthèse unique. Désormais, et comme précédemment, toute mon attention sera centrée sur Caroline.

— Tu ne peux pas penser une chose pareille.

— Si. Et si tu me connaissais mieux, tu saurais que je suis capable de faire preuve d'une grande fermeté, lorsque j'ai vraiment décidé quelque chose.

— Remarque, je ne peux pas t'en vouloir, répliqua-t-il, pensif, avant d'ajouter, d'un ton plus léger : La prochaine fois que nous viendrons ici, je te ferai découvrir certains trésors de la côte sud.

— C'est déjà tellement beau ici, avec toutes ces lumières qui se reflètent dans l'eau, murmura-t-elle, le cœur brisé à l'idée qu'elle ne remettrait pas les pieds sur ce bateau de rêve.

— La seule lumière qui retient mon attention est celle que je vois briller dans tes yeux.

Elle feignit de ne pas avoir entendu, refusant de rentrer dans son jeu. Elle ne devait pas l'encourager à poursuivre une relation qui ne pouvait s'avérer que superficielle. Ne lui avait-il pas clairement signifié que le mariage n'était pas pour lui ?

— Qu'y a-t-il, Ava ? Tu sembles si lointaine.

— Je pensais à cette soirée et à cet été si particulier.

— Ce que nous avons découvert ce soir est tout ce qui compte, dit-il en se levant et lui tendant la main. Viens, suis-moi.

Il glissa un bras autour de sa taille et la conduisit vers l'avant du bateau.

— Regarde, dit-il en pointant du doigt les lumières côtières qui étincelaient dans les flots opaques comme autant de petits diamants. C'est magnifique. Pourtant, ajouta-t-il en plongeant son regard dans le sien, rien ne peut égaler ce que je vois à cet instant précis.

Elle lui répondit par un sourire amusé, flattée néanmoins de susciter un tel compliment.

— C'est ridicule, Will, répliqua-t-elle, légèrement rougissante. Il est vraiment tard, nous devrions rentrer à présent.

A regret, il opina de la tête. Tandis qu'elle allait chercher son sac à main, il passa un coup de fil au pilote de l'hélicoptère pour lui donner ses instructions.

Quelques minutes plus tard, ils étaient en route pour Dallas. Lorsqu'ils survolèrent le yacht, elle le fixa avec émotion jusqu'à ce qu'il devienne un point infime sur l'océan.

Elle ne put s'empêcher de chercher la main de Will. En l'espace de quelques jours, cet homme avait fait basculer sa vie. Il avait réussi l'exploit de la rendre amoureuse, elle qui se croyait fermée pour toujours aux choses de l'amour.

Elle s'était donnée à lui corps et âme, même s'il n'en avait rien su et n'en saurait jamais rien. De toute façon, la partie était jouée d'avance. Elle ne renoncerait pas à son projet tandis que lui ne lui ferait jamais de place dans sa vie.

Machinalement, elle consulta sa montre et en déduisit qu'ils atteindraient Dallas au petit matin. Il serait donc trop tard pour monter embrasser Caroline sans prendre le risque de la réveiller.

— Tu es encore perdue dans tes pensées, constata Will au bout de plusieurs minutes de silence.

— Je revivais cette soirée magique, mentit-elle.

— Dommage que tu nous interdises la possibilité d'en vivre d'autres, tout aussi belles, alors que nous allons reprendre le cours de nos vies bien trop vite.

Comme pour mieux souligner combien il le regrettait, il entrelaça ses doigts aux siens. Ce simple contact, doux et chaleureux, suffit à lui faire battre le cœur. Connaître désormais le goût de sa peau de même que la puissance de son corps sur le sien lui rendait les choses beaucoup plus difficiles.

Les souvenirs affluaient déjà à sa mémoire, ravivant l'envie qu'elle avait de se jeter dans ses bras et de le supplier de lui faire l'amour.

Comment pourrait-elle simuler l'indifférence et la froideur alors qu'elle brûlait de désir pour lui ? Avec lui à ses côtés, elle se sentait si légère et si vivante !

Comme s'il avait deviné les pensées qui l'agitaient, il se pencha vers elle et lui chuchota à l'oreille :

— Si nous étions seuls, je glisserais ma main dans le décolleté de cette si jolie robe, puis je…

— Will, l'interrompit-elle avec fermeté, cesse ce petit jeu. D'ici peu de temps, je redeviendrai ton employée et la préceptrice de Caroline. Et comme je te l'ai déjà dit, je ne compte plus sortir du cadre professionnel qui nous lie l'un à l'autre.

— Je ne crois pas que nous soyons capables de faire comme si de rien n'était, Ava. Ce qui s'est passé entre nous ne nous le permettra pas. En outre, moi, je ne souhaite pas oublier. Et au lieu de lutter, tu devrais admettre simplement que tu ne le souhaites pas non plus.

— La seule chose que je ne pourrai pas oublier, ce sont les cadeaux somptueux que tu m'as faits, mentit-elle en portant la main à son collier. Je persiste à penser que tu n'aurais pas dû faire une folie pareille, quand tu me paies déjà royalement.

— Alors, je te promets d'autres opéras afin que tu puisses le porter. En attendant, si tu veux, tu pourras l'enfermer dans un coffre à la maison.

— Je me demandais justement comment mettre en sûreté une pareille merveille.

— Quant à ta montre, j'espère qu'elle ne te quittera jamais.

— Tu es si généreux, Will. Mais je n'ai rien fait d'autre que ce pour quoi je suis payée.

— Tu as réussi là où nombre de spécialistes ont échoué. Tous les bijoux au monde ne pourront trop te remercier pour ça. Crois-tu que Caroline gardera à la mémoire ce passage douloureux de sa vie ?

— Espérons que non. Elle est si jeune ! En revanche, elle se souviendra de moi parce que j'ai bien l'intention de rester en contact avec elle. En tout cas durant les premiers mois qui suivront mon départ.

— Je t'en remercie.

Pensait-il sincèrement ce qu'il disait ? Car rester en contact avec sa nièce signifiait forcément rester en contact avec lui. Elle osa l'espérer, tant elle savait par les tabloïds qu'une fois ses conquêtes congédiées, il ne leur accordait plus la moindre attention.

Ils effectuèrent le reste du vol en silence, chacun plongé dans des pensées qu'ils se gardèrent bien de dévoiler à l'autre.

Une fois au manoir, elle gagna sa chambre, suivie de Will qui la quitta bientôt pour aller jeter un coup d'œil sur Caroline.

Elle referma la porte derrière elle et s'empressa d'admirer la rivière de pierres précieuses qui étincelait à son cou. Elle la caressa avec dévotion, réalisant difficilement qu'un bijou de cette valeur lui appartenait.

— Je vous aime, Will Delaney, murmura-t-elle à son reflet.

Avec le plus grand soin, elle détacha le bijou de son cou et le plaça sur sa commode, fascinée par l'éclat des pierres sur le bois.

Puis elle alla se coucher, la tête tellement pleine de la soirée qu'elle avait passée qu'elle ne s'endormit qu'aux premières lueurs de l'aube.

Il était tard lorsqu'elle se réveilla. Elle s'habilla à la hâte et fila dans la cuisine avaler un jus d'orange accompagné d'un toast beurré avant de rejoindre Caroline qu'elle pensait trouver en compagnie de Rosalyn.

Mais lorsqu'elle arriva devant la porte de la salle de jeux, ce fut la voix de Will qu'elle entendit.

— Muffy est si mignonne, oncle Will, disait Caroline toute joyeuse. Merci, merci beaucoup.

— C'est Ava qui a eu l'idée de t'acheter un chien, tu sais. Je pense d'ailleurs que tu devrais la remercier dès que tu la verras.

— Bien sûr. Ava est mon amie. Et toi, oncle Will, c'est ton amie aussi ?

— Oui. Ava est aussi mon amie.

— Je ne veux pas qu'elle parte, ajouta la fillette avec gravité avant de pouffer de rire devant les grognements de sa petite chienne.

Ava décida alors qu'il était temps pour elle d'entrer.

Imitant Muffy, Will essayait d'attraper le jouet en plastique que sa nièce agitait devant lui. Tous deux riaient aux larmes, liés par une belle complicité.

— Je suis désolée, je me suis réveillée tard,

s'excusa-t-elle, les joues en feu devant le sourire plein de sous-entendus de Will.

— Je peux le comprendre.

Caroline interrompit son jeu avec Muffy pour aller se jeter dans ses bras. Emue, Ava la souleva de terre et la serra contre elle, se grisant de l'odeur de bébé qui émanait encore d'elle.

— Merci, Ava, d'avoir demandé à oncle Will de m'acheter Muffy.

— De rien, ma chérie. Je suis si heureuse que tu aimes ce petit chien.

Dès qu'elle l'eut reposée à terre, la petite fille retourna aussitôt jouer avec Muffy.

Will se releva.

— Bonjour, lui dit-il en s'approchant, avec un sourire irrésistible qu'elle fit mine d'ignorer.

— Merci de m'avoir laissée dormir.

— J'ai failli venir te réveiller, mais j'ai jugé préférable de m'abstenir, dit-il à voix basse, tout en caressant sa joue du bout d'un doigt. J'ai bien fait, tu as l'air reposée. Et puis, Caroline et moi, nous nous sommes bien amusés avec Muffy. J'ai l'impression qu'elle est complètement sortie de l'enfermement dans lequel elle s'était isolée. Mais tu pourras m'en dire plus, si elle veut toujours participer à votre séance de lecture. C'est tout de même fantastique de voir à quel point un simple petit chien a changé sa vie... notre vie, même.

— C'est parce que ce petit chien signifie beaucoup pour elle.

— Je vous laisse, à présent, dit-il en jetant un dernier coup d'œil attendri au tableau qu'offrait sa nièce jouant avec ce qu'elle devait probablement considérer comme son bien le plus précieux.

— A plus tard, Will, fit-elle d'un ton qu'elle voulait désinvolte

— A plus tard, répondit-il en la fixant de son regard de braise.

Lorsque Will arriva à son bureau en ville, son premier coup de fil fut pour Zack.

— Zack, attaqua-t-il d'emblée, j'imagine que tu as reçu un courrier du notaire t'informant de la date de l'ouverture du testament de papa.

— En effet, je l'ai notée sur mon agenda et je serai là, comme prévu, dans deux semaines. Comment va Caroline ?

— Merveilleusement bien. Elle est complètement sortie de son mutisme.

— Alléluia ! cria Zack si fort qu'il dut écarter le téléphone de son oreille.

— Moi aussi, cela me donne envie de hurler de bonheur.

— C'est la meilleure nouvelle possible, Will. Vraiment. Je ne t'ai pas été d'une grande aide, je sais, mais l'état de Caroline m'inquiétait vraiment.

— Je sais tout cela, Zack.

— Mais raconte-moi un peu. Doit-on le miracle à cette préceptrice que tu as embauchée ? Ava, c'est cela ?

— Oui. En fait, elle a eu une idée de génie : offrir un petit chien à Caroline. Et tu penses bien que notre nièce n'a pas résisté bien longtemps à l'envie de communiquer avec lui.

Ils discutèrent encore un long moment puis, après avoir raccroché, il composa aussitôt le numéro de son frère Ryan, trop impatient de lui annoncer la bonne nouvelle.

Cette fois, la discussion fut de courte durée. Il resta assis à son bureau, tandis que ses pensées dérivaient tout naturellement vers Ava. Elle l'obsédait et le hantait : il brûlait de l'emmener dans un endroit désert pour lui faire l'amour inlassablement.

Il ne pouvait oublier la nuit passée avec elle. Jamais encore il n'avait connu une telle excitation avec une femme. Jamais il n'avait éprouvé le besoin aussi intense de posséder quelqu'un.

Il se passa une main nerveuse dans les cheveux.

S'il voulait répéter l'expérience, il allait devoir faire montre de détermination mais également d'habileté. Car, contrairement aux autres femmes qu'il avait connues, Ava était brillante, passionnée, opiniâtre, qualités dont lui-même était doué. Si elle restait sur ses gardes, c'était à cause de lui et de sa réticence à vouloir s'engager dans une relation.

Une relation sérieuse avec Ava serait-elle synonyme de piège, comme ça avait été le cas pour son frère Adam ?

Il imagina la vie avec elle et, contre toute attente, cette perspective ne le rebuta ni ne l'effraya.

Ava avait-elle changé sa vision des choses ? Ou était-ce lui qui, inconsciemment ou pas, changeait dans l'espoir de la garder ?

Sa seule certitude, c'était qu'il ne pouvait plus

vivre sans elle. Tout comme Caroline le lui avait
confié un peu plus tôt, il ne voulait pas qu'Ava parte.

Mais l'aimait-il assez pour lui proposer le mariage ?

Ce soir-là, Will, Ava et Caroline dînèrent dans
la véranda, heureux de se retrouver tous les trois.

— Comment s'est passée la séance de lecture ?

Ava et Caroline échangèrent un regard de connivence en gloussant.

— Alors ? les pressa Will.

— Caroline a très bien lu, répondit Ava sans chercher à cacher toute la fierté qui pointait derrière ses
paroles. Elle a su répondre à toutes mes questions,
et elle a lu une histoire tirée d'un livre de la classe
supérieure. Elle a d'ailleurs promis que ce serait
elle qui te ferait la lecture, tout à l'heure.

La gorge nouée d'émotion, il reposa ses couverts,
incapable d'avaler une bouchée de plus.

— C'est fantastique, articula-t-il avec difficulté
devant le large sourire de Caroline. Je suis vraiment
impatient de voir ça, ma chérie. Je suis si fier de toi !
ajouta-t-il, le cœur gonflé d'une joie bien légitime.

Puis il se tourna vers Ava et la dévisagea, plein
de gratitude.

— Merci, lui dit-il simplement, tant les mots lui
manquaient pour dire ce qu'il ressentait.

Il but une gorgée d'eau destinée à dissiper la boule
qui lui nouait toujours la gorge.

— Peux-tu me parler du livre que tu as lu cet
après-midi, Caroline ?

De plus en plus émerveillé, il écouta sa nièce lui

raconter l'histoire en question dans ses moindres détails. Il était suspendu à ses lèvres, silencieux, de peur d'interrompre le miracle.

Le mérite était d'autant plus grand qu'il ne s'agissait pas d'une histoire qu'elle connaissait déjà, ni de l'un de ses livres préférés : il s'agissait de l'un des ouvrages qu'Ava avait sélectionnés pour elle.

Après le dîner, Ava s'installa dans un fauteuil à bascule pour écouter Caroline qui, assise sur les genoux de Will, lui lisait une histoire. Il avait beau écouter sa nièce avec la plus grande attention, il lui adressait régulièrement des regards emplis de joie.

S'il avait craint à un moment donné de ne pas être un père de substitution à la hauteur, son attitude prouvait bien le contraire. Il savait se montrer patient, aimant et attentif. Et sensible, aussi, qualité qui ne la laissait pas indifférente.

— Caroline, c'est un grand jour, aujourd'hui, commenta Will lorsque la fillette eut achevé sa lecture. Tu es une petite fille très intelligente, n'en doute jamais.

Ravie de susciter un tel enthousiasme, Caroline se laissa glisser par terre où elle alla rejoindre Muffy qui attendait avec impatience de pouvoir jouer avec elle.

Au bout d'un moment, elle revint vers Ava et Will.

— Oncle Will et Ava, j'aimerais bien jouer à un jeu avec vous.

Ravie de cette proposition, Ava alla en choisir

un, dans un placard rempli de jouets et de jeux de société.

Elle s'émerveilla une nouvelle fois de voir Will aussi attentif envers sa nièce et de constater à quel point cette dernière progressait de minute en minute.

Après deux tours à l'issue desquels la fillette battit les adultes à plate couture, Will proposa de visionner un film.

— Génial ! s'exclama Caroline. Mais d'abord, tu veux bien m'aider à mettre mon pyjama, Ava ?

Submergée d'émotion, elle accepta d'un signe de tête tandis que Will emmenait Muffy faire une courte promenade dans le jardin.

Un peu plus tard, tous les trois se retrouvèrent sur le sofa, Caroline blottie contre son oncle tandis qu'Ava les couvait du regard. Lorsque la respiration de la fillette se fit plus bruyante et plus régulière, Will la porta jusqu'à sa chambre.

En attendant son retour, elle sortit prendre l'air dans le jardin. Une brise légère soufflait un souffle tiède et les lampes solaires, dispersées parmi les plantes, conféraient à l'endroit une ambiance romantique à souhait.

Aussitôt qu'il l'eut rejointe, Will l'attira à lui et la couvrit de baisers ardents.

A la seconde où elle se retrouva dans ses bras, elle sentit son cœur cogner contre sa poitrine. Sans la moindre résistance, elle ferma les yeux et répondit à ses baisers. Mais lorsque, comme à son habitude, elle fit le geste de s'écarter de lui, il resserra son étreinte.

— Ava, j'ai envie de toi.

Sa voix rauque lui fit l'effet d'une caresse. Elle brûlait de suivre ce que lui dictaient son cœur et ses sens embrasés, mais elle ne fit que lui résister un peu plus.

— Will, murmura-t-elle, le cœur battant, je n'irai pas plus loin.

— Nous sommes déjà allés plus loin, chérie, dit-il en se penchant pour reprendre ses lèvres.

— Tu n'écoutes pas ce que je te dis, lui reprocha-t-elle avec une certaine raideur. Ce qui s'est passé hier sur ton bateau ne se reproduira pas.

Mais tandis qu'elle parlait, il couvrait ses tempes, son front et sa bouche de baisers avides. Impuissante à le repousser plus longtemps, elle sentit son corps s'enflammer et plus rien n'exista que l'envie folle qu'elle avait de lui.

— Il ne faut pas…, objecta-t-elle faiblement.

Mais elle ne put échapper aux baisers de plus en plus fougueux de Will, à sa langue qui fouillait sa bouche et se mêlait à la sienne. Tremblante, elle chercha à lui résister une dernière fois avant de s'avouer vaincue.

Elle l'embrassa passionnément, impatiente de retrouver le contact de sa peau sur la sienne et de se donner de nouveau à lui.

Tout aussi fébrile, il la souleva de terre et l'emporta dans ce qu'il avait coutume d'appeler le « cabanon », mais qui était plutôt une luxueuse maison destinée aux amis de passage.

Une fois à l'intérieur, ils se jetèrent l'un sur l'autre, avides et impatients de se déshabiller mutuellement. Une fois qu'elle fut complètement nue, il la souleva et lui commanda d'enrouler ses jambes autour de ses hanches.

Elle frissonnait d'un désir violent auquel se mêlait étroitement la plus profonde des joies. Elle se trouvait là où elle rêvait d'être : dans les bras de Will.

Elle le voulait désespérément, et ce fut avec un sentiment d'urgence qu'elle le guida en elle. L'amour physique était devenu une nécessité, tout autant que l'air qu'elle respirait. Elle cria son plaisir sans retenue, accrochée à lui comme une naufragée à une bouée.

Sans la lâcher, Will la conduisit alors jusqu'au lit où, d'un geste impatient, il rabattit les couvertures et l'allongea délicatement sur les draps avant de se couler contre elle.

— J'avais tellement envie de toi, je ne pensais qu'à ça, lui avoua-t-il.

— Moi aussi, mais je m'en veux tellement de ma faiblesse. Coucher avec toi, c'est exactement ce que je cherche à éviter depuis le début.

— Cette fois, pourtant, la taquina-t-il, je t'ai sentie moins réticente. Ava, reprit-il avec gravité, il y a une bonne entente entre nous et ce qui nous arrive est inévitable. Pour une fois, laisse parler tes envies.

— Tu peux peut-être passer facilement d'une relation à une autre, mais ce n'est pas mon cas. J'ai besoin de complicité, d'amour, et ça, c'est quelque chose que tu ne peux pas me donner. L'acte d'aimer est si intime que je ne peux pas l'envisager sans amour.

— Moi, je trouve pourtant que nous nous en

tirons très bien, dit-il en couvrant son visage et sa gorge de baisers humides.

— Will, tu entends ce que je te dis ?

— Bien sûr. Tu es une femme étonnante, fantastique. Je n'ai jamais rencontré quelqu'un comme toi. Tu es la femme la plus sexy du monde.

Elle aurait voulu se couvrir les oreilles pour ne plus entendre ce qu'il disait, car il risquait bien, avec de tels compliments, de l'enchaîner à jamais.

Elle roula sur elle-même et se leva d'un bond pour lui échapper.

— Je vais m'habiller, puis monter me coucher. Sinon, j'ai bien peur de rester ici à faire l'amour toute la nuit avec toi.

— Ce qui me semble une idée très séduisante, rétorqua-t-il en la regardant.

Prise d'un accès de pudeur subit, elle se précipita sur la chemise de Will pour s'en couvrir.

— Je te l'emprunte le temps d'aller jusqu'à la salle de bains, dit-elle, les joues légèrement empourprées.

— Je te préfère nettement sans, répliqua-t-il avec un sourire en coin. S'il te plaît, Ava, reviens, ajouta-t-il d'une voix qui ranima instantanément le feu de la passion en elle.

Bien déterminée à ne pas lui obéir, elle ramassa ses affaires et se précipita sur la porte.

— Je m'habille et je m'en vais, Will, répliqua-t-elle fermement. Quant à toi, tu restes où tu es, lui intima-t-elle en lui lançant sa chemise.

Une fois rhabillée, elle sortit dans l'air devenu plus frais, redoutant et souhaitant à la fois de voir Will surgir derrière elle.

Mais il n'en fit rien et elle regagna sa chambre toute seule.

Refermant la porte, elle s'y appuya avant de se laisser glisser au sol. Il fallait à tout prix qu'elle trouve une solution pour ne plus passer ses soirées en tête à tête avec lui. Le risque était trop grand de succomber à ses tentatives de séduction.

Forte de cette résolution, elle alluma son ordinateur portable et se mit en quête d'un appartement à louer à proximité. Il n'était pas question de laisser tomber Caroline, mais juste de ne plus vivre sous le même toit que Will et de fuir une tentation qui devenait de jour en jour plus grande.

Chaque fois qu'ils avaient fait l'amour, elle avait senti croître son amour pour lui et ne pouvait désormais plus envisager de séparation sans souffrance.

Il fallait qu'elle parte avant qu'il ne soit trop tard, pour pouvoir espérer sortir à peu près indemne de cette histoire. Car, s'il l'avait couverte de compliments qui, certes, l'avaient flattée, il n'avait jamais prononcé le moindre mot d'amour.

10

Le lendemain matin, Ava s'habilla d'un pantalon et d'une chemise noirs et chaussa des sandales confortables. Lorsqu'elle descendit pour prendre son petit déjeuner, elle entendit, provenant de la salle à manger, la voix de Will ainsi qu'une autre, qui lui était inconnue.

— Ava, dit Will lorsqu'il la vit, viens. J'aimerais te présenter mon frère. Zack, je te présente notre merveilleuse préceptrice, Ava Barton.

L'intéressé lui tendit la main, un sourire cordial aux lèvres.

— Je suis très honoré de faire votre connaissance et de pouvoir vous exprimer de vive voix ma plus profonde gratitude. Ce que vous avez fait pour Caroline est exceptionnel.

— Will m'a déjà tellement remerciée, dit-elle. Et je suis si heureuse pour votre nièce. C'est une enfant très mignonne !

Elle était surprise de se retrouver face à un homme physiquement si différent de son frère. Contrairement à ce dernier à qui ses traits réguliers assuraient une beauté sans faille, Zack avait un visage taillé à la serpe, percé de deux yeux d'un bleu métallique, en parfait contraste avec le regard sombre de Will.

— Je n'arrive pas à croire que vous soyez frères, dit-elle. Vous ne vous ressemblez pas du tout.

— Dieu merci, ironisa Will, devançant Zack qui semblait penser la même chose. Je t'en prie, Ava, assieds-toi, ajouta-t-il en tirant une chaise à lui. J'étais en train de raconter à Zack la journée d'hier. Tout ce que Caroline a pu dire ou faire et qui est le signe flagrant de sa guérison.

Zack lui adressa un sourire charmeur.

— Vous êtes une véritable bénédiction pour cette famille. Will a déjà dû vous le dire des centaines de fois, mais c'est un tel soulagement pour lui de vous avoir rencontrée ! Tant d'autres avant vous ont essayé, et sans succès.

— N'oublions pas Muffy, souligna-t-elle. Nous lui devons beaucoup. Elle aussi a joué un grand rôle dans l'amélioration du comportement de Caroline.

— Pour changer de sujet, nous avons finalement reçu un courrier du notaire de papa, nous informant que la lecture de son testament aurait lieu dans deux semaines, lui annonça Will. Zack et Ryan seront là tous les deux. Je ne pense pas qu'il y ait de surprise, à moins que l'ex-épouse d'Adam ne débarque pour exiger une part de l'héritage, ce qui finalement ne m'étonnerait pas plus que ça. Pourtant, elle n'ignore pas que notre père ne la portait pas dans son cœur, après ce qu'elle avait fait à notre frère.

— J'imagine que maman sera là, supposa Zack.

— Tu penses ! Elle ne raterait ça pour rien au monde.

— Je vois le tableau d'ici : elle va débarquer de son jet privé, écouter ce qu'elle sait déjà, nous inviter à déjeuner et repartir aussitôt la dernière bouchée avalée. Et Dieu sait quand nous la reverrons.

— Vous pensez qu'elle viendra voir Caroline ? demanda-t-elle.

— J'en doute. Elle m'a annoncé que, finalement, elle ne viendrait pas passer les deux jours prévus à la maison. Ce n'est pas le genre grand-mère gâteau. Si elle fait l'effort de se déplacer jusqu'ici, c'est juste pour assister à l'ouverture de ce fichu testament.

— Je ne peux pas croire une chose pareille, dit-elle, offusquée par une telle attitude. Caroline souffre-t-elle de cette indifférence à son égard ?

— Non, dans la mesure où elles ne sont pas proches l'une de l'autre, répondit Zack. Mon frère ne vous a peut-être pas mise au courant, ajouta-t-il avec une pointe de cynisme, mais les mariages ne sont pas ce que nous réussissons de mieux dans cette famille.

— Je ne pense pas que Lauren viendra, finalement, dit Will d'un ton dur qu'Ava ne lui connaissait pas. Pour éviter de voir sa fille, elle préférera sans doute se faire représenter par son avocat. J'ai toujours entendu papa dire qu'il lui léguerait un dollar symbolique, histoire de l'empêcher de se plaindre d'avoir été oubliée.

— C'est incroyable ! s'indigna Ava de nouveau. Pauvre petit cœur ! Elle ne mérite pas ça !

Après avoir jeté un coup d'œil à sa montre, Zack termina son café et se leva, prêt à partir.

— Je dois y aller, annonça-t-il. Ne vous dérangez pas pour moi, je connais la sortie. Ava, j'ai été enchanté de faire votre connaissance. Je vous dois des remerciements éternels.

Tandis que Will raccompagnait son frère jusqu'à la porte, elle pensa à Caroline : dans son malheur, la fillette avait de la chance avec ses oncles. Ils étaient vraiment attentionnés et prenaient le plus grand soin d'elle.

La journée se passa semblable aux autres, sauf qu'après avoir terminé de donner ses cours à Caroline Ava appela un taxi pour se rendre en ville.

Il était 18 heures lorsqu'elle revint, mais n'entrevit la possibilité de parler à Will qu'une fois Caroline couchée. Le cœur empli d'appréhension, elle alla le rejoindre dans le salon.

Il avait troqué son costume pour un jean et un T-shirt, plus confortables, et s'était installé sur le canapé, ses longues jambes posées devant lui sur la table basse.

— Viens t'asseoir, lui intima-t-il en tapotant la place à côté de lui. Ne t'inquiète pas, je ne mords pas.

Mais lorsqu'il la vit prendre place à l'autre bout du canapé, il ne put s'empêcher d'esquisser un sourire amusé.

— Will, commença-t-elle, hésitante, j'ai bien l'intention de continuer à travailler avec Caroline tout l'été, comme prévu.

— Oui, et alors ? s'enquit-il, ne voyant manifestement pas où elle voulait en venir.

— Alors, j'ai décidé que désormais, je travaillerais avec elle jusqu'à 18 heures puis que je passerais le relais à Rosalyn. Aujourd'hui, je me suis rendue en ville pour louer un appartement tout près d'ici pour le reste de mon séjour.

Il soutint son regard tout en lui offrant un visage impassible.

— Tu peux m'expliquer ?

— Je pense que ce n'est pas difficile à comprendre. Depuis le début, je ne cesse de te répéter que je ne souhaite pas me lancer dans une relation, amoureuse ou non. Mais comme je suis incapable de te refuser quoi que ce soit, je préfère fuir la tentation. Ne t'inquiète pas, cela n'aura aucune incidence sur mon travail.

— Je ne veux pas que tu partes, dit-il d'une voix forte.

Ces mots lui allèrent droit au cœur. Elle avait envie de lui crier qu'elle non plus ne voulait pas partir, mais qu'elle le devait. Elle n'avait pas le choix si elle voulait éviter de souffrir.

— Il y a assez de place ici, enchaîna-t-il. Installe-toi dans l'autre aile de la maison et, si c'est vraiment ton choix, nous ne nous verrons plus le soir. En attendant, je m'occupe de résilier ton bail.

— Je te l'interdis, dit-elle, à bout de patience. Il est hors de question que je reste dans cette maison en dehors de mes heures de travail.

— Tu as pensé à Caroline ? J'ai bien peur qu'elle ne fasse les frais d'une telle décision.

— Je comptais lui en parler demain. Mais si cela devait vraiment la bouleverser, il est bien évident que je reconsidérerais la question. Je ferai tout pour que la cassure ne soit pas trop brutale. Si j'y suis invitée, je resterai dîner avec vous de temps en temps, mais au moins, j'aurai un endroit à moi où je n'aurai pas à revivre la soirée d'hier.

— C'était donc si terrible que cela ?

— Tu sais bien que non. C'était même merveilleux. Mais c'est bien là le problème.

— Ava, bon sang ! s'écria-t-il en se rapprochant d'elle. Tu ne peux pas dire tout et son contraire. Comment veux-tu que j'accepte de t'entendre dire que tu adores faire l'amour avec moi, mais que tu préfères fuir ?

— Je sais que si je reste, tu vas me briser le cœur, s'entêta-t-elle. Je ne suis pas le genre de femme qui peut assumer une relation superficielle avec un homme. Ni même une relation sérieuse qui ne déboucherait pas sur un mariage. Tu vois, il n'y a aucun avenir pour nous, Will.

— Mais pourquoi vouloir absolument envisager un avenir commun ? Vivons au jour le jour, nous verrons bien.

— Ne vois-tu pas que je ne suis pas la femme qu'il te faut ? Moi, je veux tout ou rien. Je veux que tu m'aimes. Je te veux pour la vie. Je ne te prends pas en traître, je t'ai toujours tenu ce même discours.

Elle se leva, prête à mettre un terme à cette pénible discussion.

— Maintenant, et dans le but de garder une relation harmonieuse entre nous, je te souhaite une bonne nuit.

Visiblement incapable d'entendre un tel discours, il se leva d'un bond pour l'envelopper de ses bras.

— Will ! protesta-t-elle.

Mais il resta sourd à ses protestations. Il lui scella

la bouche de baisers passionnés en même temps qu'il promenait ses mains impatientes sur tout son corps.

Bien plus tard, alors qu'elle était étroitement blottie contre lui, elle murmura :

— Tu vois, c'est exactement pour cette raison qu'il faut que j'aie un chez-moi.

— Cela ne changera rien, sauf que ce sera beaucoup moins pratique pour toi, prédit-il. Tu verras, l'avenir me donnera raison.

— Pourquoi ne veux-tu pas entendre ce que je te dis ?

— Parce que je trouve ridicule de renoncer à tout prix à quelque chose que tu désires plus que tout au monde.

— N'insiste pas, veux-tu ?

— Ce que nous vivons est merveilleux, Ava. Tout simplement merveilleux.

Pour preuve de ce qu'il avançait il couvrit son visage de baisers sensuels, rallumant instantanément en elle le feu de la passion.

— Will, arrête…

— Pourquoi arrêterais-je ? Tu en as envie autant que moi.

Et elle lui donna une nouvelle fois raison en se plaquant étroitement contre lui, ivre de sensualité.

Pourtant, elle ne changerait pas d'avis.

Dès le lendemain, elle quitterait le manoir.

Le lendemain après-midi, après avoir terminé sa séance de lecture avec Caroline, elle s'assit par terre avec elle pour assembler les pièces d'un puzzle.

— Caroline, commença-t-elle, j'adore être ici avec toi et ton oncle Will. Tu le sais, n'est-ce pas ? Pourtant, je vais aller m'installer ailleurs, tout près d'ici.

Le visage de la fillette s'assombrit, tandis que son front devenait soucieux.

— Tu t'en vas ? demanda-t-elle sans pouvoir cacher son inquiétude.

— Je ne vais pas très loin, tu sais. Je serai là tous les matins quand tu te lèveras et le soir, je ne partirai que lorsque Rosalyn arrivera. De temps en temps, je dînerai avec vous et je resterai jusqu'à ce que tu ailles te coucher. Tu ne verras quasiment pas la différence.

— C'est vrai ?

— Je te l'affirme. Et puis, tu pourrais venir dormir aussi de temps en temps chez moi, qu'en dis-tu ?

Les mots étaient sortis de sa bouche spontanément, sans même qu'elle y réfléchisse.

— Je pourrais rester toute la nuit avec toi ? demanda la fillette dont le petit visage s'éclaira de nouveau.

— Oui.

Les yeux de Caroline se remplirent de larmes tandis qu'elle se jetait au cou d'Ava.

— Ne pars pas, hoqueta-t-elle entre deux sanglots.

Profondément touchée, Ava tenta de ne pas montrer l'émotion qui la submergeait. Incapable de parler, elle serra la frêle silhouette contre elle.

— Ne pleure pas, ma chérie. Je te promets que si ce changement te rend trop malheureuse, je reviendrai vivre ici.

— Tu le promets ? dit la fillette en plantant son regard dans celui d'Ava.

Le cœur serré, la gorge nouée, elle prit dans sa poche un Kleenex avec lequel elle essuya les joues ruisselantes de la fillette.

— Absolument. Je te fais la promesse de revenir vivre ici, si jamais je te manquais trop, répéta-t-elle. Tu vois, finalement, c'est toi qui décideras.

Caroline la dévisagea avec gravité, avant d'opiner de la tête.

— Tu me montreras où tu vas habiter ?

— Bien sûr. On pourrait même y aller cette semaine et comme ça, tu m'aiderais à ranger mes affaires. Qu'en dis-tu ?

— Génial ! s'exclama la fillette que cette perspective enchantait manifestement.

— J'en parlerai à ton oncle dès que possible. Et maintenant, fais-moi un beau sourire.

Caroline lui adressa un large sourire qui lui serra le cœur.

Elle était tombée sous le charme de deux membres de la famille Delaney. Mais si son cœur saignait à l'idée de s'éloigner d'eux, elle savait que c'était vital pour elle.

Elles restèrent enlacées un long moment, avant que Caroline ne quitte l'abri rassurant des bras d'Ava pour aller rejoindre Muffy, tenant son ours brun serré contre elle.

Lorsque Rosalyn arriva, Ava quitta le manoir pour se rendre à son appartement. Elle eut du mal à s'habituer au silence pesant qui l'entourait, regrettant déjà le joyeux babil de Caroline qu'accompagnaient les jappements aigus de son petit chien.

Elle se sentait triste et solitaire.

Will lui manquait affreusement.

Elle se mit à pleurer.

Deux semaines plus tard, Will devait se rendre chez le notaire pour assister à la lecture du testament de feu son père.

Bien que préoccupé — il allait revoir sa mère et devoir affronter l'avocat de Lauren —, ses pensées ne cessaient de retourner vers Ava.

Il détestait cet éloignement qu'elle lui avait imposé et que lui rappelaient sans cesse les objets qu'elle avait volontairement laissés un peu partout dans la maison, dans le but de rassurer Caroline.

Depuis son départ, elle fuyait sa présence, même s'il lui arrivait, sous la pression de Caroline, de rester dîner avec eux. Mais c'était pire, finalement, dans la mesure où elle profitait du moment où il montait coucher la fillette pour s'esquiver sans lui dire au revoir.

— Bon sang ! laissa-t-il échapper alors qu'il se débattait avec son nœud de cravate.

Ava lui manquait au-delà de ce qu'il avait imaginé. Comment une telle chose était-elle possible alors qu'ils n'avaient couché ensemble que quelques fois, pas assez en tout cas pour qu'il puisse qualifier leur relation de liaison ?

Contre toute attente, au lieu de faire peu de cas

de son déménagement, il s'en était trouvé perturbé, voire désemparé.

Jamais il n'avait connu une telle situation. Et pour cause, puisque jusque-là, c'était toujours lui qui avait pris l'initiative de rompre.

Avec Ava, c'était différent.

Tout lui manquait : leurs longues discussions lorsqu'ils se retrouvaient en tête à tête, la complicité qui les unissait, l'intérêt commun qu'ils portaient à Caroline.

Et puis, il y avait l'amour qu'ils faisaient ensemble. Il y avait entre eux une entente physique exceptionnelle, qu'il n'avait jamais connue jusque-là.

Il serra les dents et tenta de fixer son attention sur ce qu'il faisait. En vain.

Ava hantait ses pensées, encore et toujours.

Or Ava ne voulait pas d'une relation superficielle, elle exigeait le mariage.

En serait-il capable, lui qui n'avait pour référence que des exemples catastrophiques ? Le divorce de ses parents d'abord, celui d'Adam, ensuite, victime d'une opportuniste sans foi ni loi.

Ava n'était pas matérialiste comme l'était Lauren. Elle n'était pas non plus superficielle et égocentrique comme l'était sa mère.

Peut-être était-il temps pour lui de ne pas jouer sa propre vie amoureuse sur des exemples qui ne constituaient pas, il en était bien conscient, une règle générale ?

Mais aimait-il suffisamment Ava pour se lancer dans une relation sérieuse et un mariage ?

Il revit alors les moments privilégiés qu'ils avaient

partagés tous les trois, avec Caroline. Grâce à elle, il avait eu l'impression qu'ils formaient une famille heureuse et unie, tous les trois.

D'ici quelques trop courtes semaines, l'été s'achèverait et avec lui l'emploi qu'il avait offert à Ava. Elle sortirait alors de leurs vies pour ne plus y revenir.

Cette idée lui fut insupportable.

Il fallait qu'il lui parle, qu'il lui avoue ses sentiments.

Fort de cette bonne résolution, il ajusta comme il le put son nœud de cravate et alla la retrouver dans la chambre de Caroline.

Vêtue d'une simple petite robe d'été, ses boucles relevées en un chignon lâche, elle lui parut plus belle que jamais. Il refréna le désir intense qui montait en lui, en fixant son attention sur Muffy. La petite chienne s'était précipitée vers lui en guise de bienvenue.

— Bonjour, toi, dit-il d'abord à Caroline d'une voix qu'il voulait désinvolte.

— Oncle Will ! s'écria la petite lorsqu'elle le vit. Avec Ava, nous jouons à un jeu très intéressant, et après, on lira une histoire.

Ava lui sourit. Elle paraissait détendue et il se demanda si elle était heureuse de vivre loin de lui.

— Tu es très beau, le félicita-t-elle en faisant allusion au costume gris anthracite à la coupe impeccable qu'il portait. Tu vas chez le notaire ?

— Oui. Zack et Ryan reviendront avec moi et passeront la nuit ici. Garrett, lui, ne nous rejoindra que pour le dîner. Caroline, ajouta-t-il à l'adresse de sa nièce, tu pourras en profiter pour leur montrer comme tu lis bien à présent. Enfin, si tu es d'accord.

La fillette accompagna son hochement de tête d'un large sourire.

— Tu es décidément une petite fille très courageuse.

Il la souleva de terre et la fit tournoyer, lui arrachant des cris de joie.

— Tu es très belle ce matin dans ta robe rose, la complimenta-t-il. Tu es parfaitement assortie au collier de Muffy.

— Rosalyn et moi, on lui a donné un bain hier et elle sent bon. Tu peux la prendre, tu sais.

— Avec mon costume sombre, je préfère éviter.

Lorsqu'il la reposa à terre il croisa le regard d'Ava. Il devina, à l'éclair de désir qui passa dans ses yeux verts, qu'elle n'était pas aussi détachée qu'elle voulait bien le laisser croire.

— Tu pourras rester dîner avec nous ce soir ? lui demanda-t-il. Ce serait l'occasion pour toi de rencontrer Ryan. Depuis que je lui rebats les oreilles avec la merveilleuse Ava Barton, il est très impatient de faire sa connaissance.

— Avec grand plaisir.

— Je dois vous laisser à présent. Amusez-vous bien. Nous rentrerons dès que possible.

Il quitta la pièce à grandes enjambées, le cœur battant. Il ne la laissait pas indifférente. Partir n'avait rien changé entre eux, sinon qu'elle lui était devenue moins accessible.

Il se surprit à chercher des solutions pour la faire

revenir, et au-delà, pour la persuader de rester une fois qu'elle serait parvenue au terme de son contrat.

Il fit la grimace. Raisonnable ou pas, il n'avait qu'une idée en tête : la ramener chez lui et dans son lit.

Elle lui manquait trop, et de trop de façons.

Il ne pouvait plus la prendre dans ses bras et l'embrasser, lui parler en tête à tête, être la cible de ses taquineries incessantes, l'entendre rire... C'était insupportable.

— Bon sang, Ava, dit-il à haute voix lorsqu'il fut derrière le volant de sa voiture, tu me reviendras. J'en fais le serment.

Vingt minutes plus tard, il franchissait les portes de l'étude de Grady Gibson, notaire et ami de longue date de son père Argus.

Il fut accueilli par une réceptionniste souriante qui l'introduisit dans la salle d'attente où se trouvaient déjà Zack et Ryan.

Ils s'embrassèrent, heureux de se retrouver entre frères.

— C'est bon de vous revoir tous les deux, dit-il le premier. J'imagine que les autres ne vont pas tarder à arriver.

— J'ai repéré une limousine qui se garait juste au moment où je rentrais dans le bâtiment, dit Zack.

— Ce doit être maman, dit Ryan à son tour.

Sans raison apparente, Zack se mit à le dévisager.

— Qu'y a-t-il, Will ? Les affaires ne vont pas comme tu veux, en ce moment ?

— Pas du tout. Pourquoi ?

— Parce que tu as l'air d'un zombie, répondit Ryan qui n'avait pas manqué, lui non plus, de remarquer son visage maussade.

— Je vais très bien, rétorqua-t-il, et je vous remercie de vos commentaires sarcastiques. C'est exactement ce dont j'ai besoin en ce moment.

— Au fait, comment se porte Ava ? s'enquit Zack en fixant sur lui un regard inquisiteur.

— Elle va bien. Mais depuis quelque temps, elle ne vit plus à la maison. Elle a pris un appartement en ville.

— Ah bon ? C'est tout récent alors, commenta Zack qui cherchait manifestement toujours à lire sur ses traits.

— Ça remonte à quelques semaines, expliqua-t-il, agacé par la curiosité de ses frères. Et je vous préviens, le sujet est clos.

— Pourtant, si je me souviens bien, insista Zack, la dernière fois que je t'ai vu, tu me parlais d'un dîner romantique sur ton yacht.

— En effet. Mais c'était juste pour la remercier de tout ce qu'elle avait fait pour Caroline. Ah, voici Garrett ! dit-il, soulagé d'échapper au feu incessant des questions de ses frères.

Les quatre hommes discutèrent tranquillement jusqu'à l'arrivée d'une petite femme blonde, vive et pleine de séduction.

Comme toujours, Will s'émerveilla de la beauté encore éclatante de sa mère. Aussi petite que ses enfants étaient grands, aussi blonde qu'ils étaient bruns, elle ne leur ressemblait en rien.

De même que ses frères, il embrassa distraitement la joue qu'elle lui tendait.

— Bonjour, maman, dit-il d'un ton dénué de toute émotion.

Tandis que Garrett s'approchait pour la saluer à son tour, un homme qu'ils ne connaissaient pas mais qu'ils supposèrent être l'avocat de Lauren entra dans la pièce et se tint immobile et silencieux. A peine s'il les salua d'une légère inclination de la tête.

— Ta petite fille est superbe, lança Will, espérant que sa mère allait saisir la perche qu'il lui tendait. Tu serais étonnée de voir à quel point elle a grandi.

— Ah oui, Caroline… Je suis désolée mais je crains bien de ne pas disposer d'assez de temps pour passer la voir. Une autre fois, peut-être.

— Elle rentre à la maternelle en septembre, poursuivit Will.

— Elle doit avoir dans les cinq ans maintenant, si je ne me trompe ?

En guise de réponse, il haussa les épaules et esquissa un sourire désabusé. Comment une grand-mère pouvait-elle montrer si peu d'intérêt pour une petite-fille déjà si meurtrie par la vie ?

Il croisa le regard de Zack qui avait bien du mal à contenir la colère que suscitait le comportement pour le moins léger de leur mère.

Quelques instants plus tard, un homme aux cheveux blancs fit son entrée, accompagné de deux hommes plus jeunes qui présentaient une vague ressemblance avec ses frères et lui. Will reconnut en eux de vagues cousins qu'ils ne fréquentaient guère.

Une autre porte s'ouvrit soudain sur un homme

qui, après les avoir priés de le suivre, les introduisit dans une salle austère.

Chacun prit place sur l'un des sièges qui entouraient un large bureau de bois massif.

Loys Sanderson s'installa au premier rang, tandis que ses enfants choisissaient délibérément le deuxième.

— Ça ne devrait pas être trop long, prédit Zack à voix basse. En tout cas je l'espère, car je meurs de faim.

La salle était pleine lorsque Grady Gibson fit son entrée. Il remercia l'assemblée de sa présence avant de s'asseoir à son bureau.

— Comme vous le savez tous, nous sommes aujourd'hui réunis pour l'ouverture du testament d'Argus Delaney.

Dans un silence religieux, il se mit à lire les dernières volontés de l'intéressé.

— « A mon fils William Lucius, je lègue la somme de quatre milliards de dollars », commença-t-il.

Lui revenait également le manoir qui serait plus tard la propriété exclusive de Caroline. Zack héritait de la somptueuse résidence secondaire que la famille possédait en Italie et Ryan celle du Colorado. Quant à Garrett, il lui faisait don du ranch du Texas.

Une somme d'argent importante était attribuée à Caroline, que Will avait la responsabilité de gérer jusqu'à sa majorité.

Un sourire satisfait aux lèvres, Loys entendit le notaire lui signifier qu'elle héritait de la coquette somme de vingt-cinq millions de dollars.

Lorsque le moment vint de citer le nom de Lauren,

l'avocat chargé de la représenter se redressa sur son siège et prêta une oreille attentive à ce que l'homme de loi s'apprêtait à énoncer.

Mais lorsque Grady Gibson annonça la somme ridicule de un dollar — somme qui confirmait les dires de Will —, l'homme se leva précipitamment et sortit de la pièce en claquant violemment la porte derrière lui.

Après cette sortie fracassante, un silence pesant plana au-dessus des têtes, car personne n'avait pu manquer de remarquer l'air préoccupé qu'affichait à présent le notaire.

Quelque chose se tramait.

Quelque chose que personne n'était pour le moment en mesure d'imaginer.

11

Will soutint le regard de Grady Gibson, cherchant à percer le mystère.

Que pouvait bien contenir ce testament qu'il ne savait déjà ?

Le notaire baissa enfin les yeux pour lire le document qui se trouvait devant lui.

— « A ma fille, Sophia Marie Rivers, je lègue... »

Une rumeur sourde s'éleva de l'assemblée, qui obligea Grady à s'interrompre.

Will posa sur ses frères et Garrett un regard abasourdi.

— Depuis quand avons-nous une sœur ? interrogea Zack comme pour lui-même.

Ils entendirent leur mère pousser un cri de surprise. Elle se leva d'un bond de son siège et apostropha le notaire, rouge de colère autant que de vexation.

— Mais enfin, Grady, de quoi parlez-vous ? Je n'ai pas de fille ! Je suis tout de même bien placée pour savoir qu'il n'y a que des garçons, dans ma famille.

— Malheureusement non, Loys. Et si vous vouliez bien vous rasseoir, je pourrais continuer la lecture de ce testament.

Sous le choc, elle obtempéra et laissa le frère

d'Argus passer un bras qui se voulait réconfortant autour de son épaule.

Zack se pencha légèrement vers Will.

— Quelle différence cela peut-il lui faire maintenant ? dit-il.

Will ne répondit pas, trop impatient d'entendre la suite.

— « A ma fille Sophia Marie Rivers, reprit Grady, je lègue la somme de trois milliards de dollars. »

Will se raidit tant cette somme lui parut extravagante et, de plus, transmise à une femme dont personne ne connaissait l'existence deux minutes auparavant.

— « Afin que Sophia fasse partie intégrante de ma famille, poursuivit Grady, je demande qu'elle devienne membre du conseil d'administration de la fondation Delaney. S'il s'avérait, pour une raison ou pour une autre, que cela ne se fasse pas, Sophia et ses trois frères Will, Zack et Ryan devraient renoncer à leur héritage. Dans ce cas, toute ma fortune ira aux œuvres de charité suivantes… »

Stupéfait, Will n'entendit pas ce qui suivit. Lui et ses frères allaient devoir rencontrer cette fille qui était leur demi-sœur. Non seulement la rencontrer, mais l'accueillir au sein de leur famille et de leur société.

Il fut pris d'un vertige devant une telle énormité. Comment leur père avait-il pu les trahir de la sorte ?

Tout aussi abasourdi, Zack le regarda fixement tandis que Ryan se caressait machinalement la joue.

A présent, Loys pressait un mouchoir sur ses

yeux, ne cherchant pas à dissimuler les larmes de dépit et d'humiliation qui ruisselaient sur ses joues.

Sophia Rivers. Tel était le nom de la parfaite étrangère dans les veines de qui coulait le même sang que le leur. Une parfaite étrangère à qui leur père faisait don de trois milliards de dollars.

Il n'en revenait toujours pas.

Quel âge pouvait-elle bien avoir ? Qui était-elle ? Où vivait-elle ?

Autant de questions qui se bousculaient dans sa tête et qui, pour l'instant, demeuraient sans réponse.

Lorsque Grady eut terminé la lecture du document, il se leva et se dirigea tout droit vers lui.

— Je reconnais que c'est un sacré pavé dans la mare, dit-il. Je comprends que soyez sous le choc, mais ce sont les dernières volontés de votre père. Il faut les respecter. Argus m'avait confié son secret.

— Quel âge a-t-elle ? s'enquit Will.

— Le même âge que Ryan.

— Autrement dit, elle est née alors que papa et maman étaient encore mariés.

— C'est exact.

— Grady, pourquoi nous imposer cette fille maintenant que nous sommes tous adultes ?

— Je lui ai posé la question, en évoquant une possible discorde entre vous, mais il est resté très déterminé. Il voulait que toute sa famille soit réunie, même si lui ne serait plus là pour le voir.

— Mais bon sang, pourquoi ne pas nous en avoir parlé avant ? Papa était-il proche d'elle ?

— Après cette discussion, il n'a plus jamais abordé le sujet avec moi, mais je ne crois pas. Je sais juste qu'il a assumé ses responsabilités et que, grâce à lui, cette fille et sa mère n'ont jamais manqué de rien.

— Quelle histoire ! Et dire que nous ne nous sommes jamais doutés de rien… ! En tout cas, merci, Grady. Si vous n'avez rien de prévu, nous serions ravis de vous compter parmi nous, ce soir.

— Merci beaucoup, mais je ne pourrai pas, répondit Grady qui, ayant vu Loys fondre sur lui comme une furie, s'empressa de s'éloigner.

« Mon père menait une double vie », songea Will en secouant la tête.

— Quand je pense que nous avons une demi-sœur, dit Zack, venu le rejoindre avec Ryan et Garrett.

— Tu étais au courant ? demanda Will à Garrett.

— Non, absolument pas.

— Pourquoi ne nous a-t-il jamais rien dit ? s'étonna Zack.

— Pour ne pas être la cible de critiques ni être obligé de répondre à des questions trop embarrassantes, j'imagine. Je suis surpris qu'elle ne soit pas venue. Car elle a bien dû recevoir une convocation, comme nous tous ici.

— Tu as raison, souligna Zack. Je vais de ce pas poser la question à Grady.

Quelques minutes plus tard il était de retour, visiblement renseigné.

— Si elle n'est pas là aujourd'hui, annonça-t-il, c'est qu'elle n'a pas voulu venir, annonça-t-il. Elle renonce à sa part d'héritage.

— Si elle renonce à toucher son héritage, nous perdons le nôtre, leur fit remarquer Ryan. Il faut absolument que nous lui parlions. Et d'ailleurs, je me demande bien pourquoi elle renoncerait à trois milliards de dollars.

— Parce qu'elle est en colère, expliqua Garrett. Contre vous et contre son père qui ne cherchait pas à la voir.

— Il faut que quelqu'un la contacte et lui parle, dit Will. En tant qu'aîné, je peux m'en charger.

— Ça me va, acquiesça Zack.

— Je suis d'accord renchérit Ryan.

— O.K., je file à la maison. Nous nous retrouvons là-bas, comme prévu.

Sur ces mots, il sortit rapidement, pressé de rentrer chez lui pour pouvoir passer un moment seul avec Ava.

De retour chez lui, Will se rendit directement à la piscine où il savait trouver Ava.

En effet, elle surveillait Caroline qui se baignait tandis que Muffy, épuisée, dormait profondément dans son panier.

Il tira un siège à lui et s'installa à côté d'elle.

— Comment s'est passée votre journée ? demanda-t-il.

— Très bien. Au point que je me suis permis de prendre rendez-vous avec son institutrice, la semaine prochaine.

— Tu as bien fait. Vu que tu connais bien Caroline, maintenant, tu pourras lui exposer la situation et lui parler de ses progrès spectaculaires.

— Et toi ? Comment s'est passée la lecture du testament ? Ta mère était présente ?

— Oui, et comme je m'y attendais, elle n'aura pas le temps de passer voir sa petite-fille.

— Je suis vraiment désolée, Will. Heureusement que nous n'avons pas dit à Caroline que sa grand-mère était en ville. Elle l'aurait vécu comme un rejet traumatisant.

— Ava, il faut que je te dise quelque chose. Mes frères et moi, nous avons une demi-sœur.

Elle l'écouta avec la plus grande attention.

— Ava, tu me manques tellement, ajouta-t-il pour clore son récit, heureux de s'être confié à elle.

— Ne recommence pas, s'il te plaît.

— Accepte de sortir avec moi samedi soir. Accorde-moi une nuit. Une seule !

— Non, refusa-t-elle fermement.

— Tu comptes retourner à Austin à la fin de l'été ?

— Non. J'ai décidé de m'installer à Dallas. Je ne peux pas quitter Caroline comme ça. Si je reste en ville, je pourrai la voir régulièrement. Enfin, si tu n'y vois pas d'inconvénient.

— Je n'en vois aucun, répondit-il, à la fois soulagé et empli d'espoir. Bien au contraire.

— Pour être tout à fait honnête, elle me manquerait trop si je devais ne plus la voir. C'est une petite fille si attachante !

— Elle sera ravie d'apprendre la nouvelle. Je sais qu'elle t'aime beaucoup. Ava…

L'arrivée de ses frères, accompagnés de Garrett, l'interrompit brutalement.

*
**

Avant de passer à table, Caroline fit à ses oncles la démonstration de ses talents. Elle lut sans la moindre hésitation l'histoire qu'Ava avait sélectionnée pour elle.

Lorsqu'elle eut terminé, Zack, Ryan et Garrett l'applaudirent à tout rompre.

— Je n'en crois pas mes yeux ni mes oreilles, commenta Zack en entraînant Will à l'écart. C'est tout simplement incroyable qu'elle ait pu progresser de la sorte en si peu de temps. Cette Ava est décidément parée de toutes les qualités. Belle, intelligente, compétente…

— Tu as raison.

— Si j'étais toi, je réviserais mon opinion sur le mariage. En tant que frère, je te conseille vivement de ne pas laisser échapper une perle aussi rare.

— Je ne sais pas. Je crois qu'elle a des priorités dont je ne fais pas partie.

— Dans ce cas, laisse tomber et trouve-toi quelqu'un d'autre.

— Je te remercie. Tu m'es d'une aide précieuse.

Après le dîner, Ava monta coucher Caroline. La fillette lui tenait la main, un livre serré sous le bras. Muffy sautillait sur leurs talons.

Aussitôt dans la chambre de Caroline, la petite chienne alla se rouler en boule dans son panier, tandis que sa maîtresse se mettait en pyjama.

— Veux-tu que nous nous installions dans le fauteuil à bascule ou préfères-tu te coucher dans ton lit pendant que je te fais la lecture ?

— Je préfère aller dans mon lit, répondit Caroline d'une petite voix ensommeillée.

Ava s'allongea à côté d'elle et ouvrit le livre à la première page. Aussitôt, la fillette vint se blottir contre elle.

— Je t'aime, Ava.

— Moi aussi, je t'aime, répliqua-t-elle, les larmes aux yeux. Je t'aime beaucoup, ajouta-t-elle encore en déposant un baiser sur sa tempe.

Elle n'avait pas lu deux pages qu'elle comprit à son souffle régulier que Caroline s'était endormie. Tout doucement, pour ne pas la réveiller, elle dégagea son bras et se leva.

Elle remarqua alors la silhouette de Will qui se détachait dans l'embrasure de la porte.

— Tu étais là ?

En guise de réponse, il vint effleurer d'un baiser la petite joue veloutée de sa nièce.

— Tu sais si bien t'y prendre avec elle, dit-il enfin à voix basse. Je peux te dire que tu as sacrément impressionné mes frères !

— Je suis si heureuse pour elle, Will ! Elle va pouvoir entrer à l'école, mais surtout s'y intégrer sans problème.

— Et moi je suis heureux de savoir que tu seras là en ce jour important pour elle.

— Je l'aime tellement, Will.

Ils sortirent de la chambre, pensifs.

— Je vais saluer tes frères et partir, finit-elle par dire.

— Il n'est pas si tard. Tu pourrais rester un peu

plus longtemps. Tu verras, mes frères et Garrett peuvent être très drôles quand ils le veulent.

Parvenus devant la suite qu'elle avait occupée, Will en ouvrit la porte et l'attira à l'intérieur. Il l'enveloppa de ses bras et l'embrassa avec une infinie douceur.

— Ava, acceptes-tu de devenir ma femme ? lui murmura-t-il à l'oreille.

Son cœur se mit à battre dans sa poitrine comme un oiseau affolé. Ava aurait voulu lui hurler « oui ! », pourtant elle ne montra rien de l'émotion qui la submergeait.

— Tu ne penses pas ce que tu dis, Will. Pourquoi voudrais-tu m'épouser quand tu ne m'as jamais dit que tu m'aimais ? Tu me désires, c'est différent.

— C'est vrai. Je n'ai même jamais désiré une femme comme je te désire toi. Mais je sais aussi que je te veux à mes côtés pour le restant de mes jours.

Ces mots, prononcés avec la plus grande gravité, avaient beau être merveilleux, ils ne l'en blessèrent pas moins. Il n'avait fait qu'exprimer l'attirance physique qu'il éprouvait pour elle sans toutefois lui faire une vraie déclaration d'amour comme elle en rêvait. L'amour, le vrai, elle l'avait connu avec son premier mari et cela l'avait rendue exigeante.

— Je ne pense pas que tu veuilles m'épouser pour de bonnes raisons, Will. Nous ne pouvons pas nous marier juste parce que ce serait plus pratique pour toi de m'avoir sous la main en permanence, ni même pour Caroline.

Elle s'interrompit et plongea son regard dans le sien.

— Je t'aime, dit-elle. Mais je ne ferai pas un mariage de convenance. Dans ta demande en mariage, Will, je ne perçois aucun amour.

— Ava, je ne te demanderais pas de m'épouser à la légère.

— As-tu pris le temps d'y réfléchir sérieusement au moins ? demanda-t-elle. J'en doute et je persiste à penser que tu ne me fais cette proposition que parce que tu aimes faire l'amour avec moi. Moi, je veux tout. Je veux t'épouser pour le meilleur et pour le pire : pour ton corps mais aussi pour ton cœur.

— Ava, je te donne tout cela. Te rends-tu compte de l'importance que cela revêt pour moi ? C'est tout de même la première fois que je demande une femme en mariage !

— Peut-être. Mais ce n'est pas une déclaration motivée par l'amour. Je suis désolé, Will mais je ne peux pas accepter.

Alors qu'elle prononçait ces mots définitifs, elle sentit son cœur se briser en mille morceaux. Malgré la chaleur de cette fin d'été, une chape de glace l'enveloppa tout entière et ses mains se mirent à trembler convulsivement.

Le silence de Will ne fit que confirmer ce qu'elle avait supposé.

— Ça ne marcherait pas entre nous, ajouta-t-elle, meurtrie.

— Ce que je ressens, c'est de l'amour, finit-il par répondre.

— Ce que tu ressens, c'est du désir, le corrigea-t-elle.

Elle aurait voulu écarter toute logique et accepter

sa proposition mais elle en était incapable. Comme à son habitude, Will avait voulu régler un problème dans les plus brefs délais et n'avait trouvé que cette solution.

Elle refoula avec peine les larmes qui lui montaient aux yeux. La réalité ne lui permettait qu'une réponse : non.

En acceptant un mariage sans amour, elle ne ferait que perpétuer la tradition de la famille Delaney où les mariages finissaient toujours par un divorce.

— Je dois y aller. L'amour profond, le véritable, tu n'y crois pas, conclut-elle. Et sans cela, il n'y a aucun avenir possible pour nous.

Elle le quitta précipitamment, pour qu'il ne voie pas les larmes qu'elle ne parvenait plus à contenir.

Evitant délibérément le salon où elle aurait été obligée de saluer ses frères, elle ne désirait plus qu'une chose : regagner au plus vite l'abri rassurant de son appartement. Une fois chez elle, elle se jeta sur son lit et laissa libre cours au chagrin qui l'étouffait.

Trois semaines plus tard, Caroline rentrait de sa première journée à l'école maternelle. Ava l'attendait au manoir. A la seconde où la fillette la vit, elle lâcha son cartable pour se précipiter vers elle et se blottir dans ses bras.

— Alors ? Raconte-moi vite cette première journée d'école, lui demanda Ava, émerveillée de constater les changements qui s'étaient opérés depuis le jour où elle l'avait rencontrée.

Avec la plus grande attention, elle écouta l'enfant lui raconter par le menu toutes les petites choses qui font la vie d'une écolière.

Lorsque Caroline eut terminé son récit, Ava ne s'attarda pas, de peur de croiser Will. Elle lui téléphona simplement dans la soirée, pour lui demander s'il accepterait de laisser sa nièce venir passer chez elle l'après-midi et la nuit du samedi.

Et ils restèrent à discuter durant trois longues heures avant de raccrocher.

Will se montra amical, flirta avec elle, mais il ne l'invita pas à dîner comme elle s'y était attendue.

Devait-elle y voir le signe d'un renoncement ?

Pourtant, sa demande en mariage la hantait jour et nuit.

« Tu n'es pas près de sortir de ma vie, Will Delaney. Tu me manques un peu plus chaque jour. »

Le samedi matin, tout était prêt pour recevoir Caroline. Ava avait enfilé une tenue confortable — short et T-shirt — en vue de passer l'après-midi à jouer avec sa petite invitée.

Will l'avait prévenue que ce serait Rosalyn qui amènerait sa nièce, mais que ce serait lui qui viendrait la récupérer le lendemain.

Cet arrangement lui convenait parfaitement, car elle voulait consacrer toute son attention à la fillette.

A 15 heures, entendant la limousine se garer devant sa porte, elle courut chercher les cadeaux qu'elle avait achetés pour Caroline : des livres, un petit manteau pour l'ours en peluche et un bandana rouge pour Muffy.

Folle de joie à l'idée d'accueillir Caroline, elle se précipita sur la porte dès que la sonnette retentit.

— Entre...

Elle s'interrompit net : c'était Will qui se tenait sur le seuil de sa porte.

12

— Où est Caroline ? Elle va bien ? demanda-t-elle alors que le sang se retirait de ses veines et que les battements de son cœur s'accéléraient.

Will entra et referma la porte derrière eux.

— Caroline va très bien et tu la verras dans quelques minutes. Je voulais juste te parler avant.

— Elle attend dans la voiture ?

— Non, elle est à la maison.

— Veux-tu bien m'expliquer ce qui se passe ? le pressa-t-elle, un brin contrariée. Tu m'as fichu une de ces peurs ! J'ai cru qu'il lui était arrivé quelque chose.

Il l'attira à lui et la serra très fort pour la rassurer tout à fait.

— Si je suis venu ici, c'est parce que j'ai beaucoup pensé à nous.

— Il n'y a pas de « nous » possible, rétorqua-t-elle avec raideur.

— Ava, je reconnais que j'ai été maladroit. J'ai réfléchi des heures à ce que tu m'as dit.

Il s'interrompit pour sortir de la poche de sa veste une petite boîte noire qu'il lui tendit.

— Ava, acceptes-tu de devenir ma femme ?

Elle regarda fixement l'écrin, mais cette fois, ne le prit pas.

— Will, nous en avons déjà parlé et nous sommes arrivés à la conclusion que ça ne marchera pas entre nous.

— Ça marchera, affirma-t-il en plongeant son regard dans le sien. Ça marchera parce que je t'aime. Je t'aime depuis le jour où je t'ai rencontrée, en fait.

L'émotion la submergea. Enfin, il prononçait les mots tant attendus !

— Tu n'es plus traumatisé par les mariages ratés de ton père et de ton frère ? le taquina-t-elle.

— Non. Parce que tu n'es pas comme ma mère ni comme Lauren. Et si j'ai une chance de faire un mariage heureux, c'est uniquement avec toi. Je t'aime de tout mon cœur. J'ai besoin de toi et de t'avoir à mes côtés, à chaque instant de ma vie.

— Tu en es bien certain ? insista-t-elle. Tu as vraiment pris le temps de la réflexion ?

— Je n'ai plus aucun doute, affirma-t-il d'une voix forte. Je n'ai jamais été aussi heureux que depuis que tu es entrée dans ma vie. Tu m'es devenue aussi indispensable que l'air que je respire Je veux que tu rentres avec moi, mon amour. Ava, acceptes-tu de m'épouser ?

Les yeux embués de larmes, elle se jeta à son cou et l'embrassa passionnément.

— Oui, Will, dit-elle en pleurant. J'accepte de devenir ta femme.

Au comble du bonheur, il la souleva de terre et la fit tournoyer.

— Où est la chambre ?

**
***

Bien plus tard, blottie contre lui, elle se souvint de l'écrin qu'il lui avait tendu.

— Je vais le chercher, dit-il en se levant d'un bond.

Lorsqu'il revint, il s'agenouilla devant elle et lui tendit l'écrin ouvert.

Elle manqua de s'étrangler à la vue de l'énorme diamant qui brillait de mille feux sur le velours noir.

— Will, elle est magnifique ! Cette pierre est énorme !

— Elle est à la mesure de l'amour que je te porte.

Il prit la bague et la glissa à son annulaire.

— Il nous faut fixer très vite la date du mariage.

— Oui, je suis si impatiente de devenir Mme Delaney. Je vais appeler mes sœurs pour leur annoncer la bonne nouvelle.

Elle marqua une pause avant de lancer d'un ton désinvolte :

— Et si tu profitais de l'occasion pour inviter votre demi-sœur ?

— Elle n'a pas daigné assister à la lecture du testament de son père, je ne pense pas qu'elle sera beaucoup plus intéressée par le mariage d'un frère qu'elle ne connaît même pas.

— Comme tu voudras.

— En revanche, je suis très impatient d'apprendre la nouvelle à Caroline. Elle va être folle de joie. Ce matin, je lui ai demandé si cela ne la dérangeait pas trop que je vienne te voir sans elle, parce que j'avais l'intention de te demander en mariage.

— Seigneur ! Elle doit se morfondre, toute seule

avec Rosalyn ! Allons vite la retrouver, dit-elle en se levant d'un bond. Je vais prendre une douche et m'habiller.

Une main derrière la tête, il la regarda en souriant, mais n'esquissa aucun geste pour la suivre.

— Will, dépêche-toi un peu ! le rabroua-t-elle gentiment après avoir jeté un coup d'œil par-dessus son épaule.

— Laisse-moi d'abord admirer la femme superbe qui, dans peu de temps, va devenir la mienne.

Cette fois, ne doutant plus d'être aimée, elle ne chercha pas à cacher sa nudité. Un sourire aux lèvres, elle déambula d'une démarche aguicheuse jusqu'à la salle de bains.

Durant tout le trajet qui les conduisait au manoir, Ava ne cessa de regarder sa main pour admirer sa magnifique bague de fiançailles.

— Will, tu m'as gâtée. Elle est vraiment superbe.

En guise de réponse, il lui coula un regard débordant d'amour.

Ils trouvèrent Caroline qui jouait dans la salle de jeux, en compagnie de la fidèle Rosalyn et de la non moins fidèle petite Muffy. Trépignant d'impatience, la fillette se rua vers eux dès qu'elle les vit franchir le seuil de la porte, tandis que Rosalyn s'éclipsait discrètement.

Elle les regarda tour à tour, d'un air interrogateur.

Comme à son habitude, Will la prit dans ses bras mais, cette fois, attira en même temps Ava contre lui.

— Caroline, commença-t-il avec gravité, j'ai l'honneur de t'apprendre qu'Ava a accepté de m'épouser.

Le visage de la petite s'illumina d'un sourire radieux.

— Tu vas revenir vivre avec nous, alors ?

— Tout à fait. Et je ne repartirai plus.

Elle s'interrompit pour enlacer les frêles épaules de la fillette.

— Tu seras pour toujours ma petite fille, ajouta-t-elle d'une voix tremblante d'émotion.

— Caroline, je ne chercherai jamais à prendre la place de ton papa, mais si tu veux bien m'appeler juste Will, au lieu d'oncle Will, je pense que ce sera plus facile pour toi. En revanche, si tu préfères appeler Ava maman, je crois qu'elle n'y verra pas d'inconvénient.

Ava répondit au regard interrogateur de Caroline par un hochement de tête.

— Mais toi, oncle Will, je préfère t'appeler papou.

Ils éclatèrent de rire tous les trois et resserrèrent encore leur étreinte.

— Will, Caroline, c'est le plus beau jour de ma vie, vous savez, dit Ava sans pouvoir retenir ses larmes.

— Et maintenant, nous allons choisir tous les trois la date de cet heureux événement. Caroline, acceptes-tu d'être notre petite demoiselle d'honneur ?

La fillette acquiesça, ivre de fierté.

Epilogue

Ava marchait en tête du cortège tout en serrant dans la sienne la petite main de Caroline. Derrière elles suivaient ses demoiselles d'honneur, Summer et Trinity.

Dans sa robe de soie bleu pâle, un panier rempli de pétales de roses au bras, Caroline avait tout l'air d'une ravissante poupée.

Lorsque le regard d'Ava croisa celui de l'homme qui s'apprêtait à devenir son mari, son cœur battit à tout rompre. Elle n'aurait pu être plus heureuse.

Une heure plus tard, M. et Mme Delaney avaient échangé leurs vœux et, bénis par le prêtre, sortaient de l'église, irradiant de bonheur.

Escortés de leurs invités, ils se rendirent ensuite au manoir où devaient se poursuivre les festivités.

— Mon amour, c'est le plus beau jour de ma vie, dit-elle alors qu'elle dansait au bras de son mari. Je suis si heureuse !

— Moi aussi. Je t'aime tant, ma chérie. Penses-tu que nous pourrons nous éclipser un moment ? ajouta-t-il à son oreille, sur un ton qui ne laissait aucun doute quant à ses intentions.

— Je le regrette bien, mais je ne crois pas, non, répondit-elle en riant. Nous nous devons à nos convives. Ils sont tous là pour nous voir, nous parler. C'est un grand jour pour eux aussi.

— Penses-tu ! La plupart sont là pour passer une bonne soirée à boire et à manger, comme mes frères et Garrett. Je brûle de me retrouver seul avec toi, ajouta-t-il d'une voix enjôleuse. J'ai envie de te retirer cette merveilleuse robe et de t'allonger nue sur notre lit.

— Will, tiens-toi bien, veux-tu. Tout le monde nous regarde.

— Impossible, j'ai trop envie de toi.

Envoûtée par ses paroles, elle se serra plus étroitement contre lui.

— Et si nous donnions un petit frère ou une petite sœur à Caroline ?

— Je suis tout à fait d'accord. Et je te suggère de nous y consacrer dès que possible.

Elle fixa sur son mari un regard débordant d'amour. Elle était l'épouse d'un homme merveilleux, la mère d'une adorable fillette.

N'était-elle pas la femme la plus chanceuse au monde ?

Retrouvez un nouveau roman de Sara Orwig dès le mois prochain dans votre collection Passions *!*

BETH KERY

L'amant impossible

Passions

éditions ✛ **HARLEQUIN**

Titre original : CLAIMING COLLEEN

Traduction française de YVES CRAPEZ

Prologue

Seize mois plus tôt

Le soleil rougeoyait à l'horizon quand Colleen Kavanaugh Sinclair entra en frissonnant dans les eaux limpides du lac Michigan.

En dépit du printemps précoce, la température avait chuté, et elle nagea vigoureusement pour se réchauffer.

La nuit tombait quand elle regagna à brasses rapides la plage de Sunset Beach qu'elle avait si souvent fréquentée dans sa jeunesse, puis plus tard, avec Jenny et Brendan, les enfants qu'elle avait eus avec son mari Darin aujourd'hui décédé.

Tout en s'essuyant, elle se remémora ses jeux d'été avec ses frères et sœurs sous l'œil attendri de Brigit, leur mère.

Comme ce temps lui semblait lointain !

Nostalgique, elle se retourna pour admirer une dernière fois les eaux bleues du lac, puis le sable doré de cette plage qui lui était désormais interdite, les promoteurs de Harbor Town ayant racheté l'emplacement afin d'y construire des villas de luxe.

Lors de la réunion du conseil municipal, elle s'était opposée à cette privatisation, mais ses arguments n'avaient pas pesé lourd face aux intérêts financiers en jeu.

Alors qu'elle achevait de se sécher, un homme grand et brun s'approcha d'elle en souriant.

Lui !

Perdue dans ses pensées, elle n'avait pas vu venir son visiteur qui n'était autre qu'Eric Reyes, un chirurgien expérimenté, l'un des hommes les plus estimés de Harbor Town, mais aussi son pire ennemi, et hélas, l'homme qui lui inspirait depuis des années un désir dont elle avait honte.

— Quelle belle nuit, déclara Eric Reyes de sa voix grave.

Quand, avec son frère Liam, elle était entrée en sixième au lycée de Harbour Town, Eric Reyes, plus âgé qu'elle, travaillait déjà comme jardinier municipal pour payer ses études.

Contrairement à elle, à Mari Itani et à ses autres amies qui lézardaient sur la plage le week-end, Eric taillait des haies, élaguait des arbres en échange d'un modeste salaire.

Chaque fois qu'elle le voyait à l'œuvre, vêtu d'un simple T-shirt et parfois même torse nu, elle ne manquait jamais d'admirer sa carrure et de fantasmer sur son corps viril.

Un été, elle revenait de la plage avec des amies, quand dans Elm Street elles étaient tombées nez à nez avec Eric qui sortait de la bibliothèque municipale avec une moisson de livres sous le bras.

Ses amies n'avaient pu s'empêcher de glousser, mais elle lui avait adressé son plus beau sourire. Avant de s'éloigner, il lui avait souri à son tour.

Comment aurait-elle pu se douter que, quelques mois plus tard, son père Derry Kavanaugh provoquerait un accident de la route où il trouverait la mort et causerait celles de la mère d'Eric Reyes et des parents de Mari Itani, l'une de ses amies ?

Partie civile lors du procès, Eric Reyes avait été indemnisé par les Kavanaugh, ce qui lui avait permis de financer ses études de médecine et de devenir un chirurgien reconnu.

De ce jour, elle considérait Eric comme un ennemi. En outre, elle avait appris récemment qu'il était propriétaire de l'une de ces luxueuses villas bordant Sunset Beach, sa plage préférée, qui lui était désormais interdite.

— Eh bien, Colleen Kavanaugh, aurais-tu perdu ta langue ? reprit Eric Reyes en la regardant d'un air moqueur.

Elle eut le sentiment que, tel le chat jouant avec la souris, il s'amusait de son désarroi.

— Je suppose que tu vas appeler la police ? dit-elle avec colère.

— Et pourquoi appellerais-je la police, Colleen ? Autant que je puisse en juger, tu n'as commis aucun délit, répondit-il avec un léger sourire.

Exaspérée par son ton ironique, elle eut envie de le gifler.

— Tu n'ignores sûrement pas que Sunset Beach est désormais propriété privée.

— Je suis au courant.

Après avoir retiré son bonnet de bain, elle peigna ses longs cheveux blonds et en oublia presque qu'elle était en Bikini face à un homme des plus séduisants.

— Un homme comme toi ne doit pas apprécier la présence d'un intrus sur son territoire ! insista-t-elle.

— Tu n'es pas une intruse, Colleen, et j'ai rarement vu beauté plus singulière, déclara-t-il en la détaillant de son regard intense.

Eric avait des yeux ténébreux dont la teinte lui rappelait l'onyx, cette pierre dont on fait des bijoux. Si nombre des habitantes de Harbor Town avait déjà succombé au charme de ce séduisant chirurgien, elle, pour sa part, était déterminée à garder ses distances avec Eric Reyes.

— Puisque tu es au courant de cette interdiction, c'est donc que tu as approuvé la privatisation de cette plage ? dit-elle en s'approchant de lui.

— La privatisation décuple la valeur des nouvelles propriétés de Sunset Beach, et il aurait fallu que je sois idiot pour m'opposer à cette mesure, répondit-il.

Elle eut un petit rire désabusé. Consciente que la brusquerie de ses gestes trahissait son trouble, elle ramassa ses affaires et les entassa dans son sac de plage.

— As-tu songé à tous les gosses du coin qui ne pourront plus venir nager ici par votre faute et par celle de ces promoteurs si avides de profits ?

— En ce qui me concerne, je n'interdirai jamais à quiconque l'accès à cette plage.

Elle n'avait plus eu l'occasion de le rencontrer depuis des années, mais aujourd'hui, elle le trouvait nettement moins arrogant que dans son souvenir.

— Ne te fais pas passer pour plus généreux que tu n'es, Reyes, déclara-t-elle cependant. Seul l'appât du gain guide tes actes, et je n'aime pas les gens de ton espèce.

Eric Reyes la regarda d'un air songeur.

— Me reprocherais-tu d'avoir de l'argent ? demanda-t-il.

— Je te reproche d'être un parvenu ! rétorqua-t-elle.

Un parvenu ! L'expression suprême du mépris dans la bouche de la Kavanaugh qu'elle n'avait jamais cessé d'être.

— Contrairement à moi, tu n'as jamais manqué de rien, alors réfléchis avant de parler ! répliqua-t-il d'un ton tranchant.

— Comment oses-tu me…, balbutia-t-elle.

— Tu sais que j'ai raison, insista-t-il.

— Je persiste à penser que tu veux prendre une revanche sur moi et ma famille.

— Quand cesseras-tu donc de jouer les mijaurées, Colleen ?

C'était la première fois que quelqu'un osait la traiter de « mijaurée », et elle ne manqua pas de s'en offusquer.

— Retire immédiatement ce que tu viens de dire ! s'exclama-t-elle.

— D'accord ! Je t'appellerai désormais « petite princesse Kavanaugh », persifla-t-il.

— Tu n'es qu'un sale type ! lui lança-t-elle avec l'impression désagréable de se sentir encore plus attirée par son interlocuteur.

Elle ramassa sa serviette et s'apprêtait à s'en aller quand, par maladresse, elle trébucha et serait tombée si Eric ne l'avait pas retenue par le bras.

— Veux-tu bien me lâcher ! s'écria-t-elle.

Contrairement à ce qu'aurait pu laisser penser son ton acerbe, son cœur, lui, aurait presque souhaité qu'Eric la prenne dans ses bras et l'enlace.

— Du calme, petite princesse ! dit-il en souriant.

Etait-ce bien elle, Colleen Kavanaugh, qui perdait la tête parce que Eric Reyes la traitait de « petite princesse » et lui touchait le bras ?

A sa grande honte, elle sentit couler ses larmes sur ses joues et elle se maudit de se laisser autant troubler par cet homme.

— Laisse-moi partir ou je crie, le menaça-t-elle.

— Je ne te retiens pas, répondit-il calmement en lâchant son bras.

Alors qu'elle s'enfuyait déjà, mortifiée, elle trébucha une nouvelle fois, et Eric la rattrapa in extremis.

— Je ne te veux aucun mal, Colleen, dit-il d'une voix compatissante. Cesse de te débattre, sinon nous risquons de nous faire mal en tombant tous les deux.

Vaincue, elle se laissa enlacer par ses bras puissants. Ses seins s'écrasèrent contre son torse viril, sa peau en absorbant la douce chaleur, tandis que son ventre frémissait au contact de son sexe.

Elle en aurait presque oublié son ressentiment contre lui si des images du procès ne lui étaient pas revenues à la mémoire, réactivant sa rancune contre l'homme qui avait bien failli ruiner les Kavanaugh.

— Laisse-moi tranquille ! cria-t-elle en se libérant de l'étreinte d'Eric.

Elle s'enfuit à toutes jambes. Derrière elle, elle entendit des pas précipités, puis des mains l'attrapèrent par les épaules.

— Lâche-moi ! cria-t-elle encore.

— Non ! répondit-il.

Elle se laissa tomber sur le sable.

— Tu ne t'es pas fait mal ? lui demanda-t-il.

— Je ne crois pas, répondit-elle, toute colère envolée.

— Tu m'as fait peur ! murmura-t-il en se penchant sur elle.

Elle lut tant de désir dans son regard qu'elle eut toutes les peines du monde à contrôler le désir qui s'emparait d'elle en cet instant.

— Eric…, murmura-t-elle.

Eric posa ses lèvres sur les siennes et leurs langues se fondirent en un délicieux baiser dont elle ne parvenait pas à se rassasier.

Elle avait faim de lui, de sa bouche, de son sexe. En proie à ce désir, il aurait pu disposer d'elle à sa guise sans qu'elle élève la moindre protestation. Elle le saisit par les cheveux et, sans lui laisser le temps de dire quoi que ce soit, elle l'embrassa. Puis elle s'écarta de lui comme si elle venait d'être piquée par un serpent venimeux.

Comment la Kavanaugh qu'elle était osait-elle se donner ainsi à celui qui avait failli causer la ruine de sa famille ?

Certes, elle n'oubliait pas que son père, Derry Kavanaugh, était responsable de la mort de la mère d'Eric, mais la façon dont le procès s'était déroulé, les dommages et intérêts élevés réclamés par les avocats d'Eric, tout ça lui restait encore en travers de la gorge.

— Pourquoi me repousser ainsi, Colleen ? demanda-t-il en la regardant avec intensité.

Elle ne répondit rien, se contentant d'enfiler son short sur son maillot humide.

Qu'était-il donc pour elle ? Un objet de fantasmes ? Un homme qu'elle haïssait et qui, curieusement, l'attirait tout autant ? Ou bien un homme dont elle ignorait à peu près tout et à qui elle brûlait d'appartenir ?

Mis à part Darin, son mari qu'elle avait chéri, aucun autre homme ne lui avait inspiré autant de désir qu'Eric, et elle avait besoin de faire le point sur ses sentiments pour lui.

— Je rentre, dit-elle, encore stupéfaite d'avoir eu, durant quelques secondes, une telle envie de faire l'amour avec lui.

— Dans ce cas, je te raccompagne à ta voiture, proposa-t-il.

— Je… je préférerais que tu me laisses tranquille, murmura-t-elle en se baissant pour ramasser son sac de plage.

Plus rapide qu'elle, il se baissa et le lui tendit.

— Tu peux continuer à venir ici aussi souvent qu'il te plaira, dit-il.

Elle ne trouva rien à lui répondre et s'éloigna aussi vite qu'elle le put, les yeux brouillés de larmes.

1

En entrant dans le cabinet du Dr Fielding, son médecin de famille, qui depuis quelques jours soignait le pied blessé de son fils Brendan, Colleen eut la surprise de revoir Eric Reyes, vêtu cette fois de sa blouse blanche.

— Que fais-tu ici ? ne put-elle s'empêcher de demander.

Le Dr Fielding intervint.

— Je crois que vous vous connaissez déjà, le Dr Reyes et vous ? fit-il, un léger sourire aux lèvres.

Fielding avait mis au monde Brendan et Jenny, les deux enfants qu'elle avait eus de Darin, avant que ce dernier ne meure sous l'uniforme.

— En effet, répondit-elle sans enthousiasme.

— D'après ce que m'a dit le Dr Reyes, il vous arrive de travailler ensemble ? ajouta Fielding.

Depuis plus d'un an, elle était conseillère socio-psychologique au centre d'aide sociale que dirigeait Mari Itani, la femme de son frère Marc. Nouveau venu dans l'équipe, Eric Reyes avait rallié tous les suffrages, ce qui n'avait pas manqué de l'irriter.

— En effet, mais le Dr Reyes n'assure des consultations au centre qu'une fois par semaine, rectifia-t-elle, non sans une pointe de perfidie.

Elle voulait ainsi marquer qu'Eric, pour compétent qu'il soit, n'avait qu'une fonction secondaire au centre d'aide sociale.

Fielding se tourna vers Eric.

— Vous l'ignoriez peut-être, Reyes, mais Colleen a participé à des réunions du Rotary Club et de la Pediatric Society de Detroit, déclara-t-il avec fierté, et grâce à sa force de persuasion, de généreux donateurs contribuent depuis au fonctionnement du centre.

— Rassurez-vous, Fielding, je suis au courant des mérites de Colleen Kavanaugh, déclara Eric avec un large sourire.

Elle saisit la balle au bond.

— Je ne pourrais pas en dire autant de toi qui te contentes d'être au centre quelques heures par semaine seulement, rétorqua-t-elle d'un ton acide.

Un silence embarrassé suivit, et après avoir défié Eric du regard, elle reprit la parole.

— Voudrais-tu enfin me dire la raison de ta présence ici ?

— Le Dr Fielding désirait avoir mon opinion sur le pied de Brendan dont l'état ne s'améliore pas en dépit du traitement par antibiotiques, déclara-t-il en lui montrant les résultats des analyses médicales.

— Est-ce donc si grave ? demanda-t-elle, soudain inquiète.

— Grave, non, mais j'ai suggéré au Dr Fielding de faire faire une radio et un scanner du pied de ton fils.

Brendan avait mentionné, il y avait quelques jours de ça, un jeune médecin « sympa et rigolo »

qui était venu l'examiner et avec lequel le courant
« était bien passé », selon son expression.

— Est-ce toi qui as demandé ces examens ?
insista-t-elle.

— Oui, c'est moi, répondit Eric en soutenant
son regard.

— Le Dr Reyes a agi au mieux, intervint Fielding,
un peu embarrassé.

Fielding l'avait avertie qu'il comptait prendre
l'avis d'un spécialiste dans les plus brefs délais, mais
jamais il ne lui était venu à l'esprit que le confrère
appelé en renfort pourrait être Reyes.

Même si toutes les secrétaires du centre faisaient
les yeux doux à Eric, elle ne le trouvait pour sa
part ni « sympa » ni « rigolo », et elle était plus
déterminée que jamais à rester hors d'atteinte de
ce séducteur au charme sulfureux.

Fielding se tourna vers elle.

— Le Dr Reyes est le meilleur chirurgien
orthopédiste de l'hôpital Harbor Town Memorial,
Colleen, et personne n'est mieux qualifié que lui
pour soigner le pied de Brendan.

— J'en ai assez de ne plus pouvoir faire du sport
et j'aimerais guérir le plus vite possible, maugréa
Brendan.

Son fils de douze ans mourait d'envie de reprendre
son entraînement de football compromis par cette
blessure au pied qui le faisait boiter un peu plus
chaque jour.

— Je le sais bien, mon chéri ! dit-elle, navrée.

Brendan eut le même froncement de sourcils que
Darin, son père, quand ce dernier était en colère.

— Quand cesseras-tu donc de m'appeler « mon chéri », maman ? se plaignit-il.

— Excuse-moi ! dit-elle.

Un mois auparavant, de retour d'un entraînement, Brendan s'était plaint d'une douleur au pied dont elle ne s'était pas assez inquiétée, l'attribuant à un choc reçu sur le terrain.

Comme l'état du pied de son fils empirait, elle avait consulté le Dr Fielding, et la présence aujourd'hui dans son cabinet d'un spécialiste des opérations du pied signifiait que la situation était grave.

Elle se tourna vers Eric Reyes.

— Si tu es ici, c'est que la blessure de Brendan est plus sérieuse qu'il n'y paraît, dit-elle d'une voix inquiète.

— Le traitement antibiotique aurait dû agir depuis plusieurs jours déjà, répondit-il, et au lieu de l'amélioration attendue, le pied a encore enflé, et Brendan souffre de plus en plus, répondit Eric.

De plus en plus inquiète, elle se tourna vers son fils qui s'était recroquevillé sur sa chaise au point qu'elle ne voyait plus de lui que la masse soyeuse de ses cheveux dorés.

— Tu souffres vraiment beaucoup, Brendan ? s'enquit-elle.

— C'est supportable, répondit-il en grommelant.

— La douleur est bien réelle, insista Eric.

Elle se sentit déchirée entre l'envie d'en savoir plus, de faire son possible pour que Brendan aille mieux au plus vite, et celle de rabattre le caquet de Reyes.

— Tu aurais dû me dire plus tôt que cette blessure au pied te gênait, dit-elle à Brendan.

— Je suis assez grand pour me prendre en charge, répondit ce dernier avec mauvaise humeur.

S'il lui arrivait de regretter parfois son petit ange blond, elle savait qu'il lui fallait composer désormais avec l'adolescent que Brendan était en train de devenir.

— Certaines personnes sont moins sensibles que d'autres à la douleur, notamment celles qui pratiquent régulièrement un sport, comme Brendan, expliqua Eric.

Eric était si grand qu'elle dut lever les yeux pour croiser son regard, ce qui eut le don de l'agacer tant elle refusait d'admettre toute forme de supériorité de lui sur elle.

— Reconnaître qu'on a mal n'est pas une faiblesse, encore moins un handicap, dit-elle à Brendan.

Ce dernier lui répondit par un haussement d'épaules.

— Regarde, dit Eric Reyes en lui montrant une radio du pied de Brendan, cette tache ici indique que l'inflammation des tissus se double d'un début de lésion osseuse du premier métatarsien. Si l'on n'y prend garde, cette lésion risque fort de s'aggraver.

Dans son esprit, « lésion » était synonyme de « cancer ».

— Es-tu en train de me dire que…

— L'inflammation commence à attaquer l'os, mais il n'est pas trop tard pour intervenir.

Ces propos auraient dû la rassurer, or son angoisse ne fit que croître. Peut-être parce que Eric la regardait

avec compassion et que, de son côté, le Dr Fielding
lui tapotait paternellement le bras.

— Le Dr Reyes veut opérer votre fils dès demain
matin, Colleen, expliqua Fielding.

— Non ! s'écria-t-elle.

— Pourquoi ? s'étonna Fielding. J'approuve
entièrement la décision du Dr Reyes, et en refusant
l'opération, vous faites courir un risque à votre fils.

— Pourrais-je te parler en privé ? demanda-t-elle
à Eric Reyes sans se soucier de froisser Fielding.

Après avoir interrogé Fielding du regard, Eric
l'entraîna dans une salle d'examen déserte et ferma
la porte derrière eux.

— Que se passe-t-il, Colleen ? Ton procédé est
un peu cavalier, car Fielding est le médecin traitant
de Brendan, déclara-t-il d'un ton de reproche.

— Je ne pouvais pas parler devant Brendan, se
justifia-t-elle, et je veux connaître toute la vérité
sur son cas.

— Brendan s'est souvenu d'avoir marché sur une
épine, il y a quelques mois, à la plage, expliqua Eric.
Il est probable que cette épine a infecté son pied, et
j'ai bon espoir d'éradiquer l'infection en l'opérant
dès que possible.

— Brendan ne m'a jamais parlé de cette épine !
s'exclama-t-elle, désemparée.

— C'était une broutille pour lui, et il ne lui serait
pas venu à l'idée de s'en plaindre, surtout auprès de
sa mère, ajouta-t-il d'une voix apaisante.

Elle se tut, le temps pour elle d'assimiler ces
nouvelles informations.

— En quoi consisterait l'opération ? demanda-t-elle.

— J'ouvrirai la plaie et je nettoierai les tissus infectés avant de m'assurer que l'os n'a pas été touché.

— Mon Dieu ! s'exclama-t-elle.

Il la fixa d'un regard rassurant.

— Il s'agit sans doute d'une inflammation bénigne qui empêche les cellules voisines de se développer normalement. Le foyer d'infection semble circonscrit, et une fois les tissus atteints éliminés, tout devrait rentrer dans l'ordre.

— Pourquoi est-il si urgent d'opérer ? insista-t-elle, tant une part d'elle-même tremblait de livrer Brendan aux mains d'Eric Reyes.

— Les examens que nous venons de pratiquer sur le pied de Brendan montrent que l'infection attaque déjà l'os. Si nous attendons trop longtemps, la lésion risque de dégénérer en ostéomyélite, répondit Eric.

Le mot « ostéomyélite » agit sur elle comme un électrochoc.

— Après l'opération, Brendan pourra-t-il remarcher normalement, courir, jouer au foot ? demanda-t-elle, angoissée.

— Il n'y aura pas de séquelles postopératoires, répondit Eric. Brendan sera placé sous antibiotiques et maintenu en observation à l'hôpital jusqu'à complète guérison.

Un peu rassurée, elle ne put s'empêcher de remarquer que la chemise bleu clair qu'il portait seyait particulièrement bien à son hâle de sportif.

— Es-tu sûr qu'il n'y a pas de risque de cancer ? demanda-t-elle.

— J'en suis pratiquement certain, répondit Eric Reyes de sa voix calme.

— Je… j'ai confiance en toi, mais je préférerais néanmoins demander un second avis, dit-elle, troublée.

Il la regarda avec froideur.

— Libre à toi d'aller consulter ailleurs, dit-il, mais sache que le Dr Marissa Shraeven, seul autre chirurgien orthopédique qui exerce dans cet hôpital, a abouti aux mêmes conclusions que moi en ce qui concerne la lésion du pied de Brendan.

— Dans ce cas, je souhaite que le Dr Shraeven opère mon fils, dit-elle sèchement.

— Dois-je en conclure que tu doutes de mes capacités professionnelles ? demanda-t-il.

— Je me méfie de toi…

— Ah oui ! L'accident…, murmura Eric d'un ton las.

Elle acquiesça.

— Il y a seize ans, mon père a tué involontairement ta mère alors qu'il conduisait en état d'ivresse, et je connais tes sentiments envers les Kavanaugh, déclara-t-elle d'un ton amer.

— Sous prétexte que, seize ans auparavant, ton père a accidentellement tué ma mère, je devrais renoncer à opérer ton fils ? demanda-t-il.

— Ça me paraît être une raison suffisante, répondit-elle.

Elle eut une pensée émue pour les parents de Mari Itani, morts eux aussi dans l'accident, et pour Natalie, la sœur d'Eric, dont les blessures avaient nécessité un an d'hospitalisation.

Il esquissa un sourire.

— Tes réticences ne découleraient-elles pas plutôt de notre rencontre sur la plage de Sunset Beach, il y a seize mois ? demanda-t-il en la fixant de son regard incisif.

Elle se revit lovée en maillot de bain dans ses bras. Elle devait bien admettre que c'était faute de définir les sentiments qu'elle ressentait pour lui qu'aujourd'hui encore, le souvenir de cette rencontre continuait de l'obséder.

— Eric, je…, commença-t-elle en rougissant.

— J'ai la réputation d'être le meilleur chirurgien orthopédiste de tout le sud Michigan, reprit-il, et je t'assure que mon diagnostic est correct. Qu'est-ce qui compte le plus pour toi ? La santé de Brendan ou le fait que tu regrettes de m'avoir embrassé, il y a seize mois ?

— Brendan compte plus que tout, répondit-elle.

— Dans ce cas, plus tôt il sera opéré, mieux il se portera.

— Je te crois, dit-elle en ravalant ses larmes et sa honte.

— Veux-tu toujours un second avis ? insista Eric.

— Je veux que tu opères Brendan dès que possible, déclara-t-elle en baissant les yeux.

En découvrant Brendan endormi et sous perfusion après son opération, Colleen sentit son cœur se serrer.

— Pourvu qu'il récupère vite, dit-elle à Brigit, sa mère, qui l'accompagnait.

— Je suis sûre que tout ira bien, répondit Brigit à voix basse.

Avec un soupir, elle s'approcha du lit où Brendan était allongé et caressa son front.

— Eric, enfin le Dr Reyes, m'a assuré que l'opération s'était parfaitement déroulée, dit-elle.

— Sans doute, mais je serais tout à fait rassurée quand le Dr Fielding aura examiné Brendan, rétorqua sa mère avec une moue dubitative.

— Le Dr Reyes sait ce qu'il fait, maman. La blessure de Brendan a été nettoyée, et la cicatrisation devrait être rapide, expliqua-t-elle.

Pendant quelques secondes, sa mère et elle s'affrontèrent du regard.

— Si tu le dis, déclara Brigit d'un ton résigné.

— Je ne suis pas la seule à estimer qu'Eric Reyes est le chirurgien qu'il fallait à Brendan, répondit-elle, agacée. Et si tu en doutes encore, libre à toi de te renseigner.

Elle-même en avait si longtemps voulu à Eric qu'elle comprenait les réticences de sa mère qui, aujourd'hui encore, l'accusait d'avoir financé ses études de médecine grâce aux dommages et intérêts que les Kavanaugh lui avaient versés après l'accident.

Elle avait longtemps cru son père seul responsable de l'accident, mais récemment, son frère Liam lui avait expliqué que si leur père avait autant bu le jour du drame, c'était parce qu'il avait eu la preuve de l'infidélité de sa femme ; il avait découvert qu'il n'était pas le père biologique de Deidre, l'une de ses filles.

Deidre avait voulu savoir qui était son père biologique, mais Brigit avait refusé de lui fournir la moindre explication. Deidre, furieuse, avait coupé les ponts avec elle.

L'été dernier, au cours d'une réunion de famille où ne manquait que Deidre, Brigit avait, sous la pression de Liam, l'un de ses fils, révélé l'identité du père biologique de Deidre.

— Le Dr Fielding a mis Brendan au monde sans compter qu'il connaissait fort bien Darin, ton mari, déclara sa mère.

Elle frissonna à l'évocation de Darin, le père de Brendan mort en service en Afghanistan, trois ans auparavant.

— Je sais…, répondit-elle en soupirant.

— Le Dr Fielding est un ami de la famille, insista sa mère en rajustant d'un geste maternel les couvertures sur Brendan, alors que ce Reyes et ses avocats ont tout fait pour nous dépouiller de notre fortune.

— Le Dr Fielding est peut-être un ami, mais sa compétence professionnelle n'atteint pas le niveau de celle d'Eric, rétorqua-t-elle.

Qu'elle en vienne à défendre Eric — car c'était bien ce qu'elle était en train de faire — ne la surprit pas outre mesure : elle lui avait fait confiance en lui demandant d'opérer Brendan, et l'opération s'était bien déroulée.

Elle se garda de préciser qu'outre le fait qu'elle connaissait Eric Reyes depuis l'adolescence, elle avait toujours eu, et aujourd'hui encore, un faible pour lui.

— Brendan dort toujours ? demanda une voix masculine derrière elle.

Elle se retourna, et comme chaque fois qu'elle

voyait Eric Reyes, elle ne put s'empêcher d'admirer sa prestance.

— Oui, il dort encore, répondit-elle, émue.

— C'est parfait ! Laissons-le récupérer. Je repasserai dans un moment pour m'assurer que tout va bien, déclara Eric avec une voix qui se voulait rassurante.

Elle faillit le remercier de prendre si bien soin de son fils, mais la présence de sa mère l'en dissuada.

Le fait que Natalie, la sœur d'Eric, entretienne une relation amoureuse avec Liam, son frère, n'était sans doute pas étranger aux attentions dont Eric entourait Brendan, mais elle avait l'intuition que c'était aussi par égard pour elle qu'Eric se donnait autant de mal.

Il se tourna vers Brigit.

— Voulez-vous que je vous fasse apporter un rafraîchissement, madame Kavanaugh ? demanda-t-il avec cette politesse exquise dont il usait à l'occasion.

— C'est inutile, mais je vous suis reconnaissante de prendre soin de mon petit-fils, entendit-elle sa mère répondre.

— Brendan est un garçon plein de vitalité, déclara Eric à Brigit.

Puis, comme s'il entendait passer aux choses sérieuses, il la regarda avec, au fond de ses prunelles, une petite flamme de désir qui ne manqua pas de la troubler.

— Je me doute que l'opération de Brendan t'a stressée, Colleen, mais je t'assure que tu n'as pas le moindre souci à te faire.

— C'est vrai ? demanda-t-elle, au bord des larmes.

— Je t'en donne ma parole d'homme et de chirurgien.

Suivant son impulsion, elle s'approcha de lui et lui toucha le bras.

— Merci pour tout ce que tu as fait.

L'expression désapprobatrice de Brigit ne lui échappa pas. A l'évidence, sa mère était choquée qu'elle se permette des familiarités avec l'ennemi juré des Kavanaugh. Mais au diable toutes ces histoires !

— Je dois y aller, mais je reviendrai bientôt, déclara Eric en lui souriant.

Eric cherchait-il à lui faire comprendre, à demi-mot, qu'il souhaitait la revoir rapidement, et si possible en tête à tête ?

— Merci de t'occuper avec tant de dévouement de Brendan, dit-elle en lui rendant son sourire.

— C'est tout naturel, répondit Eric avant de quitter la chambre.

Leur connivence soudaine lui arracha le même genre de frisson que seize mois auparavant, sur la plage de Sunset Beach, quand Eric et elle avaient failli faire l'amour.

C'était bien parce qu'elle était consciente de ce désir qui les électrisait à chacune de leur rencontre que, depuis déjà un an qu'ils se côtoyaient régulièrement au centre, elle évitait de se retrouver seule avec lui.

Une fois qu'il eut quitté la chambre de Brendan, elle chercha à engager la conversation avec Brigit, mais celle-ci, peut-être par crainte de se disputer avec sa fille, préféra s'absorber dans la lecture d'un magazine. Elle décida de ne pas insister.

Eric !

Tout en prêtant distraitement l'oreille au ronronnement de la pompe électrique qui alimentait la perfusion de Brendan et au bavardage de deux infirmières qui passaient dans le couloir, elle songea à la flamme qui avait embrasé les prunelles d'Eric quand il l'avait dévisagée avant de sortir de la chambre.

De plus en plus souvent, elle rêvait qu'elle faisait l'amour avec lui sur une plage bordée de cocotiers, et parfois même dans la mer turquoise.

Elle adorait ces rêves qui la laissaient, haletante, au seuil d'un plaisir d'autant plus fascinant qu'il demeurait virtuel.

Au réveil, elle avait honte d'avoir été infidèle par la pensée à Darin, mais qu'y pouvait-elle si, nuit après nuit, c'était le beau visage d'Eric, sa haute silhouette, son corps musclé qui l'attiraient et qui la faisaient fantasmer...

Elle aurait tout donné pour oublier Eric, mais une force inexplicable l'attirait toujours plus vers lui. Elle mentirait en prétendant avoir oublié le bonheur qu'elle avait ressenti un an et demi plus tôt, sur la plage de Sunset Beach, lorsqu'elle s'était serrée contre lui.

Ses pensées la taraudaient en cet instant même. Quand la porte s'ouvrit soudain, son cœur se mit à battre très vite. Elle espérait tant le retour d'Eric qu'elle faillit inventer un prétexte pour se débarrasser de sa mère au plus vite.

— Liam ! s'exclama-t-elle en reconnaissant son frère.

Vêtu de son uniforme de chef de la police, Liam regarda Brendan encore endormi, puis se tourna vers elle.

— Comment s'est déroulée l'opération ? demanda-t-il.

Fou amoureux de Natalie, la sœur d'Eric, Liam avait changé d'attitude vis-à-vis d'Eric Reyes et l'appelait désormais par son prénom.

Sa mère leva le nez de son magazine et regarda son fils.

— D'après Eric, l'opération s'est bien déroulée. L'infection aurait été causée par une épine fichée dans le pied de Brendan, expliqua Brigit.

Elle s'apprêtait à intervenir à son tour quand Brendan poussa un grognement et ouvrit les yeux.

— Brendan ! dit-elle, émue.

— C'est toi, maman ? demanda Brendan d'une voix ensommeillée.

— Oui mon chéri, répondit-elle aussitôt.

Brendan la regarda avec tant d'affection qu'elle faillit éclater en sanglots.

— J'ai soif ! dit-il en s'asseyant tant bien que mal dans son lit.

Elle lui tendit un verre d'eau fraîche et le regarda boire à petites gorgées, encore groggy par l'opération.

— Je suis content que tu sois là, lui dit Brendan.

— Tu as mal ? demanda-t-elle en le regardant avec inquiétude.

Après avoir jeté un coup d'œil à l'épais bandage

qui enveloppait son pied, Brendan reposa sa nuque sur l'oreiller.

— Je tiens le coup, maman, fit-il en lui jetant un coup d'œil complice.

Tout fier et indépendant qu'il était, Brendan avait encore besoin d'elle, ce qui ne manqua pas de l'émouvoir. En entendant Liam s'éclaircir la voix, elle devina qu'il était lui aussi très ému.

— Eric, enfin le Dr Reyes, t'a-t-il déjà dit combien de temps durerait ta convalescence ? demanda Liam à Brendan.

— Le Dr Reyes a dit que je pourrais me lever en fin d'après-midi, répondit Brendan avant d'avaler une nouvelle gorgée d'eau.

Un brusque courant d'air derrière elle lui apprit que quelqu'un venait d'entrer dans la chambre.

— Il m'a semblé entendre prononcer mon nom, déclara Eric Reyes de sa voix joviale.

— Bonjour, docteur, déclara Brendan. Il paraît que l'opération a été un succès ?

— Dès Thanksgiving, tu pourras recommencer à jouer au foot, et sans fausse modestie, j'ai fait un travail d'orfèvre sur ton pied.

— Merci ! s'exclama Brendan avant de serrer virilement la main d'Eric.

Colleen sourit pour se mettre au diapason général, mais, en son for intérieur, elle voua Eric à tous les diables tant ce dernier avait le don de l'agacer.

Un travail d'orfèvre ? Quel prétentieux il faisait mais aussi, dut-elle reconnaître, quel charmeur !

**
*

Une fois Liam et Brigit partis, comme aimantée par la présence d'Eric, Colleen décida de rester encore un peu dans la chambre de Brendan.

Après tout, elle avait bien le droit parfois de déroger à son principe qui était de se tenir aussi éloignée que possible du chirurgien.

— Veux-tu que j'aille te chercher un café ? lui proposa Eric.

— Non merci, répondit-elle, troublée.

Plus tôt, elle avait assisté à une discussion animée entre Eric et Brendan à propos d'un match récent de base-ball, et elle enviait à Eric sa facilité à entrer de plain-pied dans le monde des adolescents.

— J'ignorais que tu t'intéressais au base-ball, ne put-elle s'empêcher de remarquer.

— Tu ignores beaucoup de choses me concernant, répondit-il avec un clin d'œil.

La disparition de Darin avait laissé un grand vide dans son existence et aussi — elle s'en rendait compte chaque jour un peu plus — dans celle de leur fils.

Brendan était passionné de foot, de base-ball, de courses automobiles, et elle mesurait à quel point une présence masculine faisait défaut dans la vie de son fils — et peut-être aussi dans son foyer et dans sa vie de femme…

Profitant de ce que Brendan somnolait toujours, elle décida d'aller au fond des choses.

— Brendan ne jure plus que par toi. Je me demande comment tu as su gagner aussi vite sa confiance ! s'exclama-t-elle.

— En lui parlant comme j'aurais voulu qu'on me parle quand j'avais son âge, répondit-il.

Soudain, elle eut envie d'en savoir plus sur lui, sur sa vie, sur son passé.

— Tu aurais pu ouvrir un cabinet à Chicago ou dans une autre grande ville et gagner une fortune avec une clientèle plus âgée mais plus riche, or, tu as choisi de soigner des enfants et des adolescents ici, à Harbor Town, dit-elle.

— Qu'est-ce qui te fait croire que l'argent m'intéresse à ce point, Colleen ? rétorqua Eric.

Elle ne put cacher sa surprise.

— Mais… le fait que tes avocats aient demandé et obtenu des dommages et intérêts faramineux, lors du procès.

— Le procès est une chose, ma vie une autre, répondit-il en soupirant. Tu as tort de me prendre pour un homme d'argent, Colleen.

— Pourtant, l'argent des Kavanaugh est tombé à point nommé dans ton escarcelle, persifla-t-elle.

— Aurais-tu oublié que j'ai perdu ma mère dans cet accident de voiture et que ma sœur, qui avait onze ans à l'époque, a failli elle aussi y laisser sa vie ? Elle a survécu, mais ses blessures étaient si graves qu'elle a dû passer un an à l'hôpital, déclara Eric.

— C'est vrai, excuse-moi, fit-elle en regrettant ses insinuations.

— Natalie avait presque l'âge de Brendan, lorsqu'elle a été hospitalisée et soignée par des gens compétents. Sans les médecins qui ont su réparer son corps et son visage, qui sait ce qu'elle serait devenue aujourd'hui ?

— Je comprends, dit-elle en ravalant tant bien que mal son embarras.

— C'est par reconnaissance envers les pédiatres qui ont tiré Natalie d'affaire que j'ai décidé de faire mon internat en pédiatrie orthopédique, et non dans une spécialité plus lucrative, poursuivit-il.

Alors qu'elle se demandait comment se tirer de ce mauvais pas où sa propre stupidité l'avait précipitée, une brune espiègle passa sa tête dans l'entrebâillement de la porte.

— Coucou ! déclara Natalie Reyes. Si je vous dérange, dites-le-moi et je reviendrai plus tard.

— Non, reste, j'en avais terminé avec Brendan qui se porte très bien, répondit Eric.

Pendant qu'Eric et Natalie s'embrassaient, Brendan, qui venait de sortir de sa somnolence, les observait avec attention, et elle le devina choqué d'assister à leurs effusions.

Eric, à qui la mimique de désapprobation de Brendan n'avait pas échappé, ne put s'empêcher de rire.

— Tu te demandes sans doute comment ton chirurgien favori ose embrasser la fiancée de ton oncle Liam ?

— En effet, répondit Brendan.

— Natalie est ma sœur, expliqua Eric, mais visiblement, personne n'a jugé bon de te le dire.

Elle se sentit visée et se tourna vers Brendan.

— J'aurais sans doute dû te l'annoncer plus tôt, mais j'avais d'autres soucis en tête.

Brendan eut un petit rire contrit, et Natalie, qui n'avait pas son pareil pour détendre l'atmosphère, lui tendit les magazines de sport qu'elle avait achetés à son intention.

— Tu seras bientôt sur pied, et je parie que tu feras des étincelles lors de ton prochain match, lui dit-elle joyeusement.

— Oui, si on peut dire, ronchonna Brendan. En attendant, j'ai, comment dirais-je…

— Des nausées ? demanda Eric avant qu'elle ait pu intervenir.

— Oui, c'est ça, reconnut Brendan.

Il lança à Eric un regard reconnaissant.

— Il est normal que tu te sentes barbouillé après une opération de ce genre. Je vais aller te chercher un soda avec quelques crackers qui ne te donneront pas mal au cœur, proposa Eric.

Natalie, qui devait retourner travailler, quitta la chambre sur les talons de son frère. Ce dernier revint bientôt avec le soda et les crackers promis.

— Merci ! dit Brendan en grignotant aussitôt un cracker. J'ai peut-être des nausées, mais je meurs aussi de faim !

Tout en regardant son fils manger de bon appétit, elle ne put s'empêcher de se sentir émue par cette complicité virile qui unissait Eric et son fils.

Elle en vint même à imaginer une vie où Eric, elle, Brendan et Jenny formeraient une famille, mais Eric saurait-il aimer assez ses enfants pour qu'elle lui fasse un jour peut-être une place dans sa vie et dans son cœur ?

2

Le lendemain, Colleen et sa mère rendirent visite à Brendan.

Ce dernier ne souffrait plus de nausées et semblait en bonne forme, ce que confirma Eric, toujours aussi assidu au chevet de Brendan.

— Ton fils avait besoin d'une bonne nuit de repos, et sa convalescence sera rapide, déclara-t-il.

— Oui, je crois qu'il est tiré d'affaire, dit-elle, soulagée.

Natalie et Liam arrivèrent peu après, se tenant par la main.

— Je jurerais que le coup de foudre a été inventé à votre intention, déclara Eric.

Natalie lui jeta un regard fier.

— Tu ne crois pas si bien dire ! Au fait, Liam et moi, nous avons quelque chose à te dire, Eric, et à toi aussi, Colleen.

Colleen sentit sa curiosité s'éveiller.

— De quoi s'agit-il ?

— Pourrions-nous en parler en privé ?

Brigit haussa les épaules.

— Je surveillerai Brendan pendant que vous discuterez à côté.

Après avoir remercié sa mère, elle suivit Natalie,

Liam et Eric dans une salle d'attente décorée de plantes vertes.

— De quoi s'agit-il, Natalie ? demanda Eric avec impatience. Il se fait tard et j'ai d'autres patients à voir.

— Si tu n'es pas d'humeur à nous écouter, nous pouvons reporter la discussion à une autre fois, rétorqua Natalie en fronçant les sourcils.

Que Natalie fasse preuve d'autorité vis-à-vis d'Eric ne manqua pas de réjouir Colleen.

— Si, si, je suis d'humeur à vous écouter, s'empressa-t-il de répondre.

Natalie ôta ses lunettes de soleil, exposant ainsi les cicatrices qui, depuis l'accident de voiture où elle avait failli mourir, marquaient en partie son visage.

— Liam et moi avons une grande nouvelle à vous annoncer, déclara-t-elle.

— Quelle grande nouvelle ? demanda Eric en fronçant les sourcils.

— La plus belle nouvelle de l'année, intervint Liam, et nous espérons que vous partagerez notre bonheur.

A voir les regards attendris qu'échangeaient Natalie et Liam, elle comprit ce qu'était cette fameuse nouvelle.

Eric ouvrit de grands yeux.

— Tu ne veux quand même pas me dire que Liam et toi, vous allez…

— Natalie et moi allons nous marier, déclara Liam en embrassant l'intéressée.

— Mais vous vous connaissez depuis à peine quatre mois ! objecta-t-elle.

— Trois, rectifia Eric d'une voix glaciale.

Elle gardait un souvenir mitigé de son mariage éclair avec Darin. Peu après la cérémonie, son mari avait été envoyé en mission dans le Golfe persique.

Déprimée et esseulée, elle s'était dit que Darin et elle n'étaient peut-être pas faits l'un pour l'autre, mais il était trop tard pour changer le cours de leurs destinées.

Les révélations tardives sur les infidélités de ses parents avaient achevé de la persuader qu'en matière de mariage, la prudence valait mieux que la précipitation.

Elle se tourna vers Liam.

— Si tu veux mon avis, Natalie et toi devriez prendre le temps de réfléchir.

— C'est tout réfléchi, et nous serons mari et femme le 14 décembre, répondit Liam avant d'embrasser une fois de plus Natalie.

Devant l'air navré d'Eric, elle faillit se lancer dans une mise au point visant à calmer les ardeurs de son frère et de sa future belle-sœur, mais la pudeur, ainsi que la crainte de se tromper, l'empêchèrent d'aller au bout de sa pensée.

Natalie quêta du regard son approbation et celle d'Eric.

— Sans votre aide, j'ai bien peur que nous ne soyons pas prêts à temps.

— Tu peux compter sur moi, dit-elle, résignée, à Natalie.

A son avis, Liam et Natalie commettaient une grave erreur en voulant se marier avant de se connaître vraiment.

— Merci, lui dit Natalie avec reconnaissance. Et toi, Eric, qu'en dis-tu ?

— Je trouve votre décision précipitée, répondit-il.

Liam intervint.

— Natalie et moi, nous nous aimons, et je veux la chérir jusqu'à la fin de mes jours, dit-il avant de prendre la main de Natalie dans la sienne.

Colleen fut touchée de voir combien Liam aimait Natalie, et même si elle persistait à trouver leur décision trop hâtive, elle ne se sentait pas le droit de condamner leur choix.

Oubliant ses réticences, elle sourit à son frère et serra Natalie sur son cœur.

— Je me réjouis de t'avoir prochainement comme belle-sœur, lui dit-elle.

— Et moi donc ! répondit Natalie en lui tapotant la main.

Agacée par l'expression consternée d'Eric, elle lui fit comprendre d'une mimique qu'il devait féliciter sa sœur.

Comme à regret, Eric s'avança vers Natalie.

— Si tu es sûre de ton choix, je vous adresse, à toi et à Liam, tous mes vœux de bonheur, dit-il sans enthousiasme.

— Je suis sûre de mon choix et je n'ai jamais été aussi heureuse de toute ma vie ! s'exclama Natalie en serrant son frère dans ses bras.

La joie presque enfantine de Natalie lui rappelait la sienne, quand Darin l'avait demandée en mariage.

— Eh bien, que t'arrive-t-il donc ? lui demanda Eric à l'oreille pendant que Natalie et Liam s'embrassaient une fois de plus.

— Rien, dit-elle en essuyant une larme sur ses joues.

Elle n'allait quand même pas avouer à Eric qu'en dépit de ses doutes, elle ne pouvait s'empêcher d'envier le bonheur tout neuf de Liam et de Natalie.

Quelques jours après l'annonce par Natalie et de Liam de leur futur mariage, Eric croisa Colleen dans le hall de l'hôpital.

Elle avait les bras chargés de magazines et de friandises, destinés probablement à Brendan, et marchait d'un pas si vif qu'il dut accélérer l'allure pour la rattraper.

— Colleen ! l'appela-t-il.

— Qu'est-ce que tu veux ? demanda-t-elle en le regardant avec méfiance.

Malgré lui, il fut affecté par son manque d'enthousiasme en le voyant.

— Te dire bonjour tout simplement, répondit-il en s'efforçant de sourire. Je suppose que tu as vu Brendan et qu'il t'a demandé d'aller lui acheter de quoi lire ?

— En effet, répondit-elle d'un ton froid.

Son peu d'empressement à discuter avec lui faillit l'inciter à passer son chemin, mais au dernier moment, il décida de ne rien faire pour envenimer leurs rapports qui étaient déjà assez difficiles comme ça.

— Brendan a commencé la rééducation et il se débrouille déjà bien avec ses béquilles, dit-il.

Pour la première fois, un sourire fleurit sur les lèvres de Colleen.

— J'ai pu constater ses progrès, et je t'avoue que je n'en menais pas large quand il s'est mis à avancer sur ses béquilles.

— Nous avons une excellente équipe de kinésithérapeutes, et dans quelques jours, Brendan marchera presque comme avant, dit-il pour rassurer Colleen.

— Je l'espère, répondit-elle en le fixant de ses beaux yeux bleus.

Alors qu'elle s'apprêtait à partir, il la retint par la manche de son manteau.

— Aurais-tu quelques minutes à m'accorder ? J'ai quelque chose d'important à te dire concernant Liam et Natalie, lui dit-il.

— Est-ce à propos de leur intention de se marier très vite ? demanda-t-elle d'un ton méfiant. Dans ce cas, autant te dire tout de suite que j'ai été la première surprise.

— Mon bureau est tout près, fit-il, et nous y serons tranquilles pour parler.

Un hall d'hôpital ne lui semblait pas l'endroit approprié à une discussion personnelle.

— Très bien, dit Colleen en le devançant.

Il admira sa chute de reins et cette sveltesse juvénile qui s'accordaient si bien à son caractère fort et indépendant.

— Eh bien, Reyes, tu te dépêches ? lui lança-t-elle d'un ton ironique par-dessus son épaule.

— J'arrive ! dit-il.

Tout en pressant le pas, il se revit à dix-sept ans, lorsqu'il l'avait aperçue pour la première fois à Harbor Town.

A l'époque, sa mère vivait encore, et ses parents travaillaient dur pour gagner leur vie.

Riche avocat de Chicago, le père de Colleen avait acheté à Harbor Town une maison où sa femme et ses enfants venaient passer l'été, et plus d'une fois, Eric avait guetté Colleen quand elle venait nager dans le lac Michigan.

Elle était si belle, si blonde, si éblouissante dans son maillot de bain rouge, qu'il lui arrivait, en la regardant, de se frotter les yeux en se demandant s'il n'était pas en train de rêver.

Elle avait compris qu'il s'intéressait à elle, et à la façon dont elle lui adressait des sourires, cet intérêt semblait être partagé. Malheureusement, l'accident avait mis un terme à leur idylle naissante.

Plus tard, en apprenant que Colleen avait épousé Darin, il avait perdu tout espoir de la conquérir, jusqu'à ce qu'il apprenne que Darin avait été tué durant une mission en Afghanistan.

Voyant Colleen hésiter entre plusieurs portes marquées d'un numéro, il s'empressa d'aller lui ouvrir celle de son bureau.

— Entre, dit-il en lui ôtant son manteau au passage.

Il aimait cette pièce petite mais fort bien aménagée où il pouvait venir se reposer, lire, méditer ou s'isoler entre deux consultations.

— Quel luxe ! déclara Colleen en regardant autour d'elle. Et dire qu'au centre, je ne dispose que d'un minuscule cabinet pour recevoir mes patients.

— Comme tu vois, je suis considéré par la direction de cet hôpital comme un VIP, et puisque j'avais la chance de disposer d'un bureau privé, j'en ai profité pour accrocher au mur toutes les photos qui ont marqué ma vie.

Sur l'une d'elles, il posait fièrement en tenue de joueur de hockey, et sur une autre, on le voyait en toge et coiffé d'une toque lors de la remise du diplôme de fin d'études secondaires.

— Est-ce Natalie, cette fillette en tutu qui sourit ? demanda Colleen en s'arrêtant devant un cadre argenté.

— C'est elle. Elle avait alors huit ans, répondit-il.

— Et cette crosse de hockey là-bas, c'est sûrement la tienne ? l'interrogea Colleen.

— En effet, et elle m'a permis de gagner des matchs difficiles, dit-il, plus ému qu'il ne l'aurait cru.

Adolescent, il aurait tout donné pour devenir champion de hockey, mais le sort en avait décidé autrement.

— Et voici ton diplôme de médecine, déclara Colleen en s'approchant du grand cadre qui mettait en valeur le titre universitaire dont il était le plus fier.

— J'ai consenti à bien des sacrifices pour l'obtenir, lui dit-il, mais aujourd'hui, je ne regrette rien.

— Quels sacrifices ? demanda Colleen.

— Oh ! je t'en parlerai une autre fois, dit-il, peu disposé à dévoiler des épisodes de sa vie où il n'avait pas tenu le beau rôle.

Elle passa rapidement devant une photo de sa mère, Miriam Reyes, prise peu avant l'accident fatal, et il fut reconnaissant de son tact.

— Tes livres, tes photographies, même ta crosse de hockey, tu gardes tout, observa-t-elle.

— Et toi, n'as-tu pas dans ta maison des photos

auxquelles tu tiens, des objets qui te rappellent des moments heureux ou importants de ta vie ? demanda-t-il.

— Très peu, répondit-elle.

— Sans doute préfères-tu cultiver ton jardin secret en toute discrétion ? En ce qui me concerne, je n'ai rien à cacher.

Il eut la satisfaction de voir qu'elle se troublait.

— Si certaines femmes aiment exhiber leur passé, ça les regarde, mais moi je fonctionne autrement, rétorqua-t-elle avec une moue hautaine.

— Ne te fâche pas !

— Je ne suis pas fâchée ! répondit-elle en lui décochant un regard assassin.

Elle alla se camper derrière la fenêtre inondée de lumière donnant sur le jardin de l'hôpital. Il ne put s'empêcher d'admirer sa silhouette svelte qui se découpait à contre-jour, les contours de ses seins si nets qu'il sentit une vague de désir le submerger soudain.

Mais elle s'écarta de la fenêtre, et il ne vit plus d'elle qu'une silhouette vêtue fort convenablement.

— Bon, qu'avais-tu à me dire concernant le mariage de Natalie et de Liam ? demanda-t-elle.

Il s'éclaircit la gorge.

— Ne crois-tu pas de notre devoir de les aider à ne pas commettre une grossière erreur ?

— Quelle erreur ? Celle de vouloir se marier ? demanda-t-elle.

— En tout cas, celle de se marier si vite, précisa-t-il.

— Cette décision me paraît à moi aussi précipitée, déclara-t-elle, mais que pouvons-nous y faire ? Liam est un homme responsable, et je ne doute pas un seul instant qu'il rendra Natalie heureuse.

— Liam a toute mon estime, dit-il.

— Tu n'as pas toujours dit ça, fit-elle remarquer.

Il ne pouvait pas le nier.

— Je n'ai sans doute pas témoigné beaucoup de sympathie à Liam au début, mais depuis, j'ai appris à le connaître et même si j'avais souhaité un autre mari pour ma sœur, Liam reste un parti honorable.

Elle lui jeta un coup d'œil ironique.

— Quelle magnanimité, docteur Reyes ! Je suppose que Liam devrait se sentir flatté ?

— Ne prends pas la mouche, répondit-il. Au centre, tu te donnes la peine d'écouter ce que tes patients ont à te dire, alors laisse-moi m'expliquer.

— Très bien, parle ! déclara Colleen.

— J'élève Natalie depuis que ma mère est morte, et il est normal que je me fasse du souci pour son avenir, exactement comme toi, de ton côté, tu te préoccupes de celui de Liam, déclara-t-il.

— Toi et ta manie de régenter la vie des autres ! s'exclama-t-elle avec un haussement d'épaules agacé.

— Voyons, Colleen, tu sais bien que j'ai raison en voulant que Liam et Natalie mettent toutes les chances de leur côté, insista-t-il.

— Oui, reconnut-elle d'une toute petite voix.

— Je sais que l'avenir de Liam te préoccupe, et en ce qui me concerne, je voudrais éviter à Natalie d'avoir des regrets, alors qu'elle est encore si jeune.

Campée devant lui dans sa blondeur éblouissante, elle lui apparut soudain si désirable qu'il dut se faire violence pour réprimer l'envie de lui caresser la joue.

— Tu sais bien que j'ai raison, insista-t-il.

— D'accord, Reyes, tu as raison, mais pourquoi vouloir sans cesse marquer des points ? demanda-t-elle. Même si leur décision peut sembler précipitée, Liam et Natalie s'aiment, et il ne servirait à rien de les décourager.

— Néanmoins, notre devoir est de les inciter à réfléchir, ajouta-t-il.

— Pour qui te prends-tu, Reyes ? demanda-t-elle d'un ton acerbe.

— Pour un homme qui se méfie des sentiments hâtifs, rétorqua-t-il en souriant.

Elle lui décocha un regard furieux.

— Même si j'admets avec toi que leur décision de se marier est pour le moins impulsive, qu'y pouvons-nous ?

— Oh ! mais nous y pouvons beaucoup, répondit-il.

— Vraiment ? Dans ce cas, je t'écoute, dit-elle en plissant les yeux.

Il réprima un sourire satisfait. Rien n'était gagné, mais au moins Colleen consentait-elle à l'écouter, ce qui était déjà un pas dans la bonne direction.

— Liam et Colleen sont trop amoureux l'un de l'autre pour imaginer que, avec le temps, les couples les mieux assortis peuvent se déchirer. J'en côtoie certains dans mon entourage immédiat, dit-il.

Elle le regarda, abasourdie.

— Aurais-tu par hasard l'intention d'organiser une réception où ces couples en question viendront se déchirer en public ?

— Exactement, répondit-il avec satisfaction.

Il la vit pâlir.

— Quelle espèce de monstre es-tu donc pour vouloir piéger ta sœur et mon frère d'une façon aussi odieuse ?

Son indignation lui arracha un sourire.

— Ne prends pas la mouche. Une rencontre entre Liam et Natalie d'une part, et ces couples d'autre part, rendra le plus grand service à nos amoureux.

Elle le regarda longuement.

— Le pire est que tu as peut-être raison, Reyes, dit-elle.

— Puisque tu abondes enfin dans mon sens, je te propose de m'aider à organiser la réception pour les fiançailles de Liam et de Colleen, suggéra-t-il.

Elle le regarda avec méfiance.

— Et, comme par hasard, deux ou trois couples sur le déclin feront partie des invités ?

— Précisément. Nos tourtereaux nous ont donné carte blanche et c'est à nous qu'incombe, en partie, le choix des invités.

— Tu es machiavélique, déclara-t-elle, mais ton stratagème a peut-être des chances de réussir. Sans rompre leurs fiançailles, Liam et Natalie choisiront peut-être de mieux se connaître avant de se marier. Ce que je ne peux qu'approuver.

Cette fois-ci, il s'autorisa un petit sourire.

— Le succès de cette réception reposera en partie sur tes épaules, Colleen, car de nous deux, c'est toi qui es férue de psychologie, pas moi.

Il l'observa tandis qu'elle frottait, un peu embarrassée, la pointe de sa botte sur la moquette.

— Tu ne manques pas de bon sens, et je suis prête à t'aider, mais à condition de ne pas jouer avec les sentiments que Liam et Natalie éprouvent l'un pour l'autre. S'ils tiennent à tout prix à s'unir en dépit de nos mises en garde, promets-moi alors que nous ne ferons rien pour les en dissuader.

— C'est promis.

Elle se campa devant lui.

— Si jamais tu usais d'un procédé déloyal envers Natalie et Liam, sois sûr que je viendrais te réclamer des comptes.

— J'en prends bonne note, répondit-il avec une pointe d'ironie.

Elle le fixa en silence, puis se détendit.

— Bon, dit-elle, reste à régler la question financière.

— Eh bien ? s'étonna-t-il. Partageons les frais entre nos deux familles, voilà tout ! Quant au mariage, s'il devait avoir lieu, sache que je m'engage à en payer tous les frais, puisque Natalie est sous ma responsabilité.

— C'est très généreux à toi, répondit Colleen, mais les jeunes d'aujourd'hui ont plutôt tendance à bousculer les traditions, et je ne suis pas certaine que Natalie et Liam approuveraient ton initiative.

— Je me rangerai à leur avis, déclara-t-il.

Elle l'examina avec méfiance.

— Je te trouve soudain bien arrangeant.

— Je n'ai rien en tout cas du grand méchant loup ! rétorqua-t-il.

— J'aimerais en être sûre, répondit-elle en se dirigeant vers la porte. Quand j'ai épousé Darin, je ne me suis pas posé tant de questions sur les sentiments que j'avais pour lui.

Mais à voir son expression désabusée, il se demanda

si ce mariage n'avait pas été, comme cela risquait d'être le cas pour Liam et Natalie, trop hâtif.

— Reste encore un peu, Colleen, demanda-t-il en la retenant par la manche.

Il brûlait d'en savoir davantage sur les liens qui l'avaient unie à son mari. Une idée venait de germer dans sa tête.

— Je dois retourner travailler, déclara-t-elle.

— Dans ce cas, déjeunons ensemble demain.

Il cherchait une occasion de lui faire la cour, et son cœur battit plus vite à la pensée de la bataille qu'il lui faudrait livrer pour conquérir une femme de la trempe de Colleen.

— Je ne sais pas si cela serait bien prudent, dit-elle.

Il ne put s'empêcher de rire.

— Aurais-tu peur de te compromettre en t'affichant avec le Dr Reyes ?

— Sûrement pas ! Bon, alors à demain ?

Il eut du mal à dissimuler sa satisfaction.

— A demain, confirma-t-il.

En ouvrant la porte, elle se retourna vers lui et le regarda d'un air soucieux.

— Tu me le dirais, n'est-ce pas, si l'état de Brendan t'inspirait la moindre inquiétude ?

Sa vulnérabilité soudaine le toucha.

— Rassure-toi, ton fils est en parfaite santé.

Un sourire éclaira son visage.

— Je te crois, Reyes… du moins en ce qui concerne mon fils.

Elle sortit sans se retourner, le laissant seul avec ses pensées confuses.

3

Le lendemain, quand Colleen rendit visite à Brendan, Eric aidait son fils à se mettre debout sur ses béquilles.

Tant de sollicitude de sa part lui alla droit au cœur et, d'un regard, elle lui exprima toute sa reconnaissance.

Eric guida Brendan jusqu'au couloir.

— Regarde, maman ! Pour un éclopé, je ne m'en tire pas si mal ! dit fièrement Brendan en parcourant quelques mètres devant elle.

Brendan avait toujours tenu une place à part dans son cœur, et s'il lui arrivait parfois de regretter le temps où son fils était encore un petit garçon, elle était heureuse de le voir prendre de l'assurance.

— Que dis-tu des progrès de Brendan ? lui demanda Eric.

— Je n'en reviens pas de le voir marcher aussi bien, dit-elle en jetant un regard admiratif à Eric qui, aujourd'hui, ne portait pas sa blouse mais un costume bleu mettant sa carrure en valeur.

— Tu ne regrettes plus de m'avoir fait confiance ? insista Eric.

— Bien sûr que non. Et maintenant que je suis rassurée sur la santé de Brendan, je compte sur toi

pour m'aider à organiser la fête de fiançailles de
Liam et de Natalie.

— Je suis à ton entière disposition, répondit Eric
en lui adressant un sourire aguicheur.

Quel diable d'homme… Dès qu'il était près d'elle,
elle avait l'impression de perdre la tête.

Eric la quitta un instant pour aller saluer deux
jolies infirmières qui passaient dans le couloir. Elle
se sentit gagnée par un brusque élan de jalousie.

Qui aurait cru qu'Eric comptait autant pour elle,
alors même qu'elle n'aurait dû éprouver envers lui
que de l'indifférence ?

Après s'être entretenu quelques secondes avec les
infirmières, il prit congé et revint vers elle, sourire
aux lèvres.

— Véra et Sybil sont vraiment des chic filles,
dit-il.

Elle eut l'impression qu'il se moquait d'elle.

— Dis plutôt que ces filles font partie du fan-club
d'Eric Reyes, le grand chirurgien séducteur, dit-elle
d'un ton perfide.

— Serais-tu en train de me faire une scène ? lui
demanda-t-il avec malice. Permets-moi simplement
de te rappeler que nous ne sommes pas mariés.

— Heureusement ! dit-elle.

— Véra et Sybil travaillent avec moi au bloc
opératoire. Ce sont des collaboratrices efficaces,
et rien de plus, ajouta-t-il.

Elle s'en voulut d'avoir laissé transparaître sa
jalousie. Désormais, il savait qu'il ne lui était pas
indifférent, et cela l'agaçait au plus haut point.

— Ne va pas t'imaginer que je m'intéresse à toi, Reyes, dit-elle avec morgue.

— Je n'imagine rien, Colleen, répliqua-t-il. Pour le moment, il me semble surtout que c'est toi qui te montes la tête pour rien.

Ses propos lui firent prendre conscience de la stupidité de sa réaction.

— Excuse-moi, dit-elle en baissant les yeux. Je n'aurais pas dû réagir ainsi.

Eric la regarda d'un air perplexe.

— Tu es tout excusée, Colleen. Au fait, où veux-tu que nous déjeunions ?

— Où tu voudras.

— Le Captain and Crew, peut-être ? On y sert d'excellents fruits de mer.

— Pourquoi pas Emilio's ? suggéra-t-elle.

Emilio's était l'un des meilleurs restaurants italiens de Harbor Town, et aujourd'hui, elle avait davantage envie de pâtes que de poisson.

— J'ai mieux à te proposer, mais il faudra que tu me fasses confiance, lui dit-il.

— D'accord, dit-elle après une courte hésitation.

Un quart d'heure plus tard, Colleen grignotait avec gourmandise une corne de gazelle dans l'ambiance feutrée du restaurant Sultan's.

— Sultan's est mon restaurant favori à Harbor Town, déclara Eric en tournant sa cuillère dans sa tasse de moka.

— Je t'imaginais plutôt attablé devant un steak

et une montagne de frites, répondit-elle, surprise qu'il ait choisi ce restaurant si atypique.

— Dans le fond, tu ne sais pas grand-chose sur moi, dit-il en reposant sa tasse.

— C'est vrai, reconnut-elle, mais je ne demande pas mieux que de découvrir ce qui se cache derrière ta façade de séducteur.

— Je serai ravi de te le montrer, répondit-il du tac au tac.

Elle lui adressa un regard ironique.

— Cependant, je sais certaines choses à ton sujet.

— Ah oui ? Et lesquelles ? s'enquit-il.

Un peu émoustillée par son regard, elle faillit lui avouer que seize mois auparavant, sur la plage de Sunset Beach, elle avait remarqué ses grains de beauté, sa musculature impressionnante, sa fossette au menton, et bien d'autres détails encore.

Elle aurait pu conclure par un commentaire sur sa virilité, mais elle s'abstint d'engager la conversation sur un terrain aussi périlleux.

— Quand tu travailles au centre, j'ai remarqué qu'à midi, tu commandais ton déjeuner à Bistro Campagne, le traiteur le plus cher de Harbor Town.

— C'est vrai, mais tu omets de préciser que je commande pour vingt personnes, et que je partage avec les autres employés.

Elle le toisa.

— A mon avis, si tu agis ainsi, c'est pour te faire bien voir et donner de toi l'image d'un homme généreux.

— Et alors ? Préférerais-tu que je sois un snob arrogant ? dit-il en sirotant son café.

— Non, bien sûr !

— Je passe ma commande chez Bistro Campagne, parce que leurs produits sont les plus frais du marché, voilà tout, expliqua Eric.

Un peu penaude, elle s'en voulut de lui avoir prêté des intentions erronées, et comme il ne lui venait à l'esprit aucune formule d'excuse adéquate, ce fut avec soulagement qu'elle vit arriver le serveur avec les plats commandés.

Eric et elle dégustèrent l'excellente cuisine du Sultan's, puis une fois le repas terminé, elle sortit un carnet de son sac.

— J'ai noté ici quelques suggestions pour la réception des fiançailles, ainsi que pour le prochain mariage de Liam et de Natalie, dit-elle.

— Le prochain mariage ? s'étonna Eric. Et moi qui croyais que nous étions d'accord pour mettre Liam et Natalie en garde contre une union précipitée.

Brandissant son stylo, elle feuilleta le carnet.

— L'un n'empêche pas l'autre, mais en définitive, cette décision incombera uniquement à Natalie et à Liam.

— Si tu le dis, répondit-il.

Elle ne doutait pas qu'avec le temps, il finisse par accepter le principe de ce mariage.

— Natalie m'a téléphoné hier soir, reprit-elle d'un ton déterminé.

— Qu'avait-elle de si urgent à te dire ? s'étonna-t-il.

— Rien d'urgent, mais elle voudrait que son mariage soit une réussite. Elle aurait envie qu'il s'organise autour d'une thématique, comme c'est de plus en plus souvent le cas chez les jeunes gens.

— Quelle thématique ? demanda-t-il.

— Le lac Michigan et les fêtes de Noël, dit-elle.
Un choix judicieux, puisque Liam et Natalie ont
décidé de vivre près du lac et qu'ils se marieront
fin décembre.

— Je trouve l'idée étrange, dit-il d'un ton sceptique.

— Si tu ne veux pas coopérer, dis-le tout de suite,
s'emporta-t-elle.

— Que ne ferais-je pour voir ma sœur heureuse !
s'exclama-t-il avec un sourire.

La veille, Liam l'avait appelée pour lui dire qu'il
s'opposait à ce qu'Eric paie la totalité des coûts
du mariage. Elle n'avait pas su vraiment quoi lui
répondre.

— Au fait, Liam t'a-t-il appelé à propos des frais
du mariage ? demanda-t-elle.

— Oui, et j'ai eu beau insister et l'assurer que
j'avais de quoi payer, il tient à mettre la main à la
poche. Je n'ai pas réussi à le convaincre, aussi ai-je
accepté que nous en réglions chacun la moitié.

Liam avait toujours été très fier, aussi ne s'étonna-
t-elle pas qu'il ait tenu à payer sa part.

Il lui sourit.

— Maintenant que la question financière est
réglée, il nous reste à nous mettre d'accord sur la
liste des invités.

Elle consulta son carnet.

— Nos proches, les parents, les amis de Liam et
de Natalie, dit-elle. Ah, au fait, j'ai pris sur moi de
contacter le *Herald*, le *Southwestern* et le *Chicago
Tribune* pour qu'ils publient un faire-part.

— Tu as bien fait.

Sa sincérité la toucha. A mesure qu'elle passait du temps auprès de lui, elle avait de plus en plus de mal à résister à son charme.

— Le mariage a lieu dans deux mois, Reyes, lui rappela-t-elle. Il n'y a donc pas de temps à perdre.

— Quand te décideras-tu enfin à m'appeler par mon prénom ? demanda-t-il.

— Le jour où il me chantera de le faire, répondit-elle avec insolence. En attendant, pourrais-tu veiller à ce que le journal de l'hôpital publie aussi le faire-part de mariage ?

— A tes ordres !

— Il y a aussi les listes d'invités à établir, poursuivit-elle.

A chaque nouvelle instruction qu'elle lui donnait, il hochait la tête, prêt à obtempérer.

— Bon, conclut-elle, je crois que nous avons fait le tour. Si tu pouvais passer chez Scrivener's après déjeuner pour faire imprimer les cartons d'invitation pour les fiançailles, ce serait parfait.

Alors qu'elle dégustait sa salade aux crevettes, il fronça les sourcils.

— Il me semble que tu as oublié quelque chose, dit-il.

— Ah oui, quoi ? demanda-t-elle, intriguée.

— Je suppose que si Nat et Liam veulent placer leur mariage sous le double thème du lac et de Noël, ils ont aussi leur mot à dire concernant les fiançailles ?

— Liam et Natalie m'ont encore assuré hier que nous avions carte blanche. Que dirais-tu d'une réception de fiançailles chaleureuse et raffinée dans un décor automnal, avec des éclairages tamisés, sans oublier l'orchestre, bien sûr, car nos invités seront sûrement ravis de danser, dit-elle.

— Je dirais que l'idée est excellente, répondit-il.

— Très bien. Reste à choisir le lieu de la réception, dit-elle en piquant une crevette du bout de sa fourchette.

— Pourquoi pas chez moi ? suggéra-t-il. La place ne manque pas, et j'ai la chance de posséder une grande terrasse chauffée.

Sourcils froncés, elle s'accorda le temps de la réflexion en avalant un peu de salade libanaise.

— Ta maison n'est-elle pas un peu trop luxueuse pour le genre de réception que souhaitent Liam et Natalie ? demanda-t-elle.

— Que veux-tu dire ? s'étonna-t-il.

— Mon frère et aussi ta sœur ont des goûts plus simples que les tiens, et en tout cas, beaucoup moins d'argent que toi. Ils se sentiront plus à leur aise dans un cadre moins ostentatoire.

Mais la vraie raison qui la poussait à repousser l'offre d'Eric était qu'elle considérait qu'il avait acheté sa luxueuse maison avec l'argent que les Kavanaugh avaient été contraints de lui verser au titre des dommages et intérêts consécutifs à l'accident.

— Dans ce cas, que suggères-tu ? demanda-t-il.

Il ne restait qu'une solution, même si la pensée de faire entrer Eric dans son intimité l'effrayait un peu.

— Que dirais-tu d'organiser la réception chez moi, à Sandcastle Lane ?

Il eut une expression surprise.

— Tu n'habitais pas sur Fifth Street ?

Elle réprima une petite grimace, car Fifth Street était l'une des artères les plus huppées de Harbor Town, tandis que Sandcastle Lane était situé dans un quartier populaire.

— Après la mort de Darin, je n'ai plus eu les moyens de garder notre maison de Fifth Street et j'ai été contrainte de déménager, expliqua-t-elle.

Gênée d'admettre devant lui que son niveau de vie avait baissé, elle s'empressa de changer de sujet.

— Hum… Ton tagine semble succulent, dit-elle.

— Sers-toi, si le cœur t'en dit, proposa-t-il en poussant son assiette vers elle.

— Je ne boude jamais mon plaisir, répondit-elle en portant à ses lèvres une bouchée de poulet.

Il éclata de rire.

— J'adore ta spontanéité.

— Désapprouverais-tu mes manières ? s'enquit-elle entre deux bouchées.

— Au contraire ! Je ne voudrais pour rien au monde que tu sois une autre, et je suis toujours attristé de voir que tu me prends pour un homme froid et sans cœur.

— Ai-je dit que tu étais sans cœur ?

— D'une certaine façon, oui, puisque tu ne cesses de me lancer des piques et de me traiter en ennemi. Avec moi, tu es toujours sur tes gardes.

Elle le regarda dans les yeux.

— J'admets que je me méfie de toi, Eric, mais j'ai peut-être des raisons d'agir ainsi.

En repensant au baiser fougueux qu'ils avaient échangé seize mois plus tôt, elle fut tentée de lui avouer qu'il occupait souvent ses pensées, mais elle se ravisa, craignant de trop se dévoiler. Qui pouvait dire l'usage qu'il aurait fait de ses aveux, lui qui avait déjà bien trop d'atouts en main ?

De nouveau, elle se dit qu'il était préférable d'éviter un sujet aussi périlleux que celui de ses sentiments pour Eric.

— Je t'ai observé au centre et j'ai remarqué que tu ne faisais jamais rien par hasard, dit-elle.

— Est-ce un défaut ? demanda-t-il.

— Bien sûr que non ! Si l'opération de Brendan a été un succès, c'est en partie parce que ton esprit est aussi acéré que ton scalpel, ajouta-t-elle.

En voyant son expression satisfaite, elle ne put réprimer un sourire.

— Opérer dans les meilleures conditions possibles fait partie de mon travail, déclara-t-il avec une pointe de fierté, mais il est vrai que j'ai apporté un soin particulier au cas de Brendan, car il s'agissait de ton fils.

— Je t'en suis reconnaissante.

— Ça, je n'en jurerais pas, répliqua-t-il. J'ai plutôt l'impression que tu m'en veux un peu, comme si tu avais une dette envers moi.

Elle devait reconnaître qu'il n'avait pas tort. Sans réprimer son mouvement d'humeur, elle consulta sa montre et ramassa son sac.

— Il est temps que j'aille voir Brendan. Quant à toi, tu ferais bien de passer sans tarder chez Scrivener's pour commander les invitations, dit-elle en se levant.

Il la fixa d'un air songeur.

— Ai-je dit quelque chose qui t'a froissée ?

— Non, mentit-elle en évitant soigneusement de croiser son regard.

— J'ai si souvent l'impression d'être pour toi une sorte d'étranger en qui tu n'auras jamais confiance, dit-il d'un ton où perçait de la tristesse.

— Il y a des personnes avec lesquelles je m'accorde facilement et d'autres moins bien, répondit-elle.

Il eut un petit rire.

— Et bien sûr, j'appartiens à la dernière catégorie ?

— Ce n'est pas ce que j'ai dit. Mais admets que, la plupart du temps, c'est la logique, et non les sentiments, qui guide tes décisions. Chez moi, ce serait plutôt l'inverse…

Il demanda l'addition.

— Aussi étrange que cela puisse te paraître, je pense que nous sommes de la même race, toi et moi.

— Moi, te ressembler, Reyes ? fit-elle, surprise.

— Nous sommes entêtés, nous allons jusqu'au bout de nos choix, insista Eric.

— Je veux bien admettre que nous ayons certains points communs, dit-elle, mais je persiste à penser que nous sommes très différents l'un de l'autre.

Il l'aida à enfiler son manteau.

— J'espère un jour ne plus être pour toi un ennemi, mais un ami, murmura-t-il à son oreille.

Elle frissonna en sentant ses doigts sur sa peau nue, et quand, d'un geste naturel, il dégagea ses cheveux blonds sous son col, elle ne put s'empêcher de désirer cet homme qui lui inspirait des sentiments contradictoires.

Si elle n'y prenait garde, son animosité pour lui

risquait de se muer en passion, ce qu'elle ne voulait à aucun prix.

— Personne ne m'est plus étranger que toi, répliqua-t-elle de son ton le plus cassant.

Bien sûr, elle n'en pensait rien, mais il était trop tard pour faire machine arrière.

— Puisque tu le prends ainsi, je crois que nous n'avons plus rien à nous dire, déclara-t-il d'un ton où perçait la déception.

Et, avant qu'elle ait pu s'excuser, il tourna les talons et se dirigea vers la sortie du restaurant.

— Eric ! s'écria-t-elle en lui courant après.

Elle l'agrippa par la manche.

— Que veux-tu ? lui demanda-t-il.

— Mes mots ont dépassé ma pensée. Toi aussi, parfois, il t'arrive de plaisanter quand nous sommes ensemble.

— Jamais avec cette cruauté, répondit-il.

Troublée et désolée, elle chercha un moyen de se racheter.

— Je t'assure que j'aime ta compagnie... et puis tu me plais, dit-elle.

Il l'observa avec intensité, puis posa une main sur son épaule.

— Tu me malmènes depuis si longtemps que j'ai perdu l'espoir de t'apprivoiser, dit-il.

Elle lui fut reconnaissante d'avoir baissé la voix. Pour rien au monde, elle ne voulait se donner en spectacle dans le restaurant.

— Je... regrette de t'avoir blessé, déclara-t-elle, elle-même surprise de l'émotion qui la submergeait en cet instant, au point qu'elle avait du mal à réprimer ses larmes.

Elle se serra contre lui, s'imprégnant de son odeur virile qui la grisait.

— Dois-je en déduire que je te plais, mais que tu es trop orgueilleuse pour l'admettre ? demanda-t-il.

Elle s'apprêtait à protester, mais il lui prit la main et l'entraîna vers la sortie.

— Allons commander les faire-part, dit-il de son ton pince-sans-rire en jetant un regard amusé aux autres clients du restaurant.

Elle comprit qu'il avait parlé suffisamment fort pour que Mme Pickens, la bibliothécaire, et Pete Margaritte, qui travaillait à la scierie de Harbor Town, l'entendent et en déduisent que tous deux allaient se marier.

Furieuse, elle s'efforça de se dégager de son emprise.

— Lâche ma main tout de suite ! ordonna-t-elle, s'efforçant de parler à voix basse.

— Non, répondit-il sans cesser de sourire.

Et ce fut seulement une fois dehors qu'il lâcha sa main.

Elle le fusilla du regard.

— Peux-tu me dire à quoi rime cette petite comédie ? Tu tiens donc à propager la rumeur de nos prochaines fiançailles ?

— Peut-être ! répondit-il, son éternel sourire aux lèvres. Et puis, c'est de bonne guerre !

Elle sentit sa colère s'apaiser.

— Si je t'ai fait de la peine, Eric, je le regrette. Je ne pensais pas ce que je t'ai dit.

— Moi aussi, je m'excuse de t'avoir embarrassée devant Mme Pickens et Pete Margaritte.

Pendant quelques instants, ils se regardèrent sans mot dire, et elle crut discerner dans ses yeux cette petite flamme de désir et de passion, qui, plus d'une fois, avait fait naître en elle une envie presque irrésistible de lui appartenir.

— Colleen ? demanda-t-il d'une voix douce.

— Oui ?

— Je... Tu comptes beaucoup pour moi, tu sais.

Elle lui sourit.

— Toi aussi, Eric, tu comptes pour moi, même si je suis trop pudique pour te l'avouer.

— Qu'as-tu prévu de faire maintenant ? demanda-t-il. Rendre visite à Brendan ?

— Oui, dit-elle. Veux-tu m'accompagner jusqu'à l'entrée de l'hôpital ? Ensuite, tu pourras passer chez Scrivener's et, si tu as le temps, je serais heureuse que tu me rejoignes auprès de Brendan.

Il la regarda pensivement.

— J'espère que tu n'as pas oublié notre accord ?

— Lequel ?

— Celui concernant le futur mariage de Liam et de Nat. Les mettre en garde contre une décision précipitée.

Elle soupira.

— Je gardais l'espoir que tu aurais renoncé à vouloir les faire changer d'avis, dit-elle alors qu'ils entraient tous deux dans l'hôpital.

Il se retourna vers elle.

— D'après toi, nous devrions laisser Liam et

Natalie se marier sur un coup de tête, alors que c'est leur bonheur qui est en jeu ?

— Je n'ai pas dit ça, rétorqua-t-elle.

— Bon, reprit-il, dans ce cas, quels sont les couples mal assortis que nous allons inviter à la réception ?

Un homme grisonnant en blouse blanche salua Eric, et ce dernier lui rendit la politesse.

— Qui est-ce ? demanda-t-elle, curieuse.

— Le grand patron du service de chirurgie mammaire, répondit-il. Viens dans mon bureau, nous y serons plus tranquilles pour y poursuivre notre conversation.

— D'accord, dit-elle après une brève hésitation.

Elle retrouva avec un certain plaisir le bureau d'Eric. Elle en aimait le décor, les meubles, la grande fenêtre qui laissait entrer la lumière, et par-dessus tout, les photographies qui lui en avaient déjà appris beaucoup sur la vie du maître des lieux.

Quand il s'approcha d'elle, elle craignit qu'il ne tente de la prendre dans ses bras — ou peut-être l'aurait-elle voulu ? —, mais il resta derrière elle.

— Qui allons-nous inviter à la réception de fiançailles de Liam et de Natalie ? demanda-t-il.

De plus en plus souvent, quand elle était avec lui, elle ne pouvait s'empêcher d'espérer qu'il la prenne dans ses bras, et elle s'en voulut de nouveau de ressentir une telle attirance pour lui.

— Je dirais un ou deux couples en difficulté, qui te permettront de mettre en œuvre ta stratégie dissuasive, et puis des gens sympathiques, entraînants, capables de s'amuser.

— Tu as raison, répondit-il, car si nous voulons donner à réfléchir à ton frère et à ma sœur, il faut à tout prix éviter de les effaroucher ou, pis encore, de leur donner l'impression que nous désapprouvons leur futur mariage.

— J'avais pensé à Tony Tejada, un ami d'enfance de mon frère Marc, dit-elle.

— Tony Tejada, le maire de Harbor Town ? J'ignorais que Marc le connaissait, s'étonna-t-il.

— Liam étant le chef de la police, Tony et lui ont déjà eu l'occasion de travailler ensemble, expliqua-t-elle.

— C'est une excellente idée, reprit-il, d'autant que je connais bien Janice, l'ex-Mme Tejada, qui m'assiste au bloc opératoire. Si nous invitons Tony, alors invitons aussi Janice.

— Je ne suis pas sûre que cela soit une très bonne idée, dit-elle, soudain inquiète. Tony est passablement jaloux, et une confrontation entre Janice et lui risquerait de tourner au vinaigre.

— Pourquoi ? Ne sont-ils pas officiellement divorcés ? objecta-t-il.

Elle le regarda d'un air soupçonneux.

— N'essaierais-tu pas plutôt de démontrer qu'un mariage peut tourner mal ? Si, comme je le crains, Tony et Janice en viennent à se déchirer en public, Liam et Natalie réfléchiront peut-être à deux fois avant de prendre le risque de se marier en décembre.

— Dans ce cas, nous aurons fait œuvre utile, répondit-il.

A court d'arguments, elle inscrivit à contrecœur Tony Tejada et Janice sur sa liste.

— Nous pourrions aussi inviter Ellen Rappoport, l'une de mes amies d'enfance, proposa-t-elle ensuite.

Ellen avait épousé Cody qui lui avait promis de s'occuper de ses enfants issus d'une précédente union, mais une fois marié avec elle, Cody s'était empressé de la tromper.

— Ellen Rappoport ? Oui, c'est une bonne idée, approuva-t-il, mais à condition d'inviter aussi Cody.

— Inviter Cody ? Alors qu'il a bafoué Ellen et rendu ses enfants malheureux ? Tu n'y penses pas ! fit-elle, indignée.

— Bien sûr que si ! J'aime bien Cody, et à ma connaissance, il n'a trompé Ellen qu'une fois avec une ancienne camarade de lycée, dit-il.

— Je ne t'aurais jamais imaginé aussi cynique ! s'exclama-t-elle.

— Ellen et Cody auraient dû réfléchir avant de se jeter tête baissée dans le mariage, mais ils sont tous les deux charmants, et je ne vois aucune raison pour ne pas les inviter à cette réception.

— J'admets que Cody est quelqu'un de fréquentable, du moins quand il ne trompe pas sa femme, mais je ne peux m'empêcher d'avoir de la peine pour Ellen.

— Ellen est assez grande pour prendre ses décisions, observa-t-il, et elle aurait dû y réfléchir à deux fois avant d'épouser Cody.

— Réfléchir ! Tu n'as que ce mot à la bouche ; et sous prétexte que tu rationalises les choses à l'extrême, il ne faudrait jamais prendre de risques. Or, aimer quelqu'un, c'est prendre le risque d'être déçu, dit-elle.

— Eh oui ! s'exclama-t-il en la fixant dans les yeux. Aimer quelqu'un est une décision importante, et c'est pourquoi je ne veux pas que ma sœur regrette un jour d'avoir épousé Liam.

— Mais que fais-tu des sentiments ? s'étonna-t-elle. Même si Nat et Liam font une bêtise en se mariant aussi vite, l'important n'est-il pas qu'ils éprouvent de l'amour l'un pour l'autre ?

— Oui et non, car l'amour est un mot avant d'être un sentiment, et un mot dont on use à tort et à travers, si tu veux mon avis.

Elle s'en voulait d'avoir laissé la conversation s'engager sur un terrain aussi glissant.

— Moi, je crois en l'amour, déclara-t-elle, et j'y croirai toujours. Je ne vois pas en quoi aimer est une erreur.

— Aimer n'est pas une erreur, mais un risque pas toujours calculé, expliqua-t-il. C'est pourquoi, en ce qui me concerne, je n'ai jamais voulu m'engager de façon définitive avec une femme.

Elle sentit son cœur se serrer.

— C'est pour cette raison que tu tiens tant à la mettre en garde contre le mariage ? demanda-t-elle.

— Oui, c'est pour cela, reconnut-il. Et puis, je me méfie des sentiments, des impulsions qui peuvent pousser un homme et une femme dans les bras l'un de l'autre, pour aboutir ensuite à une impasse.

— A quoi fais-tu allusion ? demanda-t-elle.

— A notre rencontre sur Sunset Beach, il y a seize mois, répondit-il. Nous étions bien dans les bras l'un de l'autre, mais au dernier moment, tu m'as repoussé et tu es partie en courant. Ensuite, quelques mois plus tard, tu m'as frappé devant tes frères alors que nous étions sur le parking de Jake's Place.

Honteuse, elle se demanda quel démon l'avait poussée à donner un coup de poing à Eric, ce soir-là, alors qu'en vérité, elle aurait tant voulu se réfugier entre ses bras, chercher ses lèvres, le supplier de l'embrasser...

— Je suis désolée d'avoir agi ainsi, mais quand j'ai vu que tu allais te bagarrer avec mes frères, que pouvais-je faire sinon prendre leur parti ?

En vérité, c'était le souvenir de l'accident et du procès qui l'avait poussée à décocher un coup de poing à Eric, un exploit dont elle n'était pas fière.

Aujourd'hui, elle en venait à se demander si cette force incontrôlable ne résultait pas de la culpabilité qu'elle avait éprouvée quand elle avait failli se donner à lui, quelques mois auparavant, sur la plage de Sunset Beach.

— En somme, c'était par esprit de famille ? ironisa-t-il.

Avec sa fossette et sa bouche charnue, jamais il ne lui était apparu aussi séduisant.

— Les Kavanaugh ont le sang chaud, expliqua-t-elle. Je n'ai pas vraiment réfléchi.

Il la regarda pensivement.

— Ta réaction ce soir-là avait peut-être à voir avec ce que nous avions partagé auparavant, toi et moi, dit-il en approchant son visage du sien.

— Que... Que veux-tu dire exactement ?

— Aurais-tu oublié ce baiser que nous avions échangé sur la plage de Sunset Beach ? demanda-t-il.

Soudain, il l'embrassa avec fougue, et elle se sentit défaillir.

— Eric ! gémit-elle.

Elle se hissa sur la pointe des pieds et, nouant ses bras autour de son cou, elle lui rendit son baiser, savourant ce plaisir qui l'envahissait et qui faisait vibrer toutes les fibres de son corps.

Il lui mordilla l'oreille, embrassa la naissance de ses seins puis se mit à les caresser doucement. Elle sentait tout son corps vibrer sous ses caresses, et elle se plaqua à lui pour sentir contre son ventre son sexe durci.

Elle glissa ses doigts dans sa chevelure drue. Elle entendit alors un petit cliquetis : il venait de tirer le verrou de la porte de son bureau. Si elle ne réagissait pas au plus vite, l'irréparable risquait fort d'arriver.

— Non ! dit-elle avec fougue en le repoussant de toutes ses forces.

— Mais pourquoi ? demanda-t-il.

— Tu crois que je n'ai pas compris ton petit manège ? répliqua-t-elle. Nous étions censés discuter des fiançailles de Liam et de Natalie. En fait, tu m'as bel et bien piégée dans ton antre.

— Même si c'était le cas, nierais-tu que tu en avais autant envie que moi ? dit-il sans la quitter des yeux.

D'une main, elle lissa son chemisier et recula d'un pas.

— Je suppose que c'est ton habitude d'amener les infirmières ici à l'heure du déjeuner ? dit-elle d'une voix mal assurée tout en ouvrant le loquet de la porte.

— Non, je ne l'ai jamais fait.

— Je persiste à croire que tu as voulu me piéger, insista-t-elle.

Il s'éclaircit la gorge.

— En quoi serait-ce un crime de te désirer ? Quand admettras-tu enfin que nous sommes attirés l'un par l'autre et qu'en réagissant comme tu viens de le faire, ça n'est pas moi que tu fuis, mais les sentiments que tu ressens pour moi ?

Elle le fixa dans les yeux.

— Une femme aime qu'on lui fasse la cour, répliqua-t-elle, et non qu'on la traite comme une vulgaire catin.

Pourtant, elle savait fort bien que ces accusations étaient injustifiées. Il ne lui avait nullement forcé la main, ni aujourd'hui ni seize mois plus tôt, sur la plage de Sunset Beach.

— Je ne demanderais pas mieux que de te faire la cour si tu m'en laissais le temps et l'occasion, répliqua-t-il avec un sourire.

Si l'idée d'être courtisée lui plaisait, elle se garda bien de montrer sa satisfaction.

— Nous verrons, mais pour le moment, je veux que tu gardes tes distances, dit-elle d'un ton sans réplique.

Et d'un pas décidé, elle quitta son bureau.

4

Tout en écoutant d'une oreille l'orchestre qui jouait dans son salon, Colleen préparait toasts et canapés pour les invités venus fêter les fiançailles de Liam et de Natalie.

La réception était, pour le moment du moins, un franc succès, et chacun l'avait félicitée d'avoir si bien décoré sa maison de fleurs, de lanternes et de bougies multicolores. Pourtant, elle ne pouvait se départir d'un sentiment de tristesse.

La complicité qui unissait Natalie et Liam avait renforcé son sentiment de solitude, au moins autant que de voir Eric danser avec Janice Tejada, l'infirmière qui l'assistait au bloc opératoire.

Dire que l'autre jour, dans son bureau de l'hôpital, elle avait failli se donner à lui ! Elle aurait dû savoir qu'un séducteur comme lui était à l'affût de la moindre occasion… Elle ne devait surtout pas attacher d'importance à ses belles paroles.

Un bruit de talons l'alerta, et Mari Itani fit son apparition.

— Les invités ont adoré tes nems, et s'il en reste encore quelques-uns, il faudrait plus de sauce aigre-douce, déclara Mari de sa voix joyeuse.

Elle s'efforça de chasser de son esprit la vision d'Eric et de Janice dansant serrés l'un contre l'autre.

— Je te prépare ça tout de suite, dit-elle.

Les parents de Mari avaient été tués sur le coup lors de l'accident de voiture provoqué par son père, plus de seize ans auparavant, et elle lui savait gré de ne jamais l'avoir tenue pour responsable de la disparition de ses parents.

Toutes les deux s'étaient perdues de vue, et leur amitié datait du jour où Mari était revenue vivre à Harbor Town. Par la suite, Mari avait rencontré son frère Marc et leur idylle s'était conclue par un mariage.

Depuis lors, Mari faisait partie de sa famille.

— Tu ne devrais pas faire bande à part, dit Mari, surtout pas un jour comme celui-ci.

— Je ne fais pas bande à part, mentit-elle en ouvrant la porte du réfrigérateur pour y prendre les deux bols de sauce aigre-douce qu'elle tendit à Mari.

Elle n'allait tout de même pas lui dire que si elle avait déserté la réception, c'était pour ne pas voir Eric danser avec Janice Tejada…

Mari lui sourit.

— En tout cas, la soirée est une réussite. L'orchestre, l'ambiance, le décor et la nourriture, tout est parfait !

— Eric m'a aidée à choisir un bon orchestre et il s'est occupé du buffet. Quant à ma mère, elle m'a bien conseillée pour la décoration des pièces, dit-elle en tendant à Mari un fouet pour raviver les sauces figées par leur séjour au réfrigérateur.

— Je n'aurais pas cru qu'Eric était du genre serviable, déclara Mari avec un coup d'œil en biais.

— Il faut apprendre à le connaître, répondit-elle, évasive.

— Jusqu'à présent, j'avais plutôt l'impression que vous aviez du mal à vous entendre, toi et lui, insista Mari.

En sa qualité de directrice du centre d'aide sociale, Mari avait insisté pour qu'Eric assure une vacation, une fois par semaine, dans le dispensaire de l'établissement.

Elle avait cru qu'Eric, qui gagnait fort bien sa vie à l'hôpital, refuserait son offre, mais à sa surprise, il avait accepté de venir soigner des patients, au centre, qui n'avaient pas les moyens de payer des honoraires libres.

— Quand j'ai signé le contrat d'Eric, j'ai vraiment eu peur que les choses s'enveniment entre toi et lui, poursuivit Mari.

— Ah bon, pourquoi ?

— Tu le sais pertinemment. Peu de temps avant que tu rejoignes le centre comme conseillère socio-psychologique, Eric et toi aviez eu un petit différend sur ce parking.

L'euphémisme lui arracha un sourire.

— Tu peux même dire un grand différend ! s'exclama-t-elle. Je l'ai frappé d'un coup de poing.

Mari la dévisagea avec sympathie.

— Tu n'es ni méchante ni impulsive, et je me demande ce qui avait pu te mettre tellement en colère contre Eric, ce soir-là.

Elle se garda bien de révéler à son amie que son agressivité envers lui avait probablement pour origine le baiser échangé sur la plage de Sunset Beach.

— Disons que j'ai perdu mon sang-froid, répondit-elle de sa voix la plus neutre.

Mari la regarda plus attentivement.

— Dis-moi, Colleen, es-tu amoureuse d'Eric ?

— Bien sûr que non ! répondit-elle en rougissant.

— Ah bon ? Pourtant, la plupart des femmes que je connais le trouvent intelligent, beau, séduisant, charmeur, et je m'étonne que tu fasses exception.

— Chacun ses goûts ! J'admets qu'Eric a bien soigné Brendan, mais cela mis à part, je ne fais pas partie de son fan-club.

— Dans le temps, tu n'étais jamais la dernière à admirer Eric Reyes quand il tondait une pelouse ou taillait un bosquet torse nu, lui rappela Mari.

— C'est vrai, admit-elle.

— Quand on parle du loup…, dit soudain Mari en regardant par-dessus son épaule.

Quand elle se retourna, elle vit la haute stature d'Eric se détacher dans l'embrasure de la porte, et à son expression, elle sentit que quelque chose n'allait pas.

— Tiens, Eric ! s'exclama Mari. Colleen et moi étions justement en train de dire que la fête était une réussite.

— La fête est réussie, en effet, dit-il, mais cet idiot de Tony Tejada n'a pas apprécié que je danse avec Janice.

— Tu es sûr que tu ne faisais que danser avec Janice ? lui demanda-t-elle d'un ton de reproche.

— Nous ne flirtions pas, assura-t-il, mais Tony n'a visiblement pas supporté de voir son ex-femme danser avec un autre que lui.

Tony Tejada, dont les traits naturellement burinés étaient déformés par la rage, fit irruption dans la cuisine et vint se camper dans une attitude belliqueuse face à Eric.

S'il était nettement plus petit que le chirurgien, il était doté d'une musculature impressionnante, et en le voyant serrer frénétiquement les poings, Colleen eut très peur pour Eric.

— Je ne veux plus que tu touches ma femme, Reyes ! lui dit-il.

— Calme-toi, Tony, répondit Eric. Tout d'abord, Janice est ton ex-femme, et puis il se trouve que nous travaillons ensemble. Si tu ne supportes pas de la voir dans les bras d'un autre, alors il fallait prendre l'initiative de l'inviter à danser.

Impressionnée par la fureur de Tony qui, les poings serrés, semblait prêt à en découdre, elle se félicita qu'Eric ait assez de bon sens pour vouloir calmer le jeu.

— Tu dis ça, mais je sais bien que toutes les femmes de la ville rêvent de coucher avec toi, déclara Tony, les traits déformés par la rage.

— Si ça peut te rassurer, j'étais venu demander à Colleen de bien vouloir danser avec moi, déclara Eric.

Apaisé par les propos d'Eric, Tony se tourna vers elle.

— C'est vrai, Colleen ? lui demanda-t-il d'une voix radoucie.

— Mais bien sûr que c'est vrai ! déclara Eric en la regardant avec tant d'insistance qu'elle ne put s'empêcher de rougir.

— Oui, Eric est venu m'inviter à danser, répondit-elle.

Si jamais Eric et Tony en venaient aux mains, sa réception en serait irrémédiablement gâchée... Plutôt mentir que de déclencher un esclandre.

Tony parut s'apaiser.

— Peut-être ai-je réagi un peu trop violemment, et dans ce cas, je vous demande à tous de m'excuser, dit-il en s'efforçant de sourire.

— Oublions cet incident, Tony, dit Eric en le poussant vers la porte.

Puis il se tourna vers les deux femmes dans la cuisine.

— J'ai bien cru que ce fou furieux allait me sauter dessus ! s'exclama-t-il.

Elle dut prendre sur elle pour ne pas lui dire crûment, et devant témoin, ce que lui inspirait son comportement de bellâtre. Mais en même temps, elle était ravie de cette occasion de danser avec lui.

— Eh bien, qu'attendons-nous ? dit-elle en dénouant son tablier.

— Tout de suite ! répondit-il en lui prenant la main sous le regard amusé de Mari.

Il l'entraîna vers le salon.

Alors même qu'elle était heureuse de danser avec Eric, Colleen avait bien du mal à oublier sa rancœur contre lui.

— Où que tu ailles, on dirait que tu crées des problèmes ! Si j'en juge par l'expression gênée de ta sœur, je ne suis pas la seule à le penser, lui glissa-t-elle à l'oreille.

— En quoi le fait d'avoir invité Janice à danser, tout à l'heure, pourrait-il déranger Nat ?

— Tout simplement parce que Tony a failli te casser la figure et gâcher la réception de fiançailles de Natalie et de Liam, répondit-elle.

La pression de ses doigts sur sa hanche attisa son désir, mais elle n'était pas encore disposée à lui pardonner.

Outre le fait qu'il avait tout d'abord dansé avec Janice et non avec elle, elle lui en voulait aussi, d'une certaine manière, de l'avoir attirée l'autre jour dans son bureau de l'hôpital avec l'intention bien arrêtée de la séduire et, sans doute aussi, de lui faire l'amour.

Dans d'autres circonstances, elle aurait peut-être accepté d'aller plus loin avec lui, mais sa nature romantique et l'importance qu'elle attachait aux sentiments l'en avaient dissuadée, sans compter que faire l'amour à la sauvette ne la tentait guère.

— Est-ce ma faute si Tony est maladivement jaloux ? déclara Eric. Je n'aurais jamais pensé qu'il réagirait aussi fortement. Janice et moi ne faisions rien de mal.

Elle sentit la colère l'envahir.

— Mais quelle idée de flirter avec Janice devant Tony ! Tu ne pouvais quand même pas ignorer qu'en te voyant enlacer son ex-femme, Tony allait réagir.

— Eh bien, non, je n'ai pas imaginé un seul instant qu'il serait furieux de me voir danser avec elle.

— Alors tu manques autant de psychologie que

d'à-propos, Eric, car Tony, c'est visible, n'a toujours pas tourné la page de son histoire avec Janice. Si tu tenais tant que ça à courtiser son ex-femme, il fallait le faire à l'hôpital, hors de sa présence, à moins bien sûr que tu aies voulu démontrer à Liam et à Natalie ce qui peut résulter, après quelques années, d'un couple mal assorti.

— Je n'ai rien voulu démontrer et je n'ai pas flirté avec Janice, répliqua-t-il.

Elle sentit son agacement croître.

— Bien sûr que si ! Je vous ai observés quand vous dansiez, et j'ai bien vu que tu serrais Janice de près, dit-elle.

— C'est toi que je tiens maintenant dans mes bras, dit-il en laissant sa main s'aventurer dans son dos.

La chaleur de ses mains ne fit qu'accroître un peu plus son excitation.

— Eric ! gémit-elle.

— Quoi donc ?

— Tes mains ! Que vont penser les autres en nous voyant danser ainsi ? lui demanda-t-elle.

— Ils penseront que tu es mille fois plus belle que Janice, répondit-il, charmeur.

— Si tu crois que ça m'a fait quelque chose de te voir danser avec Janice, eh bien, tu fais fausse route ! répliqua-t-elle avec toute la mauvaise foi dont elle était capable.

— Je crois de plus en plus que tu ressens pour moi ce que je ressens pour toi, ajouta-t-il avec un sourire.

Alors qu'elle s'apprêtait à répliquer, l'orchestre entonna les premières mesures d'une valse, et Eric la serra plus fort contre lui, l'entraînant dans une danse effrénée.

— Où as-tu appris à si bien danser ? réussit-elle à articuler, à bout de souffle.

— A l'université.

Elle ne put s'empêcher de rire.

— Ne me dis pas que tu as pris des cours de valse !

— Non, mais j'avais une petite amie très douée, et c'est elle qui m'a enseigné les subtilités de cette danse, répondit-il.

Sa rivale était-elle brune, rousse, ou blonde comme elle ?

— J'aurais bien voulu être à la place de ton amie, lui confia-t-elle à l'oreille en se serrant contre lui.

— Quant à moi, j'aurais bien voulu te rencontrer plus tôt, répondit-il en l'attirant à lui.

Troublée, elle sentit ses seins se tendre sous son chemisier.

— Tu devais faire des ravages à l'université, déclara-t-elle.

— Et toi, tourner la tête de tous les garçons de Harbor Town, répliqua-t-il en l'embrassant au coin des lèvres.

Le compliment la fit sourire. En réalité, elle n'avait rien d'une vamp.

— Tu sais, j'ai connu Darin en première année de fac, et nous ne nous sommes plus quittés.

Il la regarda, assez surpris.

— Belle comme tu l'es, je t'aurais plutôt imaginée entourée d'une cour d'admirateurs.

— Pour un don Juan de ton espèce, j'imagine

que la fidélité, l'amour et le romantisme sont des valeurs surannées, rétorqua-t-elle.

— Qui te dit que je ne suis pas romantique ?

— Un homme romantique chercherait l'amour et non une aventure d'un soir, dit-elle.

— Si j'avais rencontré la femme de ma vie, je me serais passé de ces aventures d'un soir, comme tu dis, se borna-t-il à déclarer.

Elle avait du mal à imaginer ce don Juan compulsif succombant à l'amour passion. Pourtant, d'une certaine façon, c'était bien ce qu'il laissait entendre.

— Nierais-tu l'importance qu'a pour toi la relation sexuelle ? demanda-t-elle.

— Non, mais j'accorde tout autant d'importance aux sentiments, rétorqua-t-il.

Elle frémit quand son menton effleura sa tempe et qu'elle perçut la tiédeur de son souffle.

— Si elles sont honnêtes, les femmes que j'ai connues te diront que je les ai respectées, ajouta-t-il.

— Si tu t'imagines que je m'intéresse à toi, Reyes, tu te trompes, répondit-elle avec brusquerie.

Il la dévisagea.

— La vérité est que tu me fuis comme si quelque chose en moi te faisait peur.

Mal à l'aise qu'il lise en elle comme dans un livre ouvert, elle détourna la tête.

Pendant longtemps, il avait été pour elle un objet de fantasme, mais aussi l'homme qu'elle avait décidé de détester, autant parce qu'elle le rendait responsable du déclin financier des Kavanaugh que parce qu'elle le jugeait arrogant et imbu de sa personne.

Le succès de l'opération de Brendan et la façon

dont Eric s'était occupé de son fils avec un dévouement qu'elle n'attendait pas de lui avaient modifié son opinion à son égard.

— Eh bien, insista-t-il, tu ne réponds rien ?

Elle sentit la nervosité la gagner.

— Depuis que Darin est mort, j'ai pris l'habitude de vivre seule et sans homme, répondit-elle, et je ne sais pas si je pourrai changer mes habitudes si facilement.

— Je comprends que la mort de ton mari ait été un choc pour toi, déclara-t-il, mais jeune et jolie comme tu l'es, tu dois refaire ta vie.

Flattée, elle ne put s'empêcher de rougir.

— Sans doute, mais je ne suis tout simplement pas prête à tenter une nouvelle expérience.

— La vie est plus courte qu'on ne le croit, reprit-il, et si le bonheur passe à notre portée, nous n'avons pas le droit de le laisser s'échapper.

— Quoi qu'il en soit, je n'envisage pas de refaire ma vie, du moins pour l'instant, déclara-t-elle d'un ton définitif.

Et, profitant des dernières mesures de l'orchestre, elle s'esquiva adroitement de ses bras et s'en alla rejoindre ses invités.

Colleen écoutait le mari de Gail Sossinot — l'une de ses amies — raconter avec sa verve habituelle une mésaventure récente qui lui était arrivée.

Elle aimait beaucoup Gail et, même si elle connaissait moins bien son mari, elle trouvait le couple si bien assorti qu'elle l'aurait volontiers cité en exemple à Liam et à Natalie, ne serait-ce que pour contredire les prédictions pessimistes d'Eric sur l'amour.

— Tout à coup, patatras ! Je me suis senti glisser le long des barreaux et j'ai bien cru que j'allais me fracasser la tête la première sur le carrelage ! expliquait le mari de Gail.

Tout en écoutant d'une oreille distraite, elle repensa à Eric, à ses mains sur ses hanches, à sa chaleur, à sa voix.

Il lui manquait déjà… Si elle devait refaire un jour sa vie, elle songea qu'elle aimerait que ce soit avec lui, à condition, bien sûr, qu'il le veuille autant qu'elle.

Sentant un regard sur elle, elle se retourna et aperçut Eric à quelques mètres d'elle, les yeux fixés sur elle. Il lui souriait.

— Qu'est-ce que mon épaule me faisait mal ! s'exclama le mari de Gail.

Sans plus attacher d'importance à cette histoire d'échelle et de chute, elle sourit à son tour à Eric.

— Tomber d'une échelle n'a rien de particulièrement amusant, déclara Gail en voyant le sourire de son amie, surtout quand il en résulte une double fracture de l'épaule et du poignet.

— Excuse-moi ! Je pensais à autre chose, répondit-elle.

— Je me demande bien à quoi… ou à qui ? reprit Gail en entraînant son mari, légèrement surpris par le peu d'intérêt qu'elle avait marqué pour son histoire, vers un autre groupe d'invités.

Elle vit Gail engager la conversation avec deux

autres femmes qu'elle connaissait assez mal, mais qui avaient la réputation d'être plutôt cancanières.

A la façon dont Gail la regarda puis regarda Eric, elle se douta que la rumeur d'une liaison imminente entre elle et le beau chirurgien ne tarderait pas à se propager dans tout Harbor Town.

Tandis que la fête battait son plein, Colleen s'efforça de ne plus penser à Eric. Sans grand succès.

Elle s'en voulait d'éprouver des sentiments pour lui et, plus encore, de désirer faire l'amour avec lui. Une fois que le pas serait franchi, elle ne pourrait plus revenir en arrière.

Si, depuis la mort de Darin, il lui était arrivé parfois de souffrir de solitude, elle ne se sentait pas prête à nouer une relation avec un homme, fût-il aussi beau et séduisant qu'Eric.

Pour oublier ses tourments intimes, elle fit le tour de ses invités pour leur demander s'ils ne manquaient de rien. Comme Tony Tejada tint à s'excuser une nouvelle fois auprès d'elle de son emportement, elle lui assura que l'incident était oublié.

Elle eut très peur qu'Ellen Rappoport et Cody, son ex-mari, en profitent pour régler leurs comptes, mais, sans doute las des regards belliqueux que lui lançait son ex-femme, Cody prit très vite congé, à son grand soulagement.

Liam et Natalie ne semblaient guère impressionnés par l'exemple que donnaient ces couples mal assortis ; ils paraissaient plus amoureux que jamais, ce dont elle se réjouit.

Plus tard dans la soirée, Natalie vint la trouver pour lui demander d'aller rejoindre Liam dans la cuisine. Elle trouva son frère debout près de Janice qui, assise sur une chaise, pleurait toutes les larmes de son corps,

— Comment Tony a-t-il eu le culot de me faire une scène en public alors que nous sommes divorcés ? hoquetait Janice. Quand nous étions mariés, il ne faisait pas grand cas de moi ; c'est maintenant que nous ne sommes plus ensemble qu'il joue les jaloux !

Avant qu'elle ait pu intervenir, Liam tendit un mouchoir à Janice, qui essuya ses joues striées de larmes.

— Merci ! Quand je pense que, par ma faute et par celle de Tony, nous avons failli gâcher vos fiançailles, se lamenta-t-elle.

— L'incident est clos. N'y pensons plus, déclara Natalie.

— Nous comprenons très bien, ajouta Liam.

Touchée par la détresse de Janice, Colleen remplit un verre de ginger ale à son intention.

— Tiens, bois ça, lui dit-elle en lui tendant le verre.

Janice but d'une traite la moitié du verre.

— Je… Je ne comprendrai jamais les hommes ! déclara-t-elle avec un pâle sourire en reposant son verre sur la table.

Colleen eut l'impression que quelqu'un venait d'entrer dans la pièce, mais comme elle n'entendit pas le moindre bruit derrière elle, elle n'y pensa plus.

— Vivre en couple n'a rien d'une sinécure,

déclara-t-elle, plus pour consoler Janice que par conviction.

Liam la regarda avec surprise.

— Je te trouve bien désenchantée pour une femme romantique, lui dit-il. Je peux t'assurer que notre mariage, à Natalie et à moi, n'aura rien d'une routine ou d'un pensum.

— Je n'en doute pas, répondit-elle en souriant. Les grands sentiments ne manquent pas au début, mais il arrive parfois, après quelques mois de mariage, que vienne le temps des regrets.

— Exactement ! renchérit Janice en reniflant. D'abord, on croit au grand amour, puis on se lève la nuit pour le biberon du bébé et c'en est fini des grands sentiments.

— Etes-vous en train de dire que la plupart des mariages sont voués à l'échec ? demanda Liam en les regardant tour à tour.

— Je n'ai rien dit de tel, s'empressa-t-elle de répondre à son frère.

Même si Darin n'avait peut-être pas été le grand amour dont elle avait rêvé — elle en prenait seulement conscience maintenant —, il n'en demeurait pas moins qu'elle l'avait aimé et qu'il lui avait donné tout ce qu'une épouse peut attendre de son mari, excepté peut-être le sentiment de vivre une véritable passion.

— En ce qui me concerne, durant notre mariage, je n'ai jamais vraiment compris ce que Tony attendait de moi, répondit Janice.

Natalie intervint.

— La plupart des hommes voudraient nous faire

croire qu'ils agissent de façon rationnelle, mais c'est faux. Au moins les femmes ont-elles l'honnêteté de dire que leurs émotions l'emportent parfois sur la raison.

— C'est bien vrai, approuva Janice, et si l'esclandre de Tony, tout à l'heure, m'a mise dans un tel état, c'est que je ne peux m'empêcher de penser à tout ce qui nous unissait lorsque nous étions mariés.

Colleen ressentit pour Janice la même compassion que pour ses patients du centre qui venaient se confier chaque jour auprès d'elle. Elle était persuadée qu'en se montrant si jaloux, tout à l'heure, Tony avait en fait laissé libre cours à ses sentiments pour Janice.

— Ce n'est pas parce que Tony a apposé sa signature au bas d'un jugement de divorce qu'il a cessé de t'aimer, dit-elle à Janice.

Janice étouffa un nouveau sanglot.

— Tu… tu crois que Tony m'aime encore ?

La raison lui intimait de conseiller à Janice d'oublier Tony, mais elle se sentit incapable d'étouffer ce que son cœur lui soufflait de dire.

— Bien sûr que Tony t'aime encore, fit-elle avec toute la conviction dont elle était capable. D'ailleurs, il ne t'a pas quittée des yeux de toute la soirée.

— Colleen a raison, intervint Liam en regardant Janice, et je suis prêt à parier qu'il est encore fou d'amour pour toi.

— Qu'en savez-vous ? rétorqua Janice en levant les yeux vers Liam.

— Je travaille avec Tony à l'hôtel de ville, et depuis que vous avez divorcé, il n'est plus le même homme. On dirait vraiment que votre divorce le mine.

— Pourquoi ne me l'a-t-il jamais dit ? demanda Janice avant d'étouffer un nouveau sanglot dans son mouchoir.

— Parce qu'un homme est trop pudique pour ouvrir son cœur, répondit Colleen. Si Tony ne t'aimait pas, il n'aurait pas éprouvé de jalousie ce soir en te voyant danser avec Eric.

— Tu crois ? murmura Janice.

— J'en suis convaincue, et si tu as encore des sentiments pour lui, à ta place j'irais lui parler sans attendre.

— Colleen a raison, renchérit Natalie, et il vaut mieux vivre avec des remords qu'avec des regrets.

— Exactement, approuva-t-elle en regardant Janice. Ce n'est pas en niant ce que vous éprouvez l'un pour l'autre que Tony et toi trouverez le bonheur.

A peine eut-elle fini sa phrase qu'elle entendit toussoter derrière elle.

Quand elle se retourna, elle se retrouva nez à nez avec Eric qui lui souriait d'un air ironique.

5

Pendant de longues secondes, Colleen demeura sans voix face à Eric qui la dévisageait avec insistance.

Depuis combien de temps était-il là ?

Elle aurait juré, à voir sa moue ironique, qu'il avait tout entendu de ce qu'elle avait dit à Janice, et elle s'en voulut d'avoir ainsi dévoilé son jeu.

— Puis-je te parler en particulier ? demanda-t-il.

— Eh bien…

— Je vais aller voir Tony, déclara Janice en se levant et en se dirigeant vers la porte.

— Et nous, nous allons retourner danser, ajouta Liam en prenant la main de Natalie.

Elle n'avait nulle envie de se retrouver ainsi seule avec Eric. Alors qu'elle s'apprêtait à justifier les propos qu'elle avait tenus à Janice, Mari fit son apparition dans un cliquetis de talons.

— Est-ce qu'il reste encore du soda ? demanda-t-elle.

— Pas ici, mais je crois qu'il y en a une caisse au garage, dit-elle.

Aussitôt, elle regretta de ne pas avoir eu la présence d'esprit de retenir Mari dans la cuisine sous un prétexte quelconque.

— Dans ce cas, je vais aller la chercher, déclara Mari en s'éloignant.

Une fois seule avec Eric, elle s'efforça de dissiper la gêne qui s'installait entre eux.

— Puisque tu es là, tu veux bien sortir les deux bols d'olives du réfrigérateur ?

— Volontiers, répondit-il en s'exécutant.

Après avoir posé les bols sur le comptoir, il se tourna vers elle, un sourire triomphant aux lèvres.

— Quelle surprise de t'entendre parler de sentiments à Janice. C'est tout juste si tu n'as pas fait l'éloge de la passion amoureuse.

— Tu exagères, répondit-elle en le défiant du regard.

— Admettons, mais alors pourquoi avoir soutenu l'autre jour qu'il fallait se garder de toute décision hâtive en amour ? Je vais finir par croire que tu es une vraie romantique.

— Je le suis, mais pas avec n'importe qui.

L'allusion était si claire qu'elle s'en voulut de ne pas faire davantage d'efforts pour ménager la susceptibilité d'Eric.

— Je suis donc n'importe qui pour toi ? demanda-t-il, attristé.

Avant qu'elle ait pu s'excuser, il prit les deux bols d'olives et s'éclipsa de la cuisine, la laissant seule avec ses remords. Mari réapparut, chargée d'un carton de bouteilles de soda.

— Eric est déjà reparti ? lui demanda sa belle-sœur d'un ton où perçait une légère inquiétude.

— Oui, répondit-elle en s'efforçant de sourire.

Mari la dévisagea avec insistance.

— Est-ce la crise de larmes de Janice qui te rend

aussi morose ou bien le fait de lui avoir conseillé d'aller parler à Tony ?

— Les deux, sans doute, dit-elle.

— Dans ce cas, tu as tort de te faire du souci, car à ta place, je lui aurais conseillé la même chose. Marc aussi pense que Janice et Tony n'auraient jamais dû se séparer.

— C'est vrai ? demanda-t-elle.

— Bien sûr, répondit Mari tout en disposant des bouteilles de soda sur un plateau. Il y avait dans leur couple un manque évident de communication, et je sais par Liam que durant les mois qui ont précédé leur divorce, ni Tony ni Janice n'ont eu de conversation constructive.

Elle prit son courage à deux mains.

— Ainsi donc, tu estimes qu'il faut dire la vérité en toutes circonstances ?

— Je crois que les secrets font plus de mal que de bien et que dire la vérité permet parfois de débloquer une situation, répondit Mari.

Les Kavanaugh n'avaient-ils pas eux aussi souffert de secrets de famille trop bien gardés ? Elle en venait à le croire. Comme si elle lisait dans ses pensées, Mari poursuivit.

— As-tu eu des nouvelles récentes de Deidre ? lui demanda sa belle-sœur.

— Oui, il n'y a pas très longtemps, répondit-elle.

Mari soupira.

— Marc ne me parle pas souvent de Deidre ni des Kavanaugh, dit-elle.

— Mon frère a toujours été réservé, expliqua-t-elle à Mari, et il ne faut pas prendre son silence pour un manque de confiance en toi. Dans le fond, Marc souffre, autant que moi et Liam, de nos histoires de famille.

— Tu veux parler de ton père et de l'accident ?

— Oui, et aussi du fait que Deidre n'était pas la fille de mon père, mais le fruit d'une liaison adultérine entre notre mère et un richissime homme d'affaires, Lincoln DuBois.

— Je le sais bien, mais si j'ai le malheur d'aborder ce sujet, Marc se ferme comme une huître.

— Marc est pudique comme le sont tous les Kavanaugh, fit-elle remarquer à Mari, mais je peux t'assurer que le sort de Deidre nous tient à cœur.

— Je sais que Liam a tout fait pour la retrouver, dit Mari.

— En effet, et il est allé la chercher en Allemagne, dans le régiment où elle était infirmière. Il a même réussi à la persuader de revenir ici.

— Qui est ce Lincoln DuBois ? demanda Mari avec curiosité.

— Un richissime homme d'affaires vivant dans un grand manoir du lac Tahoe, expliqua-t-elle. Dès son retour à Chicago, Deidre n'a pas pris le temps de souffler. Elle est montée dans le premier avion pour Reno pour aller saluer son père.

— C'est très émouvant, dit Mari.

— Oui, car si Deidre savait depuis longtemps que Derry Kavanaugh n'était pas son père, elle ignorait jusqu'alors l'identité de son père biologique. Les révélations de Liam ont été un choc pour elle.

— Crois-tu que Deidre voudrait vivre définitivement auprès de Lincoln ?

— Je l'ignore. Deidre m'a téléphoné dernièrement pour me dire que la santé de son père déclinait de façon alarmante. Lincoln a eu plusieurs crises cardiaques qui lui ont fait perdre à peu près toute sa motricité. Il doit désormais se déplacer en fauteuil roulant, et d'après Deidre, il pourrait être atteint d'une tumeur au cerveau.

— Et tu crois que…, commença Mari.

— Malheureusement, ses jours sont comptés, termina-t-elle.

Mari hocha la tête.

— Je me doute que Deidre vit des moments difficiles seule dans ce grand manoir, au chevet d'un père qu'elle vient à peine de retrouver et qui est déjà moribond.

— Je sais, répondit-elle d'une voix sombre, et je suis heureuse que Liam et Marc aient rendu visite à Deidre. Je lui ai proposé aussi d'aller la voir, mais elle m'a suggéré d'attendre encore un peu.

— Deidre refuse toujours de parler à Brigit, votre mère ? demanda Mari.

— Oui, car elle ne pardonne pas à maman de lui avoir caché pendant si longtemps la vérité sur sa naissance. Têtue comme l'est Deidre, je crois qu'il sera difficile de la faire changer d'avis.

— C'est dommage, soupira Mari.

Ces dissensions familiales la rongeaient, et elle aurait bien aimé trouver un moyen d'arranger les choses au sein du clan Kavanaugh.

— Deidre pense que Brigit est la cause de tous ses maux, expliqua-t-elle à Mari. J'espérais pouvoir amorcer une réconciliation entre elles, mais la maladie de Lincoln n'a rien arrangé, et pour le moment du moins, Deidre refuse le principe même d'une rencontre avec notre mère.

Après avoir disposé quelques victuailles sur le plateau, Mari se tourna vers elle.

— Deidre compte-t-elle assister au mariage de Liam et de Natalie ?

— Je crains que non. Elle aurait trop peur d'y croiser Brigit, répondit-elle, chagrinée.

Elle lut de la compassion dans les yeux de Mari, et au moment où sa belle-sœur s'apprêtait à parler, les portes à double battant de la cuisine s'ouvrirent sur Marc.

— Les invités meurent de soif, chérie ! dit-il à Mari.

— J'arrive, répondit Mari en emportant le plateau dans le salon.

Elle se revit alors quelques années plus tôt, échangeant un baiser plein de promesses avec Darin. Celui-ci avait été pour elle le meilleur des amis, celui à qui elle pouvait tout dire, même si, sur le plan sexuel, leur relation, elle l'admettait aujourd'hui, n'avait pas été très exaltante.

Elle venait d'avoir dix-neuf ans quand, encore sous le choc de la disparition de son père et en quête de stabilité affective, elle avait laissé Darin lui faire la cour.

Darin avait beaucoup compté pour elle, mais force lui était de constater qu'elle ne l'avait jamais aimé de cet amour que toute femme rêve un jour de vivre.

*
* *

Après avoir raccompagné Beth, sa dernière invitée, Colleen s'apprêtait à aller se coucher quand on sonna à sa porte.

Persuadée que Beth avait oublié quelque chose, elle ouvrit la porte sans regarder dans le judas, et se trouva face à Eric.

— Que fais-tu ici ? demanda-t-elle en s'efforçant de dissimuler son trouble.

Depuis qu'Eric, vexé par ses propos, avait pris congé assez brusquement, elle n'avait cessé de penser à lui, à sa voix caressante, à la façon dont ils avaient dansé, tendrement enlacés.

— Je voulais te voir, lui dit-il.

— A 3 heures du matin ?

— Pourquoi pas ? répliqua-t-il. Nous nous sommes quittés un peu vite tout à l'heure, et je ne voudrais pas d'un malentendu entre nous.

— Dans ce cas, je t'écoute.

— Puis-je entrer un instant ? demanda-t-il. Ce que j'ai à te dire est important, et il fait un froid de canard dehors.

— Très bien, mais juste un instant, dit-elle en s'effaçant pour le laisser passer.

Et tandis qu'Eric la remerciait d'un sourire, elle se dit soudain qu'elle n'aurait peut-être pas dû le laisser entrer aussi facilement chez elle.

Eric Reyes avait craint que Colleen le reçoive mal, voire qu'elle lui claque la porte au nez, et il fut soulagé qu'elle l'accueille en dépit de l'heure tardive.

Maintenant qu'il avait un pied chez elle, il ne

tenait qu'à lui de la séduire, à condition bien sûr de ne pas commettre d'impair.

— Qu'avais-tu de si urgent à me dire ? lui demanda-t-elle en se campant devant lui.

Il aimait sa silhouette déliée, ses jambes au galbe parfait, sa taille fine et son orgueilleuse poitrine, et à présent qu'il se trouvait seul avec elle, son désir pour elle ne fit que croître.

Subjugué par sa beauté, il s'éclaircit la gorge.

— En fait, rien d'urgent, mais je m'en suis voulu d'avoir pris la mouche, tout à l'heure, dans la cuisine. Après tout, tu n'as rien fait de mal en conseillant à Janice de chercher à se réconcilier avec son ex-mari.

— Je n'avais rien prémédité, répondit-elle, et j'ai parlé à Janice comme j'aurais parlé à n'importe laquelle de mes patientes du centre.

— Je ne doute pas de ta bonne foi, mais il semble me souvenir que tu étais d'accord avec moi pour admettre que le mariage de Liam et de Natalie était précipité, et qu'il fallait les aider à ne pas s'engager l'un avec l'autre à la légère.

— Et tu estimes qu'en me mêlant de vouloir raccommoder Janice et Tony, je ne rends service ni aux uns ni aux autres ?

— C'est ça.

Elle hocha la tête.

— J'aurais en effet peut-être dû réfléchir avant de me lancer dans un credo sur les grands sentiments. Mais reconnais toi aussi que tu as eu tort d'inviter Janice en même temps que Tony, dont la jalousie maladive est de notoriété publique.

— Qui sait ? Voir Janice et Tony se déchirer

comme ils l'ont fait incitera peut-être Liam et Natalie à la prudence.

— Liam et Natalie sont assez grands pour décider de leur destin, et leurs sentiments ne concernent qu'eux, répliqua-t-elle en le regardant droit dans les yeux.

— Tu as sans doute raison, répondit-il sur un ton conciliant.

Il tenait plus que tout à éviter une nouvelle dispute avec elle. Du reste, il n'était pas revenu pour parler de Janice et de Tony, mais pour la voir, elle.

Il balaya des yeux le salon, et après s'être attardé sur les objets, les bibelots, les tableaux accrochés au mur, son regard s'arrêta sur la photo d'un homme blond en uniforme.

— Darin ? demanda-t-il.

— Oui, répondit-elle, une pointe de tristesse dans la voix.

Il dut se faire violence pour ne pas la prendre dans ses bras et guetter, au fond de ses prunelles, cette flamme de désir qu'il y avait vue lorsqu'il l'avait enlacée sur Sunset Beach.

— Est-ce le souvenir de Darin qui te dissuade de sortir avec moi ? lui demanda-t-il.

Le regard gris-bleu de Colleen se teinta de mélancolie, et d'un geste nerveux, elle repoussa une mèche blonde derrière son oreille.

— Darin n'a rien à voir avec ma décision, répondit-elle sans conviction.

— Serait-ce alors que je ne suis pas assez bien à ton goût ? insista-t-il.

Troublée, elle sentit sa respiration s'accélérer. Il vit ses seins magnifiques se tendre sous son décolleté.

— Je n'ai pas dit ça, fit-elle en baissant les yeux. Je… J'ai même de l'estime pour toi, et puis, tu es loin d'être aussi arrogant que je le croyais à une époque.

— Je suis heureux de l'apprendre, répondit-il, pince-sans-rire.

Décidément, cette femme ne cessait de le déconcerter. Mais ce soir, lorsqu'il dansait avec elle, sentir la chaleur de son corps souple contre le sien avait ravivé son désir pour elle. Il n'avait nulle envie de repartir comme il était venu.

Lentement, sans la quitter des yeux, il s'approcha d'elle.

— Cesse de me regarder ainsi, dit-elle en reculant d'un pas.

Il continua à s'approcher et prit son visage dans ses mains.

— Qu'y puis-je si tu me fascines ? dit-il en posant ses lèvres sur sa bouche.

— Eric…, gémit-elle d'une voix rauque.

— Tais-toi.

Il l'embrassa, caressant l'arrondi sensuel de ses hanches, sa taille mince, puis ses seins qui se soulevaient au rythme de sa respiration haletante.

— Continue ! souffla-t-elle, les yeux fermés.

Sans cesser de l'embrasser, il glissa ses mains sous sa robe et caressa sa peau nue, pendant qu'elle laissait ses mains s'aventurer sur son sexe. Quand elle leva vers lui un regard empli de désir, il l'entraîna sur le canapé, relevant sa robe pour caresser la peau soyeuse de ses cuisses. Puis elle roula sur lui tandis qu'il l'étreignait de toutes ses forces. Tirant sur la glissière de sa robe, il dénuda ses épaules laiteuses. Il avait plus que jamais envie de lui faire l'amour.

— Allons dans ta chambre, murmura-t-il à son oreille. Nous y serons mieux que dans le salon.

A la façon dont elle se raidit dans ses bras, il eut l'impression fâcheuse d'avoir commis une terrible gaffe.

— Tu ne t'imagines quand même pas que je vais t'inviter dans *mon* lit ? s'indigna-t-elle en le fixant droit dans les yeux.

— Ne le prends pas mal, dit-il. J'ai su par Mari que tes enfants dormaient chez les parents d'une de tes amies, et c'est pourquoi j'ai pensé que nous pourrions… enfin que tu voudrais peut-être que je passe la nuit avec toi.

Elle s'écarta de lui, et il eut à peine le temps d'admirer sa chute de reins avant qu'elle rajuste sa robe.

— Tu as pensé qu'il te suffisait de sonner à ma porte pour que je me donne à toi ? demanda-t-elle en le foudroyant du regard.

— Je n'avais aucune mauvaise intention, s'empressa-t-il de dire.

— Me prendrais-tu pour une femme facile, Reyes ? Je ne suis pas celle que tu crois. Je suis veuve, mère de deux enfants et je travaille.

— Je n'ai jamais pensé que tu étais une femme facile, et pour ce qui est de tes enfants, je les apprécie et je ne demande qu'à les aimer.

Voyant que son air s'était radouci, il lui sourit.

— Allez viens ! dit-il en lui ouvrant ses bras.

— Il n'en est pas question, répondit-elle.

— Pourquoi ? Quand nous nous sommes embrassés sur Sunset Beach, il y a seize mois, tu n'étais pas aussi farouche, dit-il.

— Je… Disons que j'avais perdu la tête, répondit-elle.

— Et dans mon bureau, l'autre jour, tu avais aussi perdu la tête quand tu m'as laissé t'embrasser ?

Il la vit pâlir.

— Eh bien ? insista-t-il.

— Dès que les choses deviennent sérieuses entre nous, j'éprouve le besoin de prendre mes distances avec toi, alors même que je n'ai rien à te reprocher, dit-elle en baissant les yeux.

Frustré de tant la désirer et de constater qu'une fois de plus elle allait lui échapper, il regarda la photographie de Darin qui trônait sur la cheminée.

— Est-ce pour respecter la mémoire de Darin que tu te refuses de façon systématique à moi ? demanda-t-il.

— En fait, oui, c'est parce que Darin est encore présent dans mon cœur que je ne veux pas me donner à toi, répondit-elle en le défiant du regard.

— Tu me permettras d'en douter, déclara-t-il.

Il s'attendait à une réaction virulente de sa part, mais elle garda un silence mortifié. Il songea qu'il devait l'avoir blessée, et il s'en voulut.

— Excuse-moi. Mes mots ont dépassé ma pensée, dit-il.

Elle lui sourit.

— Tu as le mérite d'être sincère, et à mon tour, j'ai envie de l'être avec toi. La vérité est que Darin n'est pour rien dans ma décision de te tenir à distance.

— Ah…, fit-il, redoutant le pire.

— Je ne suis pas prête pour toi, poursuivit-elle.

Il se sentit à la fois soulagé et déçu.

Soulagé, car l'espace d'un instant, il avait craint de ne pas lui plaire suffisamment pour qu'elle envisage de sortir avec lui. Déçu, car en venant chez elle ce soir, il espérait bien la conquérir.

Il songea qu'il aurait été malvenu d'insister. Restait à espérer qu'un jour prochain, elle change d'avis à son sujet et qu'elle accepte d'envisager une relation avec lui.

— Je vais te laisser, mais je compte bien te voir après-demain chez Celino, déclara-t-il. N'oublie pas que Liam et Natalie comptent sur notre présence.

La maison Celino, une pâtisserie réputée de Harbor Town, devait en effet fournir le gâteau du mariage de Liam et de Natalie.

— Je n'ai pas oublié, répondit-elle. Et puis, je voudrais m'excuser de ne pas être toujours très patiente avec toi, ni très gentille.

Qu'elle puisse changer aussi vite d'attitude à son égard et lui sourire comme si de rien n'était après l'avoir durement rembarré ne manqua pas de le déconcerter. Jamais aucune femme n'avait suscité en lui des sentiments aussi vifs que ceux qu'il ressentait pour elle.

S'il restait sensible à la beauté des autres femmes qu'il lui arrivait de rencontrer, il ne cherchait plus à les conquérir à tout prix, et ce changement fondamental trahissait une envie de stabilité affective, qui jusqu'à présent lui avait été étrangère.

— Oh ! Je ne suis pas non plus toujours très

diplomate avec toi, dit-il en se dirigeant à regret vers la porte.

— Si ça t'embête de venir lundi chez Celino, Liam et Natalie comprendront que tu aies mieux à faire, ajouta-t-elle.

Ce rendez-vous chez le pâtissier n'avait rien d'enthousiasmant, et il savait fort bien que Natalie n'attachait pas une importance vitale à sa présence chez Celino, ce jour-là, mais que n'aurait-il fait pour être auprès de Colleen ?

— Natalie m'a demandé de venir, et je ne lui ferai pas faux bond, répondit-il.

Avant d'ouvrir la porte et de plonger dans la nuit glaciale, il regarda Colleen dans les yeux.

— Tu comptes pour moi, déclara-t-il.

— Toi aussi, Eric, tu comptes pour moi, murmura-t-elle.

Il mourait d'envie de la prendre dans ses bras, mais il parvint à réprimer son élan.

— Dans ce cas, à lundi ! déclara-t-il d'un ton bourru avant de sortir.

6

Avant de se rendre à son rendez-vous avec Liam, Natalie et Eric, Colleen fit un crochet par le centre commercial afin d'acheter bonbons et chocolats en prévision des fêtes d'Halloween.

Une fois chez Celino, une vendeuse en tablier rose la conduisit dans l'arrière-boutique où elle retrouva Eric, Liam et Natalie qui avaient déjà testé une demi-douzaine de gâteaux plus appétissants les uns que les autres.

— Bonjour, Colleen ! la salua Eric.

— Bonjour, répondit-elle d'un ton qu'elle voulut le plus neutre possible.

Elle se remémora non sans émotion leur étreinte du samedi précédent, la fougue avec laquelle elle s'était blottie dans ses bras, leur baiser voluptueux.

Ce soir-là, il s'en était fallu de peu qu'Eric et elle fassent l'amour, et s'il n'avait pas insisté pour l'emmener dans la chambre, elle aurait sans doute fini par franchir le pas.

En quoi le fait qu'Eric ait voulu aller dans sa chambre l'avait-il tellement agacée et déçue ? Sans doute parce qu'elle se faisait une idée romantique de l'amour et que, pour elle, coucher avec un homme n'avait de sens que si ce désir s'accompagnait de sentiments bien réels.

En outre, la réputation de play-boy d'Eric ne l'incitait pas à lui céder et ce, d'autant plus qu'ils allaient prochainement être parents par alliance, sa sœur épousant son frère.

Elle avait donc décidé de rester sur un terrain strictement amical avec lui. A la rigueur, elle irait jusqu'à lui accorder un sourire si l'occasion se présentait, mais rien de plus.

Lily Celino, la doyenne de cette dynastie de pâtissiers réputés, vint la saluer.

— J'ai bien cru que vous boudiez mes bons gâteaux ! déclara-t-elle, froissée.

Lily n'avait pas pour habitude de mâcher ses mots, même avec ses clients les plus fortunés. Celui qui s'en formalisait n'avait qu'à aller se fournir ailleurs.

— Désolée, mais il y avait un monde fou dans les boutiques du centre commercial, et j'ai perdu du temps aux caisses, dit-elle avec un sourire d'excuse.

Après avoir salué Natalie et Liam, elle s'assit à la seule place libre, près d'Eric, et le regarda plonger sa cuillère dans un gâteau rouge cerise.

— C'est le préféré de Jenny, dit-elle. A chacun de ses anniversaires, je dois en commander un pour elle et ses amies.

— Ta fille a bon goût, car de tous les gâteaux qu'on a goûtés, c'est celui que je préfère, répondit-il.

A la façon qu'il eut de la regarder, elle devina qu'il était plus captivé par ses charmes que par la saveur du gâteau, aussi délicieux fût-il.

Il jeta un coup d'œil à ses sacs qui débordaient de boîtes de chocolats et de sachets géants de bonbons.

— On dirait que tu as fait tes provisions de sucreries, dit-il. Est-ce que Jenny et Brendan aiment se déguiser pour Halloween ?

— Bien sûr, mais cette année, je ne vois pas Brendan parader avec ses béquilles.

— Son état s'améliore, dit-il d'un ton confiant, mais il devra attendre encore quelques jours avant de pouvoir marcher normalement.

Une fois de plus, la sollicitude qu'il témoignait à l'égard de son fils lui alla droit au cœur.

— En tout cas, merci de t'occuper si bien de lui, dit-elle.

— C'est normal ! répondit-il en lui adressant un grand sourire.

— Dites, vous deux, vous n'avez pas oublié que nous sommes ici pour choisir un gâteau ? intervint Natalie d'une voix impatiente.

— Désolé ! s'exclama Eric.

— Excuse-moi, Natalie, renchérit-elle, mais tu sais combien Brendan me tient à cœur.

Natalie la regarda, amusée.

— Je le sais, et je constate qu'Eric et toi, vous semblez bien vous entendre aussi, mais revenons si vous le voulez à notre dégustation.

— Naturellement, déclara-t-il d'un air contrit.

— En ce qui me concerne, reprit Natalie, j'ai un faible pour le gâteau au glaçage rouge cerise qui plaît tant à Eric.

— Et à Jenny, ajouta Eric.

— Et à Jenny, répéta Natalie d'un ton docile.

Chaque fois qu'il le pouvait, Eric ne manquait jamais de mentionner ses enfants, d'en dire du bien et de lui montrer qu'il les appréciait.

Sa réaction lui faisait plaisir et lui donnait l'espoir qu'un jour, peut-être, il n'était pas inconcevable d'imaginer qu'ils puissent former tous les quatre une famille recomposée heureuse.

Natalie plaça une part du gâteau au glaçage rouge cerise dans une assiette qu'elle fit glisser vers elle.

— Alors ? Quelle est ton opinion ?

— Ce gâteau est succulent, déclara-t-elle en imaginant qu'un jour, peut-être, Eric, elle, Brendan et Jenny pique-niqueraient par un dimanche de printemps ensoleillé près du lac Michigan.

— Tu ne l'as même pas goûté ! s'indigna Natalie.

Perdue dans ses pensées, la voix de Natalie lui parvint comme étouffée.

— Mais si, je l'ai goûté, protesta-t-elle, lors des anniversaires de Jenny. Et je le trouve excellent.

Avait-elle perdu une belle occasion, l'autre soir, de faire l'amour avec Eric ? C'était fort possible.

— Bon, alors je n'insiste pas, dit Natalie, un peu contrariée. Et toi, Liam, qu'en penses-tu ?

— Je te fais confiance, fit Liam en se levant. Vous voudrez bien m'excuser, mais je dois partir car on m'attend au PC.

— Moi aussi, je dois partir, renchérit Eric ; j'ai une opération délicate en fin d'après-midi.

Voyant que Natalie semblait un peu déçue par le départ de Liam et d'Eric, Colleen décida de rester auprès d'elle et de l'aider à remplir le bon de commande de la maison Celino.

— J'espère que tu ne m'en veux pas d'avoir eu un peu la tête ailleurs, dit-elle.

— Mais non, répondit Natalie en souriant. J'aurais dû comprendre que tu avais d'autres sujets de préoccupation que la dégustation d'un gâteau. Et tu sais, je ne vous remercierai jamais assez, Eric et toi, de ce que vous faites pour nous.

— C'est naturel. Liam est mon frère, et Eric, le tien.

Natalie hocha la tête.

— Tu sais combien j'aime Eric, n'est-ce pas ?

— Oui, je le sais.

— Je suis heureuse que les choses aillent mieux entre vous, ajouta Natalie.

Elle se garda bien de saisir la perche qui venait de lui être tendue.

— Eric gagne à être connu. Il n'est certes pas parfait, mais je ne le suis pas non plus, répondit-elle. Au fait, Natalie, je voulais te demander quelque chose.

— Quoi donc ?

Elle s'assura d'abord qu'aucune oreille indiscrète ne traînait dans la boutique.

— Eric sait-il que le père biologique de Deidre est Lincoln DuBois ?

— Non, répondit Natalie. Liam m'a tenue informée de ce qu'il était arrivé à Deidre, mais comme il s'agit d'un sujet délicat, j'ai préféré me taire.

— Mais qu'a dit Eric quand Marc et Liam sont allés dernièrement au lac Tahoe ?

— Eric sait que Deidre séjourne dans le manoir

des DuBois, mais il croit encore que Lincoln est un vieil ami de votre mère.

Elle regarda Natalie avec compassion.

— Parfois, je me sens responsable de ce qui t'est arrivé, lui dit-elle.

— Que veux-tu dire ? s'étonna Natalie.

— Si mon père n'avait pas découvert que Deidre n'était pas de lui, et donc que ma mère l'avait trompé, il n'aurait pas bu avant de prendre le volant, et votre mère ne serait pas morte dans cet accident. Tu n'aurais pas non plus été si grièvement blessée que tu as failli en être défigurée.

— Cet accident a été un drame pour nous tous, déclara Natalie, mais en ce qui me concerne, la page est tournée.

— En épousant Liam, tu seras bientôt une Kavanaugh, et comme Eric est ton frère, je ne t'en voudrais pas de lui dire la vérité concernant Deidre, déclara-t-elle un peu à contrecœur.

— Je te remercie, Colleen, mais rien ne presse, répondit Natalie.

Ce fut comme si un poids lui était ôté, car à vrai dire, elle ne tenait pas du tout à mettre Eric au courant d'un secret de famille aussi humiliant pour elle.

— Dans ce cas, je t'avoue que ça m'arrangerait si nous gardions le silence pendant encore quelques mois, le temps que Liam et toi soyez installés dans votre nouvelle vie.

Le temps pour elle aussi de savoir où elle en était avec Eric !

— Je comprends que tu tiennes à ta tranquillité

d'esprit, d'autant que mon frère et toi devez vous occuper ensemble des préparatifs du mariage.

— En effet, dit-elle, soulagée.

Natalie lui adressa un coup d'œil pensif.

— C'est curieux, mais alors que je me suis toujours demandé ce qui avait pu pousser ton père à boire autant avant de prendre le volant, ce jour-là, Eric, lui, n'a jamais semblé s'interroger sur les circonstances de l'accident.

— Insinuerais-tu que ton frère est un être insensible ?

— Eric a toujours pris soin de moi et m'a élevée avec amour, répondit Natalie.

— Ah, tu vois bien ! fit-elle, étonnée malgré tout d'en arriver à défendre Eric, alors qu'elle l'avait pratiquement mis à la porte de chez elle, l'autre soir.

— Je vois surtout que tu t'intéresses à Eric autant que lui s'intéresse à toi, rétorqua Natalie d'une voix malicieuse.

— Eric n'est pas ce play-boy cynique pour qui on l'a trop souvent pris, affirma-t-elle.

Elle serra Natalie dans ses bras, se gardant bien de lui préciser qu'elle était en train de tomber amoureuse de son frère.

D'un dernier coup d'œil, Eric Reyes s'assura que les bandages rougis adhéraient solidement à la jambe de Brendan.

— Ça devrait faire l'affaire, déclara-t-il, satisfait.

— Et si on ajoutait du mercurochrome pour que ça fasse encore plus vrai ? demanda Brendan.

— Même si je le voulais, je ne pourrais pas, car le flacon est vide, répondit-il en souriant.

Jenny, qui se trouvait elle aussi dans son cabinet de consultation, parut très impressionnée par l'aspect de son frère.

— Est-ce que tu crois qu'il ressemble assez à un éclopé pour avoir du succès, le soir de Halloween ? lui demanda Eric.

Affublée d'une blouse blanche prêtée par l'un de ses collègues médecin, Jenny se caressa doctement le menton.

— Oh oui, mais qui croirait que je suis un bon médecin en voyant l'état déplorable de mon patient ?

L'à-propos et le sens de repartie de Jenny lui faisaient regretter de ne pas avoir d'enfants.

— Les gens te féliciteront d'avoir su remettre Brendan sur pied, même s'il doit encore s'aider de béquilles pour marcher, répondit-il à Jenny, et c'était ce que nous voulions.

— Dans ce cas, c'est parfait, déclara Jenny avec une petite moue adorable.

— Ma mère va arriver d'un instant à l'autre, dit Brendan en trépignant d'impatience.

Que penserait Colleen en découvrant ainsi son fils ? D'un sourire, il chassa ses inquiétudes et aida Brendan à se mettre debout.

— Comment ta mère a-t-elle réagi quand tu l'as mise au courant de notre idée de déguisement pour toi ? insista-t-il.

— Oh ! Elle a d'abord été surprise, puis elle a dit qu'on pouvait vous faire confiance et que vous étiez le meilleur médecin de toute la ville, répondit Brendan.

Bien que surpris de recevoir autant de compliments de la part d'une femme, qui, peu de temps auparavant, disait pis que pendre de lui, il n'en laissa rien paraître.

— Alors tant mieux, fit-il avec un léger sourire.

— Je crois que maman vous aime bien, Eric, déclara Jenny de sa voix flûtée.

— C'est vrai, renchérit Brendan, et l'autre jour, elle parlait de vous au téléphone avec ma tante Deidre.

Il aurait bien voulu savoir ce que Colleen avait pu dire à Deidre à son sujet, mais il n'était pas question qu'il interroge Brendan.

Après s'être regardée dans le miroir, Jenny se tourna vers lui, l'air déçu.

— Je flotte dans ma blouse, se plaignit-elle.

— Désolé, Jenny, mais c'est la plus petite taille que j'ai pu trouver parmi mes collègues femmes.

Il aimait beaucoup Jenny. Il l'avait rencontrée pour la première fois l'été dernier, à l'occasion d'une fête de bienfaisance organisée au centre.

Toutes les sommités de Harbor Town avaient été invitées, et Tony Tejada, le maire, avait évoqué dans son discours la nécessité d'aider les plus faibles.

Jenny avait demandé à Eric de l'aide pour monter en haut d'un toboggan, et quand elle avait atterri sur le tapis de mousse après une descente irréprochable, il n'avait pas manqué de la féliciter.

Il ne l'avait plus revue pendant plusieurs mois, jusqu'à ce que le Dr Fielding l'appelle en consultation auprès de Brendan. Depuis lors, Jenny et lui étaient les meilleurs amis du monde.

Jenny lui rappelait Colleen, la méfiance en moins. Tout comme sa mère, la fillette ne manquait ni de personnalité ni de repartie.

— Tant pis, on dira que je suis un médecin nain, répondit Jenny avec sa moue si charmante.

Il ne put s'empêcher de rire.

— La compétence d'un médecin n'a rien à voir avec sa taille, dit-il, et le Dr Leung, la collègue qui m'a prêté la blouse que tu portes, en est un parfait exemple.

Brendan cessa un instant de sautiller sur ses béquilles.

— Dites, Eric, quelles sont les qualités d'un bon chirurgien ?

— Il faut avoir l'esprit vif, l'œil acéré et la main sûre, autant de qualités que possède notre Jenny.

— J'en doute ! répondit Brendan à qui il arrivait de jalouser sa sœur.

La porte s'ouvrit.

— Je vois que vous vous amusez bien, déclara Colleen, un peu interloquée, en entrant dans la pièce.

— Nous t'attendions, dit-il à Colleen, appréhendant un peu sa réaction.

Avec ses jambes peinturlurées et ses béquilles, Brendan devait avoir une drôle d'allure, au moins autant que Jenny affublée d'une blouse trop ample et coiffée d'un calot blanc qui lui tombait sur les yeux.

— Regarde mon stéthoscope ! s'exclama Jenny en s'élançant vers sa mère. C'est celui d'Eric, et il a dit que j'avais le droit de m'en servir pour ausculter Brendan.

— Je vois ça, dit Colleen d'une voix douce.

Pourtant, elle n'avait pas l'air très contente, et quand elle se tourna vers lui, il s'attendit au pire.

— Quelle drôle d'idée de déguiser Brendan en blessé, dit-elle en le scrutant de ses yeux aiguemarine.

Elle venait visiblement de quitter son travail, et il la trouva adorable dans son pull ivoire, si svelte avec ses longues jambes jaillissant de sa jupe écossaise.

Brendan, encore essoufflé d'avoir sautillé sur ses béquilles, s'approcha de sa mère.

— Grâce à l'idée de déguisement d'Eric, je pourrai participer moi aussi à Halloween, même si je suis temporairement handicapé, déclara-t-il.

En voyant Colleen examiner de plus près le pansement rougi de son fils, Eric se demanda si son idée était aussi judicieuse qu'il l'avait cru.

— Quand ta mère a accompagné Brendan hier à sa visite de contrôle, j'ai décidé de faire quelque chose pour lui, expliqua-t-il.

Il fut rassuré par le sourire que Colleen lui adressa.

— Brigit m'avait plus ou moins expliqué ton idée, mais je n'aurais pas cru que l'effet serait aussi réaliste. Si tu n'étais pas si bon chirurgien, tu aurais pu faire carrière comme maquilleur dans le cinéma.

Sa boutade dissipa ses dernières inquiétudes.

— Il est tard, maman. Si on attend encore, il n'y aura plus de bonbons pour nous quand on sonnera chez les gens, intervint Jenny en tirant sur le manteau de sa mère.

— Jenny a raison, renchérit Brendan.

— Que vous êtes impatients, mes enfants ! s'exclama Colleen en souriant.

— Je crois qu'ils sont surtout gourmands, rectifiat-il en adressant à Jenny et à Brendan un clin d'œil complice.

Elle lui adressa un regard empreint de reconnaissance.

— Merci de te donner tant de mal pour mes enfants, dit-elle.

— Bon, on y va, maman ? insista Brendan en tapotant le sol de ses béquilles.

Elle hocha la tête.

— D'accord. Dites au revoir à Eric et remerciez-le encore pour son aide.

— Mais Eric vient avec nous, maman ! déclara Brendan. Il nous a dit que ses voisins de Buena Vista Drive auraient plein de bonbons pour nous !

— Pas question de fêter Halloween sans lui, renchérit Jenny de sa voix flûtée.

— C'est vrai, Eric ? demanda-t-elle. Tu as proposé à mes enfants de les accompagner ?

— Pas exactement, se défendit-il. Brendan avait entendu dire que les résidents de Buena Vista Drive se montraient généreux en bonbons, et je l'ai assuré que mes voisins étaient des gens charmants, voilà tout.

Convaincu que la riposte de Colleen ne tarderait pas, il se prépara au pire, mais à son soulagement, il la vit sourire.

— Je ne t'ai pas proposé plus tôt de nous

accompagner, car j'étais persuadée que tu t'ennuierais avec nous, mais si tu veux venir, tu es le bienvenu.

Il ne tergiversa pas.

— Rien ne pourrait me faire plus plaisir ! s'exclama-t-il.

Avec des cris de joie, Brendan et Jenny ouvrirent la marche, et il emboîta le pas à Colleen, incapable de détacher les yeux de ses hanches dont l'ondulation attisait son désir.

La nuit était tombée quand Colleen, encore surprise par la générosité des riverains de Buena Vista Drive, donna le signal du départ.

— Vous avez suffisamment de friandises pour tout un mois, et il est temps de rentrer à la maison, dit-elle à Brendan et à Jenny.

Alors qu'elle se dirigeait vers sa voiture, Brendan et Jenny, toujours aussi exubérants, la dépassèrent en poussant des cris de joie et furent bientôt rejoints par Eric, lui aussi de fort bonne humeur.

Plus tôt, ils avaient croisé Dave Irkness, un garçon qui fréquentait la même école que son fils. Sans vouloir se montrer indiscrète, elle n'avait pu faire autrement qu'entendre Brendan raconter à Eric les tristes exploits de Dave, une vraie brute devenue la terreur des plus jeunes élèves.

Brendan ne lui avait jamais parlé de Dave Irkness. Elle fut d'abord chagrinée par ce qu'elle prenait pour un manque de confiance de son fils, puis elle se dit que Brendan, qui évoluait dans un univers masculin à l'école ou dans son club sportif, avait besoin de s'identifier à une figure paternelle.

— C'est ici que j'habite, déclara Eric en désignant une magnifique maison ceinte de baies vitrées. Si vous n'êtes pas trop pressés, entrez un instant.

L'idée la mit immédiatement mal à l'aise.

— Il est déjà tard, répondit-elle, non sans admirer la bâtisse élégante conçue par un architecte renommé.

— Je comptais vous montrer le cadeau de mariage que je destine à Liam et à Natalie, insista-t-il.

Jenny la tira par la manche de son manteau.

— Dis oui, maman ! J'aimerais bien voir le cadeau !

— Je ne crois pas que ça soit une bonne idée, répondit-elle en replaçant machinalement une mèche derrière l'oreille de sa fille.

— Promis, je ne vous retiendrai pas longtemps, plaida-t-il.

Réticente à entrer chez lui, elle finit néanmoins par céder devant l'insistance de sa fille et celle d'Eric.

— Très bien, mais alors pas plus de cinq minutes, dit-elle.

A sa surprise, il les entraîna non chez lui, mais devant son garage dont il ouvrit la porte.

— Pourquoi tu nous amènes ici ? s'étonna-t-elle.

— Pour vous montrer le cadeau de Liam et de Natalie, répondit-il en allumant la lumière.

Brendan, qui s'était faufilé à l'intérieur sans attendre l'autorisation, poussa un cri admiratif.

Gagnée par l'excitation du moment, elle aussi avait hâte de découvrir le cadeau. A son tour, elle entra dans le garage et eut le souffle coupé en découvrant, sur sa remorque, un hors-bord des années 1920 flambant neuf.

— Mais c'est un Gar Wood ! s'écria-t-elle.

Adepte de la natation et du ski nautique, qu'elle avait beaucoup pratiqués sur le lac Michigan, elle connaissait la réputation de ces hors-bords d'exception et savait qu'un Gar Wood en état de naviguer pouvait se négocier fort cher.

— C'est en effet un Gar Wood, confirma-t-il, ou plutôt un Baby-Gar, un modèle un peu plus petit, mais rarissime.

— Quelle merveille ! s'exclama-t-elle, aussi admirative que Brendan et Jenny qui, les yeux brillants, contemplaient la coque rutilante sur laquelle était peint le nom du bateau.

— *Lucy* a été construite en 1929, reprit-il. La coque et le pont sont en acajou et l'accastillage en cuivre. En plus, je crois savoir que ce petit bijou a vécu bien des aventures palpitantes et pas toujours légales.

— Lesquelles ? demanda Jenny, très excitée.

— Oh oui, raconte-nous les aventures de *Lucy* ! renchérit Brendan.

Il passa affectueusement sa main sur la coque du hors-bord.

— Au temps de la prohibition, quand il était interdit de vendre, d'acheter ou de consommer de l'alcool aux Etats-Unis, *Lucy* appartenait à un gang de contrebandiers. Elle allait si vite que les hors-bords de la douane et de la police ne la rattrapaient jamais.

— Ah bon ? Alors, *Lucy* n'aidait pas les gentils ? demanda Jenny.

— Mais si ! répondit sa mère.

— Votre mère a raison, enchaîna Eric. C'est au contraire un très bon bateau, et quand les contrebandiers ont fini par se faire arrêter, *Lucy* est devenue la propriété de la police de Mackinaw Island. Pendant cinquante ans, ce hors-bord a été le fleuron de leur flottille jusqu'à ce qu'un particulier, Albert Ravenswood, la rachète et la restaure il y a quinze ans.

— Et aujourd'hui, c'est toi qui as acheté *Lucy* ! s'exclama joyeusement Jenny.

— Tout juste ! Je veux offrir à ton oncle Liam et à Natalie un beau bateau, qui ait une âme et une histoire. J'ai poncé la coque, passé six couches de vernis marine et j'ai aussi remplacé quelques pièces d'accastillage pour le restaurer.

— Ouah, c'est vraiment du beau travail ! déclara Brendan en faisant lentement le tour du hors-bord.

Eric se tourna vers elle et lui sourit.

— Et toi, Colleen ? Qu'en penses-tu ?

— *Lucy* est un merveilleux symbole de notre lac Michigan. Liam et Natalie vont l'adorer, j'en suis sûre.

Son approbation l'emplit de joie.

— Ils pourront passer leurs nuits d'été sur ce bateau à regarder les étoiles s'allumer dans le ciel, poursuivit-il.

Elle fronça les sourcils.

— Je ne t'aurais jamais cru si romantique, dit-elle, surprise.

— Oh ! tu sais, je le suis sûrement moins qu'eux, s'empressa-t-il de répondre d'un ton gêné.

Devant son embarras, elle se dit qu'elle avait touché un point sensible et qu'il était sans doute préférable de changer de sujet.

— Il t'en faudra du courage pour te séparer d'une telle merveille, le moment venu, dit-elle.

Il éclata de rire.

— Si tu savais comme j'ai dû insister auprès de l'ancien propriétaire pour qu'il consente à me vendre ce bateau ! Qui a bichonné un Gar Wood un jour s'en souvient toujours, dit-on, alors forcément, j'aurai quelques regrets le jour où ma *Lucy* changera de capitaine.

Elle ne put s'empêcher d'imaginer la somme astronomique qu'il avait dû débourser pour acquérir ce bateau.

— Tu as dû te ruiner, dit-elle, et je ne sais pas si Liam approuverait une telle dépense.

— Il s'agit d'un cadeau, pas d'un placement, déclara-t-il, alors qu'importe le prix !

Comme Brendan et Jenny s'étaient éloignés de l'embarcation, elle en profita pour admirer le bateau de plus près.

— Natalie a bien de la chance d'avoir un frère qui l'aime autant, soupira-t-elle, un peu envieuse.

— Oui, j'aime énormément ma sœur, dit-il, mais le jour où j'aurai rencontré la femme de ma vie, je lui témoignerai autant d'amour, sinon plus.

Sa remarque la laissa songeuse. Plus le temps passait, plus elle s'attachait à lui, même si elle peinait à y voir clair dans ses sentiments pour lui. En outre, elle ignorait ce qu'il ressentait vraiment pour elle.

Il existait entre eux une attirance sincère. Pourtant, elle ne se sentait cependant pas prête à franchir le pas et à s'avouer qu'elle aurait aimé avoir une véritable relation avec cet homme qu'elle considérait encore, jusqu'à récemment, comme un ennemi des Kavanaugh et le responsable de leurs malheurs.

Il la regarda avec ce petit sourire légèrement ironique qu'elle lui connaissait bien.

— Te voilà bien silencieuse tout à coup, dit-il. Est-ce ce que j'ai dit sur le lien qui m'unit à ma sœur qui te trouble autant ?

— Quelle idée ? Je suis très heureuse qu'il existe entre vous un lien aussi fort, s'empressa-t-elle de répondre.

Il la regarda avec malice.

— Est-ce alors le fait d'avoir évoqué la possibilité de rencontrer un jour la femme de ma vie et de la rendre heureuse ?

Une fois de plus, elle maudit sa capacité de lire en elle, et comme toujours quand on touchait ses points sensibles, elle se mit à rougir.

— Que vas-tu chercher-là ! répliqua-t-elle.

— J'essaie simplement de mieux te comprendre.

— Tu perds ton temps.

— J'en gagne au contraire, puisque je sais que, tôt ou tard, nous vivrons ensemble, rétorqua-t-il.

L'espace d'un instant, sa réplique la laissa complètement abasourdie. Après avoir repris ses esprits et s'être assurée que Brendan et Jenny étaient suffisamment loin pour ne pas entendre leur conversation, elle décida de rectifier les choses.

— Je ne nie pas que tu m'attires beaucoup, mais il est prématuré d'envisager une vie commune.

— Si je t'attire autant que tu le dis, pourquoi me fuis-tu ainsi ?

— Disons que j'ai longtemps éprouvé beaucoup de rancœur à ton égard, expliqua-t-elle.

— A cause de l'accident ? A cause des dommages et intérêts que ta famille m'a versés ? demanda-t-il en la fixant droit dans les yeux.

— Pas seulement. Je ne sais pas ce qui me poussait à te fuir, Eric, et ce qui me pousse encore à garder mes distances avec toi, mais quand nous sommes ensemble, ce que je ressens pour toi est si confus que j'ai du mal à faire la part des choses.

— J'espère que, désormais, je ne serai plus à tes yeux cet horrible snob que tu détestais tant !

Elle soupira.

— J'ai eu tort de te juger trop sévèrement, et je sais aujourd'hui que tu es généreux, sensible et attentionné.

— Est-ce que tu penses vraiment ce que tu dis, Colleen ?

Elle s'approcha de lui, attirée malgré elle par son charme et par ses yeux de velours.

— Oui, je le pense, répondit-elle. Et toi, que penses-tu de moi ? Me vois-tu encore comme la pimbêche de la plage, la « petite princesse » Kavanaugh ?

— Je te considère comme la plus merveilleuse

des femmes, et j'espère que nous partagerons un jour bien plus que notre amour des beaux bateaux.

Du coin de l'œil, elle s'assura que Brendan et Jenny continuaient de s'occuper sans leur prêter attention.

— Tu n'as pas la réputation d'un homme qui prend l'amour au sérieux. Comprends que je reste sur mes gardes quand je suis avec toi.

— Nous en avons déjà parlé, Colleen, et je t'ai dit au contraire que je prenais l'amour très au sérieux, répondit-il en s'approchant d'elle.

Avant qu'elle ait pu réagir, ses doigts brûlants se refermèrent sur son poignet. Son contact la troubla tellement qu'il lui fallut quelques secondes pour recouvrer ses esprits.

— Je sais que nous sommes physiquement attirés l'un par l'autre, mais notre entente sexuelle n'est pas ma priorité, déclara-t-elle.

La pression de ses doigts autour de son poignet s'accentua.

— Ai-je dit que je négligeais les sentiments ?

En dépit des efforts visibles qu'il faisait pour la rassurer, il plaisait trop aux autres femmes pour qu'elle envisage sérieusement une relation avec lui.

— Je doute qu'une relation amoureuse entre nous puisse déboucher sur du bonheur réel, ajouta-t-elle.

— Laisse-moi au moins te prouver le contraire, répliqua-t-il en la dévorant du regard.

Incapable de lutter contre le désir qu'elle lisait dans ses yeux et celui qui la submergeait, elle se laissa aller dans ses bras et pressa ses lèvres contre les siennes.

7

Colleen frissonnait de volupté dans les bras d'Eric lorsque la voix stridente de Brendan lui parvint.

— Viens voir *Lucy* de près, maman ! Les sièges sont en cuir, et il y a plein de cadrans sur le tableau de bord !

— Excuse-moi ! dit-elle à Eric en se dégageant de son étreinte.

Elle s'approcha du bateau. Brendan était parvenu à monter à bord, alors que son pied était loin d'être guéri. Elle contourna la remorque et aperçut son fils à moitié hissé sur le pont du bateau, les jambes dans le vide.

— Eric ! appela-t-elle. Je crois que Brendan a besoin d'aide.

A son soulagement, Eric apparut presque aussitôt.

— Reste où tu es, Brendan, ordonna-t-il avant de grimper à son tour à bord.

Un instant plus tard, il aidait Brendan à descendre du bateau. Aussi, quand il l'invita, elle et ses enfants, à le suivre chez lui pour y boire quelque chose, elle n'eut pas le cœur de refuser.

Après leur avoir servi des tisanes aromatisées au miel, il proposa de commander un dîner chinois,

proposition qui rallia immédiatement les suffrages
de Brendan et de Jenny.

— Dis oui, maman ! insistèrent-ils en chœur.

Elle hésita. Elle se méfiait aussi de ses propres
réactions, de cet élan irrépressible qu'elle ne parvenait
pas à maîtriser et qui la poussait irrémédiablement
vers lui. Sans compter qu'elle ne parvenait pas à se
défaire tout à fait de la méfiance qu'elle ressentait
à son égard. A quoi bon bouleverser son équilibre
de vie et celui de ses enfants pour un homme certes
beau, grand, viril et intelligent, mais qui risquait
tôt ou tard de la décevoir ?

Elle enviait certes l'amour romantique qui unissait
Mari et Marc ou encore Natalie et Liam, mais elle
refusait d'être un jour ou l'autre rejetée, délaissée
ou trompée par Eric Reyes.

Les jours suivants, Colleen fit son possible pour
ne pas se retrouver seule avec Eric, ce qui ne fut
pas une mince affaire, car depuis l'opération de
Brendan et avec le mariage de Liam et de Natalie
qui approchait, il semblait être rentré en grâce auprès
du clan Kavanaugh.

Elle bavardait volontiers avec lui au centre, mais
mettait un point d'honneur à ignorer ses regards
appuyés et son air déçu quand elle l'ignorait trop
longtemps. Cependant, elle ne pouvait pas le fuir
sans cesse : tous deux avaient accepté de parrainer
le mariage de Liam et de Natalie, et il leur restait
un certain nombre de détails à régler.

Par un glacial samedi de novembre, elle se rendit

donc dans la cathédrale Holy Name où elle avait rendez-vous avec Eric, les futurs mariés ainsi que le prêtre qui célébrerait leur union, afin d'organiser une première répétition de la cérémonie.

Bien des détails restaient à mettre au point, et quand Natalie l'avait appelée à la rescousse, elle n'avait pas pu refuser de lui prêter main-forte.

— Colleen ! C'est gentil d'être venue, déclara Natalie de sa voix douce et chantante.

— Je te l'avais promis et je tiens toujours mes promesses, répondit-elle en souriant. Liam n'est pas arrivé ?

— Non, mais il ne devrait pas tarder. A cause des intempéries, lui et ses hommes sont sur la brèche depuis ce matin.

En tant que chef de la police, Liam avait toujours plus de travail l'hiver que l'été. Plus d'une fois, elle l'avait vu rentrer de mission en pleine nuit, exténué, trempé de la tête aux pieds.

Le fleuriste chargé de fournir les bouquets du mariage les attendait dans l'allée centrale, et au terme d'une concertation animée, Natalie et elle lui indiquèrent le nombre de bouquets à prévoir pour la cérémonie et comment les disposer.

Quand elle fut de nouveau seule avec Natalie, celle-ci lui indiqua du doigt une femme en grande discussion avec Eric. En les voyant tous les deux, elle eut un léger coup au cœur. Il lui sembla reconnaître la femme, au demeurant très jolie.

— C'est bien Delores Schaffner ?

Delores Schaffner, qui avait fréquenté le même lycée qu'elle, avait une réputation de séductrice.

Colleen avait l'impression qu'elle était en train de faire du charme à Eric, et elle en fut profondément troublée.

— C'est bien elle, confirma Natalie. Delores a fait son chemin depuis le lycée. Elle a la réputation d'être l'une des meilleures organisatrices de mariage de la région. C'est pour cela que Liam et moi avons décidé de faire appel à ses services.

— Quelle idée d'avoir engagé cette fille ! grommela-t-elle.

Natalie lui lança un regard surpris.

— Eric connaissait Delores, et il a eu la gentillesse de nous mettre en relation avec elle.

Ainsi, non seulement Delores serait présente le jour de la cérémonie, mais Natalie venait aussi de lui apprendre qu'Eric et Delores se connaissaient ! De mieux en mieux !

Décidément, elle avait eu raison de se méfier des belles paroles d'Eric et de penser que s'il s'intéressait à elle, c'était avant tout pour la mettre dans son lit.

— Je me demande bien si cette Delores Schaffner est fiable, murmura-t-elle.

— Jusqu'à présent, elle nous a donné entière satisfaction, répondit Natalie.

Elle sentit la colère la gagner.

— Et tu trouves normal qu'elle se conduise avec si peu de retenue dans un lieu tel que celui-ci ? On croirait vraiment qu'elle ne fait pas de différence entre une église et une boîte de nuit.

— Tu exagères, répondit Natalie, un peu gênée.

L'arrivée de Liam tout ruisselant de pluie l'incita à ravaler la réplique acerbe qui montait à ses lèvres.

Liam retira sa parka et sourit.

— Désolé d'être en retard, dit-il en embrassant Natalie, mais la route 11 est inondée, et nous avons dû secourir un automobiliste en détresse.

— Tu seras de service toute la nuit ? lui demanda Natalie, une pointe d'inquiétude dans la voix.

Liam jeta des regards à droite et à gauche comme s'il cherchait quelqu'un.

— J'en ai bien peur, et il faut avertir le père Mike que le parking sud est inondé et risque de se transformer en patinoire s'il gèle cette nuit. Le mieux serait d'en condamner l'accès jusqu'à nouvel ordre.

— Le père Mike ? Je ne l'ai pas vu depuis un moment déjà, répondit Natalie.

Liam se tourna vers elle.

— Et toi, Colleen ? Est-ce que tu l'aurais aperçu ?

— Le père était ici quand je suis arrivée, mais il m'a dit qu'il avait un rendez-vous urgent, répondit-elle.

— Dommage ! répondit Liam.

Pendant que Natalie réglait d'ultimes détails avec la fleuriste, elle se dirigea vers Eric.

— Colleen ! Comment vas-tu ? demanda Eric en la voyant.

— A peu près bien, répondit-elle en fustigeant Delores d'un regard glacial.

— Il m'a semblé entendre Liam mentionner la fermeture du parking sud ? demanda Eric.

— En effet. Où t'es-tu garé ?

— Dans la partie nord.

— Quelle coïncidence, moi aussi ! déclara Delores en lui jetant un regard appuyé. J'en déduis alors que la belle voiture de sport que j'ai aperçue est la vôtre ?

Colleen sentit son agacement croître. Elle était irritée par la façon dont Delores flirtait avec Eric, mais elle devait bien admettre que la jeune femme blonde ne manquait pas de charme.

— En effet, répondit Eric.

Incapable d'en supporter davantage, Colleen décida d'intervenir dans la conversation.

— Cette chère Delores t'a-t-elle donné des conseils utiles sur la façon de conduire Natalie jusqu'à l'autel, le jour du mariage ? demanda-t-elle. Je suis sûre qu'elle ne demanderait pas mieux que de joindre le geste à la parole.

— Delores se proposait en effet de me montrer comment avancer vers l'autel, le jour de la cérémonie, répondit-il avec un regard légèrement ironique.

Elle s'en voulut de son mouvement d'humeur, qui suggérait qu'elle tenait à lui bien plus que son attitude passée ne le laissait supposer.

— Quel zèle ! s'exclama-t-elle à l'intention de Delores.

— Je ne fais que mon travail, rétorqua l'organisatrice.

— Et quel professionnalisme ! ne put-elle s'empêcher d'ajouter.

— Certains hommes ont davantage besoin de conseils que d'autres, et certaines femmes devraient en prendre de la graine, persifla Delores.

Elle s'apprêtait à clouer le bec de celle qu'elle considérait déjà comme une rivale, lorsqu'elle se souvint que le lieu n'était peut-être pas très approprié à un règlement de comptes.

Eric en était sans doute arrivé aux mêmes conclusions, car il se tourna vers Delores.

— Si vous voulez bien, nous nous verrons un autre jour ; Colleen et moi devons nous entretenir avec le père Mike.

Laissant Delores interdite, Eric entraîna Colleen vers la sacristie.

— Pourquoi est-il si urgent que tu parles au père Mike ? lui demanda-t-elle à voix basse.

— Parce que cette Delores me cassait les pieds ! répondit-il sur le même ton. Et aussi parce que je viens de voir le père sortir de la sacristie et que j'ai en effet quelque chose à lui demander.

— De quoi s'agit-il ? demanda-t-elle, soudain curieuse.

— J'ai engagé un chanteur de gospel qui doit en principe interpréter des hymnes durant la cérémonie, mais avant de signer le contrat, je voudrais avoir l'avis du père sur le choix des hymnes, et ton avis aussi, bien sûr.

— C'est gentil de me demander mon avis, dit-elle.

— Non, c'est normal, répondit-il en lui souriant.

Ellen Rappoport et ses deux enfants, Nathan et Melanie, respectivement âgés de huit et dix ans, sortaient de la sacristie derrière le père Mike.

— Tu as vu qui est là ? glissa-t-elle à l'oreille d'Eric.

— Oui, répondit-il sur le même ton.

Ainsi, c'était avec Ellen Rappoport que le père

Mike avait rendez-vous, et elle se demanda ce qui avait pu pousser son amie à voir l'ecclésiastique.

Melanie poussa un cri en la voyant.

— Bonjour, Melanie ! dit-elle à la fille d'Ellen.

— Bonjour, Colleen, répondit Melanie en venant l'embrasser.

Elle savait que les enfants d'Ellen avaient souffert du départ de Cody, leur père adoptif, et voir Melanie sourire lui mit du baume au cœur.

— Que bon vent vous amène ? demanda le père Mike en s'approchant d'eux.

Après avoir embrassé Ellen Rappoport, elle salua le prêtre.

— Eric veut vous parler de l'accompagnement musical du mariage, mais nous ne voudrions surtout pas interrompre votre entretien, dit-elle.

— Ellen et moi avions terminé, répondit le père Mike de sa voix chaleureuse.

Comme Eric ne connaissait pas les enfants d'Ellen, elle les lui présenta, puis la conversation s'engagea sur la musique qui accompagnerait la cérémonie.

Elle donna son avis, puis laissant Eric et le père s'entretenir en tête à tête, elle s'éloigna avec Ellen, Nathan et Melanie.

Quand Colleen prit congé d'Ellen Rappoport avec laquelle elle avait longuement bavardé, elle décida de rentrer seule sans attendre Eric à qui elle gardait rancune de s'être affiché avec cette peste de Delores.

Alors qu'elle franchissait le seuil de la cathédrale,

elle entendit Eric l'interpeller, mais elle poursuivit son chemin sans se retourner.

— Tu es donc si pressée ? lui demanda-t-il, essoufflé, en la rejoignant sur le parking.

— Je suis fatiguée et je veux rentrer, répondit-elle sans le regarder.

Elle n'aimait pas mentir, mais l'épisode Delores lui restait en travers de la gorge.

— J'ai trouvé Ellen Rappoport et ses enfants charmants, dit-il, son souffle s'élevant dans la nuit froide.

Arrivée devant sa voiture, elle se tourna vers lui et le regarda longuement, tiraillée entre le désir irrépressible de se donner à lui et la crainte de commettre une erreur fatale.

— Ellen est quelqu'un de bien, et ses enfants aussi. J'aime beaucoup Melanie, et je suis désolée de la voir, ainsi que son frère, dans une situation difficile.

— Même si tu me prends pour un être sans cœur, sache que je ne suis pas insensible au malheur des autres, répliqua-t-il.

— Excuse-moi... J'oublie parfois que tu es médecin et que la souffrance d'autrui ne peut te laisser indifférent.

— N'en parlons plus, dit-il. A propos, ta mère m'a invité à venir partager avec vous, en famille, la dinde de Thanksgiving.

— Ma mère t'a invité ? s'écria-t-elle, incapable de cacher sa surprise.

— Elle m'a téléphoné avant-hier et s'est montrée charmante, poursuivit-il.

— Que t'a-t-elle dit d'autre ?

— Elle m'a expliqué qu'il était temps d'oublier les griefs passés et de faire en sorte que le mariage de Liam et de Natalie soit le plus heureux possible, expliqua-t-il.

— Et, bien sûr, tu as accepté son invitation, fit-elle en fronçant les sourcils.

— Au contraire, je l'ai refusée.

Elle en fut interloquée.

— Puisque maman t'a invité, il faut que tu viennes ! s'écria-t-elle, d'autant plus que Natalie sera là.

— Si je venais, serais-tu heureuse de me voir ?

— Bien sûr, répondit-elle après une imperceptible hésitation.

— Depuis plusieurs jours, j'ai l'impression que tu m'évites, déclara-t-il.

— C'est faux et…

— Il faudrait vraiment que je sois complètement idiot pour ne pas m'être aperçu que tu me fuyais, insista-t-il.

— A t'entendre, on croirait que je ne t'aime pas ! s'exclama-t-elle.

— N'est-ce pas le cas ? demanda-t-il en la fixant dans les yeux.

— Bien sûr que non ! répondit-elle.

Il soupira.

— Tu changes si souvent d'humeur que j'ai parfois un peu de mal à te suivre, déclara-t-il.

Elle s'en voulait d'être distante, mais elle ne parvenait pas à gérer l'attirance qu'elle ressentait pour lui, attirance qui se mêlait à de la crainte.

— Tu... tu ne me laisses pas indifférente, murmura-t-elle.

Malgré le froid, une chaleur soudaine envahit ses joues.

— Tu veux dire que tu t'intéresses à moi ? reprit-il.

— Oui, enfin non... Ce que je ressens pour toi est encore confus, et si je t'ai évité jusqu'à présent, c'est par peur de ce qui pourrait arriver entre nous.

A défaut d'y voir clair dans ses sentiments pour lui, au moins acceptait-elle enfin de s'en expliquer.

— J'aimerais bien savoir pourquoi sortir avec moi te fait si peur, dit-il.

Elle sentit un frisson la parcourir.

— Il me semble t'avoir expliqué, le soir des fiançailles de Natalie et de Liam, que je n'avais pas côtoyé beaucoup d'hommes après Darin.

— Tant mieux ! Ce que nous vivrons n'en sera que plus spontané.

Et, la fixant droit dans les yeux, il ajouta :

— Donnons-nous une chance d'être heureux.

Songeuse, elle regarda la neige tomber.

— J'espère qu'après ce que nous venons de nous dire, tu viendras dîner chez ma mère avec nous, pour Thanksgiving ?

— Si je ne suis pas un fardeau pour toi, je te promets d'appeler ta mère afin de lui annoncer que j'ai changé d'avis et que j'accepte avec plaisir son invitation.

Elle baissa les yeux.

— Merci, dit-elle, et j'espère que nous nous reverrons souvent par la suite.

Il lui sourit.

— Dans ce cas, je ne manquerai ce dîner pour rien au monde, répliqua-t-il en penchant son visage vers le sien.

En sentant ses lèvres chaudes effleurer sa joue, elle dut réprimer son envie de se jeter dans ses bras.

8

Après son travail, Colleen se rendit chez sa mère pour récupérer ses enfants, qui n'avaient pas école en raison des congés de Thanksgiving.

D'habitude, la maison était toujours éclairée à partir d'une certaine heure, mais ce soir-là, aucune lumière ne filtrait aux fenêtres.

Après tout, sa mère avait peut-être décidé d'emmener Brendan et Jenny au centre commercial ou bien faire du patin à glace.

Elle trouva porte close et, posé bien en évidence sur la table de la véranda, un billet à son intention.

« Colleen,

« J'ai essayé de te joindre à ton travail, mais tu étais en entretien et je n'ai donc pas pu te parler.

« Viens nous rejoindre chez Eric où nous t'attendons, les enfants et moi.

« Maman »

Après avoir lu le billet deux fois, elle regagna sa voiture et prit la direction de Buena Vista Drive, où habitait Eric.

Même si Eric occupait une place croissante dans son cœur, elle continuait de le considérer comme un étranger à sa famille. Elle ne comprenait pas pourquoi sa mère était allée chez lui avec les enfants sans l'en avertir au préalable.

Brendan et Jenny risquaient de s'attacher encore un peu plus à lui, substitut idéal de ce père qu'ils avaient perdu trop jeune, et elle frémit en imaginant ce que ressentiraient ses enfants le jour où il sortirait de leur vie, comme Cody était sorti de celle de Mélanie et de son frère.

Le revirement de sa mère à l'égard d'Eric et sa décision de se rendre avec les enfants dans cette luxueuse demeure acquise en partie grâce à l'argent des Kavanaugh lui étaient totalement incompréhensibles.

Eric... Chaque nuit ou presque, sa silhouette virile, son sourire, ses mains caressantes peuplaient ses rêves, et de nouveau, elle s'en voulut de l'avoir pris à parti, quelques mois auparavant, sur le parking de Jake's place.

Alors, Reyes, on fuit la bagarre de peur d'abîmer ces précieuses mains de chirurgien ? Qu'attends-tu pour aller te réfugier dans ta belle maison de Buena Vista Drive que l'argent de notre mère t'a permis d'acheter ? s'était exclamé Liam en s'avançant vers Eric.

Quelque chose s'était alors déchiré en elle, et sans plus réfléchir, elle avait devancé son frère et frappé Eric au visage.

Comment avait-elle pu agir de façon aussi stupide ? Avec tant de violence ? Le simple fait d'y repenser la faisait rougir de honte.

*   *
*

Une fois arrivée à destination, elle coupa le contact et resta assise, pensive, derrière le volant, tout en jetant un regard mélancolique à la plage de Sunset Beach noyée sous la neige.

Quand cesserait-elle d'en vouloir à Eric d'avoir tiré parti des indemnités que la justice lui avait attribuées à la suite de l'accident provoqué par son père ?

Etait-ce la faute d'Eric si son père avait tué sa mère et les parents de Mari Itani dans ce terrible accident ?

Ce qu'elle éprouvait n'était pas de la jalousie, mais bien de la honte, car durant toutes ces années, elle avait préféré dénigrer Eric plutôt que de remettre en question sa propre famille.

Traiter Eric d'arrogant et de parvenu était plus facile que d'admettre que son père était responsable au premier chef du déclin des Kavanaugh, mais aussi de la destruction des familles Reyes et Itani.

Elle, la championne de l'altruisme, la conseillère socio-psychologique appréciée de tous, en arrivait aujourd'hui enfin à admettre ses torts.

Des coups frappés à sa vitre la firent sursauter.

— Tout va bien, Colleen ? lui demanda Eric.

Malgré le froid, il ne portait qu'un jean et une chemise en toile qui lui rappela, non sans nostalgie, l'époque où il entretenait les bosquets et les jardins municipaux et où ses amies et elle se cachaient derrière une haie pour le regarder travailler.

— Oui, très bien, s'empressa-t-elle de répondre.

Sans qu'elle l'ait invité à le faire, il fit le tour de la voiture et prit place à côté d'elle.

— Tu sembles triste, dit-il.

Elle s'obligea à sourire.

— J'ai eu une journée difficile. Où sont les enfants ?

— Dans le garage avec ta mère. Brendan mourait d'envie de lui montrer *Lucy*, et bien sûr, Jenny voulait être de la partie.

— Je vois…, fit-elle sans pouvoir retenir ses larmes.

— Colleen, que se passe-t-il ? demanda-t-il, alarmé.

— En arrivant chez ma mère, j'ai trouvé porte close, et je me suis inquiétée, dit-elle.

Il la regarda avec une tendresse mêlée de compassion.

— Si j'avais su, je n'aurais jamais invité ta mère et tes enfants sans t'en parler au préalable.

Elle essuya rageusement ses joues.

— Quelle empotée je fais ! Chaque fois ou presque que nous sommes ensemble, il faut que je pleure.

— Ce n'est rien, lui dit-il d'une voix douce.

— Je ne vis plus sans mes enfants, répondit-elle.

— Tes enfants ne risquent rien, puisqu'ils sont sous la garde de ta mère, insista-t-il, et puis j'aime beaucoup Brendan et Jenny.

De nouveau, elle fut prise de remords en songeant à quel point elle l'avait mal considéré. Elle se résolut à changer de comportement envers lui.

— Je… Je te dois des excuses pour avoir été injuste à ton égard, dit-elle après une hésitation.

— Oh ! J'ai bien dû te donner parfois des raisons de m'en vouloir, répondit-il d'un ton contrit.

Elle lui adressa un vrai sourire.

— Tu n'as rien à te reprocher, et je ne te remercierai jamais assez de ton dévouement envers Brendan. Excuse-moi d'avoir été aussi irritable ces derniers jours, dit-elle d'une voix vacillante.

Sans la quitter des yeux, il s'approcha et se mit à lui caresser délicatement la nuque. Elle ne put réprimer un frisson au contact de ses doigts chauds sur sa peau nue.

— Si cela peut te rassurer, sache que ton hostilité envers moi ne m'a jamais vraiment surpris, déclara-t-il. Cet accident nous a dressés les uns contre les autres. Puis ce baiser échangé sur Sunset Beach n'a fait que compliquer un peu plus une situation qui l'était déjà. Tu me plaisais bien avant cette rencontre sur la plage.

— C'est vrai ? demanda-t-elle.

— Bien sûr. Un jour, on s'était croisés alors que je sortais de la bibliothèque municipale de Harbor Town. Tu m'avais souri. Je n'ai jamais pu oublier ce sourire.

— Je me souviens très bien de ce jour-là.

Il approcha sa bouche de la sienne, puis sans cesser de lui caresser la nuque, il l'embrassa avec fougue. Elle aurait voulu que leur étreinte dure éternellement mais, le souffle court, il finit par s'écarter d'elle.

— Si nous continuons ainsi, je ne réponds plus de rien, dit-il.

— Moi non plus, murmura-t-elle en ouvrant à contrecœur sa portière.

Le vent d'hiver la glaça, et elle frissonna en relevant le col de son manteau.

— Dépêchons-nous d'aller nous mettre au chaud. Je ne voudrais pas que tu prennes froid.

— Quand je suis avec toi, je n'ai jamais froid, dit-il en la guidant jusqu'à sa maison.

Elle s'arrêta au seuil de la luxueuse entrée en marbre qu'éclairait un lustre vénitien.

— Puisque nous sommes seuls, tu veux bien me faire visiter ta maison ? L'autre jour, je n'ai vu que le salon.

Il posa la main sur son bras.

— Bonne idée. Par quelle pièce veux-tu commencer ?

— Par la chambre à coucher, répondit-elle d'un ton malicieux.

Il éclata de rire et l'embrassa, et elle lui rendit son baiser avec fougue.

Devant le grand lit qui occupait tout un pan du mur, dans sa chambre, elle sentit un frisson parcourir tout son corps en songeant que c'était peut-être ici, un jour prochain, qu'elle lui appartiendrait.

Il dut deviner le cours qu'avaient pris ses pensées, car il se pencha vers elle pour l'embrasser.

— Moi aussi j'en ai très envie, lui dit-il, mais le moment est mal choisi.

— Oui, mieux vaut aller rejoindre Brigit et les enfants avant que nous perdions tous deux la tête, dit-elle.

Peu après, ils furent accueillis chaleureusement par Brigit, Brendan et Jenny qui travaillaient déjà avec entrain sur *Lucy*. Après avoir poli la coque du hors-bord pendant une bonne heure, elle retrouva avec plaisir le salon douillet d'Eric et apprécia la soirée passée dans une ambiance chaleureuse.

Eric commanda un dîner chinois, et quand chacun fut rassasié, Brendan proposa une partie de Trivial Pursuit. Grâce à l'aide d'Eric, Brendan sut répondre à de nombreuses questions scientifiques. Elle se sentit fière des progrès de son fils.

— Tu vois que je peux obtenir des bons résultats ailleurs que sur le terrain de foot ! lui fit remarquer Brendan.

— Je n'en ai jamais douté, répondit-elle en souriant.

Eric apportait beaucoup à Brendan, et une fois de plus, elle lui en fut reconnaissante. Quand la partie s'acheva sur une dernière bonne réponse de Brendan, elle se sentait si heureuse qu'elle adressa à Eric un regard ému.

— J'ai bien fait de venir avec les enfants chez Eric, lui murmura sa mère à l'oreille.

Brigit félicita Brendan pour sa victoire et rassembla ses affaires.

— Je vais rentrer dormir, car c'est demain que je prépare la dinde de Thanksgiving, annonça-t-elle. Et nous comptons sur votre présence au dîner, ajouta-t-elle à l'intention d'Eric.

— Je ne le manquerai pour rien au monde.

Elle se réjouissait par avance de la présence d'Eric chez sa mère le lendemain, mais elle redoutait que les autres convives ne remarquent l'attirance qu'elle éprouvait pour lui.

Outre Liam et Natalie, Marc et Mari, qui vivaient à Chicago, étaient eux aussi invités pour ce dîner de Thanksgiving, et il était convenu qu'ils repartiraient avec Brendan et Jenny, ces derniers devant passer tout le week-end chez eux.

— Tu veux que je vienne t'aider à préparer le repas, demain ? demanda-t-elle à sa mère.

— Avec grand plaisir ! répondit sa mère d'un ton enjoué.

Brendan l'implora du regard.

— Dis, maman, tu serais d'accord pour qu'on revienne travailler sur *Lucy* après être rentrés de Chicago ? demanda-t-il.

— Toute aide sera la bienvenue, affirma Eric.

— Dis oui, maman ! insista Brendan.

De nouveau, elle se sentit gagnée par la crainte. Et si ses enfants s'attachaient trop à Eric ? Sa relation avec lui était par trop incertaine, et elle...

— Si tu es trop occupée, intervint Brigit, interrompant le cours de ses pensées, je pourrai conduire les enfants chez Eric.

— S'il te plaît, maman ! reprit Brendan.

— Très bien, mais à condition qu'Eric soit d'accord pour que moi aussi, je vienne travailler sur le bateau, quand j'en aurai le temps.

— Je ne demande pas mieux, répondit-il, tandis que Brendan entamait une danse effrénée autour de la table, preuve que son pied était pratiquement guéri.

Une fois sa mère partie, et pendant que Brendan et Jenny regardaient la télévision, elle aida Eric à débarrasser la table et à ranger le salon.

Alors qu'elle déposait les verres et les tasses du dîner dans l'évier, il l'enlaça.

— J'ignorais que Brendan et Jenny devaient

passer le week-end de Thanksgiving à Chicago, dit-il en la regardant avec intensité.

— Tu ne peux pas tout savoir de nos habitudes familiales.

— J'espère qu'un jour, je ferai aussi partie de ta famille, dit-il. En attendant, que dirais-tu si nous sortions ensemble ce week-end ?

Il ponctua sa demande d'un baiser, l'attirant un peu plus contre lui. Elle frissonna et s'imagina assise à côté de lui dans une salle de cinéma plongée dans la pénombre, sa main dans la sienne, leurs visages tout près l'un de l'autre.

— Alors ? insista-t-il.

— C'est d'accord, dit-elle, son cœur battant la chamade.

— Il me tarde, déclara-t-il en la déshabillant du regard.

— A moi aussi.

Elle l'embrassa avec fougue, puis sortit de la cuisine et commença à ramasser les affaires de ses enfants.

9

— Comment peut-on être aussi maladroite ! s'exclama Colleen, après avoir laissé échapper le plat qu'elle tenait.

Elle ramassait les morceaux de porcelaine éparpillés à ses pieds quand sa mère leva le nez de sa saucière.

— Ce n'est pas grave, je t'assure ! Si tu veux bien continuer de remuer la sauce de la dinde, je vais nettoyer.

— D'accord, dit-elle, penaude.

Tout en remuant vigoureusement la sauce à l'aide d'une spatule, elle s'efforça de se calmer. Elle savait que sa nervosité était à mettre sur le compte de la présence d'Eric ce soir au dîner de Thanksgiving.

— Tu sembles préoccupée, ma chérie, lui dit sa mère après avoir jeté les débris du plat à la poubelle.

— Je le suis, admit-elle.

Sa mère effleura sa joue d'un baiser.

— Hier soir, quand nous étions chez Eric, je vous ai sentis très proches l'un de l'autre. Vous ne cessiez d'échanger des regards.

— Tu ne t'es pas trompée, reconnut-elle.

— Eric compte beaucoup pour toi, n'est-ce pas ? insista sa mère.

— Oui, dit-elle, mais j'ai parfois du mal à oublier que, pendant des années, il a été notre ennemi. C'est pour ça que je suis un peu nerveuse à l'idée qu'il soit des nôtres ce soir.

— Moi aussi, j'ai longtemps considéré Eric Reyes comme un ennemi, renchérit Brigit en soupirant, mais j'avais tort. Car si quelqu'un est responsable de l'accident, ce n'est pas Eric, mais ton père et moi.

— Tu n'étais pas au volant, ce jour-là, alors pourquoi t'accuser ainsi ? lui demanda-t-elle.

— Si ton père avait trop bu ce jour-là, c'est en partie ma faute. J'aurais dû lui dire plus tôt la vérité sur mon infidélité et, surtout, sur le fait que Deidre n'était pas de lui.

— Crois-tu que si papa n'avait pas eu la preuve que Deidre était d'un autre homme que lui, il n'aurait pas bu autant ?

— J'en suis convaincue, et c'est la raison pour laquelle je m'en veux autant, répondit Brigit. Non seulement j'ai perdu ton père, mais j'ai aussi perdu Deidre. Quand elle a découvert qui était son père, elle n'a plus jamais voulu me voir ni me parler.

— Je suis sûre que Deidre reviendra vers toi, dit-elle, moins par conviction que pour consoler sa mère.

— Qui sait ? En attendant, je suis heureuse de savoir Liam fiancé, et très contente de voir qu'entre Eric et toi, les choses semblent aller de mieux en mieux.

— C'est vrai qu'Eric compte de plus en plus pour moi, dit-elle en soupirant.

— Hier soir, j'ai vu comme il te dévorait des yeux, renchérit sa mère en ouvrant la porte du four.

Tandis qu'une délicieuse odeur de dinde rôtie se répandait dans la cuisine, elle songea une fois de plus aux aventures extra-conjugales de ses parents.

Cette révélation tardive avait cassé l'image de bonheur et de perfection qu'elle se faisait de leur couple et avait encore accentué son chagrin d'avoir perdu son père.

— Maman…

— Oui ?

— Non, rien, dit-elle.

A quoi bon entamer une discussion sur les infidélités de sa mère au risque de provoquer une dispute entre elles, surtout un jour comme celui-ci ?

Brigit s'approcha d'elle.

— Tu crois que je ne devine pas ce qui te préoccupe, ma chérie ? En cet instant, je suis sûre que tu te demandes ce qui a pu pousser une femme comme moi, si respectueuse des traditions, à chercher le bonheur ailleurs.

— C'est vrai, admit-elle.

— Il faut d'abord que tu saches que je n'ai pas voulu tromper ton père, du moins au début, quand je le croyais encore fidèle.

— Je te crois, maman, dit-elle.

Brigit soupira.

— Un jour, j'ai découvert qu'il avait des maîtresses, et j'ai dû admettre que je ne lui apportais plus ce qu'il attendait d'une femme.

— Pourtant, autant que je me souvienne, vous donniez l'image du couple idéal, dit-elle.

— C'était une illusion et rien d'autre, expliqua sa mère. J'étais malheureuse, je me sentais mal aimée, et c'est ce qui explique que j'aie fini par prendre un amant.

Les explications franches de sa mère avaient le mérite de l'éclairer sur le couple qu'avaient formé ses parents, et elle se félicita d'autant plus d'avoir soutenu sa mère, l'été dernier, quand Liam avait poussé celle-ci à se confesser devant les autres membres de la famille.

Elle n'oublierait jamais les larmes de sa mère, ce jour-là. Elle avait été touchée par sa détresse, alors que les autres ne parlaient que de « sa faute ».

— C'est ta vie, maman, et je ne veux ni te juger ni m'en mêler, dit-elle.

— Etant ma fille, tu aurais le droit de le faire, répondit Brigit.

Elle regarda sa mère avec reconnaissance.

— Dans ce cas, toi aussi tu as le droit de t'inté-resser à ma vie privée.

Brigit lui sourit.

— La mort de Darin a été un grand malheur pour toi et tes enfants, mais il serait temps que tu reconstruises quelque chose de solide avec un homme qui t'apporterait le bonheur.

— Oui, j'y pense parfois.

— Pourquoi cet homme ne serait-il pas Eric Reyes ? Il est beau, intelligent et, ce qui ne gâte rien, très riche, reprit sa mère.

— Nous nous connaissons à peine, lui et moi, objecta-t-elle.

Sa mère la regarda avec attention.

— Je crois surtout que tu es très indépendante et qu'il faudra beaucoup de persévérance à ton futur mari pour gagner ton cœur.

— Je n'en suis pas encore là, maman, protesta-t-elle.

— Bien sûr, reprit Brigit, mais il n'est jamais trop tôt pour songer à être heureux. Toi et moi, nous sommes par bien des points semblables, mais je t'accorde que tu es plus forte que moi. La plupart du temps, j'éprouve le besoin de cacher aux autres qui je suis et ce que je pense, tandis que toi, tu n'as jamais triché avec tes émotions et tes sentiments.

— Voyons, maman…

— Je t'assure, dit Brigit. Après la mort de Derry, j'aurais pu et peut-être même dû songer à me remarier, mais je n'en ai pas eu le courage. Je n'osais plus me confier à un homme, lui donner ce que j'avais donné à ton père…

— Et aussi à Lincoln, dit-elle.

Sa mère la regarda en souriant.

— Oui, à Lincoln aussi, j'ai beaucoup donné de moi et je crois que la plus belle chose qu'un homme et une femme puissent partager, ce sont des moments de sincérité et d'amour.

— C'est aussi mon avis, dit-elle.

— J'en étais sûre, ma chérie. Au fait, Mari m'a expliqué que, lors des fiançailles de Natalie et de Liam, tu avais encouragé Janice Tejada à dire à Tony ce qu'elle ressentait encore pour lui.

— C'est vrai.

— Si j'avais moi aussi osé parler à ton père à

cœur ouvert, peut-être n'aurait-il pas bu autant, le jour de l'accident, déclara Brigit avec mélancolie.

— N'y pense plus, maman ! lui dit-elle.

Sa mère la regarda avec tendresse.

— Aujourd'hui, je paie par des regrets les erreurs que j'ai commises dans le passé, mais il n'y a aucune raison pour que tu suives la même route que moi. Aie confiance en toi, en ton jugement, mais surtout en tes sentiments.

La gorge nouée par l'émotion, elle prit un couteau et se mit à éplucher le restant des carottes.

— Je suis fière d'être ta fille et de te ressembler autant, dit-elle à sa mère.

Brigit la serra sur son cœur, puis se remit elle aussi à sa cuisine. Elle essuya furtivement ses larmes sur son tablier et alla vérifier la cuisson de la dinde.

Sous le coup de l'émotion, Colleen se dit alors qu'elle ne gâcherait pas ses chances de bonheur avec Eric, même s'il lui fallait pour cela prendre sur elle et mettre de côté son orgueil.

Réconfortée par la conversation qu'elle avait eue avec sa mère, ce fut le cœur léger qu'elle accueillit Natalie une heure plus tard.

Elle appréciait beaucoup sa future belle-sœur et profita de l'occasion pour la questionner sur son enfance, sur ses parents, sur Eric, heureuse d'en apprendre davantage sur la famille de l'homme qui occupait toujours plus de place dans son cœur.

Depuis qu'elle s'était réveillée, ce matin-là, elle n'avait cessé de penser à Eric, et sa conversation avec sa mère n'avait fait qu'accroître son impatience de le revoir.

A mesure que le temps passait, elle sentit sa nervosité s'accroître et quand, à 18 heures précises, le carillon de la porte égrena ses trois notes, elle tressaillit.

— C'est sûrement Eric ! s'exclama joyeusement Natalie. Ne bouge pas, je vais aller lui ouvrir.

— C'est moi qui ai invité ton frère, et c'est donc à moi de l'accueillir, déclara-t-elle en troquant ses mules pour des escarpins.

Elle se dirigea vers l'entrée. Il n'était pas question qu'elle confie à une autre le soin de recevoir l'homme qui, un jour peut-être, serait son mari.

D'une main un peu tremblante, elle ouvrit la porte et sourit en reconnaissant la haute silhouette familière d'Eric.

— Entre ! lui dit-elle.

Il s'exécuta en la remerciant, puis lui tendit une bouteille de vin millésimé et un panier de pâtisseries.

— Il ne fallait pas ! s'exclama-t-elle, surprise et ravie.

— C'était la moindre des choses pour mon premier dîner chez les Kavanaugh, répondit-il. N'oublie pas qu'il y a encore quelques mois, ta mère n'aurait jamais songé à m'inviter.

— Je peux t'assurer qu'elle te porte aujourd'hui dans son cœur.

— Et toi, Colleen ? lui murmura-t-il à l'oreille.

— Devine ! répondit-elle en le regardant dans les yeux.

Une seconde plus tard, il l'embrassait avec fougue,

et elle lui rendit son baiser. Elle s'écarta à regret de lui, redoutant que quelqu'un ne les surprenne.

— Je... Ce panier de pâtisseries me met l'eau à la bouche, dit-elle pour se donner une contenance. Il vient de chez Sultan's ?

— En effet, et connaissant ton goût pour les pâtisseries orientales, j'ai pensé que ce genre de douceurs te ferait plaisir.

Elle fut très touchée par cette marque d'attention.

— Tu es un amour ! dit-elle en effleurant sa joue d'un baiser.

Un amour ? Elle n'en revenait pas elle-même de son audace.

Assise à table à côté d'Eric, elle savourait son dîner, qui contrairement à ce qu'elle avait craint, se déroulait sans incident.

Après avoir parlé de son métier, Eric questionna Marc sur son intention de briguer prochainement un siège de sénateur, et elle se réjouit de constater que ses manières agréables et son ton enjoué séduisaient sa famille.

Tout en aidant Mari à nourrir Riley, sa fille de dix-neuf mois, elle échangeait avec Eric des regards complices, quand une cuillérée de purée projetée par une Riley exubérante l'atteignit à la joue.

— Attends, je vais arranger ça, dit aussitôt Eric.

Elle fut touchée par la façon tendre dont il essuya sa joue avec le coin de sa serviette.

— Tu es adorable ! lui dit-il en replaçant une mèche vagabonde derrière son oreille.

Son geste n'échappa pas aux autres convives, et elle sentit leurs regards étonnés ou curieux sur elle jusqu'à ce que Riley, par ses cris, attire de nouveau l'attention sur sa petite personne.

Tandis que les conversations reprenaient autour de la table, elle donna une nouvelle cuillérée de purée à Riley et, émue, regarda Eric. Désormais, personne ne pourrait ignorer la place qu'il occupait dans son cœur.

Après avoir aidé sa mère à faire la vaisselle, elle se hâta de regagner la salle à manger, mais elle n'y vit pas celui qu'elle cherchait.

Passant de pièce en pièce, elle finit par trouver Eric bavardant avec Marc dans le bureau de son père.

Revoir ces murs tapissés de livres ranima sa nostalgie du temps où, petite fille, elle venait se jucher sur les genoux de son père pour qu'il lui montre les illustrations de ses plus beaux ouvrages.

— Eric m'a demandé de lui montrer la bibliothèque de papa, expliqua Marc.

— Ah ! dit-elle, un peu surprise par la requête d'Eric.

— Adolescent, je travaillais dans l'entreprise de jardinage de Kevin Little, et plusieurs fois dans l'année, j'étais chargé de tailler les haies ou de tondre la pelouse de votre père, expliqua Eric.

— Je ne me souviens pas de t'avoir jamais rencontré dans le jardin, dit-elle.

— Quand je venais travailler chez ton père, tu

étais au lycée, répondit-il d'un ton où perçait une légère amertume.

Elle s'en voulut de sa maladresse, mais après tout, elle n'était pas responsable du fait qu'il ait dû travailler pour poursuivre ses études.

— Bien sûr, dit-elle, gênée.

— Un jour, durant ma pause, poursuivit Eric, votre père m'a fait signe de venir le rejoindre dans sa bibliothèque. Je n'avais jamais vu autant de beaux livres rassemblés en un même lieu. Il m'a permis de choisir un Jules Vernes et m'a dit de le lui rapporter une fois que je l'aurais lu.

— Un Jules Vernes ? s'étonna-t-elle.

— Oui, ces grands livres illustrés qui racontaient des aventures palpitantes me fascinaient, expliqua-t-il. Après l'avoir lu, je l'ai rendu à votre père, et il m'a permis d'en prendre un autre, et un autre encore, après.

— Cher papa ! s'exclama-t-elle.

— Oui, votre père m'a toujours traité avec amitié, et par la suite, il a continué de me prêter des livres. C'est, je crois, ce qui m'a donné le goût des études.

Elle n'aurait jamais cru qu'Eric avait eu une relation si complice avec son père. Subitement, ses yeux s'embuèrent.

Eric, ému lui aussi, s'éclaircit la voix.

— Un jour, continua-t-il, Kevin m'a surpris à lire à l'ombre d'un arbre, dans le jardin de votre père. Il m'a passé un sacré savon, mais par chance, votre père est intervenu.

— Et il a demandé à Kevin de te laisser lire en paix ? suggéra-t-elle.

— Exactement, et c'est pourquoi j'ai aujourd'hui encore beaucoup de respect pour Derry Kavanaugh, conclut-il.

Elle échangea un regard ému avec Marc.

— Tu l'ignores peut-être, dit-elle à Eric, mais notre père n'avait pas eu la chance de faire des études. Ce qu'il savait, il l'avait appris par lui-même et dans les livres. Il plaçait l'éducation et la culture au-dessus de tout, et je suis sûre qu'il avait été ravi, ce jour-là, de prendre ta défense.

Les cris perçants de Riley retentirent au loin.

— Désolé, dit Marc, mais je crois que ma fille me réclame. Je vais devoir vous abandonner.

Elle fut heureuse de se retrouver seule avec Eric et en même temps un peu anxieuse, surtout après avoir parlé ainsi de son père avec lui.

— Eh bien…, commença-t-il.

— Asseyons-nous un instant sur le canapé, proposa-t-elle.

— Oui, bonne idée !

Il prit place à côté d'elle et posa sa main sur la sienne.

— J'ai envie de toi, lui dit-il, en la regardant avec intensité.

Le désir qu'elle lut dans ses yeux la bouleversa, et elle dut faire un grand effort de volonté pour ne pas se jeter dans ses bras séance tenante.

— Il ne faut pas, dit-elle.

— Pourquoi ?

— Je ne veux pas précipiter les choses entre nous, dit-elle en retirant sa main.

Alors même qu'elle était celle qui refusait d'aller

plus loin, elle lui en voulut un peu de ne pas insister davantage.

Il garda le silence, s'absorbant dans la contemplation des centaines de livres rangés sur les rayonnages du bureau de Derry Kavanaugh.

— Je vais peut-être t'étonner, lui dit-il, mais ma mère ressemblait à ton père sur bien des points. Tout comme lui, elle attachait beaucoup d'importance à l'éducation et me répétait que la vraie richesse se trouvait dans les livres.

Elle fut touchée par sa confidence.

— D'après Natalie, votre mère était une femme courageuse et exceptionnelle, dit-elle.

— Notre mère voulait notre bonheur. C'est pour cela qu'elle tenait à ce que nous réussissions dans la vie.

— C'était la même chose pour notre père, lui confia-t-elle.

De nouveau, ses yeux s'emplirent de larmes. Chaque fois qu'il était question de son père, elle oubliait tout le mal que son comportement avait provoqué. Elle avait envie de le défendre bec et ongles.

— Tu pleures ? lui demanda Eric en l'attirant à lui.

— Ce n'est rien, dit-elle.

— A l'époque, j'en ai terriblement voulu à ton père de m'avoir pris ma mère, déclara-t-il d'une voix voilée par l'émotion.

— Et aujourd'hui ?

— Aujourd'hui, je lui ai pardonné. Je me demande même si, sans ce terrible accident, j'aurais eu la volonté tenace de devenir médecin.

Elle hocha la tête.

— En ce qui me concerne, si mon père n'était pas mort, je ne me serais probablement pas mariée.

— Vraiment ?

— Fonder une famille a été pour moi un moyen de me sentir moins seule.

— Tu regrettes ce mariage ?

— Je ne regrette rien, car j'ai aujourd'hui deux beaux enfants grâce à Darin, répondit-elle en se blottissant contre son épaule.

— Quand nous sommes ensemble, t'arrive-t-il de penser à lui ? demanda-t-il en effleurant sa nuque d'une caresse.

Tout d'abord, elle ne sut que répondre. Après la mort de Darin, elle avait voulu se persuader qu'aucun autre homme ne pourrait le remplacer, mais depuis sa rencontre avec Eric, depuis ce baiser échangé seize mois auparavant sur la plage de Sunset Beach, les choses avaient changé.

— Ça m'arrive parfois, dit-elle avec franchise, et je ne me sens pas le droit d'oublier les moments heureux que nous avons vécus ensemble, Darin et moi.

Souvent en mission à l'étranger, Darin avait néanmoins été un mari aimant. Elle aurait eu l'impression de le trahir et de le tuer une seconde fois en l'effaçant de ses souvenirs.

Alors qu'elle trouvait la caresse d'Eric sur sa nuque aussi agréable que troublante, ce dernier suspendit son geste.

— Est-ce pour cette raison que tu n'as pas refait ta vie après sa mort ? demanda-t-il.

— Après sa mort, j'étais si bouleversée que j'avais surtout besoin de faire le point, répondit-elle.

A son soulagement, il reprit ses caresses, et à son tour, elle glissa sa main sous sa chemise afin d'effleurer sa peau nue.

— Aujourd'hui, c'est avec toi que j'ai envie d'être, lui dit-elle, troublée par le frémissement de ses muscles sous sa paume.

Il la serra un peu plus contre lui et plaqua sa bouche contre la sienne dans un long et langoureux baiser. Alors, elle n'eut de cesse d'inventer de savantes caresses jusqu'à ce qu'une plainte jaillisse de ses lèvres.

— Colleen...

— Chut ! murmura-t-elle sans arrêter de caresser son torse. Oublions le passé et pensons un peu à nous deux.

Elle le sentit tressaillir.

— Tu es sérieuse, Colleen ?

— Mais oui !

— Si tu savais combien j'ai envie de toi, Colleen ! dit-il en l'enlaçant avec une force accrue.

— Moi aussi, j'ai envie de toi, répondit-elle d'une voix presque inaudible.

Elle sentit les pointes de ses seins se durcir tandis qu'il continuait de la caresser.

— Tu veux vraiment d'une relation avec moi ? demanda-t-il.

— Oui, mais laisse-moi le temps de me faire à cette idée...

— Je devrais peut-être me montrer plus persuasif ?

demanda-t-il en plongeant son visage dans son décolleté.

— J'aime quand tu me caresses, répondit-elle en frémissant sous ses baisers.

— Moi aussi, j'aime quand tu me caresses, dit-il en relevant la tête et en la regardant dans les yeux.

— Comme ça ? s'enquit-elle en s'enhardissant.

— Plus bas...

Elle le laissa guider ses doigts là où il le désirait.

— Continue, souffla-t-il.

Elle caressa son sexe tendu.

— Faisons l'amour, chuchota Eric d'une voix rauque.

Les joues en feu, elle riva son regard au sien.

— Ici ?

— Oui, murmura Eric en lui relevant déjà sa jupe.

Elle était sur le point de lui céder lorsqu'elle entendit Jenny l'appeler, sans doute du premier étage si elle en jugeait par sa voix lointaine.

— Maman, maman, où es-tu ?

— J'arrive, ma chérie ! cria-t-elle aussi fort qu'elle le put en réajustant ses vêtements.

Ses yeux s'attardèrent sur le renflement que formait le pantalon d'Eric, et elle éprouva un vif regret.

— Maman, tu viens ? insista la voix de Jenny. Je ne trouve pas mon oreiller.

— J'arrive ! répéta-t-elle un peu plus fort.

Elle se tourna vers Eric.

— Je n'en ai pas pour longtemps, alors si tu veux m'attendre, je reviendrai te voir ensuite, dit-elle.

Et, après lui avoir adressé un regard brûlant, elle sortit du bureau.

Il ne lui fallut pas plus de cinq minutes pour trouver l'oreiller fétiche de sa fille, celui sans lequel elle n'arrivait pas à s'endormir, à l'endroit exact où il aurait dû se trouver, c'est-à-dire dans le sac de voyage.

— Merci maman, lui dit Jenny. Je n'aurais pas pu partir sans mon oreiller.

Laissant Jenny et Brendan terminer de rassembler leurs affaires, elle retourna dans le bureau de son père, mais Eric ne s'y trouvait déjà plus.

Déçue, elle parcourut les autres pièces de la maison sans le trouver. En désespoir de cause, elle décida de sortir prendre l'air.

— Colleen ?

Eric avait déjà passé son manteau et semblait prêt à partir.

— Pourquoi ne m'as-tu pas attendue ? lui demanda-t-elle d'un ton de reproche.

— Je ne voulais pas m'imposer. Merci de m'avoir invité, dit-il en la regardant au fond des yeux.

— Merci à toi d'être venu, répondit-elle en se rapprochant.

— J'ai déjà pris congé de ta mère et de ta famille. Je t'appellerai demain sans faute, promit-il en effleurant ses lèvres d'un baiser.

Elle le suivit des yeux pendant qu'il se dirigeait vers sa voiture en maudissant le destin qui avait contrarié leurs plans.

Longtemps, elle resta debout, dans le froid, à

regarder s'éloigner les feux arrière de sa voiture. Un crissement de gravier la fit sursauter.

— Maman, tu as pensé à mon iPod ? demanda Brendan.

— Ton iPod se trouve dans le sac bleu, répondit-elle, retrouvant immédiatement ses réflexes maternels.

— Merci maman, répondit Brendan. Riley dort, et Jenny ne va pas tarder à dormir aussi. J'aimerais bien pouvoir écouter ma musique pendant le trajet.

— Bien sûr ! dit-elle en souriant.

Emue, elle se promit de pouvoir un jour aimer Eric sans remords, au sein d'une famille recomposée où ses enfants auraient toute leur place.

Après avoir aidé Brendan et Jenny à s'installer à l'arrière de la voiture de Marc et de Mari, elle vérifia qu'ils avaient bien bouclé leur ceinture de sécurité.

— Soyez sages pendant votre séjour à Chicago, leur recommanda-t-elle.

Brendan et Jenny le lui promirent, et elle prit ensuite congé de son frère et de sa belle-sœur.

Au regard brillant de curiosité que lui lança Mari, elle sentit que sa belle-sœur brûlait de la questionner sur Eric.

— Je t'appellerai demain, lui glissa Mari à l'oreille.

— Demain, je risque d'être assez occupée, dit-elle, peu pressée de mettre Mari dans la confidence.

— Alors après-demain ! insista Mari avant de l'embrasser sur la joue et de grimper sur le siège avant.

Quand elle se retrouva seule dans l'allée déserte,

elle se rendit compte que, contrairement aux autres fois, l'absence de Brendan et de Jenny ne lui pesait pas autant qu'elle l'aurait craint.

Elle pensait toujours avec amour à ses enfants et elle s'inquiétait pour eux, mais désormais, Eric occupait une place croissante dans son cœur.

— Rentre, ma chérie, ou tu vas prendre froid ! lui lança sa mère depuis la véranda.

Pensive, elle suivit Brigit dans la maison bien chauffée, et quand sa mère lui proposa une tisane, elle prétexta une soudaine fatigue et décida de rentrer sans attendre.

Dans sa voiture, sur le trajet du retour, elle fut saisie de frissons qu'elle attribua d'abord au froid avant de se rendre compte que le chauffage était réglé à son maximum.

Que lui arrivait-il ?

Sans cesser de grelotter, elle repensa à Eric, à l'effet qu'il lui faisait, à la façon dont ils s'étaient embrassés et caressés dans le bureau de son père.

Une fois arrivée au second carrefour de la nationale, au lieu de tourner à droite pour rentrer chez elle, elle s'engagea à gauche dans Travertine Drive.

L'habitacle surchauffé de sa voiture lui mit le feu aux joues, et elle comprit que ses frissons n'étaient pas causés par le froid mais par l'émotion qui s'était emparée d'elle, tout à l'heure, quand inconsciemment déjà, elle avait pris la décision de se rendre chez Eric.

Quelques minutes plus tard, elle se gara devant

chez lui, et il lui fallut faire appel à toute sa volonté pour oser sonner à sa porte.

Il lui ouvrit en jogging, les cheveux encore humides de la douche.

— Colleen !

Jamais elle ne l'avait trouvé aussi séduisant.

— Je te dérange ?

— Bien sûr que non !

Il s'effaça pour la laisser entrer et l'escorta jusque dans le salon. Il l'aida à retirer son manteau, effleurant ses seins au passage, ce qui lui arracha un nouveau frisson.

— Mais tu es frigorifiée ! s'exclama-t-il.

— J'ai besoin que tu me réchauffes.

Il l'enlaça, et elle respira avec délices son odeur masculine à laquelle se mêlait celle de sa lotion d'après-rasage.

Elle se sentait si bien dans ses bras qu'elle aurait presque souhaité pouvoir arrêter le temps.

— Je ne m'attendais pas à ce que tu viennes ! s'exclama-t-il.

Elle s'abandonna à son étreinte. Quand il la souleva dans ses bras pour la porter jusqu'à l'escalier, elle eut l'impression qu'une page de sa vie venait enfin de se tourner.

— Où m'emmènes-tu ? demanda-t-elle en s'efforçant de maîtriser les battements de son cœur.

— Dans ma chambre ! répondit-il avec une expression de triomphe.

10

Une fois qu'Eric l'eut déposée sur le lit gigantesque qui occupait un angle de sa chambre, Colleen se demanda comment allait se dérouler leur première nuit d'amour.

Serait-elle à la hauteur, alors qu'il y avait si longtemps qu'elle vivait seule ?

— Tu trembles ! remarqua-t-il d'un ton soucieux. Tu as encore froid ?

— Je… Je crois surtout que j'ai peur, répondit-elle.

— Peur ? Mais de quoi ? s'étonna Eric.

— Il y a si longtemps que je n'ai pas…, commença-t-elle avant de s'interrompre, incapable de finir sa phrase.

Avec une tendresse qu'elle ne lui aurait pas soupçonnée, il lui caressa la joue.

— Je saurai être patient, lui dit-il.

Longuement, elle scruta les contours de son si séduisant visage.

— Tu as autant envie de moi que j'ai envie de toi ? demanda-t-elle avec émotion.

— Comment peux-tu en douter ? répondit-il en se penchant pour l'embrasser.

Elle lui rendit son baiser avec fougue.

— Si tu savais comme j'ai attendu ce moment-là ! dit-elle d'une voix haletante.

— Moi aussi !

Couchée sur le lit, ses cheveux éparpillés sur l'oreiller, elle gémit quand ses mains expertes s'attardèrent sur ses hanches nues. Chaque nouvelle caresse qu'il lui prodiguait faisait naître en elle des sensations inédites.

Elle le désirait comme jamais elle n'avait désiré aucun homme avant lui.

Contrastant avec la fraîcheur relative de la chambre, ses mains chaudes sur son corps sevré de sensations amoureuses lui firent l'effet d'un baume magique.

Si le destin ne s'en était pas mêlé seize mois auparavant, sur la plage de Sunset Beach, peut-être ne connaîtrait-elle pas aujourd'hui un tel bonheur !

Blottie au creux de ses bras, elle tendit sa bouche vers lui et caressa sa nuque et ses épaules viriles pendant qu'il lui retirait son soutien-gorge.

Après avoir dénudé ses seins, il en caressa les pointes avec tant d'adresse qu'elle laissa échapper un nouveau gémissement de plaisir.

— Tu as encore froid ? demanda-t-il.

Un reste de pudeur la dissuada d'avouer que c'était la crainte de ne pas être à la hauteur qui la faisait trembler, et non le temps qu'il faisait dehors.

— Je... Ne t'inquiète pas.

Elle s'efforça de chasser ses craintes, d'oublier, ne serait-ce qu'un instant, que cette soirée allait avoir des conséquences décisives. Mais elle ne pouvait s'empêcher de penser que, du succès ou de l'échec de leur première nuit d'amour, dépendait son futur bonheur.

— Viens, allons prendre tous les deux une bonne douche chaude, déclara-t-il en se levant et en l'aidant à se mettre debout.

Elle se laissa conduire à moitié nue jusqu'à la salle de bains, et bientôt, sa jupe forma une corolle sombre à ses pieds qu'elle enjamba d'un mouvement gracieux.

Son sexe à peine dissimulé par quelques grammes de dentelle, ses longues jambes gainées de soie et ses pieds chaussés d'escarpins, elle prit plaisir à se laisser admirer par Eric.

— Que tu es belle ! s'exclama-t-il.

Après la longue parenthèse de son veuvage, elle était comblée de se sentir autant désirée par lui. Quand, d'un geste impérieux, il plaqua sa main sur son ventre frémissant, elle laissa échapper un gémissement.

— Oui…, murmura-t-elle.

Agenouillé devant elle, il lui retira avec une lenteur calculée sa culotte, ses bas et ses escarpins, puis lui caressa les pieds.

Elle voulut l'aider à se déshabiller, mais il l'en empêcha et la fit entrer seule sous la douche.

Alors qu'elle savourait la caresse du jet brûlant sur ses épaules nues, une ombre apparut sur le verre dépoli de la porte.

— Eric ?

— Je suis là ! dit-il en venant la rejoindre.

Elle gémit en sentant son corps viril se plaquer

contre elle et ses mains caresser ses hanches, son ventre et sa toison ruisselante.

A son tour, elle caressa son corps, satisfaite de l'entendre gémir quand elle pinça entre le pouce et l'index la pointe de ses pectoraux.

Quand elle voulut caresser son sexe dressé, il l'en empêcha.

— Attends, dit-il.

— Pourquoi ?

— On a tout notre temps.

De sa main libre, il lui caressa le ventre, mêlant la chaleur de sa paume à celle, ruisselante, du jet de douche.

— Tu aimes ce que je suis en train de te faire ? s'enquit-il.

— Oh oui ! répondit-elle, le souffle court.

Après l'avoir longuement caressée entre les cuisses, il lécha les gouttes d'eau qui perlaient sur le bout de ses seins. Elle dut se faire violence pour ne pas crier.

— Encore ? lui demanda Eric.

— Oui, fais-moi ce que tu veux !

D'une main, il lui saisit alors les poignets qu'il maintint dans son dos, tandis qu'il caressait les endroits les plus intimes et les plus secrets de son corps.

Elle sentit le plaisir déferler en elle et s'y abandonna, savourant chaque instant de la jouissance qui la submergeait, puis épuisée et haletante, elle s'appuya contre son épaule musclée.

— C'était si bon ! murmura-t-elle d'une voix rauque.

Il libéra ses poignets engourdis, coupa l'arrivée d'eau et ouvrit la porte de la cabine.

— Tu n'es jamais aussi belle que lorsque tu es heureuse, répondit-il, les yeux brillants.

— Grâce a toi ! répondit-elle.

Après l'avoir essuyée, il la souleva dans ses bras et la porta dans la chambre.

— Viens ! le supplia-t-elle en lui ouvrant ses bras.

Son sexe gainé d'un préservatif, il s'allongea sur elle et elle savoura le contact de ses muscles contre sa peau nue, son souffle sur sa bouche.

— Prends-moi, Eric ! dit-elle d'une voix rauque de désir.

Mais il se contenta de la caresser de ses doigts et de sa langue, s'attardant sur son ventre, ses cuisses, ses seins, faisant naître en elle toujours plus d'envie fébrile.

— Viens, s'il te plaît ! s'écria-t-elle, prise dans un tourbillon de sensations où se confondaient la chaleur de leurs corps mêlés, ses mains sur sa peau, son sexe durci contre ses cuisses.

Alors il la pénétra fougueusement, se fondant dans sa chair, faisant naître en elle des vagues de plaisir inouï. Il la fit sienne, comme jamais aucun homme ne l'avait fait auparavant.

— C'est si bon ! dit-elle.

La bouche collée à son oreille, il lui murmura des mots crus qui l'incitèrent à se livrer encore plus totalement à lui, à épouser son rythme, à lui rendre ses caresses au centuple.

Il la dominait de toute sa puissance, la dévorait

des yeux, lui faisant sentir à quel point elle était destinée à lui appartenir corps et âme.

— Je suis à toi, dit-elle en rivant son regard au sien.

Après lui avoir donné du plaisir sous la douche, il la comblait comme jamais elle n'aurait espéré l'être.

Pour la première fois de sa vie, elle ressentait au plus profond de sa chair la volupté d'être femme et d'appartenir à un homme. A cet homme. Comment avait-elle pu se passer de lui aussi longtemps ?

Elle le saisit par les épaules pour l'attirer un peu plus à elle, pour mieux plaquer son ventre au sien, pour que son sexe la pénètre toujours plus profondément.

— Je suis à toi ! lui répéta-t-elle à l'oreille.

Une vague de jouissance l'emporta, et bientôt, il la rejoignit dans l'extase.

Alors que le jour pointait derrière les rideaux de la chambre, il se pencha vers elle.

— Tu as été merveilleuse, murmura-t-il en lui caressant le ventre.

— Toi aussi.

Leur nuit d'amour avait été torride, mais il ne semblait pas rassasié d'elle.

— Caresse-moi, demanda-t-elle en s'étirant dans le grand lit.

Il obtempéra, heureux de sentir palpiter son ventre chaud sous sa paume, et plus heureux encore de sentir que le fossé qui les avait trop longtemps séparés l'un de l'autre se comblait.

Pendant des années, elle avait choisi de l'ignorer, pour ne pas avoir à se dire que, par la faute de son père, des familles d'innocents avaient été frappées en plein cœur.

Pour sa part, il ne l'avait jamais considérée comme responsable des actes de son père, mais comme l'une des victimes collatérales de ce drame de la route.

Chaque fois qu'il avait tenté de se rapprocher d'elle, elle l'avait remis à sa place sans ménagement. Aussi, le fait qu'elle soit enfin à lui, qu'elle ait décidé de lui appartenir, le comblait au-delà de tout.

Il laissa sa main s'aventurer entre ses cuisses, puis souleva le drap pour l'admirer à loisir.

Vêtue ou dévêtue, elle était belle et si désirable qu'en la regardant, il en perdait tout sens de la mesure, comme si elle avait le pouvoir de l'entraîner dans une ronde magique de sensations et de plaisirs.

— Tu es merveilleuse ! répéta-t-il en caressant du regard ses longues jambes, sa poitrine tendue et sa peau satinée qui appelait les baisers.

— Personne ne m'a jamais caressée comme ça, dit-elle avec un petit sourire.

Touché, il l'embrassa avec fougue. Cette étreinte suffit à attiser de nouveau son désir, alors qu'ils venaient à peine de faire l'amour.

— Qu'est-ce qui t'a décidée à venir hier soir ? ne put-il s'empêcher de lui demander.

— Une conversation avec ma mère. Nous parlions de ces gens qui cachent ce qu'ils ressentent, et elle m'a encouragée à vivre pleinement mes sentiments.

— Elle ne t'a quand même pas conseillé de venir me voir ?

Il lui sourit.

— Elle n'a pas eu à le faire ! s'exclama-t-elle. A l'évidence, c'était à toi qu'elle pensait en me donnant ses conseils.

Ému, il déposa un baiser sur ses lèvres.

— Tout ce qui compte, c'est que nous soyons enfin réunis.

— Oui, et j'espère de tout mon cœur que nous apprendrons à nous entendre, déclara-t-elle en le fixant de ses beaux yeux gris-bleu.

— Je suis sûr que nous y arriverons, répondit-il avant de l'embrasser une nouvelle fois.

Même si tous les obstacles qui les séparaient encore étaient loin d'être franchis, il se voulait confiant.

Elle s'était endormie entre les bras d'Eric et se réveilla blottie contre lui, la tête posée sur sa poitrine qui se soulevait régulièrement, au rythme de son sommeil.

Dire qu'il n'y avait pas si longtemps encore, elle le prenait pour un être arrogant ! Or, durant cette première nuit, elle avait découvert en lui des trésors de patience et de tendresse, mais aussi de sensualité.

Darin avait représenté pour elle un idéal de sécurité, mais ses missions à l'étranger signifiaient pour elle éloignement et solitude. A sa mort, elle avait dû élever seule leurs deux enfants et trouver du travail, sans avoir le temps de penser à elle ou à son avenir sentimental.

Jusqu'à cette nuit, elle aurait juré que Darin et elle avaient partagé une véritable passion amoureuse.

Or, dans les bras d'Eric, elle avait eu l'impression de s'ouvrir à d'autres aspects de sa féminité. Aujourd'hui, elle se disait qu'une page de sa vie était en train de se tourner, et une autre de s'ouvrir.

Elle se leva et se dirigea vers le salon, songeant à l'avenir sentimental qui commençait à se dessiner avec Eric.

Avançant sans bruit, elle jeta un coup d'œil curieux aux autres pièces, imaginant la vie quotidienne d'Eric dans cette grande maison qu'elle commençait à apprivoiser après l'avoir détestée.

Le simple fait de penser à lui la faisait vibrer. Alors qu'il se trouvait tout près, dans la chambre à côté, il lui manquait déjà. Sa présence, son contact et ses caresses lui manquaient. Qu'en serait-il plus tard, une fois la passion envolée ? En viendrait-il à la quitter ?

Elle s'efforça de chasser ces sombres pensées. Elle se rendit compte qu'elle était arrivée dans le salon. Un coup d'œil à la pendule lui indiqua qu'il était déjà midi. A la hâte, elle composa le numéro de Marc à Chicago.

— Bonjour, Marc ! lui dit-elle d'un ton qu'elle voulut jovial quand il décrocha. J'appelle un peu tard.

— Plutôt, oui ! répondit-il. Où étais-tu passée ? On a essayé, les enfants et moi, de te joindre chez toi, mais sans succès.

— J'avais des courses à faire, mentit-elle.

Après avoir échangé quelques banalités avec lui, elle lui demanda de lui passer ses enfants.

— Maman !

Le ton joyeux de Jenny la rassura, et après s'être

entretenue quelques minutes avec elle puis avec Brendan, elle mit fin à la communication. Tout allait bien pour ses enfants qui profitaient pleinement de leur séjour à Chicago.

Elle sourit en songeant que Marc, n'étant pas arrivé à la joindre chez elle, en était presque arrivé à imaginer le pire. Ce n'était pas dans son habitude, de n'être pas joignable. Elle était si prévisible... Eh bien, plus maintenant, se dit-elle. Quel mal y avait-il à profiter de sa liberté et à chercher à être heureuse quand il en était encore temps ?

En sifflotant, elle entreprit de récupérer ses vêtements éparpillés entre le fauteuil et le canapé, et elle repensa à la nuit torride qu'elle venait de passer.

Si sa relation avec Eric devenait plus sérieuse, saurait-elle concilier sa vie de famille et sa vie de femme ? Eric la rendrait-il heureuse, et elle, de son côté, saurait-elle lui apporter ce qu'un homme tel que lui pouvait attendre d'une femme ?

Alors qu'elle se dirigeait vers la salle de bains pour prendre une douche, elle se rappela qu'elle n'avait pas de sous-vêtements propres et décida de faire un saut en voiture chez elle pour se changer, avant de venir retrouver Eric. Soudain, l'inquiétude la gagna. Avait-il envie de passer le week-end avec elle ? Il n'avait rien laissé entendre de tel.

Elle venait d'enfiler son manteau quand Eric fit son apparition. Torse nu et les cheveux ébouriffés, il était incroyablement sexy, et elle ne se priva pas de le détailler des pieds à la tête.

— Bonjour, lui dit-elle, un peu gênée.

— Que fais-tu ? Tu n'allais quand même pas me quitter sans même me dire au revoir ? demanda-t-il.

— Je voulais simplement faire un saut chez moi pour me changer, et je comptais bien revenir ensuite, mentit-elle.

Il lui sourit.

— A quoi bon te changer si nous passons le week-end au lit ? suggéra-t-il de sa voix sensuelle.

Elle eut un petit rire.

— Serait-ce ta façon de m'annoncer que nous allons faire l'amour jour et nuit ?

— Pourquoi pas ? rétorqua-t-il. Ce n'est pas l'envie qui m'en manque.

Flattée de lui inspirer autant de désir, elle sentit ses joues s'empourprer.

— Je ne doute pas que tu saurais faire bon usage de notre temps, dit-elle.

— Dans ce cas, retournons nous coucher, dit-il en l'attirant à lui.

Hissé sur la pointe des pieds, elle savoura le plaisir de se retrouver blottie au creux de ses bras.

— J'ai quand même besoin de vêtements propres, lui dit-elle alors qu'il commençait à l'embrasser.

Il eut cette moue boudeuse qu'elle avait tant détestée naguère et qu'elle trouvait si séduisante aujourd'hui. Elle lui rendit son baiser.

— Il faut que je sois présentable pour accueillir mes enfants quand Marc me les ramènera lundi, et puis, il est déjà midi, et nous devons quand même songer à manger quelque chose.

— C'est vrai, répondit-il en lui caressant la joue. Donne-moi quinze minutes pour me préparer, et je te conduirai chez toi pour que tu prennes ce qu'il te faut pour le week-end. Ensuite, nous irons déjeuner da s le meilleur restaurant de la région.

— Très bien, dit-elle, troublée.

Elle avait l'impression qu'ils formaient déjà un vrai couple.

Pendant qu'il se préparait, elle en profita pour examiner son reflet dans le miroir du salon. Ce n'était pas son habitude, mais aujourd'hui, elle se sentait différente. En se regardant dans le miroir, elle eut l'impression que faire l'amour avec Eric l'avait transformée, comme si sa féminité avait été mise en valeur.

Aucun autre avant lui, pas même Darin, n'avait su la faire vibrer de la sorte. De nouveau, l'idée que leur idylle naissante pouvait être une aventure de courte durée creusa sur son front une ride d'inquiétude.

Alors elle se rappela les propos de sa mère, la veille au soir, et se sentit de nouveau capable de surmonter tous les obstacles. Oui, elle prendrait le risque d'aimer et d'oser être heureuse.

Elle venait de passer une nuit exceptionnelle avec un homme qui l'était tout autant, et il ne tenait qu'à elle que ce week-end se poursuive dans la volupté.

Et même, pourquoi pas, qu'il soit suivi d'autres week-ends tout aussi délicieux.

11

Une fois chez elle, Colleen prit une douche et se changea. De nouveau, elle se regarda dans le miroir. Continuerait-elle de plaire à Eric ?

Tout le monde la disait jolie mais, jusqu'à ce jour, elle n'avait pas attaché trop d'importance à son apparence. Depuis la nuit dernière, elle éprouvait le besoin soudain de se rassurer sur sa capacité à le séduire.

— Tu es prête ? s'impatienta Eric qui l'attendait dans le salon.

Installé dans un fauteuil, il semblait très à l'aise chez elle, et, de nouveau, elle eut le sentiment qu'ils formaient déjà un vrai couple.

— Presque ! lui dit-elle en souriant.

Elle avait trop longtemps vécu seule et sans amour depuis le décès de son mari, et elle remercia le destin de lui avoir permis de faire la paix avec elle-même et d'être en mesure aujourd'hui de vivre une nouvelle relation avec un homme.

Au Tap and Grill, un restaurant qui offrait un service continu vingt-quatre heures sur vingt-quatre, elle se découvrit un tel appétit qu'elle jeta par-dessus les moulins ses préceptes diététiques habituels.

Eric ne fut pas en reste, et pendant qu'ils attendaient qu'on leur apporte leur commande, ils bavardèrent de choses et d'autres, sans se quitter des yeux. Comme si, d'un sourire ou d'un regard, il voulait lui faire comprendre qu'il tenait à elle.

La serveuse leur apporta omelettes, toasts, café et jus d'orange, et tout en savourant son petit déjeuner, elle se remémora les épisodes les plus torrides de leur nuit passée.

Eric s'était révélé être un amant fantastique qui avait su la combler avec une tendresse, une patience, dont elle ne l'aurait jamais cru capable.

Elle, en revanche, avait été plus longue à se livrer, à trouver ses marques. Quoi de plus normal, puisque depuis la mort de Darin, elle avait vécu dans une quasi-chasteté ?

— Tu veux que je te raconte une histoire drôle ? lui demanda Eric en reposant son toast à moitié grignoté.

Elle aurait préféré parler d'amour, de sentiments, mais elle ne voulait pas refroidir sa bonne humeur manifeste, en tout cas pas au lendemain de leur première nuit ensemble.

— Volontiers, répondit-elle.

Elle ne prêta qu'une oreille distraite à son histoire. En réalité, elle n'avait qu'une idée en tête : refaire l'amour avec lui. Une fois qu'il eut terminé son histoire, elle rit malgré tout de bon cœur, même si son esprit était ailleurs, à imaginer leur prochaine étreinte.

En verve, il entreprit alors de lui raconter de quelle façon il avait payé ses études de médecine, et il le fit avec tant d'humour qu'elle eut l'impression de lire un livre ouvert.

— J'ignorais que tu avais travaillé dans une usine de dentifrice ! s'exclama-t-elle, amusée.

— C'est pourtant vrai. J'ai aussi été employé par le muséum d'histoire naturelle de Detroit. Ma mission consistait à dépoussiérer régulièrement le dinosaure exposé dans l'allée centrale.

Elle ne put réprimer un petit rire en l'imaginant juché sur un escabeau, à épousseter un dinosaure au plumeau. Pourtant, une question la taraudait.

— Puisque le tribunal t'avait attribué des dommages et intérêts à la suite de l'accident provoqué par mon père, tu aurais pu poursuivre tes études sans avoir à travailler, dit-elle.

Le regard d'Eric se voila de tristesse.

— Les études médicales sont très chères, et il me fallait vivre et faire vivre ma petite sœur Natalie, qui à l'époque n'avait que onze ans.

— Excuse-moi, j'ai parlé sans réfléchir, dit-elle en se mordant la lèvre.

Il la rassura d'un sourire.

— Même avec la somme allouée par le tribunal, financer mes études de médecine et les futures études de Natalie m'obligeait à gagner ma vie, insista-t-il.

Elle fut saisie de compassion pour lui.

— Quand je pense à tout ce que tu as dû affronter et subir par la faute de mon père, je ne peux m'empêcher d'avoir des remords.

— Tu n'es pas responsable de ce que ton père a fait, déclara-t-il avec force.

— A cause de lui, toute ta vie a été bouleversée, dit-elle.

— Et la tienne aussi ! répliqua-t-il en lui prenant la main.

Elle le regarda au fond des yeux.

— Dans le fond, nous avons été victimes d'un même drame, dit-elle.

— Oui, et si nos passés sont différents, nous avons souffert de la même façon, renchérit Eric.

Emue par sa compassion, elle porta sa main à ses lèvres et y déposa un baiser.

Ils sortirent rassasiés du restaurant, mais elle songea que son désir de faire l'amour avec lui restait encore à assouvir.

— Et si nous rentrions ? lui suggéra-t-elle.

— Tu es pressée ? demanda-t-il d'un ton taquin.

Un peu gênée qu'il ait deviné ce qu'elle avait en tête, elle botta en touche.

— Rassure-toi, je peux encore patienter une heure ou deux, répondit-elle avec humour.

Après un quart d'heure de route, il gara son 4x4 sur le parking de la patinoire de Sutton Park.

— Tu n'as quand même pas l'intention de me faire faire du patin à glace ? lui demanda-t-elle, inquiète.

— Pourquoi pas ? Après nos ébats nocturnes, un peu d'exercice ne peut que nous faire du bien.

— Je ne sais pas patiner, avoua-t-elle, un peu honteuse.

Pour la première fois peut-être, elle regretta de ne jamais avoir voulu apprendre à patiner, mais en vraie Kavanaugh, elle avait toujours privilégié les sports nautiques.

Un sourire radieux illumina son visage.

— Quelle importance, puisque moi, je sais ! Je vais t'apprendre. Je suis sûr que tu te débrouilleras très bien.

— Bon, allons-y, puisque tu as l'air si sûr de toi ! s'exclama-t-elle en se laissant gagner par sa bonne humeur.

Un magnifique sapin de cinq mètres décoré de guirlandes clignotantes multicolores avait été installé au bord de la patinoire pour accueillir les visiteurs. Cet avant-goût de Noël la ravit immédiatement.

Comme pour ajouter encore à l'ambiance de fête, les haut-parleurs diffusaient un chant de Noël qu'elle prit plaisir à fredonner, comme elle le faisait quand elle était petite fille et que son père l'emmenait se promener au bord du lac.

— Alors, qu'en penses-tu ? demanda Eric en jetant des coups d'œil à la ronde.

— C'est très sympathique, reconnut-elle.

Eric la fit asseoir sur l'un des bancs et l'aida à enfiler ses patins, puis elle parvint, non sans mal, à se mettre debout sans perdre son équilibre.

— Viens, lui dit Eric en l'entraînant sur la piste.

Chaque fois qu'elle trébuchait et risquait de tomber, il accourait pour la soutenir.

— Détends-toi ! Patine en souplesse, lui recommanda-t-il.

Il lui montra comment exécuter certaines figures simples, mais après quelques tentatives infructueuses, elle préféra renoncer.

Néanmoins, grâce à ses conseils, elle fut bientôt capable de patiner seule. Jamais elle n'aurait cru s'amuser autant sur la glace !

Alors qu'elle reprenait son souffle sur l'un des bancs, il continua de patiner, avec toute la prestance de l'ancien joueur de hockey de haut niveau qu'il avait été.

Quand il se mit à neiger, elle accepta volontiers sa proposition d'aller boire un chocolat chaud dans la cafétéria couverte, puis ce fut elle qui insista pour retourner sur la piste.

— Mais tu trembles ! constata soudain Eric.

— Ce n'est rien, dit-elle sans pouvoir s'empêcher de claquer des dents.

Sans écouter ses protestations, il prit ses mains dans les siennes, puis il posa ses lèvres chaudes sur sa bouche et l'embrassa.

— Ecoute, il est encore tôt pour rentrer, alors que dirais-tu d'aller voir un film ? suggéra-t-il.

Elle accepta immédiatement. Il lui tardait certes de refaire l'amour avec lui, mais elle songea que reculer le moment ne ferait qu'accroître leur désir réciproque.

Le trajet jusqu'au centre commercial où se trouvait le cinéma ne dura pas assez longtemps à son goût.

Elle se sentait bien avec Eric, heureuse, confiante, comme soulagée du poids du passé où se confondaient la mort brutale de son père et celle de Darin, quelques années plus tard.

Elle avait pleuré des nuits entières, mais avait finalement réussi à prendre le dessus, à retrouver peu à peu son énergie et le goût de vivre. Pour ses enfants, d'abord.

Brendan et Jenny avaient toujours pu compter sur elle. Dans le fond, être aimée d'eux lui avait toujours plus importé que le reste, du moins jusqu'à sa rencontre récente avec Eric.

— Quel film as-tu envie de voir ? demanda-t-elle à Eric.

— Que dirais-tu d'une comédie ? suggéra-t-il.

— Et toi, que dirais-tu d'une histoire d'amour ? proposa-t-elle.

Peu après, assise dans la salle bien chauffée, la tête contre l'épaule d'Eric qui l'enlaçait de son bras libre, elle ne put s'empêcher de pleurer en voyant, sur l'écran, le couple vedette s'embrasser avec la même fougue qu'elle mettait à embrasser Eric.

Il faisait nuit et le vent était glacial quand ils sortirent du cinéma. Elle avait très envie de rentrer, mais patiner lui avait ouvert l'appétit.

— J'ai faim, dit-elle à Eric.

— Dans ce cas, je t'emmène dîner dans un restaurant qui, je crois, te plaira.

Il s'agissait d'un établissement au décor romantique situé au bord du lac, et elle fut très heureuse de pouvoir dîner aux chandelles au son d'un petit orchestre.

Après avoir dégusté des huîtres, vin et champagne lui firent un peu tourner la tête, et elle se sentit plus amoureuse que jamais d'Eric.

— Je n'ai jamais été aussi heureuse, lui confia-t-elle sur le chemin du retour, alors qu'Eric lui lançait des regards attendris.

— Vraiment ?

— J'ai hâte d'être entre tes bras, lui murmura-t-elle à l'oreille.

Il eut un rire joyeux.

— Il va neiger tout le week-end. On va pouvoir rester au lit sans remords.

— Qu'attends-tu pour accélérer ? répondit-elle.

Pendant qu'il allumait un feu dans la cheminée du salon, elle se rendit dans la cuisine afin de préparer deux verveines. Elle avait passé une journée merveilleuse. Il y avait longtemps qu'elle ne s'était autant amusée. La patinoire, le cinéma, puis le dîner aux chandelles : tout avait été parfait. Pourtant, elle sentit une inquiétude la gagner. C'était trop beau pour être vrai. Pour durer. Elle ne croyait ni aux contes de fées, ni vraiment aux romans d'amour. La vie pouvait se montrer cruelle ; elle l'avait appris à ses dépens, et des êtres chers pouvaient disparaître du jour au lendemain.

Elle s'efforça de chasser ces sombres pensées. Après tout, ne s'agissait-il pas de profiter de ce que la vie avait à offrir ?

Après avoir ajouté des petits gâteaux et du sucre sur le plateau, elle alla rejoindre Eric dans le salon.

— Tu m'as manqué ! dit-il en l'accueillant d'un sourire.

Il lui fallut faire un effort pour ne pas lâcher son plateau et se précipiter dans ses bras.

— Toi aussi, tu m'as manqué, lui répondit-elle.

— C'est bien la preuve que nous sommes faits l'un pour l'autre, déclara-t-il en s'asseyant près d'elle sur le canapé.

Après avoir bu une gorgée de verveine, elle reposa sa tasse et se blottit contre le corps chaud et viril d'Eric. Quand il l'enlaça, elle se demanda si c'était l'émotion ou bien les flammes du feu qui lui donnaient l'impression d'avoir les joues incandescentes.

— Tu te rends compte ? Le mariage de Liam et de Natalie va avoir lieu dans moins de deux semaines, et je ne sais pas encore quel cadeau leur offrir, fit-elle.

— Pourquoi *Lucy* ne serait-elle pas notre cadeau conjoint ? suggéra Eric.

— Mais c'est impossible ! *Lucy* est ton cadeau.

Il l'embrassa sur la bouche.

— Toi, ta mère et tes enfants, vous avez contribué à embellir *Lucy*. Brendan m'a aidé sans se plaindre une seule fois, ce qui, pour un gamin de son âge, est un véritable exploit. Et Jenny aussi a fait sa part de travail.

— C'est vrai, reconnut-elle avec une pointe de fierté.

— Sans votre aide à tous, qui sait si *Lucy* aurait été terminée à temps pour le mariage ? insista-t-il.

Elle le regarda avec tendresse.

— Je suis ravie que tu penses autant de bien de mes enfants, et que tu sois si généreux. Dire que je te prenais, il n'y a pas si longtemps, pour quelqu'un d'arrogant.

— Les malentendus sont tenaces, répondit-il.

Ils restèrent un petit moment dans le silence, laissant leurs mains parler pour eux, puis elle s'installa à califourchon sur ses genoux.

— Je suis si bien avec toi ! dit-elle d'une voix langoureuse.

Elle ponctua ses propos d'un baiser fougueux, qu'il lui rendit avec ferveur.

— J'ai attendu ce moment depuis que nous sommes partis déjeuner, tout à l'heure, lui confia-t-elle.

— Moi aussi, Colleen, répondit-il d'une voix que le désir rendait rauque.

Il continua de l'embrasser avec passion, et elle sentit un frisson la parcourir quand ses mains s'attardèrent sur ses hanches puis ses fesses.

La veille, elle s'était donnée à lui pour la première fois. Elle ne regrettait rien, bien au contraire. Pourtant, elle ne parvenait pas à faire taire en elle la petite voix de l'inquiétude. Qu'adviendrait-il de leur relation dans une semaine ou dans un mois ?

— A quoi penses-tu ? demanda-t-il.

— A nous ! répondit-elle d'un ton faussement désinvolte.

Elle jugea préférable de taire les doutes qui la taraudaient. Reprenant l'initiative, elle entreprit de lui ôter sa chemise, puis couvrit sa peau nue et chaude de baisers impatients.

— Aujourd'hui, c'est moi qui mène le jeu, annonça-t-elle.

Elle mordilla son épaule droite, puis laissa glisser sa bouche jusqu'à son sein dont la pointe minuscule se mit à durcir sous sa langue.

Posant ses lèvres sur ce petit grain de chair, elle l'embrassa et le lécha avec lenteur, tout en épiant, du coin de l'œil la réaction de son amant.

Peu à peu, elle entendit sa respiration se faire plus haletante, puis il laissa échapper de petits gémissements. Elle intensifia ses caresses, plus bas, sur son abdomen où saillaient ses muscles puissants. Elle le sentit frémir sous ses caresses. Alors, elle continua de s'aventurer plus bas, sur le renflement qui déformait son pantalon.

— Je te veux ! lui souffla-t-il.

A la hâte, il lui ôta ses vêtements, et elle se retrouva bientôt nue et frémissante dans ses bras.

Furtivement, elle songea avec plaisir que le week-end ne faisait que commencer…

A son réveil, elle se réjouit de voir qu'il neigeait abondamment : ils allaient passer la journée entière au lit ! Entre deux câlins, elle le complimenta sur sa façon de patiner et en profita pour l'interroger sur sa carrière sportive.

— Mes entraîneurs n'arrêtaient pas de me répéter que j'étais doué, dit-il, avec, dans la voix, une nuance de regret.

Elle comprit que ce n'était pas pour rien qu'il exposait fièrement sa crosse de hockey dans son bureau à l'hôpital.

— Brrr…, dit-elle. Moi, je n'aurais jamais pu pratiquer un tel sport !

— Tu as pourtant des facilités, et il existe désormais des équipes féminines de hockey sur glace.

— Peut-être, mais je trouve ce sport trop violent.

— C'est précisément ce qui m'attirait dans le hockey, dit-il. Et pour être en parfaite condition physique, je me suis astreint à fréquenter une salle de sport pour soulever de la fonte.

— Je vois ça, dit-elle en relevant le drap qui recouvrait son corps nu.

Avec un petit sourire, il l'embrassa dans le cou.

— Ma mère était furieuse chaque fois que je devais disputer un match, dit-il.

— Pourquoi ?

— Parce qu'en dépit des tenues de protection, les accidents étaient fréquents.

Elle attachait d'autant plus d'importance à ses confidences que celles-ci l'aidaient à mieux cerner sa personnalité, à mieux connaître ses habitudes, ses goûts et ses aversions, et donc, potentiellement, à trouver sa place au sein de leur future relation.

— Ta mère t'aurait sans doute préféré médecin, dit-elle.

— Bien sûr, mais à l'époque, je me refusais d'envisager de si longues études, du moins jusqu'à ce stupide accident.

— Quel accident ?

— Mon accident de hockey, répondit-il en détournant le regard.

A son ton, elle comprit que cet accident avait été un moment charnière de sa vie.

— J'aimerais que tu m'en parles un peu, insista-t-elle.

Il haussa les épaules.

— Ce n'est pas d'un grand intérêt pour toi.

— Laisse-moi en juger.

Il la fixa longuement.

— A dix-sept ans, expliqua-t-il, j'ai été grièvement blessé au genou lors d'un match de hockey. Je comptais encore, à cette époque, devenir joueur professionnel et je savais que ma blessure, si elle n'était pas soignée, signifierait la fin de mon rêve.

— Continue, l'encouragea-t-elle.

— Ma mère travaillait dur pour nous faire vivre, Natalie et moi, et elle n'avait pas les moyens de régler les honoraires du chirurgien qui aurait pu sauver mon genou.

Il était si ému que, pendant un instant, elle crut qu'il allait pleurer.

— A l'époque, il m'arrivait de m'emporter et quand j'ai reproché avec véhémence à ma mère de ne pas avoir pris une assurance médicale qui aurait couvert les frais de l'opération, elle m'a répondu que cette assurance était trop onéreuse pour elle.

— Je comprends.

— Le hockey était toute ma vie, poursuivit-il, et la perspective de ne plus pouvoir jouer me rendait fou. J'espérais encore sauver mon genou par d'autres moyens que la chirurgie, mais tous les spécialistes consultés ont confirmé le diagnostic initial.

— Et que s'est-il passé ? demanda-t-elle.

Il baissa la tête.

— J'ai honte de te raconter tout ça, mais j'ai

alors fait des scènes terribles à ma mère, comme un gosse gâté à qui on a cassé son jouet préféré. Quand ma mère a compris à quel point le hockey comptait pour moi, elle a adressé à l'Etat du Michigan une demande d'assistance médicale en bonne et due forme, où elle expliquait que ses revenus étaient trop modestes pour lui permettre de payer l'opération de son fils.

Un pli d'amertume barra son visage, et elle comprit que, en dépit du temps passé, il souffrait toujours de cette décision prise par sa mère autant que de l'attitude qu'il avait eue envers elle.

— Fou de rage, j'ai insulté ma mère en lui reprochant, par sa demande d'aide, de nous reléguer au rang de pauvres.

— Ta mère a fait ce qu'elle devait faire pour sauver ton genou, et je suis sûre qu'elle n'a ressenti aucune honte en demandant cette aide, objecta-t-elle.

Son visage s'éclaira.

— Tu crois ?

— J'en suis sûre, répondit-elle en lui caressant la joue. Si une telle mésaventure arrivait à Brendan ou à Jenny et que je n'aie pas les moyens de payer l'opération dont ils auraient besoin, moi aussi je demanderais l'assistance de l'Etat.

Il hocha la tête.

— Ce que tu dis me réconforte. En tout cas, grâce à l'initiative de ma mère, Mac Harkman, un grand spécialiste de la chirurgie orthopédique, m'a opéré. Outre le fait qu'il a pu sauver mon genou, Mac Harkman m'a donné l'envie de reprendre mes études. J'ai alors abandonné le hockey, bien décidé à devenir un jour chirurgien.

Elle sourit.

— C'est ce qui a permis à Brendan et à tant d'autres de bénéficier des meilleurs soins, grâce au spécialiste que tu es devenu à ton tour, dit-elle, attendrie.

Quelle sorte d'homme serait-il devenu sans l'obstination de sa mère et de ce Dr Mac Harkman ? Un champion de hockey célébré par tous ou un homme désabusé ?

Quand il posa de nouveau les mains sur elle, elle oublia toutes ces questions. Insensible au spectacle féerique de la neige qui tombait sur le lac Michigan, elle ne pensa plus qu'à son plaisir et au sien.

12

Dans l'après-midi, elle prit des nouvelles de ses enfants, puis elle entraîna Eric dans le garage où tous deux travaillèrent sur *Lucy* jusqu'à la tombée de la nuit.

Quand ils eurent terminé, *Lucy* avait fière allure sous son ultime couche de vernis, et elle ne douta pas que Liam et Natalie seraient enchantés de leur cadeau de mariage.

Alors qu'elle s'essuyait les mains, Eric s'approcha d'une des fenêtres du garage.

— Si nous n'avions pas pensé à ramener ta voiture à ton domicile, ce matin, elle serait ensevelie sous la neige, déclara-t-il.

A son tour, elle s'approcha de la fenêtre et constata qu'un manteau de neige recouvrait les abords du lac.

— Tu crois que nous allons rester bloqués ici ? demanda-t-elle. Il faut pourtant que je retourne demain chez moi. Marc me ramène les enfants.

— Aucun problème avec mon 4x4, lui assura-t-il.

Depuis la mort de Darin, elle avait pris l'habitude d'affronter seule les difficultés de la vie, et désormais, la présence d'Eric la rassurait.

— Que fais-tu ? lui demanda-t-elle quand, après

l'avoir enlacée, il entreprit de déboutonner son chemisier.

Il la regarda avec passion.

— Pourquoi tu ne t'installerais pas ici, avec moi ? suggéra-t-il en écartant les pans de son chemisier.

— Tu es sérieux ? murmura-t-elle en nouant ses bras autour de sa nuque.

— Oui, je le suis, répondit-il en rivant son regard au sien.

— Je ne sais pas, il faut que j'y réfléchisse, répondit-elle en lui tendant ses lèvres.

Alors qu'il s'était assoupi dans le grand lit de la chambre à coucher où ils venaient de faire l'amour, elle repensa à la proposition d'Eric.

Pour la première fois depuis son deuil, l'idée de ne plus vivre seule, de partager son quotidien, ses passions, ses loisirs avec un compagnon commençait à faire son chemin dans sa tête. Mais le quotidien n'aurait-il pas raison de leur passion ? Et puis, il y avait loin entre une nuit d'amour et un engagement durable.

Après s'être habillée, elle quitta la chambre sans faire de bruit et descendit au rez-de-chaussée afin de consulter ses messages sur son portable.

Sans surprise, Mari la questionnait sur sa relation avec Eric, mais quand elle la rappela, elle resta finalement assez évasive avec sa belle-sœur et abrégea leur conversation.

L'autre message était de sa sœur Deidre. Avec appréhension, elle composa son numéro.

— Colleen, je suis heureuse de t'entendre, dit Deidre d'une voix sourde.

La situation s'aggravait au manoir de Lake Tahoe, et Lincoln DuBois était au plus mal.

— Je ne veux pas te laisser seule, dit-elle à Deidre, et dès que mes enfants seront rentrés de Chicago, je prendrai le premier avion pour Reno.

— Je ne veux pas que tu bouleverses ta vie à cause de moi, répondit Deidre.

— Et moi, je ne veux pas te laisser seule, insista-t-elle en jetant un regard inquiet sur la neige qui continuait de tomber.

L'avion pourrait-il décoller de l'aéroport de Detroit si les conditions météorologiques se détérioraient encore ? Dans le pire des cas, elle devrait décoller de Chicago.

— Je ne suis pas seule, l'assura Deidre. Outre le médecin de famille et deux infirmières, Nick Malone est arrivé depuis peu au manoir.

Deidre lui avait déjà parlé de Nick, protégé de Lincoln et directeur général des établissements DuBois, un homme séduisant en diable mais très méfiant.

— Sa présence te rassure ? demanda-t-elle à sa sœur.

— Oui et non. Je ne m'entends pas du tout avec lui car il s'imagine que si j'ai repris contact avec Lincoln, c'est pour une question d'héritage. D'un autre côté, Nick est loyal envers Lincoln, et c'est ce qui compte pour moi.

— Mais c'est terrible ! s'écria-t-elle.

Deidre soupira.

— Nick est un des êtres les plus paranoïaques que j'aie jamais rencontrés, mais je dois reconnaître qu'il est là quand on a besoin de lui, sans compter que Lincoln le tient en haute estime.

— Je serai bientôt à tes côtés, Deidre, lui dit-elle.

— Ne te fais pas de souci pour moi, répondit sa sœur. Et pour ce qui est de Nick, je suis de taille à me défendre contre ses manigances.

Infirmière décorée quand elle était dans l'armée, Deidre était le courage incarné, mais les événements du manoir de Lincoln DuBois risquaient fort de porter atteinte à son moral.

— A la seconde même où tu m'appelleras, dit-elle à Deidre, je bouclerai ma valise et je prendrai le premier avion pour Reno, lui assura-t-elle.

— Merci, fit Deidre en soupirant.

— Et quand tout sera fini, reprit-elle, n'oublie pas que tu es la bienvenue à Harbor Town, ajouta-t-elle.

— Je ne peux pas me projeter aussi loin dans le futur, et pour le moment je souffre à l'idée de perdre un père que je n'aurai pas eu le temps de connaître, tout cela à cause des mensonges de notre mère, répondit Deidre.

En entendant sa sœur étouffer un sanglot, elle sentit son cœur se serrer.

Elle comprenait que Deidre en veuille à leur mère. Pourtant, elle n'avait pas perdu espoir de les réconcilier un jour prochain.

Ravalant ses propres larmes, elle s'efforça de consoler Deidre, puis elle orienta leur conversation vers des sujets plus légers avant de raccrocher.

Lovée sur le canapé d'Eric, elle prit le temps de

réfléchir. Pour elle comme pour Deidre, la révélation tardive de l'infidélité de leur mère avait provoqué une onde de choc.

Le clan des Kavanaugh avait commencé à se désagréger à la mort de Derry, puis lors du procès qui les avait opposés à Eric Reyes, et enfin quand Deidre avait tourné le dos à leur mère.

Elle pleurait doucement quand Eric la rejoignit.

— Je suis là, murmura-t-il à son oreille.

— Merci, répondit-elle avec reconnaissance.

Blottie contre son épaule, elle se sentit parcourue d'émotions contradictoires, entre colère et tristesse. Comme elle aurait aimé que ce cauchemar familial prenne fin un jour.

— Tout ira bien, Colleen, lui dit Eric en lui tendant un mouchoir.

— Tu dois me prendre pour une folle, dit-elle avec un sourire triste.

— Si tu me disais plutôt ce qui ne va pas ? demanda-t-il.

— Je viens de parler à Deidre, et les nouvelles qu'elle m'a données ne sont pas bonnes. Deidre se fait beaucoup de souci pour Lincoln DuBois qui est... enfin, qui n'en a plus pour très longtemps à vivre.

Il dressa l'oreille.

— Lincoln DuBois ? Le patron des entreprises DuBois, cet ami de ta mère qui vit près du lac Tahoe et à qui Deidre est allée rendre visite récemment ?

— En effet, répondit-elle en essuyant ses joues. Lincoln DuBois est au plus mal, et j'ai de la peine pour ma sœur.

Alors qu'elle aurait jugé inimaginable de se confier

à Eric quelques semaines auparavant, elle décida de ne pas lui cacher la vérité plus longtemps.

— Lincoln DuBois n'est pas simplement un ami de ma mère, expliqua-t-elle, mais il est aussi le père biologique de Deidre. Liam et Natalie l'ont appris l'été dernier alors qu'ils cherchaient à comprendre ce qui avait poussé mon père à boire autant, le soir de l'accident.

— Tu veux dire que c'est l'une des raisons de l'accident ? demanda-t-il en fronçant les sourcils.

Elle le regarda, hésitante, puis estima qu'il avait droit à la vérité. Après tout, l'état d'ébriété de son père avait causé la mort de sa mère.

— Le matin du jour de l'accident, mon père était tombé par hasard sur le dossier médical de Deidre. Les examens biologiques de ma sœur montraient qu'elle ne pouvait être sa fille. Cet après-midi-là, il a demandé des explications à ma mère.

Elle dut s'interrompre un instant, tant l'émotion lui serrait la gorge.

— Ma mère a reconnu l'avoir trompé avec Lincoln DuBois, le vrai père de Deidre, et c'est sans doute ce qui l'a poussé à prendre la route dans cet état d'ébriété avancée.

Tandis que le chauffage central se remettait en route avec un bruit caractéristique, Eric lui caressa tendrement la joue.

— Tu n'es pour rien dans cet accident, Colleen, dit-il.

Elle fit de son mieux pour ravaler ses larmes.

— Deidre est seule là-bas, près du lac Tahoe, avec ce père qu'elle vient à peine de retrouver et qui est sur le point de mourir. Elle en veut beaucoup à notre mère, et il n'y a rien que je puisse faire pour qu'elle lui pardonne, ajouta-t-elle d'une voix brisée.

— Avec le temps, je suis sûr que Deidre pardonnera à ta mère, lui assura-t-il de sa voix chaude.

— Je l'espère.

Il la regarda dans les yeux.

— Pourquoi ne pas m'avoir dit plus tôt que Lincoln était le père de Deidre ?

— Parce que j'avais honte.

— Mais de quoi ? s'étonna-t-il.

— Pendant longtemps, j'ai cru que mes parents formaient un couple parfait. Je n'avais pas vraiment envie de te mettre au courant de nos secrets de famille.

— Je crois que j'aurais agi de la même façon, reconnut-il. Il faudra vous armer de patience, toi et les tiens, mais le temps panse bien des plaies. Je suis sûr qu'un jour, votre famille retrouvera son harmonie. En attendant, tu n'as aucun reproche à te faire.

— Sans doute, mais je ne peux m'empêcher de penser que mes parents sont à l'origine d'événements tragiques dont nos familles respectives ont pâti.

Il déposa un baiser sonore sur sa joue.

— Je comprends que la situation soit douloureuse à vivre, mais il n'y a rien que tu puisses faire.

— Selon toi, je ne devrais pas me sentir autant concernée par le passé ?

— Bien sûr que si, mais pas au point de te sentir coupable, répondit-il. Au centre, quand tu es confrontée à certains cas difficiles, je suis sûr qu'il t'arrive d'admettre que tu es arrivée au bout de tes possibilités.

— C'est vrai…, murmura-t-elle.

— Dans mon métier aussi, reprit-il, je dois parfois m'incliner devant l'inéluctable. Il en va ainsi dans la vie, quand ceux qui nous sont chers sont pris dans la tourmente. Comme Deidre en ce moment.

— Tu as raison, reconnut-elle en soupirant.

Il prit sa main dans la sienne et la serra avec force.

— Cesse de te reprocher ce qui n'est pas de ton ressort ni de ta volonté. Seul Dieu décide de nos destinées.

Ce fut comme si une digue se rompait en elle, et elle se laissa aller à ses larmes.

— Tu veux me faire plaisir ? lui demanda-t-il avec un sourire tendre.

— Bien sûr, répondit-elle.

— Alors, cesse de souffrir à la place des autres.

— Je ne sais pas si j'y parviendrai, répondit-elle avec honnêteté.

— Tu le peux.

Elle répondit d'un baiser fougueux.

— Et si nous montions ? suggéra-t-il en la soulevant déjà dans ses bras.

Elle acquiesça. Il la porta dans la chambre, et tous deux se déshabillèrent rapidement.

— J'ai envie de toi ! dit-il en la caressant.

— Moi aussi, répondit-elle en refermant ses doigts sur son sexe viril.

Il écarta ses jambes et posa les lèvres sur son sexe. Elle fut parcourue d'un frisson intense. Quand le plaisir la submergea, elle laissa échapper une longue plainte et attira Eric contre elle.

— C'est si bon ! murmura-t-elle tandis que les doigts d'Eric se glissaient en elle.

Pendant qu'elle frémissait sous ses caresses intimes, Eric lui souffla à l'oreille des mots qui la conduisirent au bord de la jouissance.

— A présent, tu es vraiment à moi, lui dit-il d'une voix rauque.

Et elle eut tout juste la force d'acquiescer avant d'être emportée par une nouvelle vague de plaisir, encore plus intense que la précédente.

13

Lundi matin, Colleen aida Eric à déneiger le 4x4. Marc, qu'elle avait eu peu avant au téléphone, lui avait annoncé qu'il rentrerait comme prévu à Harbor Town avec les enfants aux environs de 14 heures, et si elle se réjouissait de revoir les siens, elle ne cessait de penser aux merveilleux moments passés en compagnie d'Eric.

Pendant deux merveilleuses journées et deux nuits brûlantes, Eric et elle s'étaient aimés, sans penser à rien d'autre qu'au plaisir mutuel qu'ils se donnaient.

— A quoi penses-tu ? lui demanda Eric en caressant sa joue.

— Oh ! à rien de précis ! mentit-elle.

Elle ne pouvait pas lui avouer qu'elle s'inquiétait pour la suite de leur relation.

— Je n'ai jamais été aussi heureux que pendant ces deux jours passés avec toi, déclara-t-il alors, comme s'il avait lu dans ses pensées.

Elle sourit, chassant ses inquiétudes dans un coin de sa tête.

Quand il la déposa devant chez elle, elle eut toutes les peines du monde à cacher sa tristesse. Ce week-end merveilleux était sur le point de s'achever, et pour l'instant, rien ne l'assurait qu'elle connaîtrait dans ses bras d'autres heures de bonheur aussi intenses que celles qu'ils venaient de vivre ensemble.

L'avenir de leur relation la préoccupait, et l'inquiétude diffuse quelle ressentait depuis le début de la journée finit par se muer en réelle angoisse.

— Ecoute, déclara Eric, un peu embarrassé, je dois te laisser, car on m'attend à l'hôpital.

A la façon dont il évitait de croiser son regard, elle se demanda s'il n'était pas déjà en train de chercher une façon de se débarrasser d'elle.

— J'ai passé un merveilleux week-end avec toi, lui dit-elle avec sincérité.

— Moi aussi, répondit-il d'un ton fuyant.

Elle avait beau réfléchir, elle ne trouvait rien qui puisse justifier son changement d'attitude à son égard.

— Si tu as quelque chose sur le cœur, je préférerais que tu m'en parles franchement, finit-elle par lui dire tout en guettant sa réaction.

La diplomatie n'était pas son fort, mais elle avait besoin de comprendre.

— C'est délicat à expliquer, dit-il d'une voix hésitante, toujours sans la regarder.

— Je peux tout entendre, lui dit-elle.

Un long silence suivit, et elle fut soulagée quand il reprit la parole.

— Il y a longtemps que je suis attiré par toi, Colleen, mais les circonstances ont fait que je n'ai jamais eu l'occasion de te le dire.

— Je le sais, dit-elle.

C'était d'autant plus dommage qu'elle aussi avait

toujours été attirée par lui depuis leur première rencontre. Adolescente, elle l'avait souvent épié en train de couper une haie ou de tailler un bosquet, et lorsqu'elle le surprenait torse nu, ses muscles frémissants sous sa peau déjà hâlée, une intense émotion s'emparait d'elle.

Il hocha la tête.

— Puis tu m'as évité. Quand nous nous croisions en ville, tu détournais la tête et tu faisais comme si je n'existais pas.

Elle ne put s'empêcher de se sentir gênée.

— J'avais des raisons de le faire, dit-elle.

— Tu veux sans doute parler de l'accident et du procès ?

— Oui, mais il y avait aussi le fait que je devenais une femme et que je manquais d'assurance, répondit-elle.

— Etait-ce une raison pour me battre froid ? Pour me mépriser ? demanda-t-il.

— Je ne t'ai jamais méprisé, mais à quoi bon ressasser le passé ? Nous venons de vivre ensemble des heures merveilleuses, et c'est ce qui compte.

— Oui, mais…

— Qu'attends-tu donc pour me dire ce que tu as sur le cœur ? demanda-t-elle d'une voix frémissante.

— C'est que… ce n'est pas facile, répondit-il en baissant les yeux.

En une fraction de seconde, elle se sentit passer par des émotions intenses — colère, déception, chagrin.

— Puisque tu manques de courage, je vais t'aider, et tu me diras si je me trompe ou non.

Elle ne lui laissa pas le temps de répondre.

— Quand tu m'as connue, poursuivit-elle, je t'ai plu et tu as eu envie de moi.

— C'est vrai, admit-il.

— Seulement, j'étais très jeune, et nous nous sommes contentés d'échanger des regards.

— Je n'aurais jamais osé aller trouver ton père pour lui demander la permission de t'emmener danser ou même de t'inviter au cinéma, reconnut-il.

Elle lui prit la main.

— C'est peut-être dommage, qui sait ? Nous n'aurions sans doute pas perdu autant de temps.

Le visage d'Eric s'illumina.

— Dès que je t'ai vue avec tes amies, dans cette rue ensoleillée d'Harbor Town, j'ai été ébloui. Tu étais la plus belle du groupe avec tes longs cheveux blonds, ton short moulant sur des jambes longues et bronzées. Oui, Colleen, je l'avoue, je n'ai jamais désiré aucune autre femme autant que je t'ai désirée alors.

Elle hocha tristement la tête.

— Tu ne me désires donc plus autant aujourd'hui ? demanda-t-elle.

— Si, bien sûr ! répondit-il en détournant les yeux.

Elle se sentit soudain très triste. Ses pires soupçons venaient de se confirmer.

— Dans le fond, tout ce qui t'intéressait était de m'épingler à ton tableau de chasse, déclara-t-elle.

— Les choses ne sont pas aussi simples, protesta-t-il.

Elle ne le laissa pas terminer.

— Tu ne nieras pas qu'à l'époque où nous nous

sommes rencontrés, ta réputation de séducteur n'était plus à faire, insista-t-elle.

— C'est vrai, admit Eric, et ton attitude dédaigneuse envers moi m'avait donné envie de te conquérir.

Elle le regarda avec tristesse.

— Aurais-tu oublié qu'en te portant partie civile contre les Kavanaugh, tu nous avais presque ruinés à l'époque ?

— D'une part, ce n'est pas moi mais mes avocats qui ont entrepris ces démarches juridiques, et puis Natalie et moi étions des victimes collatérales de l'accident provoqué par ton père, répondit-il d'un ton calme.

— Il n'empêche qu'ensuite tu t'es servi de Brendan autant que du mariage de ta sœur avec mon frère pour m'apprivoiser et obtenir enfin ce que tu désirais.

— Je l'admets, reconnut-il.

— Tu m'as trahie ! dit-elle avec des sanglots dans la voix.

— Je reconnais qu'il s'agissait d'un défi que je m'étais lancé, mais c'était au début. Depuis, je me suis sincèrement attaché à toi, répondit-il.

Quelle idiote elle avait été de lui faire confiance, et plus encore, de lui ouvrir son cœur !

— Après tout, après avoir ruiné ma famille, pourquoi t'arrêter en si bon chemin ? L'argent d'abord, et la fille après ? C'est ça, Reyes ?

— Pas du tout ! répliqua-t-il.

Elle le foudroya du regard.

— Tu voulais me conquérir pour mieux me rabaisser ensuite, et je me suis laissé prendre à ton petit jeu.

Elle ressentit la même colère que seize mois auparavant, sur Sunset Beach, quand il avait tout mis en œuvre pour la séduire.

— Dire que tu m'as fait cette cour assidue dans le seul but de me mettre dans ton lit ! s'exclama-t-elle, ravagée par le chagrin.

— Est-ce un crime que de te désirer, Colleen ? Après tout, tu es très belle, et je ne suis sûrement pas le seul homme à te le dire, objecta-t-il.

— Je ne te reproche pas de m'avoir désirée, mais de m'avoir manipulée pour arriver à tes fins. Sans compter que tu t'es permis de manipuler Liam et Natalie en essayant de les faire douter de leurs sentiments l'un pour l'autre.

— Je n'ai manipulé personne ! s'écria-t-il, furieux.

— Si, moi ! répliqua-t-elle. Et tu as dû bien t'amuser en me voyant tomber amoureuse de toi, répondit-elle.

— Tu veux bien répéter ce que tu viens de dire ?

— Non, et à présent que je vois clair dans ton jeu, je ne te laisserai pas me faire du mal, Reyes.

Alors qu'elle ouvrait la portière du 4x4, il la retint par le bras.

— Tu te trompes à mon sujet, Colleen, dit-il d'une voix grave. Ecoute-moi au moins avant de…

Elle n'avait été pour lui qu'un trophée à conquérir, et cette idée la rendait folle de colère et de tristesse.

— Adieu ! dit-elle en se libérant de son étreinte et en sortant à la hâte du 4x4.

Le souffle coupé par l'air glacial du dehors, elle regagna sa maison en pleurant sur ses illusions perdues.

Trois jours plus tard, Colleen sonnait à la porte de l'imposant manoir de Lincoln DuBois, au bord du lac Tahoe.

La veille, sa sœur Deidre l'avait appelée pour lui annoncer la mort de Lincoln, et elle avait aussitôt décidé de partir rejoindre sa sœur.

A l'aéroport de Reno, elle avait loué une voiture et fait la route jusqu'à Tahoe, l'esprit empli de pensées bourdonnantes où se croisaient le souvenir brûlant de son week-end avec Eric, la révélation de sa trahison, et le chagrin que lui inspirait le deuil récent de Deidre.

Le déplacement jusqu'à Tahoe tombait à point nommé. Elle voulait soutenir sa sœur, mais elle désirait aussi prendre ses distances avec Eric, qui l'avait déçu plus que tout. Comme elle regrettait de lui avoir accordé sa confiance ! Dire qu'elle avait été sur le point de tomber amoureuse de lui…

Depuis plusieurs jours, il avait tenté de la joindre, mais elle avait refusé de prendre ses appels. Mieux valait qu'elle le chasse de sa vie au plus vite. Il trouverait vite une autre jolie fille à épingler à son tableau de chasse.

Debout sur le perron du manoir des DuBois, sa valise à ses pieds, séparée d'Eric par deux mille cinq cents kilomètres, elle se dit qu'elle allait avoir besoin de temps pour oublier cet homme qui avait bouleversé sa vie et ses sens. Par moments, elle avait encore l'impression de sentir ses mains sur son corps, ses caresses brûlantes.

La porte du manoir s'ouvrit, et elle fut tirée de ses pensées.

— Colleen ! s'exclama Deidre.

Aussi blonde qu'elle, Deidre avait une silhouette plus menue qui lui donnait des allures de garçon manqué. Des cernes marquaient ses yeux, témoignage de la terrible épreuve qu'elle venait de vivre.

— Ma chérie, j'ai tant pensé à toi, lui dit-elle en l'embrassant.

— Moi aussi, Colleen, et ça me fait du bien de te voir, déclara Deidre. A quand remonte notre dernière rencontre ?

— A l'été dernier, avec Liam et Marc, répondit-elle.

— Si tu savais comme ta présence me réconforte, déclara Deidre en souriant. Je ne te remercierai jamais assez d'être venue aussi vite, alors que tu as des enfants, un travail, et, ajouta-t-elle avec une lueur malicieuse dans les yeux, une relation avec Eric Reyes.

Entre deux confidences téléphoniques, elle s'était confiée à Deidre et l'entendre mentionner Eric raviva son chagrin.

Ebouriffant d'une main légère les cheveux de sa sœur, elle jeta un regard admiratif au lac bleu saphir qui étincelait au soleil.

— Tu aurais fait la même chose pour moi, dit-elle.

Deidre la dévisagea avec tendresse.

— Parle-moi un peu de ce grand brun si séduisant qui te fait tourner la tête, dit-elle.

— Tu veux sans doute parler d'Eric Reyes ? Je crains que notre histoire ne soit terminée avant même d'avoir réellement commencé.

Deidre la serra avec force dans ses bras.

— Dans ce cas alors, n'en parlons plus. Pour ma part, j'ai vécu l'enfer ici depuis que la santé de Lincoln s'est brusquement dégradée, et je ne sais pas ce que je serais devenue si tu n'étais pas venue me soutenir.

Deidre était la ténacité faite femme, et cet aveu en disait long sur l'épreuve qu'elle avait vécue ces derniers temps au manoir.

— Tu n'es plus seule, et quand je t'aurai préparé un bon repas, tu verras que ton moral remontera en flèche, déclara-t-elle d'un ton qu'elle s'efforça de rendre joyeux.

— C'est très gentil à toi, répondit Deidre, mais Lincoln a toujours vécu entouré d'un nombreux personnel, et Sasha, son chef particulier, est seul maître en cuisine.

Elle considéra Deidre d'un œil inquiet.

— Si ce chef en question cuisine aussi bien que tu le dis, alors pourquoi es-tu si maigre ?

— Je… J'avais quelques kilos à perdre, répondit sa sœur.

Un bel homme aux cheveux châtains fit son entrée, et elle éprouva envers lui une antipathie immédiate en raison du regard hautain qu'il adressa à Deidre.

— Allons donc, ma chère Deidre ! Pourquoi ne pas admettre que le climat de Tahoe vous coupe l'appétit ? déclara-t-il.

A la façon dont Deidre fusilla le nouveau venu du regard, Colleen en conclut qu'elle ne le portait pas dans son cœur.

— Vous devez être Nick Malone ? dit-elle en

faisant un pas vers celui qu'elle supposait être le directeur général des entreprises DuBois.

— En effet, répondit l'homme. A qui ai-je l'honneur ?

— Nick, je vous présente ma sœur Colleen, déclara Deidre. Elle est venue me tenir compagnie pour les funérailles de Lincoln, alors ne vous faites pas d'idées fausses à son sujet.

Et, sans laisser à Nick le temps d'intervenir, Deidre se tourna vers elle.

— Ce cher Nick est si méfiant que je préfère le rassurer avant qu'il ne te prenne pour une dangereuse cambrioleuse.

Elle rit de l'énormité de cette supposition, mais se calma vite devant l'air contrarié de Malone qui ne paraissait pas goûter la plaisanterie.

— Laissons ce cher Nick à ses soupçons, et allons bavarder dans un endroit tranquille, suggéra Deidre en la prenant par le bras.

Quand elles passèrent devant Malone, elle remarqua le regard intéressé qu'il posa sur Deidre et qui n'était pas sans lui rappeler la façon dont Eric la regardait parfois.

- 14 -

Tenant Deidre par la main afin de ne pas glisser sur le sol verglacé du parking, Colleen pressa le pas jusqu'à l'église Holy Name où toutes les deux allaient participer à l'ultime répétition du mariage de Liam et de Natalie qui aurait lieu le lendemain.

A cause du brouillard, leur avion avait dû patienter sur le tarmac de l'aéroport de Reno avant de pouvoir décoller, et elles étaient arrivées à Detroit avec quatre heures de retard. Au moins Deidre et elle avaient-elles pu parler à cœur ouvert, et à force d'insister, elle avait obtenu de sa sœur qu'elle consente à renouer avec leur mère.

Une fois rentrée chez elle, elle avait laissé Deidre prendre une douche et se changer et en avait profité pour consulter ses messages sur le répondeur. Aucun message d'Eric, comme elle l'avait secrètement espéré. Etait-ce le signe qu'il ne voulait plus rien avoir à faire avec elle ?

Elle revint au présent en entendant la voix puissante du père Mike. Sans lâcher la main de Deidre, elle se dirigea vers le centre de la nef où l'ultime répétition du mariage de Liam et de Natalie avait déjà commencé.

Natalie, si belle dans sa robe blanche, avançait

solennellement vers l'autel où l'attendait Liam, lui aussi en habit de cérémonie, et tous deux s'appliquaient beaucoup à suivre les conseils que leur prodiguaient à la fois le père Mike et cette chipie de Delores, l'organisatrice du mariage.

— Tu n'as pas trop le trac de revoir la famille ? demanda-t-elle à voix basse à Deidre.

— Un peu quand même, lui répondit sa sœur, émue. Dis-moi, ce grand brun là-bas, c'est bien Eric ?

A Tahoe, elle avait fini par confier à Deidre les secrets petits et grands de sa liaison avec Eric, et elle éprouva un pincement au cœur en le revoyant.

— C'est lui, dit-elle.

— Qu'est-ce qu'il est beau ! chuchota Deidre.

— En effet, reconnut-elle.

Eric portait un costume gris, une chemise blanche et une cravate rayée qui le mettaient en valeur.

Alors même que leur séparation était toute récente, elle avait l'impression de ne plus l'avoir vu depuis une éternité, et elle mesura encore davantage à quel point elle s'était attachée à lui.

Voyant Marc, Liam, Mari et Natalie leur adresser de grands signes de la main, elle entraîna Deidre à sa suite pour aller les saluer.

— Je suis si heureuse de vous voir ! s'exclama Deidre en s'approchant de Marc.

— Et nous donc ! dit Marc en étreignant sa sœur avec force.

— Merci d'être venue, Deidre, renchérit Liam.

— Je suis ici grâce à Colleen, répondit Deidre en adressant un sourire lumineux à sa sœur.

Désireuse d'éviter tout malentendu, Colleen s'empressa de rectifier les propos de Deidre.

— Tu es ici parce que ton frère se marie et aussi
parce que tu as jugé le moment venu de faire la paix
avec le passé, déclara-t-elle.

Leur mère, qui était restée timidement en arrière,
s'approcha à son tour et regarda Deidre avec un
mélange de joie et d'appréhension.

— Maman ! s'exclama Deidre.

— Ma chérie ! Tu m'as tellement manqué !
répondit Brigit. Si tu savais comme je suis heureuse
de te voir !

Les yeux brillants, Deidre vint se blottir contre sa
mère, et comme pour entériner cette réconciliation,
le père Mike vint saluer Deidre.

Colleen avait redouté une nouvelle dispute entre
sa mère et Deidre. Constatant que tout se passait
pour le mieux, elle se sentit énormément soulagée.

— Brendan, Jenny ! Venez saluer votre tante,
dit-elle à l'intention de ses enfants qui se tenaient
un peu plus loin.

Ceux-ci s'empressèrent d'accourir, et Deidre les
embrassa chaleureusement.

Seul Eric se tenait coi et la regardait d'un air
songeur, son regard plus impénétrable que jamais.

Gênée, elle se mordit nerveusement la lèvre.
Quand elle avait dévoilé à Deidre les raisons de
sa brouille avec Eric, sa sœur lui avait reproché de
ne pas avoir laissé à Eric le temps de s'expliquer.

Avec le recul, elle en venait presque à donner
raison à Deidre, et elle brûlait de s'expliquer avec
Eric. Cependant, elle n'en eut pas le temps, car

d'un ton sans réplique, le père Mike demanda aux mariés de rejoindre l'allée centrale et de reprendre la répétition là où elle avait été interrompue.

Pendant que Natalie avançait vers l'autel, Colleen ne put s'empêcher de jeter des regards dans la direction d'Eric. Elle comprit alors qu'elle n'avait aucune envie que tout soit terminé entre eux.

Une fois la répétition terminée, Eric fut accaparé par Natalie, et de son côté, elle eut fort à faire avec Brendan et Jenny, très excités.

— Maman, maman, on va dîner tous ensemble au Bistro Campagne ! s'exclama Brendan d'un ton joyeux. Et quand on sortira, Liam et Natalie trouveront *Lucy* sur le parking, mais chut ! C'est une surprise.

Tandis qu'elle souriait de l'enthousiasme de son fils, Deidre lui toucha discrètement le bras.

— Je reviens, lui dit-elle avant de se diriger vers Natalie et Eric.

Jenny en profita pour accaparer sa mère.

— Dis, maman, tu veux bien qu'on accompagne Eric chez lui pour aller chercher *Lucy* ? Il faut fixer le bateau à son 4x4… On vous retrouvera au restaurant.

— D'accord, accompagnez Eric, dit-elle.

Tout en suivant la route qui menait au restaurant, Colleen jeta des coups d'œil intrigués à Deidre.

— Que te voulaient Natalie et Eric, tout à l'heure ?

— Natalie m'a proposé d'être sa demoiselle

d'honneur, mais je lui ai répondu que je n'avais aucune robe à me mettre.

— J'en ai une qui t'irait très bien après quelques retouches, dit-elle.

— Dans ce cas, j'accepte, lui répondit Deidre. Quant à Eric, il m'a demandé de tes nouvelles.

Elle sentit son cœur se serrer.

— Que veux-tu que ça me fasse ?

Deidre lui toucha le bras.

— Tu ne vas quand même pas me dire qu'Eric te laisse indifférente ?

— Non, admit-elle. Et alors, qu'as-tu répondu à Eric ?

— Je lui ai conseillé de s'adresser directement à toi s'il voulait de tes nouvelles, en lui précisant aussi qu'à Tahoe tu passais des nuits entières à pleurer en pensant à lui.

— Espèce de peste ! s'exclama-t-elle, outrée.

— Je plaisante ! Mais si j'étais toi, je lui parlerais au plus vite. Crois-moi, cet homme-là t'aime sincèrement.

Eric, l'aimer ?

Elle aurait bien voulu en être aussi convaincue que Deidre. Quoi qu'il en soit, les paroles de sa sœur lui mettaient du baume au cœur.

Au Bistro Campagne, un maître d'hôtel très chic guida Colleen et Deidre jusqu'à la table des invités. Eric, Brigit, Brendan et Jenny, qui avaient fait un détour par Buena Vista Drive pour chercher *Lucy*, manquaient encore à l'appel.

Sa conversation avec Deidre lui avait redonné de l'espoir. Peut-être tout n'était-il pas terminé entre Eric et elle ?

Elle commençait à trouver le temps long quand elle vit Eric arriver, accompagné de sa mère et de ses enfants. Brendan et Jenny s'assirent à côté de leur grand-mère et Eric face à elle.

Frustrée, elle ne put s'empêcher de lui lancer des regards appuyés. Mari, sa belle-sœur qui était assise à sa droite, se pencha vers elle.

— N'oublie pas, Colleen, que tu as promis de dire quelques mots aux futurs mariés pendant le repas.

Le toast !

Eric et elle s'étaient engagés à prendre la parole à tour de rôle, mais accaparée par ses soucis, elle n'y avait plus pensé du tout.

Elle devait être très pâle, car Deidre, à qui peu de choses échappaient, se tourna vers elle, la mine soucieuse.

— Qu'est-ce qui ne va pas, Colleen ? lui demanda sa sœur.

— Je suis censée faire un discours dont je ne connais pas le premier mot ! expliqua-t-elle à Deidre.

— Veux-tu que je m'en charge ? suggéra Deidre. L'ex-infirmière militaire que je suis aime relever les défis.

Pendant qu'Eric, qui devait prendre la parole en premier, se levait en réclamant le silence, elle se pencha vers Deidre et lui tapota le bras.

— Si tu le fais, Deidre, je t'en serai éternellement reconnaissante, lui dit-elle.

Puis, rassurée, elle se cala contre son dossier et regarda Eric.

— Comme vous le savez tous, disait Eric en s'adressant à l'assistance, j'ai été pour Natalie à la fois un père et un frère, et le choix de son futur mari ne pouvait donc me laisser indifférent.

Fascinée par la prestance d'Eric autant que par sa voix chaleureuse, elle buvait ses paroles, non sans remarquer cependant tous les regards féminins dirigés vers lui.

— J'envie la force de caractère de Natalie, poursuivit-il, et si, tout d'abord, j'ai pu douter du bien-fondé de leur décision de se marier si vite, j'ai changé d'avis en les voyant si épris l'un de l'autre.

Il sembla alors s'adresser à elle, le regard rivé au sien, sur les lèvres un sourire mystérieux.

— Je suis persuadé aujourd'hui que leur amour est sincère, et qu'en matière de sentiments, le temps ne fait rien à l'affaire.

Pendant qu'Eric marquait une pause, une rumeur d'approbation monta de l'auditoire.

— Celui qui cherche l'âme sœur finit par la trouver, reprit-il, et je souhaite à Liam et Natalie, qui vont bientôt se marier, tout le bonheur possible.

Un tonnerre d'applaudissements salua la fin du discours d'Eric, qui après avoir salué les futurs mariés, se tourna vers elle et lui sourit en levant haut son verre.

— Je t'avais bien dit qu'Eric tenait à toi, lui glissa Deidre à l'oreille.

Et pendant que sa sœur improvisait à son tour un discours plein d'esprit, elle se dit, pleine d'espoir, que tout était peut-être encore possible entre Eric et elle.

Lucy ravit Liam et Natalie qui ne s'attendaient pas à un tel cadeau de mariage.

— Sans Brigit, Colleen, Brendan et Jenny, *Lucy* n'aurait jamais été prête à temps, crut bon de préciser Eric.

Pendant que chacun admirait *Lucy*, Eric fit signe à Colleen de le rejoindre dans la remise du restaurant, où personne ne viendrait les déranger.

Les autres étant trop occupés pour remarquer son absence, elle alla le rejoindre. Sans un mot, ils s'enlacèrent et s'embrassèrent avec passion.

— Je suis désolé ! dit Eric.

— N'en parlons plus, répondit-elle. Ton discours de ce soir m'est allé droit au cœur.

— Jamais je n'ai été aussi sincère, affirma-t-il en glissant la main dans ses cheveux.

— Je suis si heureuse, dit-elle sans parvenir à retenir ses larmes.

Sortant son mouchoir, il commença à lui essuyer les joues.

— Je me suis mal exprimé l'autre jour en te laissant croire, à tort, que tu n'étais pour moi qu'un trophée à conquérir, expliqua-t-il. Dès la première seconde où je t'ai vue, j'ai su que tu étais la femme de ma vie.

— Toi aussi, tu as toujours occupé mes pensées, et je m'en veux d'avoir si longtemps refusé tes avances, répondit-elle avec ferveur.

Il la regarda intensément.

— L'important est d'avoir en fin de compte triomphé des obstacles qui se dressaient sur notre route, dit-il.

— Tu... Tu ne te lasseras jamais de moi ? demanda-t-elle.

— Jamais, répondit-il en l'étreignant plus fort. Et toi, Colleen, crois-tu que tu pourras vivre avec moi toute une vie sans te lasser ?

— J'en suis sûre ! s'exclama-t-elle en le serrant dans ses bras comme son plus précieux trésor.

Retrouvez un nouveau roman de Beth Kery dès le mois prochain dans votre collection Passions *!*

Le 1er septembre

Passions n°418

Le prix de la séduction - Yvonne Lindsay

Série : «Les secrets de Waverly's»

Pour convaincre Avery Cullen de lui vendre les toiles impressionnistes en sa possession, Marcus Price, marchand d'art chez Waverly's, est prêt à tout. Y compris à séduire la riche héritière, ce qui ne devrait pas s'avérer trop difficile, s'il en croit la lueur d'intérêt qu'il voit briller dans le regard de la jeune femme. Mais s'il veut parvenir à ses fins, Marcus doit aussi et avant tout faire face à un obstacle inattendu – en domptant le désir qui s'empare de lui chaque fois qu'il se trouve en présence de l'époustouflante Avery...

Fiancée pour un mois - Linda Winstead Jones

Bien des fois, Daisy a imaginé ses retrouvailles avec Jacob Tasker – il la dévorerait des yeux tout en regrettant amèrement de l'avoir abandonnée autrefois, elle l'éconduirait avec fierté... Mais pas une seule fois elle n'a pensé qu'il reviendrait dans leur petite ville de Bell Grove, plus beau encore qu'à l'époque de leur liaison, avec l'intention de lui demander l'impossible : jouer, auprès de sa famille, et pour un mois seulement, le rôle de sa fiancée...

Passions n°419

La passion de Gabriella - Nora Roberts

Saga : «Les joyaux de Cordina»

Perdue, bouleversée, Gabriella ne sait plus qui elle est... Comment a-t-elle pu tout oublier de sa famille, et même de Cordina, le magnifique pays dont elle est la princesse ? Dans le tourbillon d'émotions qui la submergent bientôt, elle ne peut se raccrocher qu'à une seule certitude : Reeve MacGee, l'homme chargé de la protéger, est le seul en qui elle puisse avoir confiance. Auprès de lui, c'est bien simple, elle a l'impression de pouvoir abandonner son titre, son rang, pour n'être plus qu'une femme, tout simplement. Une femme vibrante de désir pour lui...

L'honneur d'Alexander - Nora Roberts

Glacial, puissant, arrogant, incroyablement viril... Le prince Alexander, l'héritier de la couronne de Cordina, représente une énigme pour Eve. Et un objet de fascination, aussi. Pourtant, en aucun cas elle ne doit céder aux sentiments troublants qu'il éveille en elle. Si Alexander l'a conviée dans son palais, c'est uniquement pour qu'elle organise le plus grand festival du pays – et jamais il ne sera question d'amour entre eux. Car même si le prince la couve d'un regard chargé de désir, lier son destin à une étrangère sans noblesse lui sera à jamais interdit...

Soumise à son destin - Christine Rimmer

Epouser Alexander Bravo-Calabretti, cet homme aussi froid que distant ? Jamais Liliana, princesse d'Alagonia, n'aurait imaginé qu'elle en arriverait à une telle extrémité... Et pourtant, depuis qu'elle s'est abandonnée dans les bras de son ennemi de toujours – pour une nuit seulement – elle n'a plus le choix. Car la voilà enceinte, et pour le bien de son enfant et de son pays, elle va devoir se marier avec Alexander. Même si cela signifie pour elle renoncer à l'amour sincère et éternel auquel elle a aspiré toute sa vie...

Juste un rêve... - Stella Bagwell

Depuis qu'elle travaille pour Russ Hollister, pas une seconde Laurel ne l'a considéré autrement que comme son patron. Mais il est très sexy, c'est un fait. Et curieusement, depuis qu'il lui a proposé de le suivre dans le nouveau poste qu'il occupera au ranch de Chaparral, elle se prend à rêver qu'il puisse s'intéresser à elle. Une rêverie à laquelle elle doit pourtant se soustraire au plus vite, elle ne le sait que trop bien. Non seulement Laurel ne peut risquer de compromettre sa carrière et son cœur pour une histoire nécessairement vouée à l'échec, mais depuis la tragédie qui a marqué sa vie, elle ne se sent pas prête à aimer de nouveau...

Un vibrant secret - Nancy Robards Thompson
Série : «Le destin des Fortune»

Pour échapper à la tornade qui balaye Red Rock, Jordana Fortune se réfugie dans une maison à l'abandon – avec Tanner Redmond, qu'elle vient de rencontrer. Là, dans cet abri exigu et coupé du monde, elle ne tarde pas à s'abandonner au désir qu'il lui inspire... Seulement voilà, alors qu'elle pense ne jamais revoir Tanner, Jordana a la surprise de le voir débarquer chez elle quelques mois plus tard. Or, loin de l'amant tendre qu'elle a connu, c'est un homme furieux qu'elle découvre. Et pour cause : Tanner a appris qu'elle attend un enfant de lui, et s'il est là aujourd'hui, c'est pour exiger qu'elle l'épouse sans tarder.

La promesse d'un baiser - Sara Orwig

Lorsqu'elle croise le regard brûlant du séduisant inconnu qui vient de l'aborder, Sophia sent un étrange et délicieux frisson la parcourir. Elle n'a qu'une envie, à présent : qu'il l'embrasse. Déjà, l'air lui paraît plus chaud, l'ambiance, presque torride. Et lorsque, enfin, il pose ses lèvres sur les siennes, elle s'abandonne au plaisir, comme si c'était la chose la plus naturelle du monde... Est-ce cela, l'amour ? se demande-t-elle soudain, chavirée. Rien n'est moins sûr, car Sophia ignore encore que la rencontre qui vient de bouleverser sa vie n'est en rien le fruit du hasard...

L'amant de Wolff Mountain - Janice Maynard

Lorsque, sept ans plus tôt, Sam Ely l'a rejetée après qu'elle s'est offerte à lui, Annalise Wolff s'est juré de fuir cet homme coûte que coûte. Hélas, quand une tempête de neige les réunit tous deux dans une demeure glacée et coupée du monde, Annalise doit se rendre à l'évidence : sa passion pour Sam ne s'est jamais éteinte. Et si elle en croit le regard ardent qu'il pose désormais sur elle, Sam semble quant à lui résolu à profiter de leur toute nouvelle proximité pour réécrire leur histoire...

Héritière malgré elle - Beth Kery

Deidre Kavanaugh n'en revient pas : son père biologique vient de lui léguer une immense fortune et la moitié des parts de son entreprise. Or, si cet héritage la surprend et l'émeut, il l'embarrasse aussi. Et cela d'autant plus que Nick Malone, le bras droit de son père, persuadé qu'elle n'est qu'une intrigante, a décidé de contester le testament. Pis, il a l'intention de séjourner auprès d'elle, à Harbor Town, pour mieux la surveiller ! Révoltée et blessée, Deirdre n'a pourtant d'autre choix que de supporter la présence à son côté de cet homme puissant – et bien trop troublant...

Un défi très sexy - Debbi Rawlins

Cole McAllister : un regard brûlant sous son stetson, le corps le plus parfait sur lequel Jamie ait jamais posé les yeux... et un visage sur lequel se lit sans ambiguïté la plus franche hostilité ! Mais même si Cole ne fait rien pour dissimuler son irritation quand son ranch, récemment transformé en chambres d'hôtes, se voit envahi par de jeunes citadines en quête d'aventure et de grands espaces, Jamie n'en est pas moins décidée à lui prouver qu'elle n'a rien, elle, d'une écervelée. Et surtout, à le convaincre de s'abandonner au désir entre ses bras. Un désir qu'elle est sûre de voir briller dans les yeux de son séduisant hôte chaque fois que leurs regards se croisent...

Pour une seule nuit... - Nancy Warren

Hailey ne laisse jamais la moindre place à l'imprévu. Aussi, quand elle se rend compte que le charme renversant et le corps sublime de Rob Klassen l'empêchent non seulement de se concentrer sur son travail, mais la poursuivent jusque dans ses rêves, n'a-t-elle d'autre choix que d'agir. Puisqu'elle ne peut éviter tout contact avec son plus important client, il ne lui reste qu'à céder, pour une nuit, au désir qui la consume, avant de se remettre sereinement au travail. Une nuit, une seule, mais qui promet d'être la plus passionnée, la plus enivrante et la plus excitante de toute sa vie...

BestSellers

A paraître le 1ᵉʳ juillet

Best-Sellers n°568 • suspense
La peur sans mémoire - Lori Foster

Intense et bouleversante. La nuit qu'Alani vient de passer avec Jackson Savor résonne en elle comme une révélation. Après son enlèvement à Tijuana, deux ans plus tôt, et les cauchemars qui l'assaillent depuis, jamais elle ne se serait crue capable de s'abandonner ainsi dans les bras d'un homme. Et pourtant, Jackson, ce redoutable mercenaire qui n'a de limites que celles fixées par l'honneur, a su trouver le chemin de son cœur. Hélas, cette parenthèse amoureuse est de courte durée. Au petit matin, à peine sortie de la torpeur du plaisir, Alani comprend qu'il y a un problème : son amant, si empressé un peu plus tôt, a tout oublié de leurs ébats torrides. Pas de doute possible : il a été drogué. Mais par qui ? Et comment ? Le coupable est-il lié aux odieux trafiquants sur lesquels Jackson enquête ? Ces questions sans réponse, ce sentiment d'impuissance, Alani les supporte d'autant plus mal qu'elle y a déjà été confrontée. Mais au côté de Jackson, et pour donner une chance à leur histoire, elle est prête à affronter le danger, et ses peurs…

Best-Sellers n°569 • suspense
Le mystère de Home Valley - Karen Harper

Mille fois, Hannah a imaginé son retour à Home Valley, la communauté amish où elle a grandi et avec laquelle elle a rompu trois ans plus tôt. Mille fois, elle a imaginé ses retrouvailles avec Seth, l'homme qu'elle aurait épousé s'il ne l'avait cruellement trahie. Mais pas un seul instant elle n'aurait pensé que cela se ferait dans des circonstances aussi dramatiques. Car dès son retour, alors qu'elle a décidé sur un coup de tête de se rendre de nuit dans le cimetière de la Home Valley, elle est prise pour cible par un homme armé, qui heureusement ne parvient qu'à la blesser. Pourquoi cet homme a-t-il voulu la tuer ? Va-t-il s'arrêter là ? Pour répondre à ces angoissantes questions, Hannah décide d'apporter toute son aide au ténébreux Linc Armstrong, l'agent du FBI chargé de l'enquête, et qui suscite la méfiance chez les autres membres de la communauté amish — et surtout chez Seth. Ecartelée entre deux mondes, entre deux hommes, Hannah va bientôt être submergée par ses sentiments – des sentiments aussi angoissants que les allées du cimetière plongées dans l'obscurité…

Best-Sellers n°570 • thriller
Piège de neige - Lisa Jackson

Prisonnière du criminel pervers qu'elle traque depuis des semaines dans l'hiver glacial du Montana, l'inspecteur Regan Pescoli n'a plus qu'une obsession : s'échapper coûte que coûte. Aussi essaie-t-elle, dans le cachot obscur et froid où elle est enfermée, de dominer la terreur grandissante qui menace de la paralyser. Car ce n'est pas seulement sa vie qui est en jeu, mais également celle d'autres captives, piégées comme elles et promises à la mort. Pour les sauver, autant que pour retrouver ses enfants et Nate Santana, l'homme qu'elle aime, Regan est déterminée à découvrir le point faible du tueur. Pour cela, il lui faudra aller au bout de son courage, de sa résistance physique… Et vaincre définitivement ce maniaque, avant qu'il ne soit trop tard.

Best-Sellers n°571 • suspense
Les disparues du bayou - Brenda Novak

Depuis l'enlèvement de sa petite sœur Kimberly, seize ans plus tôt, Jasmine Stratford a enfoui ses souffrances au plus profond d'elle-même et s'est dévouée corps et âme à son métier de profileur. Mais son passé ressurgit brutalement lorsqu'elle reçoit un colis anonyme contenant le bracelet qu'elle avait offert à Kimberly pour ses huit ans. Bouleversée, elle se lance alors dans une enquête qui la conduit à La Nouvelle-Orléans. Là, elle ne tarde pas à découvrir un lien effrayant entre le meurtre récent de la fille d'un certain Romain Fornier et le kidnapping de sa petite sœur. Prête à tout pour découvrir la vérité, Jasmine prend contact avec Romain Fornier, seul capable de l'aider à démasquer le criminel. Elle se heurte alors à un homme mystérieux, muré dans le chagrin et vivant dans le bayou comme un ermite. Un homme qu'elle va devoir convaincre de l'aider à affronter le défi que leur a lancé le tueur : *« Arrêtez-moi »*.

Best-Sellers n°572 • roman
L'écho des silences - Heather Gudenkauf

Allison. Brynn. Charm. Claire. Quatre femmes prisonnières d'un secret qui pourrait les détruire… et dont un petit garçon est la clé. Allison garde depuis cinq ans le silence sur le triste drame qu'elle a vécu adolescente et qui l'a conduite en prison pour infanticide. Brynn sait tout ce qui s'est passé cette nuit-là, mais elle s'est murée dans l'oubli pour ne pas sombrer dans la folie. Charm a fait ce qu'elle a pu, bien sûr, pourtant elle a dû renoncer à son rêve et se taire. Alors elle veille en secret sur son petit ange. Claire vit loin du passé pour tenter de bâtir son avenir avec ceux qui comptent pour elle. Et elle gardera tous les secrets pour protéger le petit être qu'elle aime plus que tout au monde. Quatre femmes réfugiées dans le silence, détenant chacune la pièce d'un sombre puzzle.

Best-Sellers n°573 • roman
Un jardin pour l'été - Sherryl Woods

Son cœur qui bat plus vite lorsqu'elle consulte sa messagerie, son imagination qui s'emballe lorsqu'elle revoit en pensée le visage aux traits virils de celui dont elle est tombée amoureuse… Moira doit se rendre à l'évidence : elle ne peut oublier Luke O'Brien. Il faut dire qu'avec ses cheveux bruns en bataille, son regard parfois grave mais pétillant de vie, son sourire irrésistible, cet Américain venu passer ses vacances en Irlande n'a guère eu de mal à la séduire. Sauf qu'après le mois idyllique qu'ils ont passé ensemble, Luke est reparti aux Etats-Unis reprendre le cours de sa vie, et peut-être même retrouver une autre femme. Alors que Moira tente de se persuader que tout est ainsi pour le mieux, son grand-père lui demande de l'accompagner à Chasepeake Shores, la petite ville de la côte Est des Etats-Unis où vit Luke. Moira n'hésite que quelques secondes avant d'accepter. Même si, dès lors, une question l'obsède : saura-t-elle convaincre Luke qu'il y a une place pour elle dans sa vie ?

BestSellers

Best-Sellers n°574 • historique
La maîtresse de l'Irlandais - Nicola Cornick

Londres, 1813.

Autrefois reine de la haute société londonienne, Charlotte Cummings a vu son existence voler en éclats lorsque son époux – las de ses frasques – a mis fin à leur mariage du jour au lendemain. Brusquement exclue des soirées mondaines, ruinée et endettée, Charlotte n'a eu d'autre choix que de renoncer à son honneur en vendant ses charmes chez la cruelle Mme Tong. Jusqu'à ce qu'un jour un troublant gentleman ne lui redonne espoir en lui proposant un pacte aussi tentant que surprenant. Si elle accepte de devenir sa maîtresse, elle retrouvera son statut de lady et les privilèges qui vont avec. D'abord hésitante, Charlotte finit par se soumettre à ce scandaleux marché, même si elle pressent que cet homme mystérieux lui cache quelque chose…

Best-Sellers n°575 • historique
Un secret aux Caraïbes - Shannon Drake

Mer des Caraïbes, 1716.

Roberta Cuthbert ne vit que pour se venger du cruel pirate qui a tué ses parents et anéanti le village de ses ancêtres, en Irlande. Pour cela, elle a tout abandonné, allant jusqu'à se faire passer pour un homme et entrer dans la piraterie, afin de parcourir les mers à la recherche de son ennemi. Pourtant, le jour où elle fait prisonnier le capitaine Logan Haggerty, elle comprend que son déguisement ne sera d'aucune protection contre les sentiments troublants que cet homme éveille en elle. Comment pourrait-elle maintenir son image de pirate impitoyable quand elle ne s'est jamais sentie aussi féminine que sous son regard doré ? Bouleversée, Roberta n'en est pas moins déterminée à ignorer la tentation, coûte que coûte. Jusqu'à ce que le capitaine la sauve de la noyade lors d'une violente tempête, et qu'ils ne s'échouent tous deux sur une île déserte…

Best-Sellers n°576 • érotique
L'éducation de Jane - Charlotte Featherstone

Jane le sait : lord Matthew peut être dur. Cassant. Impitoyable avec ceux qu'il pense faibles. Pourtant, lorsqu'elle l'a trouvé, affreusement blessé, dans l'hôpital où elle travaille, et qu'elle l'a veillé jour et nuit, c'est lui qui, les yeux protégés par un bandage, se trouvait à sa merci. Lui, l'homme à la réputation sulfureuse, qui la suppliait de le laisser toucher son visage, sa peau, ses lèvres, son corps tout entier, comme si ces gestes troublants avaient le pouvoir de le ramener à la vie. Alors aujourd'hui, même s'il a recouvré la vue et risque de la trouver laide, comparée à ses nombreuses maîtresses, même s'il est redevenu l'aristocrate arrogant dont les frasques libertines défrayent la chronique mondaine, Jane est décidée à se livrer à lui, corps et âme. Un choix insensé qui pourrait la détruire, mais devant lequel elle ne reculera pas. Car à l'instant où Matthew a posé les mains sur elle, elle a su qu'elle avait trouvé son maître…

www.harlequin.fr

OFFRE DE BIENVENUE

2 romans Passions et 2 cadeaux surprise !

Vous êtes fan de la collection Passions ? Pour prolonger le plaisir, recevez gratuitement **2 romans Passions** (réunis en 1 volume) **et 2 cadeaux surprise !**

Une fois votre colis de bienvenue reçu, si vous souhaitez continuer à recevoir nos romans Passions, cela se fera automatiquement. Vous recevrez alors chaque mois 3 volumes doubles inédits de cette collection au prix avantageux de 6,84€ le volume (au lieu de 7,20€) auxquels viendront s'ajouter 2,95€* de participation aux frais d'envoi.
*5,00€ pour la Belgique

▶ **Vous n'avez aucune obligation d'achat et cette offre est sans engagement de durée !**

Les bonnes raisons de s'abonner :

◆ Aucun engagement de durée ni de minimum d'achat.

◆ Vos romans en avant-première.

◆ - 5% de réduction systématique sur vos romans.

◆ La livraison à domicile.

Et aussi des avantages exclusifs :

◆ Des cadeaux tout au long de l'année qui récompensent votre fidélité.

◆ Des réductions sur vos romans par le biais de nombreuses promotions.

◆ Des romans exclusivement réédités pour nos abonné(e)s notamment des sagas à succès.

◆ L'abonnement systématique à notre magazine d'actu ROMANCE.

◆ Des points cadeaux pouvant être échangés contre des livres ou des cadeaux.

Rejoignez-nous vite en complétant et en nous renvoyant le bulletin !

N° d'abonnée (si vous en avez un) ⎵⎵⎵⎵⎵⎵⎵⎵⎵⎵   RZ3F09 / RZ3FB1

Nom : .... Prénom : ....

Adresse : ....

CP : ⎵⎵⎵⎵⎵⎵   Ville : ....

Pays : .... Téléphone : ⎵⎵⎵⎵⎵⎵⎵⎵⎵⎵⎵⎵

E-mail : ....

☐ Oui, je souhaite être tenue informée par e-mail de l'actualité des éditions Harlequin.

☐ Oui, je souhaite bénéficier par e-mail des offres promotionnelles des partenaires des éditions Harlequin.

Renvoyez cette page à : Service Lectrices Harlequin – BP 20008 – 59718 Lille Cedex 9 - France

Date limite : **31 décembre 2013**. Vous recevrez votre colis environ 20 jours après réception de ce bon. Offre soumise à acceptation et réservée aux personnes majeures, résidant en France métropolitaine et Belgique. Offre limitée à 2 collections par foyer. Prix susceptibles de modification en cours d'année. Conformément à la loi Informatique et libertés du 6 janvier 1978, vous disposez d'un droit d'accès et de rectification aux données personnelles vous concernant. Il vous suffit de nous écrire en nous indiquant vos nom, prénom et adresse à : Service Lectrices Harlequin - BP 20008 - 59718 LILLE Cedex 9. Harlequin® est une marque déposée du groupe Harlequin. Harlequin SA – 83/85, Bd Vincent Auriol – 75646 Paris cedex 13. SA au capital de 1 120 000€ - R.C. Paris. Siret 31867159100069/ APE5811Z